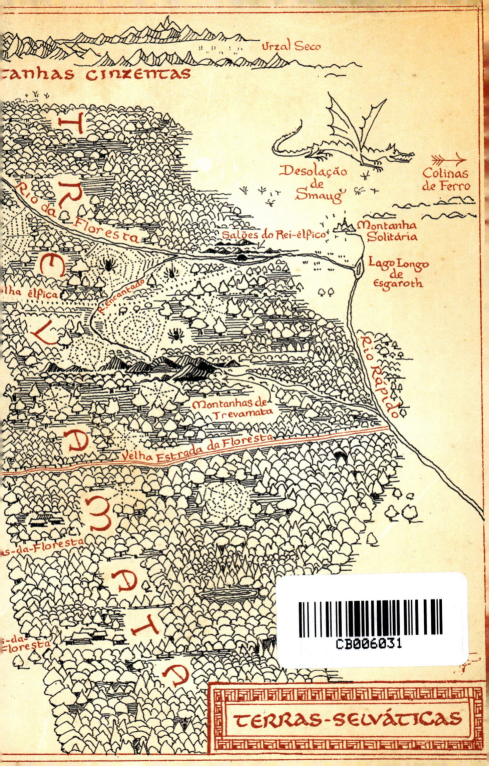

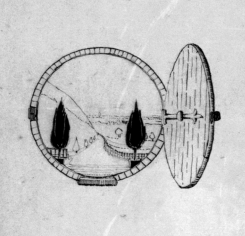

A HOBBIT
AN
UNEXPECTED
JOURNEY

ᚻᛖᛗ·ᛖ·ᚠ·ᚱᛖᛉᛁᚾᛏᚱᚠ·ᛟᛗ·ᚢᚪ·ᚠ·ᛁᚠ·ᛟᛗ·ᚢᛁᚠᛉᛗᛖ·ᚹᛗᛁᛏ

ᚻᚠᛟᛚᛁᛚᚠᛟᚠ·ᛟᛗ·ᚢᚢᚠᚢ·ᛟᛗᛖᚠᚱᛁᚠᚢ·ᛚᛖᚱ·ᛁ·ᚱ·ᚱ·ᛏᛖᚠᛁ

J.R.R. TOLKIEN

O HOBBIT

OU LÁ E DE VOLTA OUTRA VEZ

Tradução de
REINALDO JOSÉ LOPES

Com ilustrações de
J.R.R. TOLKIEN

Rio de Janeiro, 2025

Título original: *The Hobbit*
Todos os textos e ilustrações por J.R.R. Tolkien © The Tolkien Estate Limited 1937, 1965
Prefácio © Christopher Tolkien 1987, 2007
Edição original por George Allen & Unwin, 1937
Todos os direitos reservados à HarperCollins *Publishers*.
Copyright de tradução © Casa dos Livros Editora LTDA., 2019

Os pontos de vista desta obra são de responsabilidade de seus autores, não refletindo necessariamente a posição da HarperCollins Brasil, da HarperCollins *Publishers* ou de sua equipe editorial.

®, TOLKIEN® e THE HOBBIT® são marcas registradas de J.R.R. Tolkien Estate Limited.

Publisher	*Samuel Coto*
Produção editorial	*Brunna Castanheira Prado*
Produção gráfica	*Lúcio Nöthlich Pimentel*
Preparação de texto	*Leonardo Dantas do Carmo*
Revisão	*Guilherme Mazzafera, Gabriel Oliva Brum, João Daniel Simões do Nascimento, Cristina Casagrande*
Diagramação	*Sonia Peticov*
Capa	*Alexandre Azevedo, Rafael Brum* (capa tecido)

CIP-BRASIL. CATALOGAÇÃO NA FONTE
SINDICATO NACIONAL DOS EDITORES DE LIVROS, RJ

T589s
    Tolkien, J. R. R.
    O Hobbit: ou lá e de volta outra vez / texto e ilustrações de J. R. R. Tolkien; tradução de Reinaldo José Lopes. – 1. ed. – Rio de Janeiro: Harper Collins, 2019.
    336 p.

    Tradução de: *The Hobbit*
    ISBN 978-85-9508-474-2 (capa dura)
    ISBN 978-85-9508-581-7 (capa tecido)

1. Ficção fantástica inglesa. I. Lopes, Reinaldo José. II. Título

19-56710
    CDD: 823
    CDU: 82-3 (410.1)

Vanessa Mafra Xavier Salgado – Bibliotecária – CRB-7/6644

HarperCollins Brasil é uma marca licenciada à Casa dos Livros Editora LTDA.
Todos os direitos reservados à Casa dos Livros Editora LTDA.
Rua da Quitanda, 86, sala 601A — Centro
Rio de Janeiro — RJ — CEP 20091-005
Tel.: (21) 3175-1030
www.harpercollins.com.br

O Hobbit é a história de uma grande aventura, empreendida por um grupo de anãos em busca do ouro guardado por um dragão. O parceiro relutante nessa demanda perigosa é Bilbo Bolseiro, um hobbit amante do conforto e nada ambicioso, que surpreende até a si mesmo com sua desenvoltura e habilidade como gatuno. Encontros com trols, gobelins, anãos, elfos e aranhas gigantes, conversas com o dragão Smaug, o Magnífico, e uma presença muito relutante na Batalha dos Cinco Exércitos são algumas das aventuras que Bilbo enfrenta. Mas há momentos mais leves também: boa companhia, bem-vindas refeições, riso e canção.

Bilbo Bolseiro já assumiu seu lugar nas fileiras das figuras imortais da ficção infantil. Escrito pelo Professor Tolkien para seus próprios filhos, *O Hobbit* ganhou aclamação instantânea quando foi publicado. É uma história completa e maravilhosa em si mesma, mas também funciona como prelúdio de *O Senhor dos Anéis*.

Sumário

Ilustrações	9
Gravuras	11
Sinopse da Primeira Edição	13
Prefácio	15
Introdução	25
1. Uma Festa Inesperada	27
2. Cordeiro Assado	54
3. Um Pouco de Descanso	70
4. Sobre Monte e Sob Monte	81
5. Adivinhas no Escuro	94
6. Da Frigideira para o Fogo	116
7. Acomodações Esquisitas	136
8. Moscas e Aranhas	164
9. Barris Desabalados	193
10. Cálida Acolhida	213
11. Na Soleira da Porta	226
12. Informação Interna	236
13. Fora de Casa	258
14. Fogo e Água	270
15. As Nuvens se Ajuntam	279
16. Um Ladrão na Noite	289
17. As Nuvens Desabam	295
18. A Viagem de Volta	306
19. O Último Estágio	315
Notas sobre as Inscrições em Runas e suas Versões em Português	325
Nota sobre as Ilustrações da Capa	330

Ilustrações

Trevamata	19
Os Trols	64
A Trilha da Montanha	83
Nas Montanhas Nevoentas olhando para o Oeste	133
O salão de Beorn	145
O Portão do Rei-élfico	196
Cidade-do-lago	216
O Portão da Frente	228
O salão em Bolsão	323

GRAVURAS

A Colina: Vila-dos-Hobbits-defronte-ao-Água   45

Valfenda   77

Bilbo acordou com o sol do começo da manhã
em seus olhos   141

Bilbo chega às cabanas dos Elfos-balseiros   207

Conversa com Smaug   247

Sinopse da Primeira Edição[1]

Se você gosta de viagens lá e de volta, para fora do confortável mundo Ocidental, sobre a borda do Ermo, e em casa outra vez, e pode se interessar por um modesto herói (abençoado com um pouco de sabedoria e coragem e com uma considerável boa sorte), aqui está o registro de uma jornada assim e um viajante tal e qual. O período é a época antiga entre a era de Feéria e o domínio dos Homens, quando a famosa floresta de Trevamata ainda existia, e as montanhas eram cheias de perigo. Seguindo o caminho deste humilde aventureiro, você aprenderá, a propósito (assim como ele) — se é que você já não sabe tudo sobre essas coisas —, muito sobre Trols, Gobelins, Anões e Elfos e captará alguns vislumbres da história e política de um negligenciado, porém importante, período.

Pois o Sr. Bilbo Bolseiro visitou várias pessoas notáveis; conversou com o dragão Smaug, o Magnífico; e esteve presente, muito de má vontade, na Batalha dos Cinco Exércitos. Isso é ainda mais notável, já que ele era um hobbit. Hobbits, até agora, têm sido preteridos em história e lenda, talvez porque eles, via de regra, preferem o conforto ao invés da agitação. Mas este relato, baseado em suas memórias pessoais do ano mais excitante da outrora pacata vida do Sr. Bolseiro, dará a você uma justa ideia do estimado povo que, agora (dizem), está se tornando mais e mais raro. Eles não gostam de barulho.

J.R.R. Tolkien

---

[1] Texto escrito por Tolkien a pedido de Susan Dagnall para inclusão no catálogo da editora Allen & Unwin. Estes parágrafos apareceram não apenas no *Summer Announcements* da editora (1937), mas também foram incluídos na aba frontal da *dust jacket* da primeira edição de O Hobbit. [N. E.]

Prefácio[1]

O Hobbit foi publicado pela primeira vez em 21 de setembro de 1937. Meu pai disse diversas vezes que tinha uma lembrança clara de como escreveu a frase de abertura do livro. Muito mais tarde, em uma carta escrita a W.H. Auden em 1955, disse:

> Tudo que me lembro sobre o início de *O Hobbit* é de sentar para corrigir provas para o Certificado Escolar no cansaço interminável daquela tarefa anual imposta sobre acadêmicos sem dinheiro e com filhos. Em uma folha em branco rabisquei: "Numa toca no chão vivia um hobbit." Não sabia e não sei por quê. Não fiz nada a respeito por um longo tempo, e por alguns anos não fui além da produção do Mapa de Thror. Porém, tornou-se *O Hobbit* no início dos anos 1930...

Mas *quando* ele escreveu aquela primeira frase (agora conhecida em tantas línguas: *In einer Höhle in der Erde da lebte ein Hobbit / Dans un trou vivait un hobbit / Í jarðholu nokkurri bjó hobbiti / In una caverna sotto terra viveva uno hobbit / Kolossa maan sisällä asui hobitti / Μέσα στή γή, σέ μιά τρύπα, ζοῦσε κάποτε ἕνα χόμπιτ...*) ele não recordava. Meu irmão Michael registrou muito mais tarde suas lembranças sobre as noites nas quais meu pai ficava de pé, de costas para o fogo, em seu pequeno estúdio na casa da região norte de Oxford (22 Northmoor Road) e contava histórias para meus irmãos e para mim; e relatou que se lembrava com perfeita clareza da ocasião em que meu pai

---

[1]Este Prefácio foi retirado da introdução à edição comemorativa de 50 anos de publicação de *O Hobbit*, de 1987. [N. E.]

disse que ia começar a nos contar uma longa história sobre um pequeno ser com pés peludos e nos perguntou como devia chamá-lo — então, ele mesmo respondeu, dizendo "Acho que vamos chamá-lo de 'hobbit'." Uma vez que minha família se mudou daquela casa no começo de 1930, e que meu irmão guardou histórias que ele mesmo escreveu imitando *O Hobbit*, nas quais marcou a data "1929", ele estava convencido de que o livro "começou", ao menos, a partir daquele ano. Sua opinião era a de que meu pai tinha escrito a frase de abertura "Numa toca no chão vivia um hobbit" no verão anterior à época em que começou a nos contar a história, e que ele repetiu essas palavras iniciais "como se as tivesse inventado num impulso momentâneo". Ele também recordava que eu (então com idade entre quatro e cinco anos) estava muito preocupado com detalhezinhos de continuidade conforme a história prosseguia, e que, em certa ocasião, eu interrompi a narração: "Da última vez, *você disse* que a porta da frente de Bilbo era azul, e *você disse* que Thorin tinha uma borla dourada em seu capuz, mas agora você disse que a porta da casa de Bilbo era verde, e que a borla de Thorin era prateada"; e que nesse ponto meu pai resmungou "menino dos diabos" e então "atravessou o cômodo" e foi até sua escrivaninha para fazer uma anotação.

Essas memórias podem ou não ser precisas em cada detalhe, mas é bem possível que "a primeira cópia rabiscada que não foi além do primeiro capítulo", e da qual três folhas ainda sobrevivem, venha dessa época.

Em dezembro de 1937, dois meses depois da publicação, escrevi para o Papai Noel e fiz muita propaganda de *O Hobbit*, perguntando se ele conhecia o livro e dizendo que era uma boa pedida como presente de Natal. Informei-o sobre a história do livro, conforme eu a recordava:

> Ele o escreveu faz um tempão e leu a história para mim, para John e para Michael nas nossas "leituras" de inverno depois do chá, ao anoitecer; mas os capítulos do fim estavam só no rascunho e nem tinham sido datilografados; ele terminou tudo faz mais ou menos um ano e o emprestou para que uma moça o lesse. Ela o repassou para uma pessoa da editora dos Srs. George Allen &

Unwin Ltda. e, depois de um monte de correspondências, eles resolveram publicá-lo. É meu livro favorito..."[2]

Parece que a maior parte da história já ganhara forma escrita no inverno de 1932, quando foi lida por C.S. Lewis, mas ainda não prosseguira além da morte de Smaug; e foi só em 1936 que "os capítulos do fim" foram escritos.

Durante aqueles anos, meu pai estava imerso em *O Silmarillion*, os mitos e lendas do que mais tarde se tornou "a Primeira Era do Mundo", ou "Os Dias Antigos", que então já tinham raízes profundas na sua imaginação e, de fato, em seus escritos. Um texto de *O Silmarillion* produzido (com alta probabilidade) em 1930 foi seguido por outra versão, mais rica e mais desenvolvida, a qual foi interrompida perto do fim, quando a demanda por uma sequência de *O Hobbit* o levou a deixar aquela de lado e escrever "uma nova história sobre Hobbits" em dezembro de 1937. Naquele mundo, como ele disse, "o Sr. Bolseiro se intrometeu"; ou, como se expressou numa carta escrita em 1964:

> Quando *O Hobbit* apareceu essas "histórias dos Dias Antigos" estavam em uma forma coerente. *O Hobbit* não foi escrito com a intenção de ter qualquer coisa a ver com elas. Enquanto meus filhos ainda eram novos, eu tinha o hábito de inventar e contar oralmente, às vezes de escrever, "histórias infantis" para o divertimento particular deles... *O Hobbit* foi escrito com a intenção de ser uma delas. Não possuía uma relação necessária com a "mitologia", mas naturalmente foi atraído em direção a essa construção dominante em minha mente, fazendo com que a história se tornasse maior e mais heroica conforme prosseguia.

Essa "atração" exercida pelas "histórias dos Dias Antigos" também aparece nas pinturas e nos desenhos que ele produziu

---

[2]Essa "moça" era Elaine Griffiths, e a "pessoa" era Susan Dagnall. A história está contada, junto com o relatório sobre o livro escrito por Rayner Unwin (então com dez anos de idade) na *Biografia* de Humphrey Carpenter, pp. 245–47. [N. E.]

naqueles anos. Um exemplo notável é a imagem de Trevamata feita com lápis e tinta que aparecia no Capítulo VIII, "Moscas e Aranhas", e que incluímos no Prefácio desta edição: ela tinha feito parte da primeira edição britânica e americana, mas depois passou a ser omitida. O modelo dessa cena, a partir do qual ela foi redesenhada, é uma pintura mais antiga, retratando uma floresta ainda mais maligna, Taur-na-fuin; ela foi feita para ilustrar uma história de *O Silmarillion*, o conto de Túrin, e mostrava o encontro dos elfos Beleg e Gwindor, pequenas figuras em meio às raízes da grande árvore, no centro. Na versão referente à Trevamata, os elfos sumiram e, em vez deles, há uma grande aranha (e um número maior de cogumelos). (Nesse caso, meu pai chegou mesmo, muito depois, a dar uma terceira aplicação à cena. Escrevendo na pintura a legenda *Floresta de Fangorn*, a floresta de Barbárvore em *O Senhor dos Anéis*, ele permitiu que fosse usada como ilustração no *J.R.R. Tolkien Calendar 1974* e, com essa legenda, foi reproduzida no livro *J.R.R. Tolkien: Artist & Illustrator*, n. 54. Os elfos Beleg e Gwindor passaram a ser interpretados como os hobbits Pippin e Merry, perdidos em Fangorn: mas Beleg está com sua espada longa — e está usando sapatos! Meu pai presumivelmente esperava que isso não fosse notado, já que as figuras são muito pequenas — ou então não se importou que fosse notado.)

Ele pretendia que a versão em preto e branco, *Trevamata*, fosse a primeira folha de guarda de *O Hobbit*, e que o mapa de Thror fosse colocado no Capítulo I (ou no Capítulo III, onde Elrond observa pela primeira vez as runas secretas). As runas-da-Lua deviam aparecer inicialmente no verso do mapa: na forma original, cuidadosamente desenhada, do mapa, a qual seguia de perto o rascunho original reproduzido aqui, a legenda era "Mapa de Thror. Copiado por B. Bolseiro. Para ver as runas-da-lua, coloque perto de uma luz." Charles Furth, da Allen & Unwin, argumentou que os leitores "iram simplesmente virar a página, em vez de observar as runas através da página como devido"; "estamos tentando um método bem mais esperto para fazer com que as runas apareçam e não apareçam ao mesmo tempo", escreveu ele em janeiro de 1937.

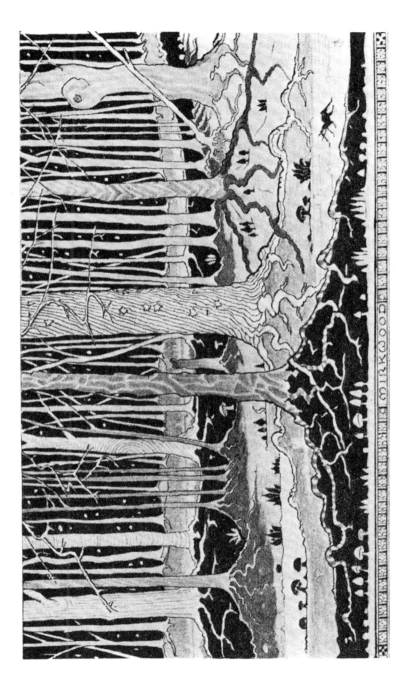

J.R.R. Tolkien: *Trevamata*, 1937. Reprodução da imagem original.

Meu pai respondeu que estava "aguardando ansiosamente seu método de reproduzir as runas mágicas", mas, mais tarde, naquele mesmo mês, descobriu que "a 'magia' ficou de fora por causa de um engano na hora de preparar a impressão". Então, desenhou as runas ao contrário "de modo que, quando impressas, seja possível lê-las na posição certa quando a página for segurada contra a luz. Mas deixo isso a cargo do Departamento de Produção, esperando, mesmo assim, que não seja necessário colocar as runas mágicas em cima do mapa, o que tira a graça da coisa (a menos que sua referência à magia seja a algo de fato 'mágico')." A questão dos custos parece ter encerrado o assunto. Como explicaram a ele, o livro precisava ter um preço modesto, e não havia margem para ilustrações; "mas, quando o senhor nos mandou esses desenhos", escreveu Susan Dagnall, "eles pareceram tão encantadores que tivemos de inseri-los, embora economicamente tenha sido bastante errado fazer isso." "O Departamento de Produção pode fazer o que quiser com o Mapa de Thror", meu pai escreveu, quando foi tomada a decisão de transformá-lo em folha de guarda; "fico muito grato." Foi desse modo que o mapa sempre apareceu no livro; mas parece que ele tinha mandado duas cópias das runas-da-Lua, e aquelas que foram ao prelo não eram "as runas mais bem desenhadas" que enviara depois: "as que estão no livro são malfeitas (e não exatamente retas)."

Tudo isso é só um exemplo da correspondência extremamente cortês, mas levemente desesperada, de meio século atrás. As cartas se desencontravam, um surto de gripe afetou o pessoal da impressão e do departamento de produção ao mesmo tempo e nos momentos mais inoportunos. A borda superior da imagem de *Trevamata* foi cortada (e nunca foi restaurada. Uma vez que meu pai, mais tarde, deu o original para um aluno chinês seu, é provável que nunca o seja). Ele sofreu bastante com a obrigatoriedade de usar apenas duas cores nos mapas — "a mudança de azul para vermelho na folha de guarda 2 [o mapa das Terras-selváticas] é péssima", e ficou pensando em trocar vermelho por azul no Mapa de Thror. Talvez o pior de tudo, e o que lhe deu mais trabalho, foi a sobrecapa. Com as cores originais, ela tinha um sol vermelho e um dragão da mesma cor, um título vermelho e também um halo dessa cor na grande montanha central que aparece na lombada do livro. Quando meu pai a enviou em abril, já estava prevendo a objeção de que tinha usado cores demais (azul, verde, vermelho e preto): "O desenho poderia ficar adequado, com possíveis melhoras, ao se substituir o *vermelho* por *branco*, e pela omissão do sol, ou pelo desenho de uma linha ao redor dele. A presença do sol e da lua juntos no céu refere-se à magia associada à porta." (Ver p. 80: "Ainda chamamos esse evento de Dia de Durin, quando a última lua do Outono e o sol estão juntos no céu.") "Nós sugeriríamos retirar o vermelho", respondeu Charles Furth, "tanto porque o título aparecerá melhor em branco quanto porque a única característica que não nos agrada inteiramente na capa é o halo na montanha central, que, aos nossos olhos, parece um pouco com um bolo."

Meu pai, então, redesenhou a sobrecapa. "Omiti o irritante glacê no bolo montanhoso", escreveu. "Agora o arranjo tem azul, preto e verde. O sol e o dragão ainda têm algum vermelho, que pode ficar de fora, e nesse caso o sol vai desaparecer ou terá um fino contorno preto. As cores do esboço original eram, acho, mais atraentes. Posso dizer que meus filhos (se é que a opinião deles ajuda) preferem bem mais o original, inclusive o halo vermelho na montanha central — mas é possível que a semelhança com um bolo os atraia." Continuou a defender o dragão, o sol e o título em vermelho na capa, e outros detalhes; mas Charles Furth foi firme. "Ai de nós," escreveu, "o vermelho não vai poder ficar." "O contorno do sol é o meu principal pesar," escreveu meu pai, quando viu o resultado final, "mas entendo que não há o que fazer." A edição americana tinha uma sobrecapa diferente, porque, como disseram os editores, "sua sobrecapa tem uma aparência bastante britânica, que sempre parece desconcertar e deprimir nosso comércio de livros." "Alegro-me em saber que nossa sobrecapa tem aparência britânica," escreveu ele, "mas eu não desconcertaria nem deprimiria o comércio de livros deles por nada."

Três semanas depois da publicação de *O Hobbit*, Stanley Unwin escreveu para meu pai dizendo que "um grande público" estaria "clamando para ouvir mais sobre Hobbits no ano que vem!" Em sua resposta (de 15 de outubro de 1937), ele disse:

> Mesmo assim, estou um pouco perturbado. Não consigo pensar em mais nada para dizer sobre *hobbits*. O Sr. Bolseiro parece ter exibido de modo tão completo tanto o lado Tûk como o Bolseiro de sua natureza. Mas tenho muito a dizer, e muito já escrito, apenas sobre o mundo no qual o hobbit se intrometeu. O senhor pode, é claro, ver alguma parte dele e dizer o que gosta nele, se e quando o senhor o desejar. Gostaria muito de uma opinião além daquelas do Sr. C. S. Lewis e de meus filhos, para saber se ele possui algum valor por si mesmo ou como um produto comercializável, à parte dos hobbits. Mas se for verdade que *O Hobbit* veio para ficar e mais será desejado, começarei o processo de consideração e tentarei ter alguma ideia de um tema tirado desse material para um tratamento em um estilo similar e para um público similar — possivelmente incluindo hobbits de fato. Minha filha gostaria de algo sobre a família Tûk. Um leitor deseja detalhes mais completos sobre Gandalf e o Necromante. Mas isso é demasiado sombrio — aterrorizante demais para o empecilho de Richard Hughes.[3] Temo que aquele empecilho apareça em tudo; embora, na verdade, a presença (mesmo que às margens) do terrível é, acredito, o que confere a este mundo imaginário sua verossimilhança. Uma terra feérica segura é inverídica a todos os mundos. No momento estou sofrendo, como o Sr. Bolseiro, de uma pitada de "hesitação" e espero não estar me levando a sério demais. Porém, devo confessar que sua carta despertou em mim uma leve esperança. Quero dizer, começo a me perguntar se a obrigação e o desejo não possam (talvez) no futuro andar mais juntos. Tenho passado quase todos os períodos de férias dos últimos dezessete anos corrigindo provas e fazendo coisas do gênero, compelido por uma necessidade financeira imediata (principalmente médica e educacional). O ato de escrever histórias em prosa ou verso, frequentemente

---

[3] Richard Hughes escrevera a Stanley Unwin sobre *O Hobbit*, dizendo: "O único empecilho que consigo ver é que muitos pais... podem temer que certas partes do livro sejam aterrorizantes demais para leituras na hora de ir para a cama." [N. E.]

de um modo culposo, tem sido furtado de um tempo já hipotecado e tem sido intermitente e ineficaz. Talvez agora eu possa fazer o que muito desejo fazer e não fracassar com as obrigações financeiras. Talvez!

O Silmarillion, o grande poema inconcluso "A Balada de Leithian" (acerca de uma das principais histórias dos Dias Antigos) e outros materiais foram enviados à Allen & Unwin em novembro e devolvidos no mês seguinte. Em sua carta de 15 de dezembro, que acompanhou essa devolução, Stanley Unwin, estimulando meu pai a "escrever outro livro sobre O Hobbit", relatou a ele que "a primeira edição agora está esgotada" e que "estamos esperando cópias da reimpressão contendo as quatro ilustrações coloridas[4] quase imediatamente. Se algum de seus amigos não quiser ficar sem cópias da primeira edição, é melhor comprá-las logo de qualquer livreiro que ainda as tenha em seu estoque."

Em 16 de dezembro, ele respondeu a Stanley Unwin:

> Não achava que algo do que entreguei ao senhor seria satisfatório. [...] Acredito estar claro que, fora isso, uma continuação ou sucessor para *O Hobbit* é necessário. Prometo dar atenção a essa questão. Mas tenho certeza de que o senhor entenderá quando digo que a construção de uma mitologia elaborada e consistente (e dois idiomas) ocupa por demais a mente, e as Silmarils estão no meu coração. De modo que só Deus sabe o que acontecerá. O Sr. Bolseiro começou como um conto cômico entre convencionais e inconsistentes anãos de contos de fadas dos Grimm e acabou atraído para a borda disso — de maneira que até mesmo Sauron, o terrível, espiou por cima da borda. E o que mais hobbits podem fazer? Eles podem ser cômicos, mas

---

[4] A primeira impressão não tinha imagens em cores. Meu pai ficou contente com as quatro reproduções coloridas, mas lamentou que "a gravura da Águia" (ilustrando a primeira frase do Capítulo VII, "Acomodações Esquisitas") não tenha sido incluída — "simplesmente porque eu teria gostado de vê-la reproduzida." De fato, essa gravura foi incluída na primeira edição americana (que não usou a imagem "Bilbo chega às cabanas dos Elfos-balseiros") e, finalmente, apareceu numa edição britânica em 1978. [N. E.]

sua comédia é suburbana, a menos que seja colocada junto de coisas mais elementares.

Três dias mais tarde ele escreveu a Charles Furth: "Escrevi o primeiro capítulo de uma nova história sobre Hobbits — 'Uma festa muito esperada'."

Era o primeiro capítulo de *O Senhor dos Anéis*.

Christopher Tolkien
1987

HOBBIT
ON
RUNES·NOTES
OUTRAS·RUNES

Esta é uma história de muito tempo atrás. Naquela época, as línguas e letras eram bem diferentes das nossas hoje. O inglês está sendo usado para representar as línguas. Mas podemos notar dois pontos. (1) Em inglês, o único plural correto de *dwarf* [anão] é *dwarfs*, e o adjetivo é *dwarfish*. Nesta história, *dwarves* [anãos] e *dwarvish* são usados,[1] mas apenas quando se fala do povo antigo ao qual Thorin Escudo-de-carvalho e seus companheiros pertenciam. (2) *Orc* não é uma palavra inglesa. Ela ocorre em um ou dois lugares, mas normalmente é traduzida por *goblin* (ou *hobgoblin* no caso dos tipos maiores desses seres). *Orc* é a forma hobbit do nome dado naquele tempo a essas criaturas, e não tem conexão nenhuma com as palavras *orc*, *ork* [orca], aplicadas a animais marinhos aparentados aos golfinhos.[2]

As runas são antigas letras originalmente usadas para fazer inscrições em madeira, pedra ou metal e, por isso, elas eram finas e angulosas. Na época desta história, apenas os anãos as usavam regularmente, em especial para registros particulares ou secretos. As runas deles, neste livro, são representadas pelas runas inglesas, as quais, hoje, poucas pessoas conhecem. Se as runas do Mapa de Thror forem comparadas com as transcrições em letras modernas (nas p. 47 e pp. 79–80), o alfabeto, adaptado

---

[1] A razão para esse uso é dada em *O Retorno do Rei*, Apêndice F. [N. A.]
[2] Em português, optamos pelo plural "anãos", que é tão correto quanto "anões" e dá ao leitor a impressão de estranheza trazida por *dwarves* em inglês. As demais palavras citadas neste parágrafo ficaram assim traduzidas: orque (plural: orques), gobelim (plural: gobelins) e hobgobelim (plural: hobgobelins). [N. T.]

INTRODUÇÃO

ao inglês moderno, pode ser descoberto, e assim será possível ler o título rúnico acima. No Mapa podemos encontrar todas as runas normais, exceto ᚣ para X. I e U são usados também para J e V. Não havia runa equivalente ao Q (usa-se CW), nem ao Z (a runa dos anãos ᛉ pode ser usada nesse caso, se necessário). Ficará claro, entretanto, que algumas runas isoladas correspondem a duas letras modernas: *th*, *ng*, *ee*; outras do mesmo tipo (ᛠ *ea* e ᛥ *st*) também eram usadas às vezes. A porta secreta está marcada com o ᛥ (letra D). Da lateral, uma mão apontava para ela, e embaixo estava escrito:

As últimas duas runas são as iniciais de Thror e Thrain. As runas-da-lua lidas por Elrond são:

No mapa os pontos cardeais estão marcados com runas, com o Leste no alto, como era comum no caso de mapas dos anãos, e lidos desta maneira, em sentido horário: L(este), S(ul), O(este), N(orte).

1

Uma Festa Inesperada

Numa toca no chão vivia um hobbit. Não uma toca nojenta, suja, úmida, cheia de pontas de minhocas e um cheiro de limo, nem tampouco uma toca seca, vazia, arenosa, sem nenhum lugar onde se sentar ou onde comer: era uma toca de hobbit, e isso significa conforto.

Ela tinha uma porta perfeitamente redonda feito uma escotilha, pintada de verde, com uma maçaneta amarela e brilhante de latão exatamente no meio. A porta se abria para um corredor em forma de tubo, feito um túnel: um túnel muito confortável, sem fumaça, de paredes com painéis e assoalhos azulejados e acarpetados, com cadeiras enceradas e montes e montes de cabideiros para chapéus e casacos — o hobbit apreciava visitas. O túnel seguia em frente, continuando quase (mas não totalmente) em linha reta pela encosta da colina — A Colina, como toda a gente por muitas milhas ao redor a chamava —, e muitas portinhas redondas se abriam a partir dele, primeiro de um lado e depois do outro. Nada de segundo andar para o hobbit: quartos, banheiros, adegas, despensas (muitas dessas), armários (ele tinha cômodos inteiros dedicados a roupas), cozinhas, salas de jantar, todos ficavam no mesmo andar e, de fato, na mesma passagem. Os melhores cômodos estavam todos do lado esquerdo (de quem entrava), pois esses eram os únicos a ter janelas, janelas fundas e redondas que davam para o jardim dele e para os prados mais distantes, que desciam até o rio.

Esse era um hobbit muito bem de vida, e seu nome era Bolseiro. Os Bolseiros tinham vivido na vizinhança d'A Colina desde tempos imemoriais, e as pessoas os consideravam muito respeitáveis, não apenas porque a maioria deles era rica, mas também porque nunca participavam de aventuras nem faziam nada inesperado: dava para saber o que um Bolseiro diria sobre qualquer questão sem o incômodo de perguntar a ele. Esta é a história de como um Bolseiro participou de uma aventura e se descobriu fazendo e dizendo coisas de todo inesperadas. Ele pode ter perdido o respeito dos vizinhos, mas ganhou... Bem, você vai ver se ele ganhou alguma coisa no final.

A mãe desse nosso hobbit em particular — o que é um hobbit? Suponho que os hobbits exijam algum tipo de descrição hoje em dia, já que se tornaram raros e arredios em relação ao Povo Grande, como nos chamam. Eles são (ou eram) um povo pequeno, com cerca de metade da nossa altura, e menores do que os anãos barbados. Hobbits não têm barba. Há pouca ou nenhuma mágica neles, exceto a do tipo comum e cotidiano que os ajuda a desaparecer em silêncio e rapidamente quando gente estúpida e grande como você e eu chega desengonçada, fazendo um barulho feito o de elefantes, que eles conseguem escutar a uma milha de distância. Têm inclinação a serem gordos na barriga; vestem-se com cores vivas (principalmente verde e amarelo); não usam sapatos, porque seus pés têm solas cascudas naturais e pelos grossos, quentinhos e castanhos como os cabelos da cabeça deles (que são encaracolados); possuem dedos compridos, hábeis e morenos, rostos bem-humorados, e dão risadas profundas e animadas (especialmente depois do jantar, que consomem duas vezes por dia, quando conseguem). Agora você sabe o suficiente para continuar. Como eu ia dizendo, a mãe desse hobbit — isto é, de Bilbo Bolseiro — era a famosa Beladona Tûk, uma das três impressionantes filhas do Velho Tûk, chefe dos hobbits que viviam do outro lado d'O Água, o pequeno rio que corria aos pés d'A Colina. Dizia-se com frequência (em outras famílias) que, muito tempo antes, um dos ancestrais dos Tûks devia ter se casado com uma fada. Isso era, é claro, um absurdo, mas certamente ainda havia algo de não inteiramente hobbit quanto a eles, e, de vez em quando, membros do clã Tûk acabavam se metendo em aventuras. Desapareciam discretamente, e a família abafava o caso; mas isso não mudava o fato de que os Tûks não eram tão respeitáveis quanto os Bolseiros, embora fossem indubitavelmente mais ricos.

Não que Beladona Tûk jamais tenha se metido em aventuras depois que se tornou a Sra. Bungo Bolseiro. Bungo, que era o pai de Bilbo, construiu para ela (e, em parte, com o dinheiro dela) a toca de hobbit mais luxuosa que podia ser encontrada sob A Colina, ou do outro lado d'A Colina, ou atravessando O Água, e ali permaneceram até o fim de seus dias. Mesmo assim, é provável que Bilbo, único filho de Beladona, embora tivesse aparência e comportamento exatamente iguais a uma segunda edição de seu pai sólido e acomodado, houvesse herdado alguma coisa esquisita do lado Tûk, algo que estava só esperando uma chance para aparecer. A chance nunca chegava, e nisso Bilbo cresceu, chegou a uns cinquenta anos de idade e continuou vivendo na linda toca de hobbit construída por seu pai, que eu acabei de descrever a você, até que, na verdade, parecia ter sossegado a ponto de ficar imóvel.

Por algum acaso curioso, em certa manhã muito tempo atrás, na quietude do mundo, quando havia menos barulho e mais verde e os hobbits ainda eram numerosos e prósperos, e Bilbo estava de pé à porta depois do café da manhã, fumando um cachimbo de madeira enormemente comprido que quase chegava aos seus dedos dos pés peludos (cuidadosamente escovados) — Gandalf apareceu. Gandalf! Se você tivesse ouvido só um quarto do que já ouvi sobre ele, e eu só ouvi muito pouco do que há para se ouvir, estaria preparado para qualquer tipo de história impressionante. Histórias e aventuras brotavam por todo lado aonde quer que ele fosse, da maneira mais extraordinária. Ele não tinha passado por aquelas partes sob A Colina por anos e anos, não desde que seu amigo, o Velho Tûk, tinha morrido, e os hobbits quase haviam se esquecido de sua aparência. Tinha viajado para o outro lado d'A Colina e cruzado O Água para resolver assuntos seus desde que todos eram pequenos meninos-hobbits e meninas-hobbits.

Tudo o que o desavisado Bilbo viu naquela manhã foi um velho com um cajado. Tinha um chapéu azul alto e pontudo, um longo manto cinzento, um cachecol prateado por cima da qual sua longa barba branca chegava até abaixo da cintura e imensas botas pretas.

"Bom dia!", disse Bilbo, e era verdade. O sol estava brilhando, e a grama estava muito verde. Mas Gandalf olhou para ele debaixo de sobrancelhas longas e frondosas, que se projetavam mais para a frente do que a aba de seu grande chapéu.

"O que quer dizer?", perguntou. "Está me desejando um bom dia, ou quer dizer que é um bom dia quer eu queira ou não; ou que você se sente bem neste dia; ou que é um bom dia para ser bom?"

"Tudo isso de uma vez", disse Bilbo. "E é um dia muito bom para encher o cachimbo de tabaco ao ar livre, de quebra. Se trouxe um cachimbo, sente-se e pegue um pouco do meu tabaco! Não há pressa, temos o dia inteiro diante de nós!" Então Bilbo se sentou num banco ao lado da porta, cruzou as pernas e soprou um belo anel cinzento de fumaça, que saiu navegando pelo ar sem se desfazer e flutuou para longe, sobre A Colina.

"Muito bonito!", disse Gandalf. "Mas não tenho tempo para soprar anéis de fumaça nesta manhã. Estou procurando alguém para tomar parte numa aventura que estou arranjando e é muito difícil achar gente."

"Imagino que sim — nestas partes! Somos gente simples e quieta e não queremos saber de aventuras. Coisas desagradáveis, perturbadoras e desconfortáveis! Fazem o sujeito se atrasar para o jantar! Não consigo imaginar o que alguém vê nelas", disse nosso Sr. Bolseiro, e enfiou um dedão embaixo dos suspensórios, e soprou outro anel de fumaça ainda maior. Então pegou suas cartas da manhã e começou a ler, fingindo não prestar mais atenção ao velho. Tinha decidido que ele não era bem da sua turma e queria que fosse embora. Mas o velho não se mexeu. Ficou apoiado no seu bastão, olhando para o hobbit sem dizer nada, até que Bilbo começou a se sentir desconfortável e até um pouco contrariado.

"Bom dia!", disse ele por fim. "Não queremos nenhuma aventura por aqui, obrigado! Pode tentar do outro lado d'A Colina ou atravessando O Água." Com isso queria dizer que a conversa estava acabada.

"Você usa esse *Bom dia* para um monte de coisas!", disse Gandalf. "Agora significa que quer se livrar de mim e que o dia não vai ser bom até eu sair daqui."

"De modo algum, de modo algum, meu caro senhor! Deixe-me ver, não acho que eu saiba seu nome?"

"Sim, sim, meu caro senhor — e *eu* sei seu nome, Sr. Bilbo Bolseiro. E você sabe meu nome sim, embora não se lembre de que eu pertenço a ele. Eu sou Gandalf, e Gandalf quer dizer eu! E pensar que eu haveria de viver para receber um bom dia do filho de Beladona Tûk como se eu estivesse vendendo botões de porta em porta!"

"Gandalf, Gandalf! Ora viva! Não o mago viajante que deu ao Velho Tûk um par de abotoaduras mágicas de diamante que se prendiam sozinhas e nunca se soltavam a não ser que fosse ordenado? Não o camarada que costumava contar tantas histórias maravilhosas em festas sobre dragões, e gobelins, e gigantes, e o resgate de princesas, e a sorte inesperada de filhos de viúvas? Não o homem que costumava fazer fogos de artifício tão particularmente excelentes! Eu me lembro desses! O Velho Tûk costumava soltá-los na Véspera do Meio-do-verão. Esplêndidos! Costumavam explodir feito grandes lírios, e bocas-de-leão, e laburnos de fogo e ficar pendurados no crepúsculo por todo o anoitecer!" Você já deve estar notando que o Sr. Bolseiro não era tão banal quanto gostava de acreditar, e também que tinha um forte apreço por flores. "Que coisa!", continuou. "Não o Gandalf que foi responsável por levar tantos rapazes e raparigas tranquilos a desaparecer na Lonjura em aventuras desvairadas? Todo tipo de coisa, de escalar árvores a visitar elfos — ou navegar em navios, navegar para outras costas! Minha nossa, a vida costumava ser bem interes... digo, você costumava bagunçar as coisas demais nestas partes tempos atrás. Perdoe-me, mas não tinha ideia de que ainda estava em serviço."

"Onde mais eu estaria?", disse o mago. "De todo modo, agrada-me descobrir que você recorda algo a meu respeito. Parece recordar meus fogos de artifício com carinho, de qualquer modo, e isso não é mau sinal. De fato, em consideração a seu avô Tûk e à pobre Beladona, vou dar a você o que pediu."

"Perdoe-me, não pedi nada!"

"Sim, pediu! Duas vezes já. Meu perdão. Está dado. De fato, irei mais longe e vou incluí-lo nessa aventura. Muito divertida para mim, muito boa para você — e lucrativa também, muito provavelmente, se chegar a concluí-la."

"Desculpe! Não quero aventura nenhuma, obrigado. Hoje não. Bom dia! Mas por favor apareça para o chá — na hora que quiser! Por que não amanhã? Venha amanhã! Adeus!" Com isso o hobbit se virou, e passou rapidinho por sua porta verde e redonda, e a trancou tão velozmente quanto era possível sem parecer rude. Magos, afinal, são magos.

"Por que raios eu o convidei para o chá?", disse a si mesmo enquanto ia para a despensa. Tinha acabado de tomar o café da manhã, mas achou que um bolo ou dois e algo para beber iam lhe fazer bem depois daquele susto.

Gandalf, nesse meio-tempo, ainda estava de pé do lado de fora da porta, rindo baixinho sem parar. Depois de algum tempo, chegou mais perto e, com o esporão de seu cajado, rabiscou um sinal esquisito na linda e verde porta da frente do hobbit. Então foi embora, bem no momento em que Bilbo estava terminando seu segundo bolo e começando a achar que tinha escapado muito bem das tais aventuras.

No dia seguinte, tinha quase se esquecido de Gandalf. Não se lembrava das coisas muito bem, a não ser que as anotasse em sua Tabela de Compromissos, deste jeito: *Gandalf Chá Quarta-feira*. No dia anterior ele ficara atabalhoado demais para fazer qualquer coisa do tipo.

Pouco antes da hora do chá, veio um tremendo toque na campainha da porta da frente, e então ele se lembrou! Apressou-se a colocar o bule no fogo, e ajeitou mais uma xícara e um pires, e um ou dois bolos extras, e correu até a porta.

"Sinto tanto por fazê-lo esperar!", já ia dizendo, quando viu que não era Gandalf de jeito nenhum. Era um anão com uma barba azul enfiada num cinto dourado e olhos muito brilhantes debaixo de seu capuz verde-escuro. Assim que a porta se abriu ele foi entrando, exatamente como se estivesse sendo esperado.

Pendurou sua capa com capuz no cabideiro mais próximo e "Dwalin, a seu serviço" disse ele, fazendo uma profunda reverência.

"Bilbo Bolseiro, ao seu!", disse o hobbit, surpreso demais para fazer qualquer pergunta no momento. Quando o silêncio que se seguiu já tinha ficado desconfortável, acrescentou: "Estou prestes a tomar chá; por favor, venha tomar comigo." Um pouco desajeitado, talvez, mas a intenção era boa. E o que você faria se um anão não convidado aparecesse e pendurasse suas coisas no seu corredor sem uma só palavra de explicação?

Não fazia muito tempo que estavam à mesa, de fato mal tinham chegado ao terceiro bolo, quando veio outro toque ainda mais alto da campainha.

"Com licença!", disse o hobbit, e lá se foi para a porta.

"Então você chegou aqui afinal!" Isso era o que ia dizer a Gandalf dessa vez. Mas não era Gandalf. Em vez dele, havia um anão que parecia muito velho na soleira, com uma barba branca e um capuz escarlate; e também ele pulou para dentro assim que a porta se abriu, como se tivesse sido convidado.

"Vejo que eles já começaram a chegar", disse quando reparou no capuz verde de Dwalin pendurado ali. Pendurou o seu capuz vermelho do lado e "Balin, a seu serviço!" disse ele, com a mão no peito.

"Obrigado!", disse Bilbo, engasgando. Não era a coisa correta a se dizer, mas o *já começaram a chegar* o deixara muito atabalhoado. Gostava de visitantes, mas também gostava de conhecê-los antes que chegassem e preferia que ele próprio os convidasse. Passara-lhe pela cabeça a horrível ideia de que os bolos pudessem não dar para todos e então ele — como anfitrião, conhecia seu dever e o seguia à risca, por mais que fosse doloroso — poderia ter de ficar sem nenhum.

"Vamos entrando, venha tomar um pouco de chá!", conseguiu dizer depois de tomar bastante fôlego.

"Um pouco de cerveja me cairia melhor, se não houver problema, meu bom senhor", disse Balin, com sua barba branca. "Mas não seria mal comer um pouco de bolo — bolo de sementes, se você tiver algum."

"Vários!", Bilbo se ouviu respondendo, para sua própria surpresa; e se viu sair correndo, também, rumo à adega para encher uma caneca de cerveja, e depois até uma das despensas para pegar dois lindos bolos de sementes redondos que tinha assado naquela tarde para beliscar depois da ceia.

Quando voltou, Balin e Dwalin estavam conversando à mesa como velhos amigos (na verdade, eles eram irmãos). Bilbo botou a cerveja e os bolos na frente deles, quando veio outro toque alto na campainha de novo, e depois mais um.

"Gandalf, com certeza, dessa vez", pensou enquanto bufava pelo corredor. Mas não era. Eram mais dois anões, ambos com capuzes azuis, cintos prateados e barbas louras; e cada um deles carregava um saco de ferramentas e uma pá. Foram entrando assim que a porta começou a se abrir — Bilbo mal ficou surpreso.

"O que posso fazer por vocês, meus anões?", disse ele.

"Kili, a seu serviço!", disse o primeiro. "E Fili!", acrescentou o outro; e ambos arrancaram seus capuzes azuis e se inclinaram.

"Ao seu e ao de sua família!", replicou Bilbo, recordando suas boas maneiras dessa vez.

"Dwalin e Balin já estão aqui, pelo que vejo", disse Kili. "Vamos nos juntar ao bando!"

"Bando!", pensou o Sr. Bolseiro. "Não gosto de como isso soa. Preciso realmente me sentar por um minuto, e organizar as ideias, e beber alguma coisa." Tinha acabado de beber um gole — no cantinho, enquanto os quatro anões se sentavam ao redor da mesa e falavam de minas e ouro, e problemas com os gobelins, e das depredações de dragões, e de montes de outras coisas que ele não entendia e não queria entender, pois soavam aventurosas demais — quando, *blém-blóm-lím-dém*, a campainha tocou de novo, como se algum menininho-hobbit levado estivesse tentando arrancar a corda.

"Alguém está à porta!", disse ele, piscando.

"Alguéns — uns quatro, eu diria, pelo som", comentou Fili. "Além disso, nós os vimos chegando atrás de nós, de longe."

O pobre hobbit se sentou no corredor, e colocou a cabeça entre as mãos, e se perguntou o que tinha acontecido, e o que ia acontecer, e se todos eles iam ficar para a ceia. Então a campainha tocou de novo, mais alta do que nunca, e ele teve de correr até a porta. Não eram quatro, afinal, eram cinco. Outro anão tinha chegado enquanto ele ficara matutando no corredor. Mal tinha virado a maçaneta quando viu todos entrarem, curvando-se e dizendo "a seu serviço", um depois do outro. Dori, Nori, Ori, Oin e Gloin eram seus nomes; e logo dois capuzes roxos, um cinza, um marrom e um branco estavam pendurados nos cabideiros, e lá se foram eles, com suas mãos largas enfiadas em seus cintos dourados e prateados, a se juntar aos outros. Aquilo já tinha quase virado um bando mesmo. Alguns pediam cerveja clara, outros, cerveja escura, um queria café, e todos queriam bolos; de modo que o hobbit ficou muito ocupado por um tempo.

Uma grande jarra de café tinha acabado de ser colocada na lareira, os bolos de sementes tinham acabado e os anões estavam começando a atacar uns pães doces amanteigados quando se ouviu uma batida forte na porta. Não um toque de campainha, mas um "pá-pá" duro na linda porta verde do hobbit. Alguém estava batendo nela com um pau!

Bilbo saiu correndo pela passagem, muito bravo e totalmente desnorteado e desacorçoado — essa era a quarta-feira mais desagradável de que conseguia se lembrar. Abriu a porta com um tranco, e eles todos caíram para dentro, um em cima do outro. Mais anões, quatro mais! E lá estava Gandalf atrás deles, apoiando-se em seu cajado e rindo. Tinha aberto um buraco daqueles na bonita porta de Bilbo; também tinha, aliás, apagado a marca secreta que fizera nela na manhã anterior.

"Cuidado! Cuidado!", disse ele. "Não é do seu feitio, Bilbo, deixar amigos esperando na soleira e aí abrir a porta como se fosse uma rolha! Permita-me apresentar Bifur, Bofur, Bombur e especialmente Thorin!"

"A seu serviço!", disseram Bifur, Bofur e Bombur, ficando de pé em fila. Então penduraram dois capuzes amarelos e um verde-claro no cabideiro; e também um azul-celeste com uma comprida borla prateada. Este último pertencia a Thorin, um anão enormemente importante; de fato, ninguém menos que o grande Thorin Escudo-de-carvalho em pessoa, que não estava nada contente por ter desabado no tapete de Bilbo com Bifur, Bofur e Bombur em cima dele. Para começo de conversa, Bombur era imensamente gordo e pesado. Thorin, de fato, tinha um ar muito arrogante e não disse nada sobre *serviço*; mas o pobre Sr. Bolseiro disse que sentia muito tantas vezes que, por fim, o anão resmungou "não por isso" e parou de franzir o cenho.

"Agora estamos todos aqui!", disse Gandalf, olhando para o rol de treze capuzes — os melhores capuzes destacáveis de festa — e para seu próprio chapéu pendurado no cabideiro. "Isso é que é reunião alegre! Espero que tenha sobrado algo para os retardatários comerem e beberem! O que é isso? Chá? Não, obrigado! Um pouco de vinho tinto para mim, creio."

"E para mim", disse Thorin.

"E geleia de framboesa e torta de maçã", disse Bifur.

"E torta de frutas secas e queijo", disse Bofur.

"E torta de carne de porco e salada", disse Bombur.

"E mais bolos — e cerveja clara — e café, se não se importa", gritaram da porta os outros anãos.

"Ponha mais uns ovos para cozinhar, meu bom camarada!", gritou Gandalf atrás dele, enquanto o hobbit saiu pisando duro rumo às despensas. "E veja se traz o frango e os picles!"

"Parece que ele sabe tanto sobre o interior da minha cozinha quanto eu mesmo!", pensou o Sr. Bolseiro, que estava se sentindo positivamente destemperado e começava a temer que uma aventura das mais danadas tivesse chegado justamente à sua casa. Quando enfim conseguiu colocar todas as garrafas, e pratos, e facas, e garfos, e copos, e pires, e colheres e coisas empilhadas em grandes bandejas estava ficando muito suado, de cara vermelha e irritado.

"Que embrulhada e que apoquentação são esses anãos!", disse em voz alta. "Por que eles não vêm me dar uma mãozinha?" Não mais que de repente, eis que Balin e Dwalin apareceram à porta da cozinha, com Fili e Kili atrás deles, e antes que Bilbo conseguisse dizer *faca* eles já tinham levado as bandejas e um par de pequenas mesas para a sala de visitas e arrumado tudo.

Gandalf se sentou na cabeceira com os treze anãos à sua volta, enquanto Bilbo ficou sentado num banco ao lado do fogo, mordiscando um biscoito (seu apetite tinha praticamente sumido) e tentando agir como se tudo isso fosse perfeitamente normal e de modo algum uma aventura. Os anãos comeram e comeram, e conversaram e conversaram, e o tempo foi passando. Enfim empurraram suas cadeiras para trás, e Bilbo fez menção de recolher os pratos e copos.

"Suponho que todos vocês vão ficar para a ceia?", disse no tom mais educado e despreocupado possível.

"Claro!", disse Thorin. "E até depois. Não vamos resolver nossos negócios até bem tarde e precisamos de um pouco de música antes. E agora, hora da limpeza!"

Com isso, os doze anãos — menos Thorin, que era importante demais e ficou conversando com Gandalf — puseram-se de pé num salto e fizeram grandes pilhas das várias coisas. Lá se foram eles, sem esperar as bandejas, equilibrando colunas de pratos, cada um deles com uma garrafa no alto, enquanto o hobbit corria atrás quase gritando de susto: "Por favor, cuidado!" e "Por favor, não se incomodem! Eu me viro." Mas os anãos apenas começaram a cantar:

> *Bata copo e prato na porta!*
> *Sem gume a faca e torto o garfo!*
> *Eis o que Bilbo não suporta —*
> *Nas garrafas desça o sarrafo!*
>
> *Rasgue o pano e pise na banha!*
> *Derrame o leite no assoalho!*
> *Ossos no chão ninguém apanha!*
> *E o vinho no piso eu espalho!*
>
> *Jogue as xícaras nas panelas;*
> *Bata tudo com um pilão;*
> *E se enfim sobrar uma delas,*
> *É só girá-la até o salão!*
>
> *Eis o que Bilbo não suporta!*
> *Alto lá com os pratos na porta!*[1]

---

[1] *Chip the glasses and crack the plates! / Blunt the knives and bend the forks! / That's what Bilbo Baggins hates– / Smash the bottles and burn the corks! / Cut the cloth and tread on the fat! / Pour the milk on the pantry floor! / Leave the bones on the bedroom mat! / Splash the wine on every door! / Dump the crocks in a boiling bowl; / Pound them up with a thumping pole; / And when you've finished, if any are whole, / Send them down the hall to roll! / That's what Bilbo Baggins hates! / So, carefully! carefully with the plates!*

E é claro que eles não fizeram nenhuma dessas coisas horríveis, mas foram limpando tudo e guardando a louça em segurança, rápidos feito raio, enquanto o hobbit ficava de lá para cá na cozinha tentando ver o que estavam fazendo. Então voltaram para a sala de estar e encontraram Thorin, com os pés esticados perto da lareira, fumando um cachimbo. Estava bafejando enormíssimos anéis de fumaça, e, aonde quer que ele mandasse um deles ir, o anel ia — subia a chaminé, ou passava atrás do relógio na cornija da lareira, ou debaixo da mesa, ou dava voltas no teto; mas, aonde quer que fosse, não era rápido o suficiente para escapar de Gandalf. Puff! mandava ele um anel de fumaça menor, saído de seu cachimbo curto de barro, que atravessava cada um dos anéis de Thorin. Então o anel de fumaça de Gandalf ficava verde e voltava a pairar sobre a cabeça do mago. Já havia uma nuvem desses em volta dele e, naquela luz fraca, faziam-no parecer estranho e cheio de feitiçaria. Bilbo ficou parado, observando aquilo — ele adorava anéis de fumaça — e então enrubesceu ao pensar como ficara orgulhoso, na manhã do dia anterior, dos anéis de fumaça que lançara ao vento sobre A Colina.

"Agora, um pouco de música!", disse Thorin. "Peguem os instrumentos!"

Kili e Fili se apressaram a pegar suas sacolas e tiraram delas pequenas rabecas; Dori, Nori e Ori tiraram flautas de algum lugar dentro de seus casacos; Bombur veio do salão de entrada com um tambor; Bifur e Bofur também saíram e voltaram com clarinetas que tinham deixado junto com seus bastões de viagem. Dwalin e Balin disseram: "Com licença, deixamos as nossas na entrada!" "Aproveitem e tragam a minha com vocês!", disse Thorin. Voltaram com violas de gamba tão grandes quanto eles e com a harpa de Thorin embrulhada num tecido verde. Era uma linda harpa dourada e, quando Thorin a tangeu, a música começou de improviso, tão repentina e doce que Bilbo esqueceu todo o resto e foi arrastado para terras escuras sob luas estranhas, muito além d'O Água e muito longe de sua toca de hobbit sob A Colina.

A escuridão chegava à sala vinda da pequena janela que se abria na encosta d'A Colina; o fogo bruxuleava — era abril —, e eles continuavam a tocar, enquanto a sombra da barba de Gandalf oscilava contra a parede.

A escuridão encheu toda a sala, e o fogo foi morrendo, e as sombras se perderam, e eles continuavam a tocar. E, de repente, primeiro um deles e depois outro e mais outro começaram a cantar enquanto tocavam, o canto vindo do fundo da garganta dos anãos, nos lugares fundos de seus antigos lares; e este é como que um fragmento de sua canção, se é que pode ser como a canção deles sem sua música.

Além dos montes em nevoeiro
Pras masmorras sem prisioneiro
Vamos embora, antes da aurora,
Buscar nosso ouro feiticeiro.

De anãos antigos a magia
Em seus martelos se fazia
Numa cava a treva sonhava,
No oco salão da encosta fria.

Pro nobre elfo e rei antigo
Ao brilho belo do ouro amigo
Deram forma, co' a luz que adorna
Joias que em arma têm abrigo.

Em colar de prata puseram
Astros em flor, laurel fizeram
Com luz feroz de draco atroz,
O sol e a lua em fio trançaram.

Além dos montes em nevoeiro
Pras masmorras sem prisioneiro
Vamos embora, antes da aurora,
Lembrai-vos d'ouro feiticeiro!

No breu moldaram muitos cálices,
Harpas d'ouro; canções multíplices
Feitas ali, sem gente ouvir,
Elfo ou homem, só os auríficas.

Pinhais rugiam nas alturas,
Ventos gemiam nas lonjuras.

Rubro o fogo, sem desafogo,
Fez de tochas as copas duras.

Sinos soaram no valão
E os homens viram o clarão;
Do draco a ira, fera pira,
Torres e casas pôs no chão.

Ardeu o monte sob a lua;
Aos anãos coube a sina sua.
Foi-se o salão de supetão
Aos pés do monstro sob a lua.

Além dos frios montes escuros
Pros grandes calabouços duros
Vamos embora, antes da aurora,
Recobrar ouro em nossos muros![2]

Enquanto cantavam, o hobbit sentia o amor pelas coisas belas feitas por mão e por engenho e por magia atiçando-se em suas entranhas, um amor feroz e ciumento, o desejo dos corações

---

[2] *Far over the misty mountains cold / To dungeons deep and caverns old / We must away ere break of day / To seek the pale enchanted gold. / The dwarves of yore made mighty spells, / While hammers fell like ringing bells / In places deep, where dark things sleep, / In hollow halls beneath the fells. / For ancient king and elvish lord / There many a gleaming golden hoard / They shaped and wrought, and light they caught / To hide in gems on hilt of sword. / On silver necklaces they strung / The flowering stars, on crowns they hung / The dragon-fire, in twisted wire / They meshed the light of moon and sun. / Far over the misty mountains cold / To dungeons deep and caverns old / We must away, ere break of day, / To claim our long-forgotten gold. / Goblets they carved there for themselves / And harps of gold; where no man delves / There lay they long, and many a song / Was sung unheard by men or elves. / The pines were roaring on the height, / The winds were moaning in the night. / The fire was red, it flaming spread; / The trees like torches blazed with light. / The bells were ringing in the dale / And men looked up with faces pale; / The dragon's ire more fierce than fire / Laid low their towers and houses frail. / The mountain smoked beneath the moon; / The dwarves, they heard the tramp of doom. / They fled their hall to dying fall / Beneath his feet, beneath the moon. / Far over the misty mountains grim / To dungeons deep and caverns dim / We must away, ere break of day, / To win our harps and gold from him!*

dos anãos. Então alguma coisa típica dos Tûks despertou dentro de Bilbo, e ele desejou partir, e ver as grandes montanhas, e ouvir os pinheiros e as quedas-d'água, e explorar as cavernas, e usar uma espada em vez de um bastão de caminhada. Olhou para fora pela janela. As estrelas tinham aparecido no céu escuro acima das árvores. Pensou nas joias dos anãos brilhando em cavernas escuras. De repente, na mata além d'O Água, uma chama saltou — provavelmente alguém acendendo uma fogueira — e ele imaginou dragões saqueadores pousando em sua Colina tranquila e devorando-a com suas chamas. Estremeceu; e, mais do que depressa, voltou a ser o simples Sr. Bolseiro de Bolsão, Soto-Monte, outra vez.

Levantou-se tremendo. Tinha menos que meia intenção de pegar a lamparina, e mais do que meia intenção de fingir que ia fazer isso e se esconder atrás dos barris de cerveja na adega, e não sair dali até que todos os anãos tivessem ido embora. De repente, percebeu que a música e o canto tinham parado e que todos estavam olhando para ele com olhos que luziam no escuro.

"Aonde está indo?", disse Thorin, num tom que parecia mostrar que adivinhara ambas as meias intenções do hobbit.

"Que tal um pouco de luz?", disse Bilbo, como quem se desculpa.

"Gostamos do escuro", disseram todos os anãos. "Escuro para negócios obscuros! Ainda há muitas horas antes da aurora."

"É claro!", disse Bilbo, e se sentou apressado. Não mirou direito no banco e acabou se apoiando na grade da lareira, derrubando o atiçador e a pá com estardalhaço.

"Silêncio!", disse Gandalf. "Deixe Thorin falar!" E foi assim que Thorin começou.

"Gandalf, anãos e Sr. Bolseiro! Estamos reunidos na casa de nosso amigo e companheiro conspirador, este mui excelente e audacioso hobbit — que os cabelos de seus dedos dos pés nunca caiam! Todo louvor a seu vinho e cerveja!" Ele fez uma pausa para tomar fôlego e para que o hobbit fizesse um comentário educado, mas os elogios praticamente foram jogados fora no caso do pobre Bilbo Bolseiro, que estava mexendo a boca em protesto por ser chamado de *audacioso* e, pior de tudo, de *companheiro conspirador*, embora nenhum som saísse, já que ele estava tão desacorçoado. Assim, Thorin continuou:

"Encontramo-nos para discutir nossos planos, nossos métodos, meios, abordagens e estratégias. Havemos de começar em breve, antes que rompa a manhã, nossa longa jornada, uma jornada da qual alguns de nós, ou talvez todos nós (exceto nosso amigo e conselheiro, o engenhoso mago Gandalf), podem nunca retornar. É um momento solene. Nosso objetivo é, creio eu, bem conhecido de todos nós. Para o estimado Sr. Bolseiro, e talvez para um ou dois dos anãos mais jovens (acho que seria correto mencionar Kili e Fili, por exemplo), a situação exata neste momento pode requerer uma brevíssima explicação..."

Esse era o estilo de Thorin. Ele era um anão importante. Se lhe tivesse sido permitido, provavelmente continuaria nessa toada até ficar sem fôlego, sem contar a ninguém ali nada que já não fosse sabido. Mas foi rudemente interrompido. O pobre Bilbo não conseguia mais suportar a conversa. Ao ouvir aquele *podem nunca retornar*, começou a sentir um grito subindo de dentro dele, e logo o grito explodiu feito o apito de uma locomotiva saindo de um túnel. Todos os anãos se puseram de pé, derrubando a mesa. Gandalf acendeu uma luz azul na ponta de seu cajado mágico e, naquela luz de fogo de artifício, o pobre hobbit podia ser visto ajoelhado no tapete da lareira, tremendo feito geleia que está derretendo. Então desabou no assoalho e ficou repetindo "Atingido por relâmpago, atingido por relâmpago!" sem parar; e isso foi tudo o que conseguiram extrair dele durante muito tempo. Então o pegaram, e o puseram no sofá da sala de visitas com uma bebida a seu lado, e voltaram a seus negócios obscuros.

"Camaradinha agitado", disse Gandalf quando se sentaram de novo. "Tem esses ataques esquisitos e engraçados, mas é um dos melhores, um dos melhores — tão feroz quanto um dragão encurralado."

Se você já viu um dragão encurralado, vai perceber que isso era só exagero poético se aplicado a qualquer hobbit, até mesmo no caso do tio-bisavô do Velho Tûk, Berratouro, que era tão enorme (para um hobbit) que conseguia montar um cavalo. Ele lançou uma investida contra as fileiras dos gobelins do Monte Gram na Batalha dos Campos Verdes e arrancou a cabeça do rei deles, Golfimbul, com um taco de madeira. A cabeça saiu voando pelos ares por cem jardas[3] e caiu num buraco de coelho, e desse modo a batalha foi vencida, e o jogo de golfe foi inventado no mesmo momento.

Enquanto isso, entretanto, o descendente mais gentil de Berratouro estava voltando a si na sala de visitas. Depois de algum tempo, após tomar uma bebida, ele se esgueirou nervosamente até a porta da sala de estar. Isto foi o que ouviu. Gloin fez "Humpf!" (ou algum grunhido mais ou menos desse tipo). "Vocês acham que ele vai servir? Gandalf pode muito bem dizer que esse hobbit é feroz, mas um só grito daqueles num momento de empolgação seria suficiente para despertar o dragão e todos os seus parentes e matar a todos nós. Acho que soou mais como pânico do que como empolgação! Aliás, se não fosse pelo sinal na porta, eu teria certeza de que tínhamos chegado à casa errada. Assim que botei os olhos no camaradinha balançando e bufando no tapete tive minhas dúvidas. Parece mais um quitandeiro que um gatuno!"

Então o Sr. Bolseiro girou a maçaneta e entrou. O lado Tûk tinha vencido. De repente, sentiu que toparia ficar sem dormir e sem o café da manhã para que o achassem feroz. Quanto a *camaradinha balançando no tapete*, isso quase o fez ficar feroz de verdade. Muitas vezes, mais tarde, o lado Bolseiro, arrependido do que ele fez naquela hora, costumava lhe dizer: "Bilbo, você foi um bobo; entrou de cabeça e se deu mal."

"Perdão," disse, "se fiquei ouvindo o que vocês estavam dizendo. Não posso dizer que entendi do que estavam falando, ou as suas referências a gatunos, mas acho que não erro se acreditar" (isso é o que ele chamava de manter sua dignidade) "que vocês acham que eu não valho nada. Pois vou lhes mostrar. Não tenho sinais na minha porta — ela foi pintada faz uma semana — e estou bastante certo de que vieram à casa errada. Assim que vi suas caras engraçadas na soleira da porta

---

[3]Cada jarda equivale a 91 centímetros. Cem jardas equivalem a cerca de 90 metros. [N. T.]

tive minhas dúvidas. Mas podem considerar que vieram à casa certa. Digam-me o que querem que eu faça, e vou tentar, mesmo se tiver de andar daqui até o Leste do Leste e lutar com as Grãs-Serpes[4] Selvagens no Último Deserto. Certa vez, o meu tio-tataravô Berratouro Tûk..."

"Sim, sim, mas isso foi há muito tempo", disse Gloin. "Eu estava falando de *você*. E lhe asseguro que há uma marca nesta porta — a marca comum nesse ramo, ou costumava ser. *Gatuno deseja um bom trabalho, um bocado de Empolgação e Recompensa razoável* é como essa marca normalmente é lida. Pode dizer *Caçador de Tesouros Especializado* em vez de *Gatuno*, se preferir. Alguns deles preferem. Dá na mesma para nós. Gandalf nos contou que havia um sujeito desse tipo nestas partes procurando um trabalho imediato e que ele tinha arrumado um encontro com ele na hora do chá nesta quarta-feira."

"Claro que há uma marca", disse Gandalf. "Eu mesmo a pus lá. Por razões muito boas. Vocês me pediram para achar o décimo-quarto homem da sua expedição, e eu escolhi o Sr. Bolseiro. Quero só ver alguém dizendo que escolhi o homem errado ou a casa errada, e vocês podem ficar com apenas treze homens e ter toda a má sorte que quiserem, ou então voltar a minerar carvão."

Olhou tão feio para Gloin que o anão se encostou de novo na sua cadeira; e, quando Bilbo tentou abrir a boca para fazer uma pergunta, Gandalf se virou para ele, e franziu o cenho, e projetou suas sobrancelhas frondosas, até que Bilbo fechou bem a boca com um estalo. "É isso mesmo", disse Gandalf. "Chega de discussão. Escolhi o Sr. Bolseiro, e isso deveria ser suficiente para todos vocês. Se digo que ele é um Gatuno, um Gatuno é o que ele é, ou será, quando a hora chegar. Há muito mais nele do que vocês acham, e um bocado mais do que ele próprio imagina. Vocês todos ainda hão de viver (possivelmente) para me agradecer por isso. Agora, Bilbo, meu rapaz, pegue a lamparina, e lancemos alguma luz sobre isto!"

---

[4] "Serpe" é o mesmo que "serpente". O termo é utilizado ao longo do livro como tradução da palavra em inglês *worm*, quando se refere aos dragões. [N. T.]

A Colina: Vila-dos-hobbits-defronte-ao-Água

Sobre a mesa, à luz de uma grande lamparina com um anteparo vermelho, ele abriu um pedaço de pergaminho que lembrava um mapa.

"Foi feito por Thror, seu avô, Thorin", disse ele, em resposta às perguntas empolgadas dos anões. "É uma planta da Montanha."

"Não vejo como isso vá nos ajudar muito", disse Thorin, desapontado, depois de dar uma olhada. "Lembro-me bastante bem da Montanha e das terras em volta dela. E sei onde fica Trevamata, assim como o Urzal Seco, onde os grandes dragões procriavam."

"Há um dragão marcado em vermelho na Montanha", disse Balin, "mas será bem fácil achá-lo sem isso, se algum dia chegarmos lá."

"Há um ponto que vocês não notaram," disse o mago, "e é a entrada secreta. Veem a runa do lado Oeste e a mão apontando para ela perto das outras runas? Isso marca uma passagem oculta para os Salões Inferiores." (Veja o mapa na folha de guarda e você verá as runas em vermelho.)

"Pode ter sido secreta antes," disse Thorin, "mas como sabemos que ainda é secreta? O velho Smaug já vive ali há tempo suficiente para ter descoberto tudo o que há para se saber acerca daquelas cavernas."

"Pode ser — mas ele não teria como usá-la durante esses anos todos."

"Por quê?"

"Porque é pequena demais. 'Cinco pés de altura a porta, e três podem entrar lado a lado', dizem as runas, mas Smaug não conseguiria se enfiar num buraco desse tamanho, nem mesmo quando era um dragão jovem, e certamente não depois de devorar tantos dos anões e dos homens de Valle."

"Para mim parece uma toca enorme", berrou Bilbo (que não tinha experiência com dragões, só com tocas de hobbit). Estava ficando empolgado e interessado de novo, de modo que esqueceu de ficar de boca fechada. Adorava mapas, e em seu corredor estava pendurado um grande do Campo Em Volta, com todas as suas caminhadas favoritas marcadas nele com tinta vermelha. "Como uma porta tão grande poderia continuar em segredo para todos os que estão fora, além do dragão?", perguntou. Ele era só um pequeno hobbit, lembre-se.

"De muitas maneiras", disse Gandalf. "Mas de que maneira essa ficou escondida nós não saberemos sem ir até lá para ver. Do que se diz no mapa, eu imaginaria que há uma porta fechada que foi feita para ter a aparência exata da encosta da Montanha. Esse é o método usual dos anãos — acho que está correto, não?"

"Bastante correto", disse Thorin.

"Além disso," continuou Gandalf, "esqueci de mencionar que com o mapa veio uma chave, uma chave pequena e curiosa. Aqui está!", disse, e deu a Thorin uma chave com um cabo comprido e entalhes intrincados, feita de prata. "Guarde-a bem!"

"É o que farei", disse Thorin, e a prendeu numa corrente fina que estava pendurada no seu pescoço e ficava debaixo de sua jaqueta. "Agora as coisas estão ficando mais promissoras. Essa notícia faz com que tudo pareça melhor. Até agora, não tivemos ideia clara do que fazer. Pensamos em ir para o Leste, do modo mais discreto e cuidadoso que pudéssemos, até chegar ao Lago Longo. Depois disso os problemas começariam..."

"Começariam muito antes disso, se conheço algo das estradas para o Leste", interrompeu Gandalf.

"Poderíamos partir de lá ao longo do Rio Rápido", continuou Thorin, sem lhe dar atenção, "e assim chegar às ruínas de Valle — a velha cidade no vale, sob a sombra da Montanha. Mas nenhum de nós gostou da ideia de entrar pelo Portão da Frente. O rio passa por ele através da grande encosta no Sul da Montanha e é dele que o dragão sai também — e com muita frequência, a não ser que ele tenha mudado seus hábitos."

"Isso não prestaria," disse o mago, "não sem um Guerreiro poderoso, até mesmo um Herói. Tentei achar um; mas os guerreiros estão ocupados lutando uns contra os outros em terras distantes, e nesta vizinhança os heróis são escassos, ou simplesmente não existem. As espadas nestas partes em geral estão sem gume, e os machados são usados em árvores, e os escudos como berços ou coberturas de pratos; e os dragões estão a uma distância confortável (e, portanto, são lendários). Foi por isso que decidi empregar *gatunagem* — especialmente quando recordei a existência de uma Porta Lateral. E aqui está nosso pequeno Bilbo Bolseiro, *o* gatuno, o gatuno escolhido e selecionado. Então vamos continuar e fazer alguns planos."

"Pois muito bem," disse Thorin, "vamos supor que o gatuno--especialista nos dê algumas ideias ou sugestões." Virou-se com gentileza fingida para Bilbo.

"Primeiro, eu gostaria de saber um pouco mais sobre as coisas", disse Bilbo, sentindo-se todo confuso e um pouco trêmulo por dentro, mas por enquanto ainda determinado, ao modo dos Tûks, a ir adiante. "Quero dizer, sobre o ouro, e o dragão, e tudo isso, e como foi parar lá, e a quem pertence o tesouro, e coisa e tal."

"Céus!", disse Thorin. "Você não está vendo um mapa? E não escutou nossa canção? E será que já não estamos falando sobre tudo isso faz horas?"

"De todo modo, gostaria que tudo ficasse direto e claro", disse ele obstinadamente, usando sua postura de negócios (normalmente reservada para pessoas que tentavam emprestar dinheiro dele) e fazendo seu melhor para parecer sábio, e prudente, e profissional, e corresponder à recomendação de Gandalf. "Além disso, também gostaria de saber sobre riscos, despesas imediatas, tempo requerido e remuneração, e assim por diante" — com o que ele queria dizer: "O que vou ganhar com isso? E vou sair vivo dessa?"

"Oh, muito bem", disse Thorin. "Há muito, no tempo de meu avô Thror, nossa família foi expulsa do Norte distante e retornou, com toda a sua riqueza e suas ferramentas, a essa Montanha no mapa. Tinha sido descoberta por meu ancestral distante, Thrain, o Velho, mas após esse retorno eles mineraram, e abriram túneis, e fizeram salões imensos e oficinas maiores — e, além disso, creio que encontraram uma bela quantidade de ouro e muitíssimas joias também. De qualquer modo, ficaram imensamente ricos e famosos, e meu avô se tornou Rei sob a Montanha de novo, sendo tratado com grande reverência pelos homens mortais, que viviam ao Sul e estavam gradualmente se espalhando Rio Rápido acima, até o vale sob a sombra da Montanha. Eles construíram a alegre cidade de Valle ali naqueles dias. Reis costumavam convocar nossos ferreiros e recompensar até os menos hábeis mui ricamente. Pais imploravam que fizéssemos de seus filhos nossos aprendizes e nos pagavam regiamente, em especial em suprimentos de comida, que nunca nos preocupávamos em produzir ou achar por nós mesmos. Em resumo, aqueles eram bons dias para nós, e os mais pobres entre nós tinham dinheiro para gastar e emprestar, e tempo para fazer coisas belas apenas pelo divertimento, para não falar dos brinquedos mais maravilhosos e mágicos, cuja semelhança não se acha no mundo nos dias de hoje. Assim, os salões de meu avô se tornaram cheios de armaduras, e joias, e entalhes, e taças, e o mercado de brinquedos de Valle era a maravilha do Norte.

"Indubitavelmente foi isso o que atraiu o dragão. Dragões roubam ouro e joias, sabe, de homens e elfos e anãos, onde quer que os achem; e guardam seu butim enquanto vivem (o que é praticamente para sempre, a menos que sejam mortos), e nunca aproveitam nem um anel de latão de tudo aquilo. De fato, dificilmente sabem a diferença entre uma peça bem-feita e outra ruim, embora normalmente tenham boa noção do valor de mercado corrente; e não conseguem criar nada sozinhos, nem mesmo consertar uma escama solta de suas armaduras. Havia montes de dragões no Norte naqueles dias, e o ouro provavelmente estava ficando escasso por lá, com os anãos fugindo para o sul ou sendo mortos, e toda a desolação e destruição que os dragões produzem indo de mal a pior. Havia uma serpe mui especialmente ávida, forte e perversa com o nome de Smaug. Certo dia, ele saiu voando pelos ares e veio para o sul. A primeira coisa que ouvimos foi um barulho como o de um furacão vindo do Norte, e os pinheiros da Montanha rangendo e rachando ao vento. Alguns dos anãos que, por acaso, estavam fora (eu era um deles, por sorte — um belo rapaz aventuroso naqueles dias, sempre vagando por aí, e isso salvou minha vida) — bem, de uma boa distância vimos o dragão pousar na nossa montanha com um borbulhar de chama. Então desceu as encostas e, quando alcançou as matas, todas pegaram fogo. A essa altura, todos os sinos estavam soando em Valle, e os guerreiros estavam se armando. Os anãos saíram correndo de seu grande portão; mas lá estava o dragão esperando por eles. Ninguém escapou por aquela via. O rio se alçou em vapores, e uma névoa caiu sobre Valle, e na névoa o dragão veio sobre eles e destruiu a maioria dos guerreiros — a velha e triste história, por demais comum naqueles dias. Então ele voltou e se esgueirou pelo Portão da Frente e devastou todos os salões, e alamedas, e túneis, e becos, e adegas, e mansões e passagens. Depois disso não havia mais anãos vivos do lado de dentro, e ele tomou toda a riqueza deles para si. Provavelmente, já que é assim que dragões agem, ele empilhou tudo num grande monte no fundo da montanha e dorme em cima dele como se fosse uma cama. Mais tarde, costumava sair rastejando do grande portão e vir à noite a Valle, e levar pessoas embora, especialmente donzelas, para comer, até que Valle ficou arruinada, e todo o povo morreu ou se foi. O que acontece lá agora eu não sei ao certo, mas não suponho que alguém viva mais perto da Montanha do que na borda oposta do Lago Longo nos dias de hoje.

"Os poucos de nós que estavam bem do lado de fora sentaram-se e choraram escondidos, e amaldiçoaram Smaug; e ali se juntaram a nós, inesperadamente, meu pai e meu avô, com barbas chamuscadas. Tinham ar muito sombrio, mas pouco disseram. Quando perguntei como tinham escapado, disseram para eu segurar a língua e que um dia, no momento propício, eu saberia. Depois disso fomos embora, e tivemos que ganhar a vida da melhor maneira que podíamos para lá e para cá pelas terras, às vezes descendo tão baixo a ponto de trabalhar como um ferreiro comum, ou mesmo minerando carvão. Mas nunca esquecemos nosso tesouro roubado. E, mesmo agora, quando admito que temos um pouco guardado e não estamos tão mal," — aqui Thorin acariciou a corrente de ouro em volta de seu pescoço — "ainda queremos recuperá-lo e levar nossas maldições a Smaug — se pudermos.

"Muitas vezes me perguntei sobre a fuga de meu pai e meu avô. Vejo agora que deviam ter uma Porta Lateral privada que só eles conheciam. Mas aparentemente fizeram um mapa, e gostaria de saber como Gandalf tomou posse dele e por que não chegou até mim, o herdeiro legítimo."

"Eu não 'tomei posse', ele me foi dado", disse o mago. "Seu avô Thror foi morto, você se lembra, nas minas de Moria por Azog, o Gobelim."

"Maldito seja seu nome, sim", disse Thorin.

"E Thrain, seu pai, foi embora no vigésimo-primeiro dia de abril, fez cem anos na última quinta-feira, e nunca mais foi visto por você desde então..."

"Verdade, verdade", disse Thorin.

"Bem, seu pai me deu isto para que desse a você; e, se escolhi minha própria hora e maneira de lhe entregar a chave, você dificilmente pode me culpar, considerando a dificuldade que tive para encontrá-lo. Seu pai não conseguia recordar o próprio nome quando me deu o papel e nunca me contou o seu; então, de modo geral, acho que você devia me elogiar e agradecer! Aqui está", disse ele, entregando o mapa a Thorin.

"Não entendi", disse Thorin, e Bilbo sentiu que gostaria de dizer o mesmo. A explicação parecia não explicar nada.

"Seu avô", disse Gandalf, de modo lento e sombrio, "deu o mapa ao filho dele por segurança antes que fosse às minas de Moria. Seu pai foi embora para tentar sua sorte com o mapa depois que seu avô foi morto; e montes de aventuras de um tipo muitíssimo desagradável ele teve, mas nunca chegou perto da Montanha. Como foi parar lá eu não sei, mas o encontrei quando ele era prisioneiro nas masmorras do Necromante."

"Pode me dizer o que estava fazendo lá?", perguntou Thorin com um estremecimento, e todos os anãos tremeram.

"Nada demais. Estava tentando descobrir coisas, como de costume; e um negócio terrivelmente perigoso foi. Até eu, Gandalf, mal consegui escapar. Tentei salvar seu pai, mas era tarde demais. Estava sem juízo e delirando, e tinha esquecido quase tudo, exceto o mapa e a chave."

"Há muito tempo que nos vingamos dos gobelins de Moria", disse Thorin; "precisamos pensar no que fazer quanto ao Necromante."

"Não seja absurdo! Ele é um inimigo muito além dos poderes de todos os anãos postos juntos, se todos pudessem ser reunidos de novo dos quatro cantos do mundo. A única coisa que seu pai desejava era que o filho dele lesse o mapa e usasse a chave. O dragão e a Montanha são tarefas mais do que grandes o suficiente para você!"

"Ouçam, ouçam!", disse Bilbo, e foi acidentalmente que o fez em voz alta.

"Ouvir o quê?", disseram todos eles, virando-se de repente para ele, e ele ficou tão desacorçoado que respondeu: "Ouçam o que tenho a dizer!"

"E o que é?", perguntaram.

"Bem, eu diria que devem ir para o Leste e dar uma olhada em volta. Afinal de contas há a Porta Lateral, e dragões precisam dormir às vezes, suponho. Se vocês se sentarem na soleira da porta por tempo suficiente, ouso dizer que pensarão em alguma coisa. E bem, sabe como é, acho que já conversamos o bastante por uma noite, se entendem o que quero dizer. Que tal cama, e começar cedo, e tudo o mais? Vou lhes oferecer um bom café da manhã antes de vocês irem."

"Antes de *nós* irmos, suponho que você queira dizer", observou Thorin. "Você não é o gatuno? E se sentar na soleira da porta não é o seu trabalho, sem falar em entrar pela porta? Mas concordo quanto a cama e o café da manhã. Gosto de comer seis ovos com meu presunto, quando começo uma viagem: fritos, não cozidos, e cuidado para não quebrá-los."

Depois que todos tinham encomendado seu café da manhã sem nem dizer por favor (o que irritou Bilbo um bocado), eles se levantaram. O hobbit teve de achar espaço para todos, e encheu os seus quartos livres, e fez camas em cadeiras e sofás, até que conseguiu enfiar todo mundo em seu lugar e foi para sua própria caminha, muito cansado e não muito contente. Uma coisa que decidiu de vez foi não se incomodar em levantar muito cedo e cozinhar a porcaria do café da manhã para todo mundo. O lado Tûk estava ficando fraco, e naquele momento ele não tinha tanta certeza se faria alguma viagem de manhã.

Já deitado na cama, podia ouvir Thorin ainda murmurando para si mesmo no melhor quarto, ao lado do dele:

Além dos montes em nevoeiro
Pras masmorras sem prisioneiro
Vamos embora, antes da aurora,
Lembrai-vos d'ouro feiticeiro![5]

Bilbo foi dormir com aquilo em seus ouvidos, o que lhe trouxe sonhos muito desconfortáveis. Já era bem depois da aurora quando ele acordou.

---

[5] *Far over the misty mountains cold / To dungeons deep and caverns old / We must away, ere break of day, / To find our long-forgotten gold.*

2

Cordeiro Assado

Bilbo pulou da cama e, colocando seu robe, foi para a sala de jantar. Ali não viu ninguém, mas achou todos os sinais de um café da manhã farto e apressado. Havia uma bagunça tremenda na sala e pilhas de louça não lavada na cozinha. Quase todas as tigelas e panelas que possuía pareciam ter sido usadas. A louça suja era tão horrendamente real que Bilbo foi forçado a acreditar que a festa da noite anterior não fora parte de seus pesadelos, como tinha esperança que fosse. De fato, estava mesmo aliviado, no fim das contas, por pensar que todos tinham ido embora sem ele e sem se dar ao trabalho de acordá-lo ("Mas sem nem um obrigado", pensou.); e, contudo, de certo modo, não conseguia evitar a sensação de estar um tantinho desapontado. A sensação o surpreendeu.

"Não seja tolo, Bilbo Bolseiro!", disse a si mesmo, "pensando em dragões e em toda aquela bobagem extravagante na sua idade!" Então colocou um avental, acendeu o fogo, ferveu água e lavou tudo. Depois tomou um pequeno e gostoso café da manhã na cozinha antes de arrumar a sala de jantar. A essa altura, o sol estava brilhando; e a porta da frente estava aberta, deixando entrar uma calorosa brisa de primavera. Bilbo começou a assobiar alto e a esquecer a noite anterior. De fato, estava se sentando para comer mais um pouco de desjejum gostoso na sala de jantar, do lado da janela aberta, quando eis que entrou Gandalf.

"Meu caro companheiro," disse ele, "quando é que você *vai* vir? E quanto a *começar cedo*? — e aqui está você tomando o café da manhã, ou seja lá como chama isso, às dez e meia! Deixaram uma mensagem para você porque não podiam esperar."

"Que mensagem?", disse o pobre Sr. Bolseiro, todo atarantado.
"Grandes Elefantes!", disse Gandalf, "você não caiu em si nesta manhã — nem chegou a tirar poeira de cima da lareira!"
"O que isso tem a ver com a história? Já tive trabalho o suficiente lavando a louça suja de catorze pessoas!"
"Se tivesse tirado a poeira, você teria encontrado isto bem embaixo do relógio", disse Gandalf, dando a Bilbo um bilhete (escrito, é claro, com o próprio papel para anotações do hobbit). Eis o que dizia:

"Thorin e Companhia para o Gatuno Bilbo: saudações! Por sua hospitalidade nossos mais sinceros agradecimentos e, à sua oferta de assistência profissional, nosso agradecido aceite. Termos: pagamento à vista no momento da entrega, até e não excedendo uma décima-quarta parte dos lucros totais (caso existam); todas as despesas de viagem garantidas para qualquer eventualidade; despesas funerárias a serem cobertas por nós ou por nossos representantes, se houver ocasião e se o assunto não for resolvido de outra maneira.

Crendo ser desnecessário perturbar seu estimado repouso, procedemos na frente com vistas a fazer os preparativos requeridos e havemos de aguardar sua respeitada pessoa na Estalagem Dragão Verde, Beirágua, às 11h em ponto. Confiando em sua *pontualidade*,
Honrados de permanecer
ao vosso dispor,
Thorin & Cia."

"Ou seja, você só tem dez minutos. Vai ter de correr", disse Gandalf.
"Mas...", disse Bilbo.
"Sem tempo para isso", disse o mago.
"Mas...", disse Bilbo de novo.
"Sem tempo para isso também! Vamos lá!"
Até o fim de seus dias, Bilbo nunca conseguiu recordar como foi parar lá fora, sem um chapéu, um bastão de caminhada, nem dinheiro algum, nem nada do que costumava levar quando saía; deixando seu segundo desjejum pela metade e sem lavar

os pratos, jogando suas chaves nas mãos de Gandalf e correndo tão rápido quanto seus pés peludos conseguiam carregá-lo, descendo a alameda, passando o grande Moinho, atravessando O Água e seguindo por outra milha ou mais.

Todo esbaforido estava quando chegou a Beirágua exatamente quando batiam as onze horas — e descobriu que tinha vindo sem um lenço de bolso!

"Bravo!", disse Balin, que estava de pé na porta da estalagem esperando por ele.

Na mesma hora, todos os outros viraram a esquina da rua que passava pela vila. Estavam montados em pôneis, e cada pônei estava carregado com todo tipo de bagagem, pacote, embrulho e parafernália. Havia um pônei bem pequeno, aparentemente para Bilbo.

"Montem, vocês dois, e vamos lá!", disse Thorin.

"Peço mil desculpas," disse Bilbo, "mas vim sem meu chapéu, e deixei meu lenço de bolso para trás, e não tenho dinheiro nenhum. Só vi seu bilhete depois das 10h45, para ser preciso."

"Não seja preciso", disse Dwalin, "e não se preocupe! Você vai ter de se virar sem lenços de bolso, e sem muitas outras coisas, antes de chegar ao fim da jornada. Quanto a chapéus, eu tenho um capuz e um manto de reserva na minha bagagem."

Foi assim que eles acabaram começando a viagem, saindo trotando da estalagem numa bela manhã, pouco antes do mês de maio, em pôneis carregados; e Bilbo estava usando um capuz verde-escuro (um pouco desbotado pelo tempo) e um manto também verde-escuro emprestado de Dwalin. Eram grandes demais para ele, que ficou com aparência bastante cômica. O que seu pai, Bungo, teria pensado dele, nem ouso imaginar. Seu único conforto é que não havia como confundi-lo com um anão, já que ele não tinha barba.

Não estavam cavalgando fazia muito tempo quando lá veio Gandalf, muito esplêndido em um cavalo branco. Tinha trazido um monte de lenços de bolso, e o cachimbo e o tabaco de Bilbo. Assim, depois disso o grupo seguiu em frente muito alegre, e eles contavam histórias ou cantavam canções enquanto cavalgavam o dia todo, exceto, é claro, quando paravam para as refeições. Essas não eram tão frequentes quanto Bilbo gostaria, mas ainda assim ele começou a sentir que aventuras não eram tão ruins, afinal de contas. No começo, tinham passado por terras hobbits, uma ampla e respeitável região habitada por gente decente, com boas estradas, uma ou duas estalagens e, de vez em quando, um anão ou um lavrador viajando a negócios. Então chegaram a terras onde as pessoas falavam de modo estranho e cantavam canções que Bilbo nunca tinha ouvido antes. Agora, já tinham adentrado as Terras-solitárias, onde não havia mais ninguém, nem estalagens, e as estradas foram ficando cada vez piores. Não muito longe havia montes desolados, erguendo-se cada vez mais altos, escuros e cobertos de árvores. Em alguns deles havia antigos castelos com um ar maligno, como se tivessem sido construídos por gente perversa. Tudo parecia tristonho, pois o tempo, naquele dia, ficara bem ruim. Em geral, o tempo tinha sido tão bom quanto qualquer mês de maio pode ser, mesmo em histórias alegres, mas agora estava frio e úmido. Nas Terras-solitárias eles tinham sido obrigados a acampar quando podiam, mas pelo menos tinha sido no seco.

"E pensar que logo vai ser junho!", resmungou Bilbo, enquanto chapinhava atrás dos demais numa trilha muito lamacenta. Era depois da hora do chá; a chuva desabava, como fizera o dia inteiro; seu capuz jogava pingos d'água em seus olhos, seu manto estava ensopado; o pônei, cansado, tropeçava nas pedras; os outros estavam rabugentos demais para conversar. "E tenho certeza de que a chuva molhou as roupas secas e nossas bolsas de comida", pensou Bilbo. "Para os diabos com a gatunagem e tudo o que tem a ver com ela! Queria estar em casa, na minha toca gostosa, ao lado do fogo, com a chaleira começando a cantar!" Não foi a última vez que desejou isso!

Ainda assim, os anos seguiam em frente, nunca se virando nem prestando atenção no hobbit. Em algum lugar detrás das nuvens cinzentas o sol devia ter se posto, pois começou a ficar escuro conforme desciam para um vale fundo que tinha um rio na parte mais baixa. O vento aumentou, e salgueiros ao longo das margens se inclinaram e sibilaram. Por sorte, a estrada passava por uma antiga ponte de pedra, pois o rio, cheio com as chuvas, descia das colinas e montanhas ao norte.

Era quase noite quando atravessaram. O vento dissipou as nuvens cinzentas, e uma lua vagante apareceu acima das colinas, entre os fiapos nebulosos. Então pararam, e Thorin resmungou algo sobre a ceia, "e onde vamos achar um pouco de chão seco para dormir?".

Foi só então que notaram que Gandalf tinha sumido. Até então, tinha vindo com eles por todo o caminho, nunca dizendo se estava participando da aventura ou apenas lhes fazendo companhia por um tempo. Era o que tinha mais comido, mais conversado e mais rido. Mas agora simplesmente não estava mais lá!

"Justo quando um mago seria mais útil, aliás", gemeram Dori e Nori (que compartilhavam das opiniões do hobbit sobre refeições regulares, fartas e frequentes).

Decidiram, no fim das contas, que teriam de acampar onde estavam. Foram para um aglomerado de árvores e, embora estivesse mais seco debaixo delas, o vento fazia a chuva cair das folhas, e o pinga-pinga era demasiado irritante. Além disso, o fogo parecia estar rebelde. Anões são capazes de fazer fogo em quase qualquer lugar, usando quase qualquer coisa, com ou sem vento; mas não estavam conseguindo naquela noite, nem mesmo Oin e Gloin, que eram especialmente bons nessa tarefa.

Então um dos pôneis se assustou do nada e deu no pé. Tinha entrado no rio antes que conseguissem pegá-lo; e, antes que conseguissem tirá-lo de lá, Fili e Kili quase se afogaram, e toda a bagagem que o cavalo carregava foi levada pela água. É claro que essa bagagem era principalmente comida, de modo que tinha sobrado muito pouco para a ceia e menos ainda para o café da manhã.

Lá estavam todos sentados, cabisbaixos e molhados e resmungando, enquanto Oin e Gloin continuavam tentando acender o fogo e brigavam por causa disso. Bilbo refletia tristemente que aventuras nem sempre são cavalgadas em pôneis à luz do sol de maio quando Balin, que era sempre o vigia do grupo, disse: "Há uma luz ali!" Havia uma colina a alguma distância deles, com árvores em cima, bem densas em alguns pontos. Da massa escura das árvores agora podiam ver uma luz brilhando, avermelhada e com aparência reconfortante, como se fosse uma fogueira ou tochas brilhando.

Depois de observarem a luz por algum tempo, começaram a discutir. Alguns diziam "não" e alguns diziam "sim". Alguns diziam que podiam ir logo até lá e ver do que se tratava, e que qualquer coisa era melhor do que pouca ceia, ainda menos café da manhã e roupas molhadas a noite toda.

Outros disseram: "Estas partes não são muito bem conhecidas e estão perto demais das montanhas. Viajantes quase não vêm por este caminho hoje em dia. Os mapas antigos não prestam: as coisas mudaram para pior, e a estrada não é protegida. Quase não chegaram a ouvir falar do rei por aqui e, quanto menos curioso você for enquanto viaja, menos problemas tende a encontrar." Alguns replicaram: "Afinal de contas, há catorze de nós aqui." Outros comentaram: "Para onde será que Gandalf foi?" Esse comentário foi repetido por todos. Então a chuva começou a desabar mais forte do que nunca, e Oin e Gloin começaram a brigar.

Isso resolveu a questão. "Afinal, temos um gatuno conosco", disseram; e assim partiram, levando seus pôneis (com todo o cuidado devido e apropriado) na direção da luz. Chegaram à colina e logo estavam no bosque. Lá se foram, subindo a colina; mas não havia uma trilha apropriada que pudesse ser vista, do tipo que levaria a uma casa ou a uma fazenda; e não conseguiram evitar que o mato farfalhasse e gemesse e rangesse (nem que eles mesmos resmungassem e xingassem bastante), conforme andavam em meio às árvores naquele breu.

De repente, a luz vermelha brilhou muito forte em meio aos troncos das árvores, pouco à frente deles.

"Agora é a vez do gatuno", afirmaram, querendo dizer Bilbo. "Vá na frente e descubra tudo sobre aquela luz, para que é e se tudo está perfeitamente seguro e tranquilo", disse Thorin ao hobbit. "Agora rasteje até lá e volte logo, se tudo estiver bem. Se não, volte se conseguir! Se não conseguir, pie duas vezes como uma coruja-das-torres e uma vez como uma coruja-do-mato, e faremos o que pudermos."

E lá Bilbo teve de ir, antes que conseguisse explicar que não sabia piar nem uma vez como qualquer tipo de coruja, não mais do que conseguia voar como um morcego. Mas, de qualquer modo, hobbits conseguem se movimentar sem fazer barulho na mata, em silêncio absoluto. Têm orgulho disso, e Bilbo tinha ficado irritado mais de uma vez com o que chamava de "toda essa barulheira de anãos" conforme prosseguiam, embora eu não suponha que você ou eu teríamos notado alguma coisa numa noite de muito vento, nem mesmo se toda a cavalgada passasse a dois pés de distância. Quanto a Bilbo, caminhando com cautela na direção da luz vermelha, suponho que nem mesmo uma doninha teria mexido um fio de bigode por causa dele. Então, naturalmente, ele chegou bem perto da fogueira — pois fogueira era — sem incomodar ninguém. E isto é o que ele viu.

Três pessoas muito grandes se sentavam ao redor de uma fogueira muito grande, feita com toras de faia. Estavam assando carne de cordeiro em grandes espetos de madeira e lambendo a gordura de seus dedos. O cheiro era muito apetitoso. Também havia um barril de boa bebida à mão, e estavam bebendo em jarros. Mas eram trols. Obviamente trols. Até Bilbo, apesar de sua vidinha protegida, conseguia ver isso: as caras grandes e pesadas deles, e seu tamanho, e a forma de suas pernas, para não falar de sua linguagem, que não era uma linguagem de salão, não, de jeito nenhum.

"Cordeiro ontem, cordeiro hoje e olha lá se num vai sê cordeiro de novo diamanhã", disse um dos trols.

"Nem uma porcaria de pedacinho de carne de homem sobra pra gente já faz tempo", disse um segundo. "Que diacho o William tava pensano quando trouxe a gente pra esses lados, eu nem sei — e a bebida acabano, olha só", disse, empurrando o cotovelo de William, que estava puxando o jarro.

William engasgou. "Calaboca!", disse, assim que conseguiu falar. "Cêis num espera que o povo vai parar aqui só pra ser comido pelo cê e pelo Bert. Cêis dois sozinho já cumero uma vila e meia desde que a gente desceu das montanha. Que mais cêis qué? E até que a gente tá cum sorte, cêis devia era dizê 'brigado, Bill' por um pedacinho gostoso de cordeiro gordo do vale feito esse aqui." Ele arrancou uma boa mordida de uma coxa de cordeiro que estava assando e esfregou os lábios numa manga.

Sim, temo que os trols de fato se comportem desse jeito, até mesmo aqueles que só têm uma cabeça cada um. Depois de ouvir tudo isso, Bilbo devia ter feito alguma coisa de imediato. Ou devia ter voltado quietinho e avisado a seus amigos que havia três trols de bom tamanho e maus bofes bem perto, os quais provavelmente experimentariam anão assado, ou mesmo pônei, para variar; ou então deveria ter praticado um pouco de boa gatunagem. Um gatuno legendário que realmente fosse de primeira classe, a essa altura, teria limpado os bolsos dos trols — quase sempre vale a pena, se você conseguir —, arrancado até o cordeiro dos espetos, afanado a cerveja e saído dali sem ser notado. Outros, mais práticos, mas com menos orgulho profissional, talvez tivessem enfiado uma adaga em cada um dos monstros antes de serem observados. Então seria possível passar a noite alegremente.

Bilbo sabia de tudo isso. Tinha lido sobre um bocado de coisas que nunca tinha visto ou feito. Estava muito alarmado, e também enojado; desejava estar a cem milhas dali, e ainda assim — e ainda assim, de algum modo, não podia voltar direto para Thorin e Companhia de mãos vazias. Então ficou e hesitou nas sombras. Dos vários procedimentos gatunescos que conhecia, limpar os bolsos dos trols parecia o menos difícil, de modo que enfim se esgueirou por trás de uma árvore às costas de William.

Bert e Tom tinham ido até o barril. William estava bebendo um pouco mais. Então Bilbo reuniu coragem e colocou sua mãozinha no enorme bolso de William. Havia uma carteira dentro dele, tão grande quanto uma sacola para Bilbo. "Ha!", pensou ele, animando-se com seu novo emprego enquanto a retirava cuidadosamente, "é um começo!"

Era mesmo! As carteiras dos trols são o diabo, e essa não era exceção. "Ô, quem que é?", piou ela quando foi tirada do bolso; e William se virou na mesma hora e agarrou Bilbo pelo pescoço, antes que ele conseguisse se esquivar atrás da árvore.

"Diacho, Bert, olha só o que eu catei!", disse William.

"O que é?", disseram os outros, chegando perto.

"Eu que sei? O que cê é?"

"Bilbo Bolseiro, um gatun... um hobbit", disse o pobre Bilbo, tremendo inteirinho e imaginando como produzir sons de coruja antes que o esganassem.

"Um gatunobbit?", disseram eles, um tanto espantados. Trols são meio lerdos e muito desconfiados em relação a qualquer coisa que seja nova.

"Que que um gatunobbit tem a ver com meu bolso, ué?", disse William.

"E dá pra gente cozinhar ele?", disse Tom.

"Dá pra tentar", disse Bert, pegando um espeto.

"Com ele só dava pra fazer um tira-gosto", disse William, que já tinha comido uma bela ceia, "do que sobrar depois que a gente esfolar e tirar os ossos."

"Vai que tem mais desses aí em volta, aí a gente fazia uma torta", disse Bert. "Olha aqui, tem mais da sua raça escondida nessas mata aqui, seu cueínho nojento", disse ele, vendo os pés peludos do hobbit; e com isso o pegou pelos dedos dos pés e o chacoalhou.

"Sim, montes", disse Bilbo, antes de lembrar que não devia entregar seus amigos. "Não, nenhum mesmo, nem unzinho", disse imediatamente depois.

"Que cê qué dizer?", perguntou Bert, segurando-o do lado certo, só que pelo cabelo dessa vez.

"O que acabei de dizer", disse Bilbo, sem fôlego. "E por favor, não me cozinhem, gentis senhores! Eu mesmo sou bom cozinheiro e sei cozinhar melhor do que cozinho, se percebem o que quero dizer. Cozinharei muito bem para vocês, um café da manhã perfeitamente lindo para vocês, se apenas não me comerem na ceia."

"Coitadinho do disgramado!", disse William. Ele já tinha comido tanto quanto conseguia engolir na ceia; e também tinha tomado muita cerveja. "Coitadinho do disgramado! Deixa ele!"

"Não até ele explicar esse negócio de *montes* e *nem unzinho*", disse Bert. "Não quero ninguém me cortando a garganta quando eu dormir! Bota o pé dele na fogueira até ele falar!"

"De jeito nenhum", disse William. "Quem pegou ele fui eu."

"Cê é um gordo tonto, William," disse Bert, "igual eu disse hoje de noite."

"E cê é um tapado!"

"Eu que não vou aguentar essa, Bill Huggins", disse Bert, socando o olho de William.

Então houve uma briga linda. Bilbo teve exatamente o juízo necessário, quando Bert o deixou cair no chão, para se safar dos pés deles, antes que começassem a lutar feito cachorros, chamando um ao outro de todos os tipos de nomes perfeitamente verdadeiros e aplicáveis, em voz muito alta. Logo estavam presos um nos braços do outro, quase rolando para cima da fogueira, chutando e pisoteando, enquanto Tom batia em ambos com um galho para fazê-los voltar a si — e isso, claro, só os deixou ainda mais doidos.

Essa seria a hora de Bilbo sair dali. Mas seus pobres pezinhos tinham sido amassados pela enorme pata de Bert, e ele não tinha fôlego nenhum no corpo, e sua cabeça estava girando; e assim, lá ficou ele por um tempo, arfando, na extremidade do círculo criado pela luz da fogueira.

Bem no meio da briga apareceu Balin. Os anãos tinham ouvido ruídos à distância e, depois de esperar por algum tempo que Bilbo voltasse, ou piasse como uma coruja, começaram, um a um, a se esgueirar na direção da luz do modo mais silencioso possível. Assim que Tom viu Balin à luz da fogueira, soltou um uivo horrível. Trols simplesmente detestam ver anãos (que não estejam cozidos). Bert e Bill pararam de brigar imediatamente, e "Um saco, Tom, rápido!", disseram. Antes que Balin (o qual estava tentando adivinhar onde, no meio daquela comoção toda, estava Bilbo) soubesse o que estava acontecendo, colocaram um saco na cabeça dele, e ele foi ao chão.

"Tem mais vindo por aí", disse Tom, "ou tô muito inganado. Montes e nem unzinho, né", disse ele. "Nenhum gatunobbit, mas montes desses anãos. É o que tá parecendo!"

"Acho que cê tá certo," disse Bert, "então melhor a gente sair da luz."

E assim fizeram. Com sacos nas mãos, que usavam para carregar carne de cordeiro e outros tipos de butim, esperaram nas sombras. Conforme cada anão chegava e observava o fogo, e as canecas derramadas, e o cordeiro mastigado, de surpresa, *plop!* lá vinha um saco nojento e fedido por cima da cabeça dele, e ele ia ao chão. Logo Dwalin estava jogado ao lado de Balin, e Fili e Kili juntos, e Dori e Nori e Ori, todos num montinho, e Oin e Gloin e Bifur e Bofur e Bombur, empilhados desconfortavelmente perto da fogueira.

"Assim eles aprende", disse Tom; pois Bifur e Bombur tinham dado muito trabalho, lutando feito doidos, como fazem os anãos quando estão encurralados.

.Os Trols.

Thorin chegou por último — e não foi pego desprevenido. Chegou esperando problemas e não precisou ver as pernas de seus amigos do lado de fora dos sacos para saber que as coisas não estavam bem. Ficou de fora, nas sombras, a certa distância, e disse: "O que é essa bagunça toda? Quem está batendo no meu povo?"

"São trols!", disse Bilbo, atrás de uma árvore. Tinham se esquecido completamente dele. "Estão se escondendo nos arbustos com sacos", acrescentou.

"Oh, estão, é?", disse Thorin, e deu um salto para a frente na direção da fogueira, antes que conseguissem pular em cima dele. Pegou um grande galho cuja ponta estava pegando fogo e enfiou aquela ponta no olho de Bert antes que o trol conseguisse se esquivar. Isso o colocou fora de combate por algum tempo. Bilbo fez o melhor que pôde. Agarrou a perna de Tom — do jeito que conseguiu, ela tinha a grossura do tronco de uma árvore jovem —, mas foi lançado, girando, para cima de alguns arbustos, quando Tom chutou fagulhas da fogueira na cara de Thorin.

Tom ganhou um galho nos dentes por isso e perdeu um dos da frente. Isso o fez uivar, posso lhe dizer. Mas, bem naquele momento, William veio por trás e enfiou o saco pela cabeça de Thorin, até os dedos dos pés dele. E assim a luta terminou. Em que bela enrascada tinham se enfiado: todos cuidadosamente amarrados dentro dos sacos, com três trols bravos (e dois com queimaduras e pancadas memoráveis) sentados ao lado deles, discutindo se deviam assá-los devagar, ou fatiá-los bem fininho e fervê-los, ou só sentar em cima deles, um por um, e amassá-los até virarem geleia; e Bilbo em cima de um arbusto, com suas roupas e sua pele rasgadas, sem ousar se mexer por medo de que o ouvissem.

Foi bem nessa hora que Gandalf voltou. Mas ninguém o viu. Os trols tinham acabado de decidir que assariam os anões agora para comê-los depois — Bert foi quem teve a ideia e, depois de muita discussão, todos tinham concordado com ela.

"Não adianta assar êis agora, ia levar a noite inteira", disse uma voz. Bert achou que era a de William.

"Não começa a discussão tudo de novo, Bill," disse ele, "ou *vai* levar a noite inteira."

"Quem que tá discutindo?", disse William, que achou que Bert é que tivesse falado.

"Você", disse Bert.

"Cê é um mentiroso", disse William; e assim a discussão começou de novo. No fim, decidiram fatiá-los bem fininho e fervê-los. Então pegaram uma grande panela preta e sacaram suas facas.

"Não dianta cozinhar eles! A gente num tem água, e o poço tá longe e tudo mais", disse uma voz. Bert e William acharam que era a de Tom.

"Calaboca!", disseram eles, "ou a gente não vai acabar nunca. E cê pode pegar água ocê mermo, se falar mais alguma coisa."

"Calaboca ocê!", disse Tom, que achou que tinha sido a voz de William. "Quem tá discutindo é ocê, do que eu tô vendo."

"Cê é um zé mané", disse William.

"Mané é ocê!", disse Tom.

E assim a discussão começou de novo e prosseguiu, mais forte do que nunca, até que enfim decidiram se sentar em cima dos sacos, um a um, amassar os anãos e fervê-los mais tarde.

"Em cima de quem a gente senta primeiro?", disse a voz.

"Melhor sentar naquele último sujeito primeiro", disse Bert, cujo olho tinha sido ferido por Thorin. Ele achou que Tom estivesse falando.

"Para de falar sozinho!", disse Tom. "Mas se cê qué sentar no último, vai e senta. Qual que é?"

"O que tá de meia amarela", afirmou Bert.

"Que mané amarela, é o de meia cinza", disse uma voz parecida com a de William.

"Certeza que era amarela", teimou Bert.

"É amarela mesmo", disse William.

"Então por que cê disse que era cinza?", retrucou Bert.

"Eu não. Foi o Tom que disse."

"Isso eu nunca falei!", disse Tom. "Foi você."

"Dois a um, então calaboca!", berrou Bert.

"Com quem cês tão falano?", disse William.

"Agora chega!", disseram Tom e Bert juntos. "A noite tá acabano, e tá amanhecendo cedo. Vamo logo com isso!"

"Que o amanhecer os leve e de vocês faça pedra!", disse uma voz que soava como a de William. Mas não era. Pois naquele exato momento a luz subiu pela colina, e ouviram-se muitos piados nos galhos. William não chegou a falar, pois tinha se transformado em pedra enquanto se agachava; e Bert e Tom estavam parados feito rochas, olhando para ele. E lá ainda estão até o dia de hoje, sozinhos, menos quando os passarinhos pousam neles; pois os trols, como você provavelmente sabe, precisam ir para debaixo da terra antes do amanhecer, ou retornam à matéria das montanhas da qual são feitos e nunca mais se mexem. Foi isso o que tinha acontecido com Bert e Tom e William.

"Excelente!", disse Gandalf, enquanto saía detrás de uma árvore e ajudava Bilbo a descer de um arbusto espinhento. Então Bilbo entendeu tudo. Tinha sido a voz do mago que mantivera os trols batendo boca e brigando, até que a luz do sol veio e pôs fim a eles.

O próximo passo foi desamarrar os sacos e deixar os anãos saírem. Estavam quase sufocados e muito irritados: não tinham gostado de ficar lá deitados, escutando os trols fazendo planos de assá-los e amassá-los e fatiá-los. Tiveram de ouvir o relato de Bilbo sobre o que tinha acontecido a ele duas vezes até ficarem satisfeitos.

"Hora boba para praticar furtos e afanar bolsos," disse Bombur, "quando o que queríamos era fogo e comida!"

"E isso é justamente o que vocês não iam conseguir com aqueles sujeitos sem luta, em todo caso", disse Gandalf. "De qualquer modo, agora vocês estão perdendo tempo. Não percebem que os trols devem ter uma caverna ou uma toca cavada em algum lugar aqui perto, onde se escondiam do sol? Temos de procurá-la!"

Vasculharam ao redor e logo encontraram as marcas das botas pedregosas dos trols afastando-se em meio às arvores. Seguiram a trilha morro acima, até que chegaram a uma grande porta de pedra, escondida por arbustos, que levava a uma caverna. Mas não conseguiram abri-la, mesmo com todos a empurrá-la, enquanto Gandalf tentava vários encantamentos.

"Será que isto aqui ajudaria?", perguntou Bilbo, quando eles já estavam ficando cansados e raivosos. "Encontrei no chão onde os trols estavam brigando." Mostrou uma chave das grandes, embora sem dúvida William a achasse muito pequena e discreta. Devia ter caído do bolso dele, por sorte antes que o trol virasse pedra.

"Por que raios você não mencionou isso antes?", gritaram. Gandalf agarrou a chave e a encaixou na fechadura. Então a porta de pedra se abriu para dentro depois de um único grande empurrão, e todos entraram. Havia ossos no piso e um cheiro nojento estava no ar; mas havia uma boa quantidade de comida amontoada sem cuidado em prateleiras e no chão, em meio a uma pilha desarrumada de butim, de todos os tipos, de botões de latão a potes cheios de moedas de ouro num canto. Havia muitas roupas também, penduradas nas paredes — pequenas demais para trols; temo que tivessem pertencido a vítimas — e entre elas havia diversas espadas de vários tipos, formas e tamanhos. Duas chamaram particularmente a atenção deles, por causa de suas belas bainhas e cabos com joias.

Gandalf e Thorin pegaram essas duas; e Bilbo pegou uma faca com uma bainha de couro. Para um trol seria apenas uma minúscula faca de bolso, mas para o hobbit era tão boa quanto uma espada curta.

"Essas aqui parecem ser boas lâminas", disse o mago, desembainhando-as parcialmente e as observando com curiosidade. "Não foram feitas por trol algum, nem por qualquer ferreiro entre os homens destas partes e destes dias; mas, quando conseguirmos ler as runas nelas, havemos de saber mais."

"Vamos sair de perto desse cheiro horrível!", disse Fili. Assim, carregaram para fora os potes com moedas e o que havia de comida ainda intocada e que parecesse apropriada para comer, além de um barril de cerveja que ainda estava cheio. A essa altura, estavam querendo tomar o café da manhã e, como estavam com muita fome, não torceram o nariz para o que tinham conseguido na despensa dos trols. As provisões deles já estavam muito escassas. Agora tinham pão, e queijo, e cerveja de sobra, e bacon para tostar nas brasas da fogueira.

Depois disso foram dormir, pois a noite deles tinha sido conturbada; e não fizeram mais nada até a tarde. Trouxeram então seus pôneis e carregaram para longe os potes de ouro e os enterraram, no maior segredo, não muito longe da trilha à beira do rio, pondo sobre eles muitos feitiços, só para o caso de que algum dia terem a chance de voltar e recuperá-los. Depois que fizeram isso, todos montaram uma vez mais e continuaram pelo caminho que ia para o Leste.

"Para onde você tinha ido, se é que posso perguntar?", disse Thorin a Gandalf enquanto cavalgavam.

"Fui olhar adiante", disse ele.

"E o que o trouxe de volta na hora exata?"

"Olhar para trás", respondeu.

"Exatamente!", exclamou Thorin; "mas poderia ser mais claro?"

"Fui espionar nossa rota. Ela logo vai se tornar perigosa e difícil. Além disso, também estava ansioso sobre como reabastecer nosso pequeno estoque de provisões. Não tinha ido muito longe, entretanto, quando encontrei alguns amigos meus de Valfenda."

"Onde é isso?", perguntou Bilbo.

"Não me interrompa!", disse Gandalf. "Você vai chegar lá daqui a alguns dias, se tivermos sorte, e ficará sabendo tudo sobre o lugar. Como eu estava dizendo, encontrei dois membros do povo de Elrond. Estavam apressados por medo dos trols. Foram eles que me contaram que três dos monstros tinham descido das montanhas e se instalado nas matas não muito longe da estrada: tinham espantado todo mundo desse distrito e estavam emboscando viajantes.

"Imediatamente tive a sensação de que precisavam de mim. Olhando para trás, vi uma fogueira ao longe e fui na direção dela. Então agora vocês já sabem. Por favor, tenham mais cuidado da próxima vez, ou nunca havemos de chegar a lugar algum!"

"Obrigado!", disse Thorin.

3

Um Pouco de Descanso

Eles não cantaram ou contaram histórias naquele dia, embora o tempo tivesse melhorado; nem no dia seguinte, nem no dia depois desse. Estavam começando a sentir que o perigo não estava longe, mas por todos os lados. Acamparam sob as estrelas, e seus cavalos tinham mais comida do que eles próprios; pois havia grama à vontade, mas quase nada nas bolsas deles, mesmo com o que tinham obtido dos trols. Certa manhã, vadearam um rio num trecho largo e raso, cheio do barulho de pedras e espuma. A outra margem era íngreme e escorregadia. Quando chegaram ao alto dela, conduzindo os pôneis, viram que as grandes montanhas agora estavam muito perto deles. Já pareciam estar a apenas um dia fácil de viagem dos sopés da mais próxima. Escura e desolada era a aparência dela, embora houvesse pedaços de luz do sol em suas laterais amarronzadas, e, atrás de suas encostas, as pontas de picos nevados brilhavam.

"Essa aí é *A* Montanha?", perguntou Bilbo com voz solene, olhando para ela com olhos arregalados. Nunca tinha visto uma coisa que parecesse tão grande antes.

"Claro que não!", disse Balin. "Esse é só o começo das Montanhas Nevoentas, e temos de passar por elas, ou por cima, ou por baixo, de algum modo, antes de conseguirmos chegar às Terras-selváticas mais além. E é um longo caminho, mesmo chegando ao outro lado delas, até a Montanha Solitária no Leste, onde Smaug se deita sobre nosso tesouro."

"Oh!", disse Bilbo, e naquele exato momento se sentiu mais cansado do que jamais lembrara de se sentir antes. Estava pensando mais uma vez na sua cadeira confortável, diante do fogo em sua sala de estar favorita da toca de hobbit e na chaleira cantando. Não foi a última vez!

Agora Gandalf os conduzia. "Não podemos perder a estrada, ou estaremos em maus lençóis", disse ele. "Precisamos de comida, pra começar, *e* de um descanso razoavelmente seguro — e também é muito necessário enfrentar as Montanhas Nevoentas pelo caminho correto, ou do contrário vocês vão se perder nelas e terão de voltar e principiar do começo de novo (se é que vão conseguir voltar)."

Perguntaram a ele aonde estava tentando chegar, e ele respondeu: "Vocês acabam de chegar à própria borda do Ermo, como alguns de vocês talvez saibam. Escondido em algum lugar à nossa frente está o belo vale de Valfenda, onde Elrond vive na Última Casa Hospitaleira. Enviei uma mensagem por meio de meus amigos, e estamos sendo esperados."

O nome soava gentil e reconfortante, mas ainda não tinham chegado lá, e não é tão fácil assim achar a Última Casa Hospitaleira a oeste das Montanhas. Não parecia haver nenhuma árvore, nenhum vale e nenhuma colina interrompendo a paisagem na frente deles, apenas uma única vasta encosta subindo e subindo devagar até se encontrar com os sopés da montanha mais próxima, uma terra larga da cor de urze e de rocha esfarelada, com pedaços e traços de verde-grama e verde-musgo indicando onde talvez houvesse água.

A manhã passou, a tarde chegou; mas, em todo o deserto silencioso, não havia sinal de qualquer morada. Estavam ficando ansiosos, pois viam agora que a casa podia estar escondida em quase qualquer lugar entre eles e as montanhas. Chegaram a vales inesperados, estreitos e com encostas íngremes, que se abriam de repente a seus pés, e olhando para baixo, surpresos, viram árvores abaixo deles, e água corrente no fundo. Havia gargantas que quase podiam atravessar saltando, mas que eram muito profundas, com quedas d'água dentro delas. Havia ravinas escuras que não podiam ser saltadas nem escaladas. Havia charcos, alguns deles eram lugares verdes e agradáveis de se olhar, com flores crescendo neles, luzentes e altas; mas um pônei que ali andasse com carga em seu lombo nunca conseguiria sair.

Era de fato uma terra muito mais vasta, do vau até as montanhas, do que alguém jamais poderia imaginar. Bilbo estava espantado. O único caminho que havia estava marcado com pedras brancas, algumas das quais eram pequenas, enquanto outras estavam cobertas com musgo ou urze. De todo modo, era um trabalho muito lento seguir a trilha, mesmo guiados por Gandalf, que parecia conseguir achar o caminho bastante bem.

A cabeça e a barba do mago balançavam de cá para lá enquanto ele procurava as pedras, e eles o seguiam, mas não pareciam ter chegado mais perto do fim da busca quando o dia estava terminando. A hora do chá tinha passado fazia tempo e parecia que a hora da ceia logo passaria também. Havia mariposas voejando em volta deles, e a luz já estava muito fraca, pois a lua ainda não nascera. O pônei de Bilbo começou a tropeçar em raízes e pedras. Chegaram à beira de uma descida íngreme do solo tão de repente que o cavalo de Gandalf quase escorregou encosta abaixo.

"Lá está enfim!", gritou ele, e os outros se reuniram ao seu redor e olharam pela beirada. Viram um vale lá embaixo. Podiam ouvir a voz da água apressada num leito rochoso no fundo; o perfume das árvores estava no ar; e havia uma luz na encosta do vale, do outro lado da água.

Bilbo nunca esqueceu a maneira como eles deslizaram e escorregaram no lusco-fusco, descendo o caminho íngreme em zigue-zague que levava ao vale secreto de Valfenda. O ar ficou mais cálido conforme iam descendo, e o cheiro dos pinheiros o deixou sonolento, de modo que, de vez em quando, ele cochilava e quase caía, ou batia seu nariz no pescoço do pônei. O ânimo deles se elevava conforme desciam cada vez mais. As árvores mudaram e apareceram faias e carvalhos, e havia uma sensação confortável no crepúsculo. Os últimos tons de verde tinham quase sumido da relva quando chegaram finalmente a uma clareira não muito acima das barrancas do riacho.

"Hmmm! Isso me cheira a elfos!", pensou Bilbo, e ele olhou para o alto, para as estrelas. Elas ardiam luzentes e azuladas. Nesse exato momento, veio uma explosão de canção semelhante a risos nas árvores:

Oh! O que estão fazendo,
Aonde vão descendo,
Os seus pôneis trazendo
Ao ribeiro correndo?

*Oh! Trá-lá-lá-láli
aqui embaixo no vale!*

*Oh! O que estão buscando,
Aqui perambulando?
A lenha está queimando,
Os pãezinhos assando!
Oh! Tri-li-li-lóli
viver no vale é mole,
ha! ha!*

*Oh! Pra onde andando
Com barbas balançando?
Vamos imaginando
O que será que traz
O Bolseiro, e lhe apraz
aqui no nosso vale
no verão?
ha! ha!*

*Oh! Vocês vão ficando
Ou já vão nos deixando?
Olha os pôneis zanzando!
O dia está acabando!
Ir embora é bobeira
Se a tarde é prazenteira
Venham cá escutar
Até a lua deitar
a canção
ha! Ha!*[1]

---

[1] *O! What are you doing, / And where are you going? / Your ponies need shoeing! / The river is flowing! / O! tra-la-la-lally / here down in the valley! / O! What are you seeking, / And where are you making? / The faggots are reeking, / The bannocks are baking! / O! tril-lil-lil-lolly / the valley is jolly, / ha! ha! / O! Where are you going / With beards all a-wagging? / No knowing, no knowing / What brings Mister Baggins / And Balin and Dwalin / down into the valley / in June / ha! ha! / O! Will you be staying, / Or will you be flying? / Your ponies are straying! / The daylight is dying, / To fly would be folly, / To stay would be jolly / And listen and hark / Till the end of the dark / to our tune / ha! ha!*

Assim eles riam e cantavam nas árvores: e uma bela de uma maluquice é o que imagino que você tenha achado dessa canção. Não que eles se importassem; só ririam mais ainda se você dissesse isso a eles. Logo Bilbo começou a vislumbrá-los, conforme a escuridão aumentava. Ele adorava elfos, embora raramente os encontrasse; mas também tinha um pouco de medo deles. Anãos não se dão bem com elfos. Até anãos bastante decentes, como Thorin e seus amigos, acham-nos tolos (o que é uma coisa muito tola de se achar), ou ficam irritados com eles. Pois alguns elfos os provocam e riem deles, principalmente das barbas.

"Ora, ora!", disse uma voz. "Veja só! Bilbo, o hobbit, num pônei, minha nossa! Não é sensacional?"

"Incrivelmente maravilhoso!"

E lá começaram outra canção, tão ridícula quanto a que transcrevi na íntegra. Por fim um deles, um rapaz alto, saiu das árvores e se inclinou diante de Gandalf e Thorin.

"Bem-vindos ao vale!", disse.

"Obrigado", disse Thorin, meio mal-humorado; mas Gandalf já tinha descido do cavalo e se misturara aos elfos, conversando alegremente com eles.

"Vocês estão um pouco fora do caminho", disse o elfo; "quer dizer, se estão tentando chegar ao único caminho que atravessa a água e chega à casa do outro lado. Vamos corrigir o seu curso, mas é melhor vocês continuarem a pé até atravessarem a ponte. Vão ficar um pouco e cantar conosco ou vão seguir direto? A ceia está sendo preparada por lá", contou ele. "Consigo sentir o cheiro da madeira queimando na cozinha."

Cansado como estava, Bilbo teria gostado de ficar um pouco. Cantares élficos não são algo que se possa perder, ainda mais no verão e sob as estrelas — não se você aprecia tais coisas. E ele também teria gostado de ter uma palavrinha em particular com essa gente que parecia saber seus nomes e tudo a seu respeito, embora nunca os tivesse visto antes. Achou que a opinião deles sobre sua aventura poderia ser interessante. Elfos sabem muita coisa e são uma gente incrível no que diz respeito a notícias; ficam sabendo do que está acontecendo entre os povos da terra com a mesma rapidez com que a água corre, ou mais rápido.

Mas os anões só queriam saber de ceiar o mais rápido possível naquele momento e não desejavam ficar. Lá se foram todos eles, conduzindo seus pôneis, até serem levados a uma boa trilha e assim, afinal, à beirada do rio. A água corria rápida e barulhenta, como fazem os riachos de montanha num anoitecer de verão, quando o sol brilhou o dia todo sobre a neve nas alturas. Havia apenas uma ponte estreita de pedra sem parapeito, com a largura exata para que um só pônei andasse por ela com calma; e por essa ponte é que tiveram de passar, lentamente e com cuidado, um a um, cada qual conduzindo seu pônei pelas rédeas. Os elfos tinham trazido lanternas brilhantes para a outra margem e cantavam uma canção alegre, conforme o grupo atravessava.

"Não molhe a barba na espuma, papai!", gritaram para Thorin, que tinha inclinado o corpo quase até ficar de quatro. "Ela já é bem comprida quando não está aguada."

"Não deixem Bilbo comer todos os bolos!", berraram. "Ele ainda está muito gordo para conseguir passar pelo buraco da fechadura!"

"Quietos, quietos, Boa Gente! E boa noite!", disse Gandalf, que passou por último. "Os vales têm ouvidos, e alguns elfos têm línguas alegres demais. Boa noite!"

E assim, afinal, chegaram à Última Casa Hospitaleira e encontraram suas portas escancaradas para eles.

Ora, é uma coisa estranha, mas coisas que são boas de aproveitar e dias que são bons de passar a gente acaba descrevendo rápido e não é grande coisa ouvir sobre eles; enquanto coisas que são desconfortáveis, palpitantes, ou mesmo sanguinolentas podem acabar virando uma boa história e, de qualquer jeito, precisam de um tempão para ser contadas. Eles ficaram muito tempo naquela boa casa, catorze dias pelo menos, e acharam difícil deixá-la. Bilbo teria ficado contente por lá para todo o sempre — mesmo supondo que bastasse desejar para que fosse transportado diretamente de volta à sua toca de hobbit sem incômodos. Contudo, há pouco a contar sobre a estadia deles ali.

O mestre da casa era um amigo-dos-elfos — um dos daquele povo cujos pais fizeram parte das estranhas histórias antes do princípio da História, as guerras dos gobelins malignos contra os elfos e os primeiros homens no Norte. Naqueles dias de nossa história ainda havia algumas pessoas que tinham tanto elfos quanto heróis do Norte entre seus ancestrais, e Elrond, o mestre da casa, era o principal deles.

Ele era tão nobre e belo de rosto quanto um senhor-élfico, tão forte quanto um guerreiro, tão sábio quanto um mago, tão venerável quanto um rei dos anãos e tão gentil quanto o verão. Ele aparece em muitas histórias, mas seu papel na história da grande aventura de Bilbo é bem pequeno, ainda que importante, como você verá, se chegarmos mesmo ao fim dela. Sua casa era perfeita, não importa se você gostasse de comer, de dormir, de trabalhar, de contar histórias, de cantar, ou de apenas se sentar e pensar melhor no que fazer, ou de uma mistura agradável de tudo isso. Coisas malignas não entravam naquele vale.

Queria ter tempo para lhe contar só algumas das histórias, ou uma ou duas das canções que eles ouviram naquela casa. Todos eles — os pôneis também — ficaram recuperados e fortes após poucos dias ali. Suas roupas foram emendadas, assim como seus arranhões, seus ânimos e suas esperanças. Suas bolsas se encheram de comida e provisões leves de carregar, mas duráveis o suficiente para que conseguissem atravessar os passos das montanhas. Seus planos foram corrigidos com os melhores conselhos. Assim chegou o dia da véspera do meio-do-verão, e eles se prepararam para continuar a jornada com o sol nascente do dia seguinte.

Elrond sabia tudo sobre runas de todo tipo. Naquele dia, observou as espadas que eles tinham trazido do covil dos trols e disse: "Estas aqui não foram feitas por trols. São espadas antigas, espadas muito antigas dos Altos Elfos do Oeste, que eram minha gente. Foram feitas em Gondolin para as Guerras-gobelins. Devem ter vindo do tesouro de um dragão ou do butim de gobelins, pois dragões e gobelins destruíram aquela cidade há muitas eras. Esta, Thorin, as runas dizem ser Orcrist, a Corta-gobelim, na antiga língua de Gondolin; era uma lâmina famosa. Esta, Gandalf, era Glamdring, Martelo-do-inimigo, que o rei de Gondolin certa vez usou. Guardem-nas bem!"

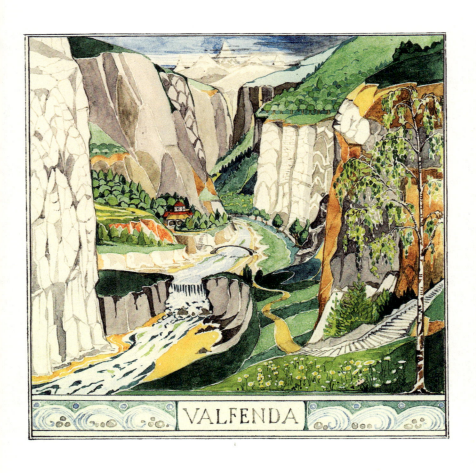

"Onde será que os trols as pegaram?", disse Thorin, olhando para sua espada com novo interesse.

"Eu não saberia dizer", respondeu Elrond, "mas pode-se imaginar que os seus trols tinham saqueado outros saqueadores, ou descoberto os restos de antigos roubos em algum esconderijo nas montanhas. Ouvi dizer que ainda há tesouros esquecidos de outrora, a serem descobertos nas cavernas desertas das minas de Moria, desde a guerra entre anãos e gobelins."

Thorin sopesou essas palavras. "Guardarei essa espada com honra", disse ele. "Que ela possa cortar gobelins uma vez mais!"

"Um desejo que provavelmente vai ser atendido muito em breve nas montanhas!", disse Elrond. "Mas mostre-me agora o seu mapa!"

Pegou-o e o fitou longamente e balançou a cabeça; pois, se não aprovava de todo os anãos e seu amor pelo ouro, ele odiava dragões e sua perversidade cruel, e se entristecia ao recordar a ruína da cidade de Valle e seus sinos alegres, e as encostas queimadas do luzente Rio Rápido. A lua estava brilhando com um largo crescente prateado. Ele ergueu o mapa, e a luz branca brilhou através dele. "O que é isto?", disse. "Há letras-da-lua aqui, ao lado das runas normais, que dizem 'Cinco pés de altura a porta, e três podem entrar lado a lado.'"

"O que são letras-da-lua?", perguntou o hobbit, cheio de empolgação. Ele adorava mapas, como eu já contei a você antes; e também gostava de runas e letras e caligrafia habilidosa, embora, quando ele próprio escrevia, a letra saísse meio fina e enrolada.

"Letras-da-lua são runas, mas não é possível vê-las," disse Elrond, "não quando você olha diretamente para elas. Só podem ser vistas quando a lua brilha detrás delas e, ademais, no caso do tipo mais sofisticado, é preciso que seja uma lua da mesma forma e estação do dia em que elas foram escritas. Os anãos as inventaram e escreviam-nas com penas de prata, como seus amigos podem lhe contar. Estas aqui devem ter sido escritas em uma véspera de meio-do-verão com lua crescente, muito tempo atrás."

"O que elas dizem?", perguntaram Gandalf e Thorin juntos, um pouco vexados, talvez, pelo fato de Elrond ter descoberto isso primeiro, embora na verdade eles não tivessem tido uma oportunidade como essa antes, e sabe-se lá quando teria surgido outra.

"Fique ao lado da pedra cinzenta quando o tordo bater," leu Elrond, "e o sol poente com a última luz do Dia de Durin brilhará sobre o buraco da fechadura."

"Durin, Durin!", disse Thorin. "Ele era o pai dos pais da raça mais antiga dos anãos, os Barbas-longas, e meu primeiro ancestral: sou o herdeiro dele."

"Então o que é o Dia de Durin?", perguntou Elrond.

"O primeiro dia do Ano Novo dos anãos", disse Thorin, "é, como todos deviam saber, o primeiro dia da última lua de Outono, no limiar do Inverno. Ainda chamamos esse evento de Dia de Durin, quando a última lua do Outono e o sol estão juntos no céu. Mas isso não vai nos ajudar muito, temo eu, pois está acima do nosso engenho, nestes dias, adivinhar quando tal momento virá de novo."

"Isso é o que veremos", disse Gandalf. "Há mais alguma escrita?"

"Nenhuma que possa ser vista nesta lua", disse Elrond, e ele devolveu o mapa a Thorin; e então eles desceram até a água para ver os elfos dançarem e cantarem na véspera do meio-do-verão.

A manhã seguinte foi uma manhã de meio-do-verão tão bonita e fresca quanto se podia sonhar: céu azul sem nem uma nuvenzinha, com o sol dançando sobre a água. Então foram embora cavalgando em meio a canções de despedida e boa viagem, com seus corações prontos para mais aventura e com bom conhecimento da estrada que deviam seguir, através das Montanhas Nevoentas, até a terra além delas.

4

SOBRE MONTE
E SOB MONTE

Havia muitas trilhas que levavam àquelas montanhas, e muitos passos que as atravessavam. Mas a maioria das trilhas era falha e enganosa e não levava a lugar nenhum, ou a maus fins; e a maioria dos passos estava infestada de coisas malignas e perigos terríveis. Os anãos e o hobbit, ajudados pelos conselhos sábios de Elrond e pelo conhecimento e pela memória de Gandalf, tomaram a estrada certa para o passo certo.

Longos dias depois que tinham escalado o caminho para fora do vale e deixado a Última Casa Hospitaleira milhas atrás, ainda estavam subindo e subindo e subindo. Era uma trilha dura e uma trilha perigosa, um caminho tortuoso e solitário e comprido. Agora podiam olhar para trás e ver as terras que tinham deixado, dispostas diante deles bem lá embaixo. Longe, muito longe no Oeste, onde as coisas pareciam azuladas e tênues, Bilbo sabia que ficava seu próprio país, cheio de coisas seguras e confortáveis, e sua pequena toca de hobbit. Ele estremeceu. Estava fazendo um frio amargo ali em cima, e o vento passava sibilando pelas rochas. Pedras, além disso, às vezes vinham galopando pelas encostas da montanha, desprendidas pelo sol do meio-dia em cima da neve, e passavam no meio deles (o que era uma sorte) ou por cima de suas cabeças (o que era alarmante). As noites não tinham conforto e eram geladas, e eles não ousavam cantar nem falar muito alto, pois os ecos eram fantasmagóricos, e o silêncio parecia não gostar de ser quebrado — exceto pelo barulho da água, e pelos gemidos do vento, e pelo estalar da pedra.

"O verão está continuando lá embaixo," pensou Bilbo, "e estão preparando feno e fazendo piqueniques. Vão fazer a colheita e catar amoras antes que nós comecemos a descer pelo outro lado, neste ritmo." E os outros estavam pensando pensamentos igualmente sombrios, embora quando disseram adeus a Elrond, com as altas esperanças de uma manhã de meio-do-verão, tivessem falado alegremente da passagem das montanhas e cavalgado velozes pelas terras além de Valfenda. Tinham pensado em chegar à porta secreta na Montanha Solitária, talvez na última lua de Outono seguinte — "e talvez seja o Dia de Durin", tinham dito. Só Gandalf balançara a cabeça e não dissera nada. Os anãos não tinham passado por aquele caminho por muitos anos, mas Gandalf tinha, e ele sabia como o mal e o perigo tinham crescido e vicejado no Ermo, desde que os dragões tinham varrido os homens daquelas terras e os gobelins tinham se espalhado em segredo depois da batalha das Minas de Moria. Até os bons planos de magos sábios como Gandalf e de bons amigos como Elrond dão errado às vezes, quando você parte para aventuras perigosas do outro lado da Borda do Ermo; e Gandalf era um mago sábio o suficiente para perceber isso.

Ele sabia que algo inesperado poderia acontecer e nem ousava ter esperanças de que passariam sem aventuras assustadoras por aquelas enormes e elevadas montanhas com picos solitários e vales onde nenhum rei era soberano. E não passaram. Tudo estava bem, até que um dia toparam com uma tempestade de trovões — mais do que uma tempestade de trovões, uma batalha de trovões. Você sabe como pode ser terrível uma tempestade de trovões realmente grande em terras baixas e no vale de um rio; especialmente nas vezes em que duas grandes tempestades de trovões se encontram e se enfrentam. Mais terrível ainda são trovão e relâmpago nas montanhas à noite, quando tempestades sobem do Leste e do Oeste e fazem guerra uma contra a outra. O relâmpago se estilhaça nos picos, e as rochas tremem, e grandes pancadas racham o ar e vão descendo e desabando por cada caverna e buraco; e a escuridão fica repleta de som avassalador e luz repentina.

A Trilha da Montanha

Bilbo nunca tinha visto ou imaginado nada do tipo. Estavam bem alto, num lugar estreito, com uma queda terrível que dava para um vale escuro de um lado deles. Lá estavam se abrigando, debaixo de uma rocha que se projetava, durante a noite, e ele estava deitado debaixo de um cobertor e tremia da cabeça aos pés. Quando espiou os clarões dos relâmpagos, viu que, do outro lado do vale, os gigantes-de-pedra tinham saído de casa, e estavam brincando de arremessar rochas um para o outro, e as pegavam, jogando-as na escuridão, onde amassavam as árvores lá embaixo ou se quebravam em pedacinhos com estrondo. Então veio vento e chuva, e o vento chicoteou a chuva e o granizo para todas as direções, de modo que a rocha acima deles não era proteção nenhuma. Logo estavam ficando encharcados, e seus pôneis ficaram de cabeça abaixada e rabos entre as pernas, e alguns estavam relinchando de susto. Podiam ouvir os gigantes gargalhando e gritando pelas encostas das montanhas.

"Isso aqui não vai dar certo!", disse Thorin. "Se não formos derrubados, ou nos afogarmos, ou formos atingidos por relâmpagos, algum gigante vai nos pegar e nos chutar até o céu, como se fôssemos bola de futebol."

"Bem, se você conhece algum lugar melhor, leve-nos até lá!", disse Gandalf, que estava se sentindo muito mal-humorado e estava longe de se sentir feliz com os gigantes em volta.

O fim da discussão deles foi a decisão de enviar Fili e Kili para procurar um abrigo melhor. Eles tinham olhos muito aguçados e, sendo os mais jovens dos anãos por uma margem de uns cinquenta anos, geralmente ficavam com esse tipo de serviço (quando todo mundo percebia que era absolutamente inútil enviar Bilbo). Não há nada como olhar, se você quer achar alguma coisa (ou assim disse Thorin aos jovens anãos). Você certamente acaba achando alguma coisa, se olhar, mas nem sempre é a "alguma coisa" que você estava procurando. Assim foi nessa ocasião.

Logo Fili e Kili voltaram rastejando, agarrando-se às rochas naquele vento. "Achamos uma caverna seca", disseram, "não muito longe, fazendo aquela curva; e os pôneis e todos os demais podem entrar nela."

"Vocês a exploraram *cuidadosamente*?", disse o mago, que sabia que cavernas no alto das montanhas raramente estão desocupadas.

"Sim, sim!", disseram, embora todo mundo soubesse que não havia como eles terem gastado muito tempo com isso; tinham voltado rápido demais. "Ela não é tão grande e não vai muito para o fundo."

Essa, claro, é a parte perigosa das cavernas: você não sabe quão fundas elas são, às vezes, ou para onde uma passagem pode levar, ou o que está esperando por você lá dentro. Mas naquele momento as notícias de Fili e Kili pareciam boas o suficiente. Assim, todos se levantaram e se prepararam para mudar de lugar. O vento estava uivando, e o relâmpago, ainda rugindo, e deu um trabalhão saírem dali junto com seus pôneis. Ainda assim, não era muito longe, e não demorou muito para que chegassem a uma grande rocha postada no caminho. Se você desse a volta nela, acharia um arco baixo na encosta da montanha. Só havia espaço para que os pôneis entrassem apertados, uma vez libertos de suas bagagens e selas. Quando passaram sob o arco, gostaram de ouvir o vento e a chuva do lado de fora, em vez de à volta deles, e de se sentir protegidos dos gigantes e de suas rochas. Mas o mago não queria correr riscos. Acendeu seu cajado — tal como fez naquele dia na sala de jantar de Bilbo, que parecia ter sido tanto tempo atrás, caso você se lembre —, e, à luz dele, exploraram a caverna de ponta a ponta.

Parecia ter um belo de um tamanho, mas não era grande nem misteriosa demais. Tinha um chão seco e alguns cantos confortáveis. Numa ponta havia espaço para os pôneis; e lá ficaram eles (um bocado felizes com a mudança) soltando vapor e mastigando em seus bornais. Oin e Gloin queriam acender um fogo na entrada para secar suas roupas, mas Gandalf não queria nem ouvir falar disso. Então espalharam suas coisas molhadas no chão e pegaram outras secas de suas trouxas; depois arrumaram suas cobertas de um jeito confortável, aprumaram seus cachimbos e começaram a soprar anéis de fumaça, aos quais Gandalf dava cores diferentes e fazia dançar no alto da caverna para diverti-los. Conversaram e conversaram, e se esqueceram da tempestade, e discutiram o que cada um faria com sua porção do tesouro (quando o obtivessem, o que, naquele momento, não parecia tão impossível); e assim foram dormindo um a um. E essa foi a última vez que usaram os pôneis, os pacotes, as bagagens, as ferramentas e a parafernália que tinham trazido consigo.

Naquela noite acabou valendo a pena terem trazido o pequeno Bilbo com eles, afinal de contas. Pois, por algum motivo, ele não conseguiu ir dormir por um bom tempo; e, quando acabou dormindo, teve sonhos muito ruins. Sonhou que uma rachadura na parede na parte de trás da caverna ficava cada vez maior e se abria mais e mais, e ele ficou com muito medo, mas não conseguia gritar nem fazer nada além de ficar deitado e observar. Então sonhou que o chão da caverna estava se abrindo e que ele estava escorregando — começando a cair para baixo, para baixo, sabe-se lá para onde.

Com isso ele acordou com um susto horrível — e descobriu que parte de seu sonho era verdade. Uma rachadura tinha se aberto na parte de trás da caverna e já havia uma passagem bem larga. Só teve tempo de ver a cauda do último dos pôneis desaparecendo dentro dela. É claro que deu um berro muito alto, um berro tão alto quanto um hobbit consegue dar, o qual é surpreendentemente forte para o tamanho deles.

Eis que saltaram os gobelins, grandes gobelins, enormes gobelins feiosos, montes de gobelins, antes que você conseguisse dizer *rochas e tochas*. Havia seis para cada anão, pelo menos, e dois só para Bilbo; e todos foram agarrados e carregados para o outro lado da rachadura, antes que você conseguisse dizer *fio e pavio*. Mas não Gandalf. O berro de Bilbo tinha servido para isso, pelo menos. O barulho o acordou de vez num só segundo e, quando os gobelins vieram agarrá-lo, houve um clarão terrível, feito um relâmpago, na caverna, um cheiro semelhante a pólvora, e vários deles caíram mortos.

A rachadura fechou com um estalo, e Bilbo e os anãos estavam do lado errado dela! Onde estava Gandalf? Disso nem eles nem os gobelins tinham ideia, e os atacantes não esperaram para descobrir. Pegaram Bilbo e os anãos e se puseram a empurrá-los. Era um lugar fundo, fundo, escuro de tal modo que só os gobelins que se acostumaram a viver no coração das montanhas conseguiriam enxergar. As passagens ali eram encruzilhadas e enroladas em todas as direções, mas os gobelins conheciam o caminho tão bem quanto você conhece o que vai até a agência dos correios mais próxima; e o caminho descia e descia e era o mais horrivelmente abafado possível. Os gobelins foram muito grossos, e beliscavam suas vítimas sem misericórdia, e gargalhavam, e riam com suas horríveis vozes pedregosas; e Bilbo estava ainda mais infeliz do que quando o trol o tinha pegado pelos dedos dos pés. Desejou de novo e de novo estar em sua gostosa e iluminada toca de hobbit. Não pela última vez.

Então surgiu um bruxuleio de luz vermelha diante deles. Os gobelins começaram a cantar, ou grasnar, marcando o ritmo com a batida de seus pés chatos na pedra e chacoalhando seus prisioneiros também.

Bate! Late! a terra parte!
Pega, aperta! A cara acerta!
Fundo, fundo, ao nosso mundo
   Cê vai, rapaz!

Tromba, arromba! Joga a bomba!
Sempre a malhar! Gongo a soar!
Martela a fundo o submundo!
   Ho, ho! rapaz!

Manda o chute! Olha o açoite!
Esmurra e espanca! Berro arranca!
Rala, rala! Nem mesmo fala,
Pra gobelim rir e escarnir
Ao nauseabundo submundo
   Desceu, rapaz![1]

---

[1] *Clap! Snap! the black crack! / Grip, grab! Pinch, nab! / And down down to Goblin-town / You go, my lad! / Clash, crash! Crush, smash! / Hammer and tongs! Knocker and gongs! / Pound, pound, far underground! / Ho, ho! my lad! / Swish, smack! Whip crack! / Batter and beat! Yammer and bleat! / Work, work! Nor dare to shirk, / While Goblins quaff, and Goblins laugh, / Round and round far underground / Below, my lad!*

Aquilo soava verdadeiramente aterrorizante. Os muros ecoavam com o *bate, late!*, e com o *tromba, arromba!*, e com o riso feioso do *ho, ho! rapaz!* deles. O sentido geral da canção estava claro até demais; pois os gobelins tinham pegado chicotes e batido neles com um *olha o açoite!*, fazendo-os correr tão rápido quanto conseguiam na frente; e já estavam arrancando muitos berros de mais de um dos anãos quando entraram tropeçando numa grande caverna.

Estava iluminada por um grande fogo vermelho bem no meio, e por tochas ao longo das paredes, e estava cheia de gobelins. Todos eles riram, bateram os pés e aplaudiram quando os anãos (com o pobrezinho do Bilbo atrás deles sendo o mais próximo dos chicotes) entraram correndo, enquanto os condutores gobelins gritavam e estalavam seus chicotes. Os pôneis já estavam lá, amontoados num canto; e lá estavam todas as bagagens e todos os pacotes jogados no chão, abertos e sendo vasculhados por gobelins, e cheirados por gobelins, e fuçados por gobelins, e disputados por gobelins.

Temo que essa tenha sido a última vez que viram aqueles excelentes poneizinhos, entre os quais um cavalinho branco, robusto e alegre que Elrond tinha emprestado a Gandalf, já que seu cavalo não era adequado para os passos das montanhas. Pois gobelins comem cavalos e pôneis e jumentos (e outras coisas muito mais desagradáveis) e estão sempre com fome. Naquele momento, entretanto, os prisioneiros estavam pensando apenas em si mesmos. Os gobelins algemaram as mãos deles atrás das costas e os acorrentaram todos numa fila e os arrastaram até o outro lado da caverna, com o pequeno Bilbo sendo puxado no fim da corrente.

Ali, nas sombras, em cima de uma grande pedra plana, sentava-se um tremendo gobelim com uma cabeça enorme, e gobelins armados estavam de pé ao redor dele, carregando os machados e as espadas curvas que usam. Ora, os gobelins são cruéis, perversos e de mau coração. Não fabricam coisas bonitas, mas fabricam muitas coisas engenhosas. Conseguem abrir túneis e minas tão bem quanto qualquer um, com exceção dos anãos mais habilidosos, quando se dão ao trabalho, embora os seus em geral sejam bagunçados e sujos. Martelos, machados, espadas, adagas, picaretas, tenazes e também instrumentos de tortura eles sabem fazer muito bem, ou forçam outras pessoas a fazer segundo suas ordens, prisioneiros e escravos que têm de trabalhar até morrer por falta de ar e luz. Não é improvável que tenham inventado algumas das máquinas que desde então atormentaram o mundo, especialmente os aparatos engenhosos para matar grandes números de pessoas de uma vez, pois engrenagens e motores e explosões sempre os deleitaram, e também a ideia de não trabalhar com as próprias mãos mais do que precisassem; mas naqueles dias e naquelas partes selvagens eles não tinham avançado (como se diz) tanto assim. Não odiavam os anãos de modo especial, não mais do que odiavam todo mundo e todas as coisas e, particularmente, a gente ordeira e próspera; em alguns lugares, anãos perversos até fizeram alianças com eles. Mas tinham uma rixa especial com o povo de Thorin, por causa da guerra que você ouviu ser mencionada, mas que não entra nesta história; e, de qualquer modo, os gobelins não se importam com quem eles pegam, contanto que seja feito de modo esperto e furtivo, e que os prisioneiros não sejam capazes de se defender.

"Quem são essas pessoas desgraçadas?", disse o Grande Gobelim.

"Anãos, e este aqui", disse um dos condutores, puxando a corrente de Bilbo de modo que ele caiu para a frente, de joelhos. "Nós os achamos abrigados em nossa Varanda da Frente."

"Por que estavam lá?", disse o Grande Gobelim, voltando-se para Thorin. "Sem nenhuma boa intenção, garanto! Espionando os negócios privados do meu povo, creio eu! Ladrões, eu não ficaria surpreso em descobrir! Assassinos e amigos de elfos, muito provavelmente! Vamos! O que tem a dizer?"

"Thorin, o anão, a seu serviço!", respondeu ele — era só uma bobagem educada. "Das coisas de que você suspeita e que imagina não tínhamos ideia alguma. Nós nos abrigamos de uma tempestade no que parecia ser uma caverna conveniente e não usada; nada estava mais longe de nossos pensamentos do que causar inconvenientes a gobelins de qualquer modo possível." Isso era bem verdade!

"Hum!", disse o Grande Gobelim. "É o que você diz! Posso perguntar o que estavam fazendo no alto das montanhas, aliás, e de onde estavam vindo, e para onde estavam indo? De fato, gostaria de saber tudo sobre vocês. Não que isso vá lhe fazer muito bem, Thorin Escudo-de-carvalho, já sei demais sobre o seu povo; mas que venha a verdade, ou prepararei algo particularmente desconfortável para vocês!"

"Estávamos viajando para visitar nossos parentes, nossos sobrinhos e nossas sobrinhas, e primos de primeiro, segundo e terceiro graus, e os outros descendentes de nossos avós, que vivem do lado Leste destas montanhas verdadeiramente hospitaleiras", disse Thorin, sem saber muito bem o que dizer de pronto naquele momento, quando obviamente a verdade exata não ia prestar de jeito nenhum.

"Ele é um mentiroso, ó chefe verdadeiramente tremendo!", disse um dos condutores. "Vários de nosso povo foram feridos por relâmpagos na caverna quando convidamos essas criaturas a vir para baixo; e estão mortos feito pedras. Além do mais, ele não explicou isto!" Levantou a espada que Thorin tinha usado, a espada que viera do covil dos trols.

O Grande Gobelim soltou um uivo verdadeiramente horrendo de fúria quando olhou para a espada, e todos os seus soldados rangeram os dentes, golpearam seus escudos e bateram os pés. Reconheceram a espada na hora. Tinha matado centenas de gobelins em seu auge, quando os belos elfos de Gondolin os caçavam nos montes ou os enfrentaram em batalha diante de suas muralhas. Tinham-na chamado de Orcrist, Corta-gobelim, mas os gobelins a chamavam simplesmente de Mordedora. Odiavam-na e odiavam ainda mais qualquer um que a carregasse.

"Assassinos e amigos-dos-elfos!", berrou o Grande Gobelim. "Cortem-nos! Batam neles! Mordam-nos! Mastiguem-nos! Levem-nos para buracos escuros cheios de cobras e nunca mais deixem que vejam a luz!" Estava com tanta fúria que saltou de seu assento e avançou ele próprio contra Thorin, de boca aberta.

Bem naquele momento todas as luzes da caverna se apagaram, e o grande fogo fez puf! e virou uma torre de fumaça azul brilhante, chegando até o teto, que espalhava fagulhas de um branco penetrante em meio aos gobelins. Os berros e a tagarelice, os grasnidos, a balbúrdia e a algazarra; os uivos, urros e xingamentos; os brados e os bramidos que se seguiram estavam além de qualquer descrição. Várias centenas de gatos-selvagens e lobos sendo assados vivos lentamente ao mesmo tempo não seriam comparáveis àquele barulho. As fagulhas estavam abrindo buracos nos gobelins, e a fumaça que agora estava caindo do teto fez com que o ar ficasse espesso demais até para os olhos deles. Logo estavam se jogando um em cima do outro e rolando embolados no chão, mordendo e chutando e lutando como se todos tivessem ficado doidos.

De repente, uma espada brilhou com luz própria. Bilbo a viu atravessar o corpo do Grande Gobelim enquanto ele estava de pé, todo confuso em meio à sua fúria. Caiu morto, e os soldados gobelins fugiram diante da espada, gritando na escuridão.

A espada voltou à sua bainha. "Sigam-me rápido!", disse uma voz bravia e baixa; e, antes que Bilbo entendesse o que tinha acontecido, estava trotando de novo, o mais rápido que podia trotar, no fim da fila, descendo mais passagens escuras com os urros do salão dos gobelins ficando cada vez mais fracos atrás dele. Uma luz pálida estava guiando o grupo.

"Mais rápido, mais rápido!", disse a voz. "As tochas logo serão reacendidas."

"Meio minuto!", disse Dori, que estava no final do grupo, perto de Bilbo, e era um camarada decente. Fez o hobbit subir nos seus ombros do melhor jeito que pôde com as mãos amarradas, e, então, lá se foram todos correndo, com um clinque-clinque de correntes e vários tropeços, já que não tinham como usar as mãos para se equilibrar. Demorou muito até conseguirem parar, e naquela altura deviam estar bem no coração da montanha.

Então Gandalf acendeu seu cajado. É claro que era Gandalf; mas num momento daqueles estavam ocupados demais para perguntar como ele tinha chegado lá. Desembainhou sua espada de novo, e de novo ela brilhou no escuro por si só. Ardia com uma fúria que a fazia chamejar se gobelins estivessem por perto; agora estava brilhante, feito chama azul, pelo deleite de ter matado o grande senhor da caverna. Não teve problema algum em cortar as correntes dos gobelins e libertar todos os prisioneiros o mais rapidamente possível. O nome dessa espada era Glamdring, o Martelo-do-inimigo, caso você não se lembre. Os gobelins a chamavam simplesmente de Batedora e a odiavam ainda mais do que a Mordedora, se é que isso era possível. Orcrist também tinha sido salva; pois Gandalf a trouxera consigo, arrancando-a das mãos de um dos guardas aterrorizados. Gandalf pensava em quase tudo; e, embora não pudesse fazer tudo, podia fazer muita coisa por amigos que estivessem num aperto.

"Estamos todos aqui?", disse ele, devolvendo a espada de Thorin com uma reverência. "Deixe-me ver: um — este é Thorin; dois, três, quatro, cinco, seis, sete, oito, nove, dez, onze; onde estão Fili e Kili? Aqui estão eles! doze, treze — e aqui está o Sr. Bolseiro: catorze! Bem, bem! poderia ser pior, e também poderia ser bem melhor. Nada de pôneis, nada de comida, e nada de saber direito onde estamos, e hordas de gobelins raivosos bem atrás de nós! Vamos em frente!"

E foram em frente. Gandalf estava bastante correto: começaram a ouvir barulhos de gobelins e gritos horríveis lá atrás, nas passagens por onde tinham vindo. Isso os fez seguir mais rápido do que nunca e, como o pobre Bilbo não teria como seguir nem com a metade daquela velocidade — pois os anões conseguem sair rolando num passo tremendo, posso lhe dizer, quando precisam — começaram a se revezar para carregá-lo nas costas.

Ainda assim, gobelins correm mais rápido do que anões, e esses gobelins conheciam melhor o caminho (eles mesmos tinham aberto as trilhas) e estavam loucos de raiva; de modo que, fizessem o que fizessem, os anões passaram a ouvir os gritos e uivos ficando mais e mais próximos. Logo podiam ouvir até as batidas dos pés dos gobelins, muitos e muitos pés, que pareciam estar logo atrás da última virada. O bruxuleio das tochas vermelhas podia ser visto atrás deles no túnel que estavam seguindo; e estavam ficando mortalmente cansados.

"Por que, ó, por que fui deixar minha toca de hobbit!", dizia o pobre Sr. Bolseiro, sacolejando nas costas de Bombur.

"Por que, ó, por que fui trazer um coitado de um hobbit numa caça ao tesouro", dizia o pobre Bombur, que era gordo e ia tropeçando, com o suor pingando em seu nariz por causa do calor e do terror que sentia.

Nesse ponto, Gandalf foi para trás e Thorin foi com ele. Fizeram uma curva acentuada. "Meia-volta!", gritou o mago. "Saque sua espada, Thorin!"

Não havia mais nada a ser feito; e os gobelins não gostaram nada daquilo. Vieram zanzando pela curva gritando a plenos pulmões, e encontraram Corta-gobelim e Martelo-do-inimigo brilhando, frias e luzentes, bem na frente de seus olhos espantados. Os da frente derrubaram suas tochas e deram um berro antes de serem mortos. Os de trás berraram ainda mais e saltaram para trás, derrubando aqueles que estavam correndo às costas deles. "Mordedora e Batedora!", guincharam; e logo todos estavam em confusão, e a maioria estava se arrastando de volta pelo caminho por onde tinha vindo.

Demorou um bocado de tempo antes que qualquer um deles ousasse fazer aquela curva. A essa altura, os anões tinham seguido em frente, andando uma distância muito, muito longa nos túneis escuros do reino dos gobelins. Quando os gobelins descobriram isso, apagaram suas tochas, colocaram calçados leves e separaram seus corredores mais rápidos, com os ouvidos e olhos mais aguçados. Estes saíram correndo na frente, tão velozes quanto doninhas no escuro, e fazendo quase tão pouco barulho quanto morcegos.

Foi por isso que nem Bilbo, nem os anões, nem mesmo Gandalf os ouviram chegando. Nem os viram. Mas o grupo foi visto pelos gobelins que corriam silenciosamente atrás deles, pois Gandalf fizera com que seu cajado emitisse uma luz fraca para ajudar os anões a seguir em frente.

Muito de repente, Dori, agora de novo no fim da fila, carregando Bilbo, foi agarrado por trás no escuro. Deu um grito e caiu; e o hobbit saiu rolando de seus ombros pelo negrume, bateu a cabeça na rocha dura e não se lembrou de mais nada.

5

Adivinhas no Escuro

Quando Bilbo abriu os olhos, ficou pensando se os abrira mesmo; pois estava tão escuro quanto se ficassem fechados. Não havia ninguém por perto. Imagine só o pavor dele! Não conseguia ouvir nada, ver nada, nem sentir nada, exceto o chão de pedra.

Bem devagar, levantou-se e pôs-se a tatear de quatro, até que tocou a parede do túnel; mas nem acima nem abaixo dela conseguia achar algo: nada de nada, nenhum sinal dos gobelins, nenhum sinal dos anãos. Sua cabeça estava girando, e ele estava muito longe de ter certeza até mesmo da direção em que estavam indo quando levou o tombo. Tentou adivinhar da melhor maneira que podia e rastejou adiante por um bom pedaço, até que de repente sua mão topou com o que parecia ser um minúsculo anel de metal frio caído no chão do túnel. Era uma grande virada em sua carreira, mas ele ainda não sabia disso. Colocou o anel em seu bolso quase sem pensar; decerto não parecia ser algo particularmente útil no momento. Não foi muito avante, mas se sentou no chão frio e se entregou aos sentimentos mais miseráveis por um bom tempo. Pensou em si mesmo fritando bacon e ovos em sua própria cozinha, em casa — pois podia sentir lá dentro que já era hora de alguma refeição; mas isso só o fez se sentir ainda mais miserável.

Não conseguia imaginar o que fazer; nem conseguia imaginar o que tinha acontecido; ou por que tinha sido deixado para trás; ou por que, se tinha sido deixado para trás, os gobelins não o tinham capturado; ou mesmo por que sua cabeça estava tão dolorida. A verdade é que tinha ficado deitado quieto, longe da vista e longe do pensamento, num canto muito escuro, por um longo período.

Depois de algum tempo, procurou seu cachimbo. Não estava quebrado, e isso já era alguma coisa. Depois procurou seu bornal, e havia algum tabaco dentro dele, e isso já era alguma coisa a mais. Então procurou fósforos, e não conseguiu achar nenhum, o que destroçou completamente suas esperanças. Melhor assim, assentiu logo que se recuperou do choque. Sabe-se lá o que o riscar de fósforos e o cheiro de tabaco teria atraído sobre ele, vindo de buracos escuros, naquele lugar horrível. Mesmo assim, no momento, sentia-se muito chateado. Mas, ao vasculhar todos os bolsos e tatear o corpo em busca de fósforos, sua mão tocou o cabo de sua pequena espada — a pequena adaga que tomara dos trols, da qual tinha quase se esquecido; nem, por sorte, os gobelins a tinham notado, já que a carregava dentro das calças.

Então a desembainhou. Ela brilhou, pálida e fraca, diante de seus olhos. "Então é uma arma élfica também", pensou; "e os gobelins não estão muito perto, e mesmo assim não estão longe o suficiente."

Mas, de algum modo, aquilo o reconfortou. Até que era bastante esplêndido estar usando uma espada forjada em Gondolin para as guerras gobelins cantadas em tantas canções; e ele também tinha notado que tais armas causavam grande impressão em gobelins que topavam com elas de repente.

"Voltar?", pensou. "Não adianta nada! Andar de lado? Impossível! Ir em frente? Única coisa a fazer! Vamos lá!" Assim, lá se foi ele, trotando e segurando na frente a espadinha, uma mão tateando a parede, com o coração todo palpitando e pulando.

Ora, certamente Bilbo estava naquilo que a gente costuma chamar de um aperto. Mas você precisa se lembrar de que não era tão apertado para ele quanto seria para mim ou para você. Os hobbits não são exatamente como as pessoas normais; e, afinal, ainda que as tocas deles sejam lugares limpinhos e alegres e apropriadamente arejados, bem diferentes dos túneis dos gobelins, ainda assim eles estão mais acostumados com túneis do que nós, e não perdem facilmente seu senso de direção debaixo da terra — não quando suas cabeças já se recuperaram de uma pancada. Além disso, conseguem se movimentar em extremo silêncio, e se esconder facilmente, e se recuperar maravilhosamente bem de quedas e arranhões, e eles possuem um tesouro de sabedoria e ditos sábios que os homens, em sua maioria, nunca ouviram ou esqueceram muito tempo atrás.

Eu não gostaria de estar no lugar do Sr. Bolseiro, mesmo assim. O túnel parecia não ter fim. Tudo o que ele sabia é que o caminho ainda estava descendo de modo contínuo e seguia na mesma direção, apesar de uma ou duas curvas e viradas. Havia passagens que saíam pelos lados de vez em quando, o que ele sabia graças ao brilho de sua espada, ou conseguia sentir com sua mão na parede. A isso ele não dava atenção, exceto ao se apressar adiante por medo dos gobelins ou de coisas escuras meio imaginadas que pudessem sair das passagens. Seguia sempre em frente e sempre para baixo; e ainda não ouvia som nenhum, exceto o sibilar de um morcego perto de seus ouvidos, que o assustou no começo, até que se tornou frequente demais para incomodar. Não sei quanto tempo ele continuou desse jeito, odiando seguir em frente, não ousando parar, sempre adiante, até que ficou mais cansado que o cansaço. Parecia estar caminhando até amanhã e depois de amanhã, rumo aos dias além.

De repente, sem aviso algum, trotou chapinhando na água. Ai! Estava fria, gelada. Isso o fez dar uma boa acordada. Não sabia se era só uma poça no caminho, ou a beira de um riacho debaixo da terra que cruzava a passagem, ou a margem de um lago subterrâneo profundo e escuro. A espada mal estava brilhando. Parou e conseguiu ouvir, quando se esforçava para escutar, gotas pinga-pinga-pingando, de um teto que não conseguia ver, na água embaixo delas; mas não parecia haver nenhum outro tipo de som.

"Então é uma lagoa ou um lago, e não um rio debaixo da terra", pensou. Mesmo assim, não ousava colocar os pés n'água naquela escuridão. Não sabia nadar; e também ficou pensando em coisas nojentas e cheias de muco, com grandes olhos inchados e cegos, retorcendo-se na água. Há coisas estranhas que vivem nas lagoas e lagos no coração das montanhas: peixes cujos pais entraram lá nadando, sabe-se lá quantos anos atrás, e nunca nadaram pra fora, enquanto seus olhos foram ficando cada vez maiores e maiores e maiores, tentando enxergar no negrume; e também há outras coisas mais viscosas que peixes. Mesmo nos túneis e cavernas que os gobelins fizeram para si há outras coisas vivendo, desconhecidas deles, que vieram se esgueirando do lado de fora para se esconder no escuro. Algumas dessas cavernas também remontam, em seus inícios, a eras anteriores aos gobelins, os quais apenas as alargaram e as uniram com passagens, e os donos originais das grutas ainda estão lá em certos cantos, rastejando e espreitando.

Ali, naquelas profundezas à beira da água escura, vivia o velho Gollum, uma criatura pequena e escorregadia. Não sei de onde veio, nem quem ou o que era. Ele era Gollum — tão escuro quanto a escuridão, exceto pelos dois grandes olhos redondos e pálidos em seu rosto magro. Tinha um barquinho, e ficava remando bem quieto no lago; pois era um lago extenso, e fundo, e mortalmente frio. Movimentava o barco com pés enormes que ficavam pendurados na amurada, mas nunca fazia nem sequer uma onda. Não mesmo. Ficava observando, com seus olhos pálidos semelhantes a lâmpadas, se apareciam peixes cegos, que ele agarrava com seus dedos compridos, rápidos feito pensamento. Gostava de carne também. Gobelim ele achava gostoso, quando conseguia pegar algum; mas tomava cuidado para que nunca o achassem. Aproveitava para esganá-los por trás, quando desciam sozinhos para perto da beira da água, quando ele estava à espreita. Raramente apareciam, pois tinham a sensação de que alguma coisa desagradável estava escondida lá embaixo, nas próprias raízes da montanha. Tinham chegado ao lago quando estavam abrindo os túneis, muito tempo antes, e descobriram que não dava para continuar; assim, a estrada deles terminava ali naquela direção, e não havia razão de ir por aquele caminho — a menos que o Grande Gobelim os enviasse até lá. Às vezes ele ficava com vontade de comer peixe do lago, e às vezes nem gobelim nem peixe voltavam.

Na verdade, Gollum vivia numa ilha de pedra coberta de limo no meio do lago. Agora ele estava observando Bilbo à distância, com seus olhos pálidos feito telescópios. Bilbo não conseguia vê-lo, mas ele estava muito curioso a respeito de Bilbo, pois podia ver que ele não era nenhum gobelim.

Gollum subiu em seu barco e saiu apressado da ilha, enquanto Bilbo estava sentado na margem, totalmente desacorçoado, no fim da linha e sem mais nenhuma ideia. De repente, eis que apareceu Gollum, que sussurrou e sibilou:

"Bença e sabença, meu preciosssso! Acho que é um banquete daqueles; pelo menos seria um bocado gostoso para nós, gollum!" E, quando dizia *gollum*, ele fazia um barulho de engolir horrível na garganta. Foi assim que ele ganhou seu nome, embora sempre chamasse a si mesmo de "meu precioso".

O hobbit quase pulou até o teto quando o sibilo chegou a seus ouvidos e, de repente, viu os dois olhos pálidos se projetando na sua direção.

"Quem é você?", disse, colocando a adaga na frente do corpo.

"O que é ele, meu preciosso?", sussurrou Gollum (que sempre falava consigo mesmo por não ter ninguém mais com quem falar). Era isso o que ele tinha vindo descobrir, pois na verdade não estava com muita fome no momento, apenas com curiosidade; do contrário, teria agarrado primeiro e sussurrado depois.

"Sou o Sr. Bilbo Bolseiro. Perdi os anãos e perdi o mago e não sei onde estou; e não quero nem saber, desde que consiga sair daqui."

"O que ele tem nas suas máoses?", disse Gollum, olhando para a espada, da qual não estava gostando muito.

"Uma espada, uma arma que veio de Gondolin!"

"Sssss", fez Gollum, ficando muito educado. "Talvêiz cê se senta aqui e conversa com ele um pouquim, meu preciossso. Ele gosta de adivinhas, talvêiz ele gosta, né?" Estava ansioso para parecer amigável, por enquanto pelo menos, e até que descobrisse mais sobre a espada e o hobbit, se ele estava mesmo sozinho, se era bom de comer e se ele, Gollum, estava realmente com fome. Adivinhas eram a única coisa em que ele conseguia pensar. Propô-las, e às vezes respondê-las, tinha sido o único jogo que ele jogara com outras criaturas engraçadas sentadas em suas tocas muito, muito tempo atrás, antes que ele perdesse todos os seus amigos e fosse expulso, sozinho, e rastejasse para o fundo, para o escuro sob as montanhas.

"Muito bem", disse Bilbo, que estava ansioso para concordar, até que descobrisse mais sobre a criatura, se estava mesmo sozinha, se era feroz ou estava com fome, e se era amiga dos gobelins.

"Você pergunta primeiro", sugeriu, porque não tinha tido tempo de pensar numa adivinha.

Assim, Gollum sibilou:

> *O que tem raiz mas ninguém vê,*
> *Sobe a não mais poder,*
> *Vence a árvore mais alta,*
> *Mas o crescer lhe falta?*[1]

"Fácil!", disse Bilbo. "Montanha, suponho."

"Esse aí adivinha fácil? Esse aí tem de fazer uma competição com nós, meu preciosso! Se o precioso perguntar e ele não responder, nós come ele, meu preciossso. Se ele perguntar e nós não responder, então nós faz o que ele quiser, hein? Nós mostra o caminho da saída, sim!"

"Tudo bem!", disse Bilbo, não ousando discordar e quase explodindo o cérebro para pensar em adivinhas que pudessem salvá-lo de ser comido.

> *Trinta pôneis brancos num morro vermelho,*
> *Primeiro mordiscam,*
> *Depois eles ciscam,*
> *Depois param sem relho.*[2]

Isso foi a única coisa que lhe ocorreu perguntar — a ideia de comer não saía da cabeça dele. Essa era velha, aliás, e Gollum sabia a resposta tão bem quanto você.

"Moleza, moleza", sibilou ele. "Dentes! Dentes, meu preciossso; mas nós só tem seis!" Então declamou sua segunda adivinha:

---

[1] *What has roots as nobody sees, / Is taller than trees, / Up, up it goes, / And yet never grows?*
[2] *Thirty white horses on a red hill, / First they champ, / Then they stamp, / Then they stand still.*

> *Sem voz geme,*
> *Sem asa adeja,*
> *Sem dente range,*
> *Sem boca murmureja.*³

"Só um momentinho!", gritou Bilbo, que ainda estava pensando, para seu desconforto, em comer. Por sorte, tinha ouvido antes alguma coisa bastante parecida e, recuperando o raciocínio, conseguiu pensar na resposta. "Vento, vento, é claro", disse, e ficou tão contente que inventou uma adivinha na hora. "Esta aqui vai quebrar a cabeça dessa criatura subterrânea nojenta", pensou:

> *Um olho num rosto azulado*
> *Viu um olho num rosto esverdeado.*
> *"Esse olho é como este olho",*
> *Disse o primeiro olho,*
> *"Mas em lugar rebaixado,*
> *Não em lugar elevado."*⁴

"Ss, ss, ss", fez Gollum. Fazia muito, muito tempo que ele estava debaixo da terra e já estava esquecendo esse tipo de coisa. Mas, justo quando Bilbo estava começando a ter esperança de que o desgraçado não seria capaz de responder, Gollum relembrou memórias de eras e eras e eras anteriores, quando ele vivia com sua avó numa toca na encosta de um rio. "Sss, sss, meu preciosso", disse. "Sol nas margaridas significa, sim."

Mas essas adivinhas comuns, sobre coisas do dia a dia acima do chão, eram cansativas para ele. Também o faziam recordar os dias quando tinha sido menos solitário e traiçoeiro e nojento, e aquilo o tirava do sério. Além do mais, faziam-no ficar faminto; então, dessa vez, tentou algo um pouco mais difícil e desagradável:

---

³ *Voiceless it cries, / Wingless flutters, / Toothless bites, / Mouthless mutters.*
⁴ *An eye in a blue face / Saw an eye in a green face. / "That eye is like to this eye" / Said the first eye, / "But in low place / Not in high place."*

*Não pode ser visto nem sentido,
Tampouco cheirado nem ouvido.
Vai dentro de monte e atrás de estrela,
Na cava a preenchê-la.
Vem primeiro e depois sem aviso,
Finda a vida, mata o riso.*[5]

Infelizmente para Gollum, Bilbo tinha ouvido aquele tipo de coisa antes; e a resposta estava o tempo todo à volta dele, de qualquer jeito. "O escuro!", disse, sem nem mesmo coçar a cabeça ou colocar seu chapéu de pensar.

*Caixinha sem fecho ou tampa justa,
Mas nela o farto ouro se oculta,*[6]

Perguntou para ganhar tempo, até que conseguisse pensar em alguma realmente difícil. Essa ele achou que era moleza, terrivelmente fácil, embora não a tivesse formulado com as palavras costumeiras. Mas acabou se mostrando jogo duro para Gollum. Ele sibilou para si mesmo, mas, mesmo assim, não respondeu; sussurrou e balbuciou.

Depois de algum tempo, Bilbo ficou impaciente. "Bem, o que é?", ele disse. "A resposta não é um bule fervendo até transbordar, como você parece pensar pelo barulho que está fazendo."

"Dê-nos uma chance; que esse aí nos dê uma chance, meu preciosso — ss — ss."

"Bem", disse Bilbo, depois de lhe dar uma chance comprida, "e o seu palpite?"

Mas de repente Gollum se lembrou de roubar ninhos muito tempo antes, e de se sentar na beira do rio ensinando sua avó, ensinando sua avó a chupar...

"Óvosos", sibilou. "Óvosos é o que é!" Então perguntou:

---

[5]*It cannot be seen, cannot be felt, / Cannot be heard, cannot be smelt. / It lies behind stars and under hills, / And empty holes it fills. / It comes first and follows after, / Ends life, kills laughter.*
[6]*A box without hinges, key, or lid, / Yet golden treasure inside is hid,*

*Vivo, não respira,
De frio não expira;
Sem sede vai bebendo,
De couraça, não rangendo.*[7]

Ele também, por sua vez, achou que essa era terrivelmente fácil, porque estava sempre pensando na resposta. Mas não conseguia se lembrar de nada melhor no momento, já que tinha ficado tão irritado com a adivinha dos ovos. Mesmo assim, aquela era jogo duro para o pobre Bilbo, que nunca chegava nem perto da água se pudesse evitar. Imagino que você saiba a resposta, é claro, ou consiga adivinhar com a mesma facilidade que consegue piscar, já que está sentado confortavelmente em casa e não corre o perigo de ser comido, o que ia atrapalhar o seu raciocínio. Bilbo se sentou e limpou a garganta uma ou duas vezes, mas nenhuma resposta saiu.

Depois de um tempo, Gollum começou a sibilar de prazer para si mesmo: "Será que ele é gostoso, meu preciossso? É suculento? É deliciosamente crocante?" Começou a encarar Bilbo da escuridão.

"Um momentinho", disse o hobbit, estremecendo. "Eu lhe dei uma bela de uma chance bem comprida agora há pouco."

"Esse aí precisa ter pressa, pressa!", disse Gollum, começando a sair do seu barco para ir à margem atrás de Bilbo. Mas, quando pôs seus pés compridos e palmados na água, um peixe saltou para fora, assustado, e caiu nos dedos dos pés de Bilbo. "Ai!", disse ele, "está frio e pegajoso!" — e assim adivinhou. "Peixe! Peixe!", gritou. "É peixe!"

Gollum ficou terrivelmente desapontado; mas Bilbo propôs outra adivinha, o mais rapidamente possível, para que Gollum tivesse de voltar ao seu barco e pensar.

Sem-pernas deitou em uma-perna, duas-pernas se sentou em três-pernas, quatro-pernas ganhou um pouco.[8]

---

[7]*Alive without breath, / As cold as death; / Never thirsty, ever drinking, / All in mail never clinking.*
[8]*No-legs lay on one-leg, two-legs sat near on three-legs, fou-legs got some.*

Não era realmente a hora certa para essa adivinha, mas Bilbo estava com pressa. Gollum poderia ter tido algum trabalho para responder, se lhe perguntassem isso em outra hora. Do jeito que foi, falando de peixe, "sem-pernas" não era tão difícil, e depois disso o resto foi fácil. "Peixe numa mesinha, homem à mesa sentado numa banqueta, o gato ganhou os ossos" — essa, é claro, é a resposta, e Gollum logo a deu. Então achou que tinha chegado a hora de perguntar algo difícil e horrível. Isto foi o que ele disse:

> *Esta coisa a tudo devora:*
> *Aves, feras, flores lança fora;*
> *Rói ferro, morde aço;*
> *De pedra faz bagaço;*
> *Mata rei, vila arruína,*
> *Vira montanha em terra fina.*[9]

O pobre Bilbo se sentou no escuro, pensando em todos os nomes horríveis de todos os gigantes e ogros dos quais já tinha ouvido falar em histórias, mas nem um só deles tinha feito todas essas coisas. Tinha a sensação de que a resposta era bem diferente e que ele devia saber qual era, mas não conseguia adivinhar. Começou a ficar assustado, e isso é ruim para o pensamento. Gollum começou a sair de seu barco. Botou os pés n'água e remou até a margem; Bilbo podia ver seus olhos vindo na direção dele. Sua língua parecia ter grudado na boca; ele queria gritar bem alto: "Dê-me mais tempo! Dê-me mais tempo!" Mas tudo o que saiu, com um guincho repentino, foi:

"Tempo! Tempo!"

Bilbo foi salvo por pura sorte. Pois aquela, claro, era a resposta.

---

[9] *This thing all things devours: / Birds, beasts, trees, flowers; / Gnaws iron, bites steel; / Grinds hard stones to meal; / Slays king, ruins town, / And beats high mountain down.*

Gollum ficou desapontado mais uma vez; e agora estava ficando raivoso, e também cansado do jogo. Aquilo o tinha deixado muito faminto, de fato. Dessa vez, não voltou ao barco. Sentou-se no escuro ao lado de Bilbo. Isso fez o hobbit se sentir muitíssimo e terrivelmente desconfortável, e bagunçou seu raciocínio.

"Esse aí tem de noss fazer uma pergunta, meu preciosso, sim, ssim, sssim. Ssó mais uma pergunta para adivinhar, sim, ssim", disse Gollum.

Mas Bilbo simplesmente não conseguia pensar em pergunta nenhuma com aquela coisa nojenta, molhada e fria sentada ao seu lado, mexendo nele e o cutucando. Coçou-se, beliscou-se; ainda assim, não conseguia pensar em nada.

"Pergunta para nós! Pergunta para nós!", disse Gollum.

Bilbo se beliscou e se deu um tapa; apertou o cabo de sua pequena espada; até tateou o bolso com a outra mão. Ali achou o anel que tinha pegado na passagem e do qual se esquecera.

"O que tem no meu bolso?", disse em voz alta. Estava falando consigo mesmo, mas Gollum achou que fosse uma adivinha e ficou horrivelmente contrariado.

"Não justo! Não justo!", sibilou ele, "não é justo, meu precioso, perguntar para nós o que esse aí tem nos seus bolsossozinhos ssujos!"

Bilbo, vendo o que tinha acontecido e não tendo nada melhor para perguntar, manteve a pergunta. "O que tem no meu bolso?", disse mais alto.

"S-s-s-s-s", sibilou Gollum. "Esse aí tem que dar para nós três chanceses, meu preciosso, três chanceses."

"Muito bem! Tente adivinhar!", disse Bilbo.

"Mãoses!", disse Gollum.

"Errado", disse Bilbo, que, por sorte, tinha acabado de tirar a mão do bolso. "Tente de novo!"

"S-s-s-s-s", disse Gollum, mais contrariado do que nunca. Ele pensou em todas as coisas que guardava em seus próprios bolsos: ossos de peixe, dentes de gobelins, conchas molhadas, um pedaço de asa de morcego, uma pedra afiada para amolar seus caninos e outras coisas nojentas. Tentou pensar no que outras pessoas guardavam em seus bolsos.

"Faca!", disse por fim.

"Errado!", disse Bilbo, que tinha perdido a sua fazia algum tempo. "Última chance!"

Agora Gollum estava num estado muito pior do que quando Bilbo tinha feito a pergunta do ovo. Sibilou, e balbuciou, e se balançou para trás e para frente, e bateu os pés no chão, e se retorceu e remexeu; mas ainda não ousava gastar sua última chance.

"Vamos lá!", disse Bilbo. "Estou esperando!" Tentou soar desafiador e alegre, mas não tinha certeza nenhuma sobre como o jogo ia acabar, com Gollum adivinhando certo ou não.

"O tempo acabou!", disse.

"Corda, ou nada!", berrou Gollum, o que não era muito justo — dando dois chutes de uma vez só.

"Ambos errados", gritou Bilbo, muitíssimo aliviado; e ficou de pé de um salto na hora, encostou-se na parede mais próxima e levantou sua espadinha. Ele sabia, é claro, que o jogo de adivinhas era sagrado e de imensa antiguidade, e mesmo criaturas perversas tinham medo de trapacear quando o jogavam. Mas sentia que não podia ter confiança de que aquela coisa gosmenta fosse manter qualquer promessa na hora do aperto. Qualquer desculpa seria suficiente para que ele se livrasse dela. E, afinal, aquela última pergunta não tinha sido uma adivinha genuína, de acordo com as leis antigas.

Mas, de qualquer modo, Gollum não o atacou de imediato. Conseguia ver a espada na mão de Bilbo. Continuou sentado, tremendo e murmurando. Por fim, Bilbo não conseguiu mais esperar.

"Bem?", disse. "E quanto à sua promessa? Quero ir embora. Você tem de me mostrar o caminho."

"Nós disse isso, precioso? Mostrar a saída para o ssujo do pequeno Bolseiro, sim, sim. Mas o que esse aí tem nos seus bolsossos, hein? Não é corda, precioso, mas também não é nada. Oh, não! Gollum!"

"Não é da sua conta", disse Bilbo. "Uma promessa é uma promessa."

"Está zangado, impaciente, precioso", sibilou Gollum. "Mas tem de esperar, sim, tem. Nós não pode sair andando pelos túneis assim com pressa. Nós precisa ir pegar algumas coisas primeiro, sim, coisas para ajudar nós."

"Bem, apresse-se!", disse Bilbo, aliviado ao pensar em Gollum indo embora. Pensou que ele só estava dando uma desculpa e não pretendia voltar. Do que Gollum estava falando? Que coisa útil ele poderia guardar no lago escuro? Mas estava errado. Gollum de fato pretendia voltar. Estava com raiva agora e faminto. E ele era uma criatura miserável e perversa e já tinha um plano.

Não muito longe dali ficava sua ilha, sobre a qual Bilbo nada sabia, e lá, em seu esconderijo, ele guardava alguns cacarecos horríveis e uma única coisa muito bela, muito bela, muito maravilhosa. Ele tinha um anel, um anel dourado, um anel precioso.

"Meu presente de aniversário!", murmurou para si mesmo, como fizera com frequência nos intermináveis dias escuros. "É isso que nós quer agora, sim; nós quer ele!"

Ele o queria porque era um anel de poder e, se você colocasse esse anel em seu dedo, ficava invisível; só na plena luz do dia você poderia ser visto, e mesmo assim só pela sua sombra, e essa ficaria trêmula e tênue.

"Meu presente de aniversário! Ele veio até mim no meu aniversário, meu precioso." Assim ele sempre dissera a si mesmo. Mas quem sabe como Gollum topou com aquele presente, eras atrás, nos dias antigos, quando tais anéis ainda podiam ser achados no mundo? Talvez nem mesmo o Mestre que os regia pudesse dizer. Gollum costumava usá-lo no começo, até que isso o deixou cansado; e então o guardou numa bolsa colada à sua pele, até que isso o irritou; e agora geralmente o escondia num buraco na pedra em sua ilha, e estava sempre voltando para dar uma olhada nele. E ainda, às vezes, colocava-o no dedo, quando não suportava mais ficar separado dele, ou quando estava com muita, muita fome, e cansado de peixe. Então se esgueirava por passagens escuras procurando gobelins desgarrados. Podia até se aventurar em lugares onde as tochas estavam acesas e faziam seus olhos piscarem e coçarem; pois estaria seguro. Oh, sim, bem seguro. Ninguém havia de vê-lo, ninguém notaria a sua presença, até que seus dedos estivessem na garganta da vítima. Apenas algumas horas antes ele o tinha usado e agarrara uma pequena cria de gobelim. Como ele guinchou! Ainda tinha sobrado um osso ou dois para roer, mas ele queria algo mais macio.

"Bem seguro, sim", murmurou para si mesmo. "Ele não vai ver nós, vai, meu precioso? Não. Não vai ver nós, e sua espadinha ssuja vai ser inútil, sim, verdade."

Era isso o que passava pela sua cabecinha perversa quando ele saiu de repente de perto de Bilbo, e bateu os pés de volta até seu barco, e se foi no escuro. Bilbo achou que tinha ouvido a criatura pela última vez. Mesmo assim, esperou um pouco; pois não tinha ideia de como achar a saída sozinho.

De repente, ouviu um ganido. Aquilo fez um arrepio lhe descer pela espinha. Gollum estava maldizendo e gemendo na treva, não muito longe dali, pelo som. Estava em sua ilha, cutucando aqui e ali, procurando e buscando em vão.

"Onde esstá? Onde esstá?", Bilbo o ouviu gritando. "Esstá perdido, meu precioso, perdido, perdido! Maldito e desdito, meu precioso está perdido!"

"Qual o problema?", gritou Bilbo. "O que você perdeu?"

"Não é pra perguntar pra nós", berrou Gollum. "Não da conta dele, não, gollum! Esstá perdido, gollum, gollum, gollum."

"Bem, eu também estou", gritou Bilbo, "e quero ficar desperdido. E ganhei o jogo, e você prometeu. Então vamos logo! Venha me deixar sair e depois continue a procurar!" Por mais que Gollum soasse profundamente desgraçado, Bilbo não conseguia achar muita piedade em seu coração e tinha a sensação de que qualquer coisa que Gollum quisesse tanto assim dificilmente podia ser algo bom. "Vamos logo!", gritou.

"Não, ainda não, precioso!", respondeu Gollum. "Temos de procurá-lo, está perdido, gollum."

"Mas você não adivinhou a resposta da minha última pergunta e você prometeu", disse Bilbo.

"Não adivinhei!", disse Gollum. Então, de repente, da treva veio um sibilo cortante. "O que ele tem nos seus bolsossos? Conte para nós. Tem de contar primeiro."

Até onde Bilbo sabia, não havia nenhuma razão especial para ele não contar. A mente de Gollum tinha chegado a um palpite mais rápido que a dele; naturalmente, pois Gollum tinha ficado obcecado durante eras por aquela única coisa e ele estava sempre com medo de que ela fosse roubada. Mas Bilbo ficou irritado com a demora. Afinal, tinha vencido o jogo, de modo bastante justo, correndo um risco horrível. "As respostas tinham de ser adivinhadas, não dadas", disse.

"Mas não foi uma pergunta justa", disse Gollum. "Não uma adivinha, precioso, não."

"Ah, bom, se a questão são perguntas comuns," Bilbo respondeu, "então eu fiz uma primeiro. O que você perdeu? Conte-me!"

"O que ele tem nos seus bolsossos?" O som veio sibilando, mais alto e mais cortante e, quando olhou na direção dele, para seu alarme, Bilbo agora via dois pequenos pontos de luz que o miravam. Conforme a suspeita crescia na mente de Gollum, a luz de seus olhos ardia com uma chama pálida.

"O que você perdeu?", insistiu Bilbo.

Mas agora a luz nos olhos de Gollum tinha se tornado um fogo verde, que estava chegando mais perto rapidamente. Gollum estava em seu barco de novo, remando loucamente de volta à margem escura; e tal fúria de perda e suspeita caíra sobre seu coração que espada nenhuma ainda continha terror para ele.

Bilbo não conseguia adivinhar o que tinha enlouquecido a criatura desgraçada, mas viu que tudo estava às claras, e que Gollum pretendia assassiná-lo de qualquer jeito. No momento exato, virou-se e correu às cegas de volta para a passagem escura pela qual viera, ficando perto da parede e tateando-a com a mão esquerda.

"O que ele tem nos seus bolsossos?", ouviu Bilbo, o sibilo alto atrás dele e o chapinhar, quando Gollum saltou de seu barco. "O que será que tenho aqui, o que será?", disse a si mesmo, enquanto ofegava e avançava tropeçando. Colocou a mão esquerda no bolso. O anel parecia muito frio quando deslizou silenciosamente sobre o indicador que tateava.

O sibilo estava bem atrás dele. Virou-se então e viu os olhos de Gollum, feito pequenas lamparinas verdes, subindo o barranco. Aterrorizado, tentou correr mais rápido, mas, de repente, deu uma topada numa saliência do chão e tombou com a espadinha embaixo de si.

Num instante Gollum o alcançou. Mas, antes que Bilbo pudesse fazer qualquer coisa, recuperar o fôlego, dar um jeito de se levantar, ou sacudir a espada, Gollum passou reto, sem se dar conta dele, maldizendo e sussurrando conforme corria.

O que isso poderia significar? Gollum conseguia enxergar no escuro. Bilbo podia ver a luz dos olhos dele, brilhando palidamente, até mesmo detrás de si. Com o corpo dolorido, levantou-se e embainhou a espada, a qual agora estava brilhando fraquinha de novo, e então, com muito cuidado, seguiu-o. Não parecia haver outra coisa a fazer. Não adiantava rastejar de volta à lagoa de Gollum. Talvez, se o seguisse, Gollum pudesse conduzi-lo a alguma rota de fuga sem querer.

"Maldito! Maldito! Maldito!", sibilava Gollum. "Maldito Bolseiro! Foi embora! O que ele tem nos seus bolsossos? Oh, nós adivinha, nós adivinha, meu precioso. Ele achou, sim, deve ter achado. Meu presente de aniversário."

Bilbo apurou os ouvidos. Estava finalmente começando a adivinhar também. Apressou-se um pouco, chegando o mais perto que ousava de Gollum, o qual ainda estava avançando rápido, sem olhar para trás, mas virando a cabeça de um lado para o outro, como Bilbo conseguia ver a partir do brilho tênue nas paredes.

"Meu presente de aniversário! Maldito! Como nós perdeu ele, meu precioso? Sim, é isso. Quando nós veio por este caminho da última vez, quando nós torceu o pescoço daquele guinchador ssujo. É isso. Maldito! Escapou de nós, depois de todas essas eras e eras. Ele se foi, gollum."

De repente Gollum se sentou e começou a chorar, um som silvado e engasgado horrível de se ouvir. Bilbo estacou e se encostou bem junto à parede do túnel. Depois de um tempo, Gollum parou de chorar e começou a falar. Parecia estar discutindo consigo mesmo.

"Não adianta voltar até lá para procurar, não. Nós não se lembra de todos os lugares que visitou. E não funciona. O Bolseiro o guardou em seus bolsossos; o enxerido ssujo o encontrou, nós diz."

"Nós acha, precioso, só acha. Nós não tem como saber até encontrar aquela criatura ssuja e apertar ela. Mas aquele lá não sabe o que o presente faz, sabe? Vai só guardar ele nos bolsossos. Não sabe e não tem como ir longe. Ele se perdeu, aquela coisa ssuja enxerida. Não sabe o caminho da saída. Foi o que disse."

"Disse isso, sim; mas é cheio de truques. Não fala o que quer dizer. Aquele lá se recusa a dizer o que tem nos seus bolsossos. Ele sabe. Conhece um caminho de entrada, deve conhecer um caminho de saída, sim. Foi para a porta dos fundos. Para a porta dos fundos, é isso."

"Os gobelinses vão pegar ele, então. Não tem como sair por aquele caminho, precioso."

"Ssss, sss, gollum! Gobelinses! Sim, mas se ele pegou o presente, nosso presente precioso, então os gobelinses vão ficar com ele, gollum! Vão descobrir ele, vão descobrir o que ele faz! Nunca mais nós vai ficar seguro, nunca, gollum! Um dos gobelinses vai colocar ele, e então ninguém mais vai conseguir ver ele. Vai estar lá, mas não vai ser visto. Nem mesmo nossos olhossos espertos vão notar ele; e ele vai chegar todo rastejante e cheio de truques e vai pegar nós, gollum, gollum!"

"Então vamos parar de falar, precioso, e ir mais rápido. Se o Bolseiro foi por aquele caminho, nós tem de ir rápido e ver. Vamos! Não está longe. Rápido!"

Com um salto Gollum se levantou e partiu bambeando, em ritmo forte. Bilbo se apressou atrás dele, ainda com cautela, embora seu medo principal agora fosse o de tropeçar em outra saliência do chão e levar um tombo que fizesse barulho. Sua cabeça estava rodando com esperança e assombro. Parecia que o anel que tinha era um anel mágico: fazia a pessoa ficar invisível! Tinha ouvido falar de tais coisas, é claro, em histórias muito, muito antigas; mas era difícil de acreditar que realmente tivesse achado uma, por acidente. Mesmo assim, é o que parecia: Gollum, com seus olhos brilhantes, tinha passado por ele a apenas alguns palmos de distância.

Lá se foram eles, Gollum batendo os pés na frente, sibilando e maldizendo; Bilbo indo atrás, tão suavemente quanto um hobbit consegue andar. Logo chegaram a lugares onde, como

Bilbo tinha notado no caminho de descida, passagens laterais se abriam, para este e aquele lado. Gollum começou imediatamente a contá-las.

"Uma na esquerda, sim. Uma na direita, sim. Duas na direita, sim, sim. Duas na esquerda, sim, sim." E assim por diante. Conforme a contagem seguia, ele diminuiu o passo e começou a ficar trêmulo e choroso; pois estava deixando a água cada vez mais para trás e estava ficando com medo. Os gobelins poderiam estar por perto, e ele tinha perdido o seu anel. Por fim parou perto de uma abertura baixa, do lado esquerdo deles, conforme subiam.

"Sete na direita, sim. Seis na esquerda, sim!", sussurrou ele. "É aqui. Este é o caminho para a porta dos fundos, sim. Aqui está a passagem!"

Ele espiou por ela e recuou. "Mas nós não tem coragem de entrar, precioso, não, nós não tem. Gobelinses lá embaixo. Montes de gobelinses. Nós fareja eles. Ssss!"

"O que nós vai fazer? Malditos e desditos! Nós precisa esperar aqui, precioso, esperar um pouco pra ver."

Assim, ambos pararam de vez. Gollum tinha trazido Bilbo até a saída, afinal de contas, mas Bilbo não conseguia passar! Lá estava Gollum sentado, com o lombo bem na abertura, e seus olhos brilhavam frios em sua cabeça, enquanto ele a balançava de lá para cá entre seus joelhos.

Bilbo se esgueirou da parede, mais quieto que um camundongo; mas Gollum estacou de imediato, e farejou, e seus olhos ficaram verdes. Sibilou num tom baixo, mas ameaçador. Ele não conseguia ver o hobbit, mas agora estava alerta e tinha outros sentidos que a escuridão aguçara: a audição e o olfato. Parecia estar totalmente debruçado, com suas mãos chatas espalmadas no solo e a cabeça esticada, o nariz quase tocando a pedra. Embora Gollum fosse apenas uma sombra negra ao brilho de seus próprios olhos, Bilbo conseguia ver ou sentir que ele estava tenso como a corda de um arco pronto para disparar.

Bilbo quase parou de respirar e ficou, ele próprio, rígido. Estava desesperado. Precisava ir embora, sair dessa escuridão horrível enquanto lhe sobrasse alguma força. Precisava lutar.

Precisava apunhalar aquela coisa imunda, apagar seus olhos, matá-la. Gollum pretendia matá-lo. Não, não era uma luta justa. Estava invisível agora. Gollum não tinha espada. Gollum ainda não tinha ameaçado matá-lo de fato, ou tentado matá-lo. E estava desgraçado, sozinho, perdido. Uma compreensão repentina, uma piedade misturada com horror, brotou no coração de Bilbo: um vislumbre de dias intermináveis e nunca registrados, sem luz ou esperança de melhora, pedra dura, peixe frio, tocaiando e sussurrando. Todos esses pensamentos passaram no clarão de um segundo. Ele tremeu. E então, bem de repente, em outro clarão, como que carregado por uma nova força e resolução, ele saltou.

Não era nenhum grande salto para um homem, mas um salto no escuro. Direto por cima da cabeça de Gollum ele saltou, sete pés para a frente e três para cima no ar; de fato, embora não soubesse, ele mal escapou de rachar o crânio no arco baixo da passagem.

Gollum se jogou para trás e tentou agarrar o hobbit quando Bilbo voou por cima dele, mas tarde demais: seus dedos pegaram só ar, e Bilbo, caindo ereto com seus pés robustos no chão, saiu correndo pelo novo túnel. Não se virou para ver o que Gollum estava fazendo. Vieram sibilos e maldições nos seus calcanhares, no começo, e então pararam. Súbito, ouviu-se um urro de gelar o sangue, repleto de ódio e desespero. Gollum fora derrotado. Não ousava ir avante. Tinha perdido: perdera sua presa e perdera, também, a única coisa que jamais acalentara, seu precioso. O grito fez Bilbo ficar com o coração na boca, mas ainda assim ele prosseguiu. Agora tênue feito um eco, mas ameaçadora, a voz veio de trás:

"Ladrão, ladrão, ladrão! Bolseiro! Nós odeia ele, nós odeia ele, nós odeia ele para sempre!"

Então fez-se silêncio. Mas aquilo também parecia ameaçador para Bilbo. "Se os gobelins estão tão perto que ele os farejou," pensou, "então devem ter ouvido seus urros e maldições. Cuidado agora, ou este caminho vai levar você a coisas piores."

A passagem era baixa e de feitio grosseiro. Não era um caminho difícil demais para o hobbit, exceto quando, apesar de todo o cuidado, ele deu topadas com seus pobres dedos dos pés de novo, várias vezes, nas malditas pedras pontudas do chão.

"O teto é um pouco baixo para gobelins, ao menos para os grandes", pensou Bilbo, sem saber que até os grandes, os orques das montanhas, caminham em grande velocidade bem abaixados, com as mãos quase no chão.

Logo a passagem, que tinha se inclinado para baixo, começou a subir de novo e, depois de um tempo, foi ficando íngreme. Isso fez Bilbo ir mais devagar. Mas, afinal, a rampa terminou, a passagem chegou a uma virada e começou a descer de novo, e ali, no fundo de uma inclinação curta, ele viu, permeando outra virada — um vislumbre de luz. Não era luz vermelha, como a de um fogo ou de uma lanterna, mas uma luz pálida, do tipo que se vê ao ar livre. Então Bilbo começou a correr.

Atirando-se tão rápido quanto suas pernas conseguiam carregá-lo, ele passou pela última virada e chegou de repente a um espaço aberto, onde a luz, depois de todo aquele tempo no escuro, parecia deslumbrantemente clara. Na verdade, era só um pouco de luz do sol vazando por uma entrada, onde uma grande porta, uma porta de pedra, fora deixada aberta.

Bilbo piscou e então, de repente, ele viu os gobelins: gobelins de armadura completa, com espadas desembainhadas, que se sentavam um pouco para dentro da porta e a observavam com olhos bem abertos, observando também a passagem que levava até ela. Estavam despertos, alertas, prontos para qualquer coisa.

Eles o viram antes que ele os visse. Sim, eles o viram. Fosse por acidente, ou como último truque do anel antes que adotasse um novo mestre, ele não estava no dedo de Bilbo. Com urros de deleite, os gobelins apressaram-se na direção dele.

Um golpe de medo e perda, como um eco da desgraça de Gollum, atingiu Bilbo e, esquecendo até mesmo de sacar sua espada, ele enfiou as mãos nos bolsos. E lá estava o anel ainda, em seu bolso esquerdo, e se encaixou em seu dedo. Os gobelins pararam de repente. Não conseguiam ver sinal dele. Tinha desaparecido. Urraram duas vezes mais alto do que antes, mas não com tanto deleite.

"Onde está ele?", gritaram.

"Subam pela passagem!", berraram alguns.
"Desse lado!", urraram uns. "Daquele lado!", urraram outros.
"Fiquem de olho na porta!", ribombou o capitão deles.

Apitos foram soprados, armaduras se chocaram, espadas foram chacoalhadas, gobelins amaldiçoaram e xingaram e correram de lá para cá, caindo um por cima do outro e ficando muito raivosos. Houve uma terrível barulheira, bagunça e balbúrdia.

Bilbo estava horrivelmente assustado, mas teve o bom senso de entender o que tinha acontecido e de se esgueirar para detrás de um barril grande que armazenava bebidas para os guardas-gobelins, e assim sair do caminho e evitar que trombassem nele, pisoteassem-no até a morte, ou o pegassem pelo tato.

"Preciso chegar até a porta, preciso chegar até a porta!", ficava dizendo a si mesmo, mas passou muito tempo antes que ele se arriscasse a tentar. Foi como uma versão horrível da brincadeira de cabra-cega. O lugar estava cheio de gobelins correndo por todo lado, e o pobre hobbit se esquivou de um lado para outro, foi derrubado por um gobelim que não conseguiu entender no que tinha trombado, saiu rastejando de quatro, deslizou por entre as pernas do capitão bem na hora, levantou-se e correu até a porta.

Ainda estava aberta, mas um gobelim a empurrara até quase fechar. Bilbo se esforçou, mas não conseguiu abri-la. Tentou se espremer pela abertura. Espremeu e espremeu — e ficou preso! Aquilo era péssimo. Seus botões tinham ficado enfiados na borda da porta e do batente. Conseguia ver o ar livre lá fora: havia alguns poucos degraus que desciam para um vale estreito entre montanhas altas; o sol saíra de trás de uma nuvem e brilhava forte do lado de fora da porta — mas ele não conseguia atravessar.

De repente, um dos gobelins do lado de dentro berrou: "Tem uma sombra do lado da porta. Alguma coisa está lá fora!"

O coração de Bilbo pulou para a boca. Remexeu-se com força terrível. Botões estouraram para todos os lados. Tinha atravessado, com casaco e colete rasgados, pulando degraus abaixo feito um cabrito, enquanto gobelins confusos ainda estavam catando seus belos botões de latão na soleira da porta.

É claro que eles logo vieram atrás dele, rosnando e urrando e caçando em meio às árvores. Mas eles não gostam do sol; é algo que faz suas pernas ficarem bambas e suas cabeças girarem. Não conseguiram achar Bilbo enquanto ele usava o anel, deslizando para dentro e para fora da sombra das árvores, correndo rápido e silencioso e ficando longe do sol; assim, logo eles voltaram, resmungando e xingando, para guardar a porta. Bilbo tinha escapado.

6

DA FRIGIDEIRA
PARA O FOGO

Bilbo tinha escapado dos gobelins, mas não sabia onde estava. Tinha perdido capuz, manto, comida, pônei, seus botões e seus amigos. Vagou sem parar, até que o sol começou a descer no oeste, detrás das montanhas. As sombras delas caíram sobre o caminho de Bilbo, e ele olhou para trás. Então olhou para a frente e conseguiu ver apenas escarpas e encostas, que desciam rumo a terras baixas e planícies vislumbradas ocasionalmente entre as árvores.

"Céus!", exclamou ele. "Pareço ter ido parar bem do outro lado das Montanhas Nevoentas, bem na beira da Terra Além! Onde, ó, onde Gandalf e os anões podem ter se enfiado? Só espero que eles não estejam lá atrás em poder dos gobelins!"

Ainda continuou a vagar, saiu do pequeno vale elevado, passou pela sua borda e desceu as encostas que vinham depois; mas o tempo todo um pensamento desconfortável ia crescendo dentro dele. Ficava pensando se não deveria voltar para aqueles túneis tão horríveis e procurar seus amigos, agora que tinha o anel mágico. Acabara de decidir que isso era seu dever, que precisava dar meia-volta — e um desgraçado completo se sentia por causa disso — quando ouviu vozes.

Parou e escutou. Não soavam como as de gobelins; assim, foi se esgueirando com cuidado. Estava numa trilha pedregosa que volteava para baixo, com uma parede de rocha do lado esquerdo; do outro lado, o solo sumia e havia pequenos vales abaixo do nível da trilha, encobertos por arbustos e árvores baixas. Num desses valezinhos, sob os arbustos, pessoas conversavam.

Esgueirou-se para mais perto ainda e de repente viu, espiando entre dois grandes pedregulhos, uma cabeça encimada por um gorro vermelho: era Balin, na função de vigia. Podia ter batido palmas e gritado de alegria, mas não fez isso. Ainda estava com o anel no dedo, por medo de encontrar alguma coisa inesperada e desagradável, e viu que Balin estava olhando direto para ele sem notá-lo.

"Vou fazer uma surpresa para todos eles", pensou, enquanto rastejava em meio aos arbustos na beira do pequeno vale. Gandalf estava argumentando com os anões. Estavam discutindo tudo o que tinha acontecido com eles nos túneis e imaginando e debatendo o que deviam fazer agora. Os anões estavam resmungando, e Gandalf estava dizendo que não era possível continuarem sua jornada deixando o Sr. Bolseiro nas mãos dos gobelins, sem tentar descobrir se estava vivo ou morto e sem tentar resgatá-lo.

"Afinal de contas, ele é meu amigo", disse o mago, "e não é um mau camaradinha. Eu me sinto responsável por ele. Queria muito que vocês não o tivessem perdido."

Os anões queriam saber por que ele tinha sido trazido com eles para começar, por que não conseguia ficar junto com seus amigos e acompanhá-los e por que o mago não tinha escolhido alguém com mais juízo. "Ele tem dado mais trabalho do que sido útil até agora", disse um deles. "Se tivermos de voltar agora para aqueles túneis abomináveis para procurá-lo, então ele que se dane, é o que eu digo."

Gandalf respondeu com raiva: "Eu o trouxe, e não trago coisas que não são úteis. Ou vocês me ajudam a procurá-lo ou vou deixar vocês aqui para saírem deste aperto do melhor jeito que puderem. Se conseguirmos achá-lo de novo, vocês vão me agradecer antes de tudo acabar. Por que raios você foi deixá-lo cair, Dori?"

"Você também iria derrubá-lo," disse Dori, "se um gobelim tivesse agarrado suas pernas por trás no escuro, fizesse você tropeçar e chutasse as suas costas!"

"Então por que não o pegou de novo?"

"Céus! E você ainda pergunta! Gobelins lutando e mordendo no escuro, todo mundo caindo em cima de corpos e batendo um no outro! Você quase decepou a minha cabeça com Glamdring, e Thorin estava golpeando lá e cá e em todo lugar com Orcrist. De repente você emitiu um dos seus clarões cegantes, e vimos os gobelins recuarem correndo e berrando. Você gritou 'Sigam-me, todo mundo!', e todo mundo devia ter seguido você. Pensamos que todo mundo tinha feito isso. Não havia tempo para fazer uma contagem, como você sabe muito bem, até que tivéssemos passado correndo pelos guardas do portão, saído pela porta inferior e chegado aos trambolhões aqui. E aqui estamos nós — sem o gatuno, desacorçoado seja!"

"E aqui está o gatuno!", disse Bilbo, entrando bem no meio deles e tirando o anel.

Rapaz, como eles pularam! Então deram gritos de surpresa e deleite. Gandalf estava tão espantado quanto qualquer um deles, mas provavelmente mais contente do que todos os outros. Chamou Balin e lhe disse o que pensava de um vigia que deixava alguém chegar tão perto deles assim, sem aviso. O fato é que a reputação de Bilbo entre os anões melhorou um bocado depois disso. Se eles ainda duvidavam que ele fosse um gatuno de primeira classe, apesar das palavras de Gandalf, então pararam de duvidar. Balin era o que estava mais confuso; mas todo mundo disse que Bilbo fizera um serviço muito bem feito dessa vez.

De fato, Bilbo estava tão contente com os elogios deles que ficou só rindo por dentro e não disse coisa nenhuma sobre o anel; e, quando lhe perguntaram como fizera aquilo, disse: "Oh, só me esgueirei até chegar perto, sabe — com muito cuidado e em silêncio."

"Bem, é a primeira vez que qualquer coisa, incluindo um camundongo, conseguiu se esgueirar com cuidado e em silêncio debaixo do meu nariz e não foi flagrada," disse Balin, "e tiro meu capuz para você." Foi o que fez.

"Balin, a seu serviço", disse ele.

"Sr. Bolseiro, seu criado", respondeu Bilbo.

Então quiseram saber tudo sobre as aventuras dele depois que o perderam de vista, e Bilbo se sentou e contou tudo — exceto a descoberta do anel ("Agora não", pensou). Ficaram particularmente interessados na competição de adivinhas e estremeceram de modo muito solidário ao ouvir a descrição de Gollum.

"E depois eu não conseguia pensar em nenhuma outra pergunta com ele sentado do meu lado", concluiu Bilbo, "então eu disse 'O que tem no meu bolso?' E ele não conseguiu adivinhar em três tentativas. Então eu disse: 'E a sua promessa? Mostre-me a saída!' Mas ele veio para cima para me matar, e eu corri, e caí, e ele não me achou no escuro. Então o segui, porque o ouvi falando sozinho. Gollum achou que na verdade eu sabia o caminho da saída, então estava indo na direção dela. E aí ele se sentou na entrada, e eu não conseguia passar. Então pulei por cima dele, escapei e desci correndo até o portão."

"E os guardas?", perguntaram eles. "Não havia nenhum?"

"Oh, sim! Vários deles; mas me esquivei. Fiquei preso na porta, que só estava entreaberta, e perdi vários botões", disse tristemente, olhando para suas roupas rasgadas. "Mas no fim consegui me espremer para passar — e aqui estou eu."

Os anões olharam para ele com um novo tipo de respeito quando falou sobre se esquivar de guardas, pular por cima de Gollum e se espremer pela porta, como se aquilo não fosse muito difícil ou muito assustador.

"O que foi que eu disse?", comentou Gandalf, rindo. "O Sr. Bolseiro contém mais do que vocês imaginam." Lançou sobre Bilbo um olhar esquisito por baixo de suas sobrancelhas frondosas ao dizer isso, e o hobbit ficou pensando se o mago já imaginava que parte de sua história ele tinha deixado de fora.

Depois disso, ele tinha suas próprias perguntas a fazer, pois, se Gandalf já tinha explicado tudo aos anões a essa altura, Bilbo não tinha ouvido essa explicação. Queria saber como o mago tinha aparecido de novo, e onde eles estavam agora.

O mago, para dizer a verdade, nunca tinha problemas em explicar suas espertezas mais de uma vez; assim, contou então a Bilbo que tanto ele quanto Elrond estavam bem cientes da presença de gobelins malignos naquela parte das montanhas. Mas o portão principal desses gobelins costumava dar para um passo diferente, por onde era mais fácil viajar, de modo que eles muitas vezes pegavam pessoas que se perdiam à noite perto de seus portões. Evidentemente, as pessoas tinham desistido de seguir por aquele caminho, e os gobelins deviam ter aberto sua nova entrada, no alto do passo pelo qual os anões tinham entrado, em tempos bem recentes, porque aquele tinha sido um lugar bastante seguro até então.

"Preciso ver se não consigo achar um gigante mais ou menos decente para bloquear a entrada de novo," disse Gandalf, "ou logo não vai dar para atravessar as montanhas de jeito nenhum."

Assim que Gandalf ouviu o berro de Bilbo, percebeu o que tinha acontecido. Graças ao clarão que matou os gobelins que o estavam agarrando, ele se enfiou pela rachadura, bem na hora em que ela se entreabriu. Seguiu os captores e os prisioneiros até a beirada do grande salão e ali se sentou e conjurou a melhor magia que pôde nas sombras.

"Um negócio muito delicado, ora se foi", disse. "Por um triz!"

Mas, é claro, Gandalf tinha estudado de modo especial as bruxarias feitas com fogo e luzes (até o hobbit nunca se esquecera dos mágicos fogos de artifício nas festas de meio-do-verão do Velho Tûk, como você deve recordar). O resto todos nós sabemos — exceto que Gandalf sabia tudo sobre a porta de trás, como os gobelins chamavam o portão inferior, onde Bilbo perdera seus botões. Na verdade, ela era bem conhecida de todos os familiarizados com aquela parte das montanhas; mas só um mago seria capaz de manter a cabeça no lugar nos túneis e guiá-los na direção certa.

"Eles construíram aquele portão eras atrás," disse ele, "em parte como via de escape, se precisassem de uma; em parte como caminho para as terras além, aonde eles ainda vão no escuro e causam grandes danos. Guardam-no sempre, e ninguém jamais conseguiu bloqueá-lo. Vão guardá-lo duplamente depois dessa", riu o mago.

Todos os outros também riram. Afinal, tinham perdido muita coisa, mas tinham matado o Grande Gobelim e um grande número de outros além dele e tinham todos escapado, então poderíamos dizer que tinham levado a melhor por enquanto.

Mas o mago os chamou à razão. "Precisamos continuar de imediato, agora que estamos um pouco descansados", disse. "Vão vir atrás de nós às centenas quando a noite cair; e as sombras já estão ficando mais compridas. Conseguem farejar nossas pegadas por horas e horas depois que passamos. Precisamos avançar várias milhas antes do crepúsculo. Teremos um pouco de luar, se o tempo continuar bom, para nossa sorte. Não que eles se importem muito com a lua, mas isso vai trazer um pouco de luz para nos orientarmos."

"Oh, sim!", disse ele, em resposta a mais perguntas do hobbit. "Você perde a noção do tempo dentro de túneis de gobelins. Hoje é quinta-feira, e foi na noite de segunda ou na madrugada de terça que nós fomos capturados. Andamos milhas e milhas e atravessamos direto o coração das montanhas e agora estamos do outro lado — um atalho e tanto. Mas não estamos no ponto aonde nosso caminho deveria ter nos trazido; fomos parar muito ao Norte, e há uma região complicada à frente. E ainda estamos bem alto. Vamos continuar!"

"Estou horrivelmente faminto", gemeu Bilbo, de repente percebendo que não tinha feito uma refeição desde a noite antes da noite de anteontem. Imagine só como é isso para um hobbit! Seu estômago parecia todo vazio e solto, e suas pernas estavam bem bambas, agora que a parte emocionante tinha terminado.

"Nada a fazer," disse Gandalf, "a menos que você queira voltar e pedir educadamente aos gobelins que devolvam seu pônei e sua bagagem."

"Não, obrigado!", disse Bilbo.

"Muito bem então, temos simplesmente de apertar nossos cintos e seguir andando — ou vão nos transformar em ceia, e isso seria muito pior do que nós mesmos não comermos ceia alguma."

Conforme prosseguiam, Bilbo olhava de um lado para o outro procurando algo para comer; mas as amoreiras ainda estavam só com flores e é claro que não havia nozes, nem mesmo frutinhas de espinheiro-branco. Mastigou algumas azedinhas e bebeu de um pequeno riacho de montanha que cruzava a trilha e comeu três morangos silvestres que achou na beira do rio, mas não adiantou muita coisa.

Ainda iam sempre em frente. A trilha grosseira desapareceu. Os arbustos, e a grama alta entre os pedregulhos, os trechos de relva roída por coelhos, o tomilho e a sálvia e a manjerona, e as rosas-das-rochas amarelas — tudo isso sumiu, e eles se acharam no topo de uma encosta larga e íngreme de rochas caídas, os restos de um deslizamento. Quando começaram a descer a encosta, ciscos e pedregulhos pequenos saíram rolando debaixo de seus pés; logo, fragmentos maiores de pedra rachada começaram a descer, barulhentos, e fizeram outros pedaços abaixo deles deslizarem e rolarem; então amontoados de rocha foram mexidos e saíram pulando, desabando com uma nuvem de poeira e muito barulho. Logo a encosta inteira, acima e abaixo deles, parecia estar em movimento, enquanto eles iam escapando, apinhados juntos, em meio a uma confusão assustadora de deslizamentos, tremores, lajes e pedras que rachavam.

Foram as árvores no fundo da encosta que os salvaram. Eles deslizaram até a borda de um bosque de pinheiros inclinado, que ali chegava bem perto da encosta montanhosa, vindo das florestas mais escuras e profundas dos vales abaixo. Alguns se agarraram aos troncos e saltaram para galhos baixos, outros (como o hobbit) ficaram atrás de uma árvore para se abrigar do ataque das rochas. Logo o perigo tinha terminado, o deslizamento parara, e as últimas pancadas distantes podiam se ouvir, conforme as maiores das pedras soltas iam pulando e girando no meio das samambaias e das raízes dos pinheiros lá embaixo.

"Bem, isso aí nos fez correr um pouco!", disse Gandalf. "E mesmo os gobelins que nos rastrearem vão ter um trabalhão para descer até aqui em silêncio."

"Ouso dizer que sim," resmungou Bombur, "mas não vão achar muito difícil fazer com que pedras venham pulando na nossa cabeça." Os anões (e Bilbo) estavam longe de se sentir felizes, esfregando suas pernas e seus pés contundidos e machucados.

"Bobagem! Vamos virar aqui e sair do caminho do deslizamento. Precisamos ser rápidos! Vejam só a luz!"

Fazia tempo que o sol descera detrás das montanhas. As sombras já estavam ficando mais profundas à volta deles, embora, muito ao longe, através das árvores e acima das pontas negras daquelas que cresciam mais embaixo, ainda conseguissem ver as luzes do entardecer nas planícies além deles. Então seguiram, meio mancando, o mais rápido que podiam, pelas encostas gentis de uma floresta de pinheiros, numa trilha em diagonal que levava sempre para o sul. Por vezes, avançavam através de um mar de grandes samambaias, com altas frondes que se erguiam até mesmo acima da cabeça do hobbit; em outros momentos, marchavam quietinhos, quietinhos por um chão repleto de pinhas; e o tempo todo as trevas da floresta ficavam mais pesadas, e o silêncio da mata, mais profundo. Não havia vento, naquele anoitecer, que trouxesse nem mesmo um murmúrio do mar aos galhos das árvores.

* * *

"Temos mesmo de andar mais?", perguntou Bilbo, quando ficou tão escuro que ele mal conseguia ver a barba de Thorin balançando do seu lado, e tão silencioso que ele podia ouvir a respiração dos anãos como se fosse um barulho alto. "Meus dedos dos pés estão todos contundidos e dobrados, e minhas pernas doem, e meu estômago está balançando feito um saco vazio."

"Um pouco mais", disse Gandalf.

Depois do que pareciam ter sido eras a mais, chegaram de repente a uma clareira onde não crescia árvore alguma. A lua estava alta e iluminava a clareira. De algum modo, aquele não lhes pareceu um bom lugar de jeito nenhum, embora não houvesse nada de errado para se ver.

Súbito, ouviram um uivo ao longe, morro abaixo, um uivo longo, de estremecer. Foi respondido por outro, à direita, e um bocado mais perto deles; e depois por outro, não muito longe, à esquerda. Eram lobos uivando para a lua, lobos se reunindo!

Não havia lobos vivendo perto da toca do Sr. Bolseiro em sua terra, mas ele conhecia aquele barulho. Tinham descrito o som para ele com alguma frequência em histórias. Um de seus primos mais velhos (do lado Tûk), que tinha sido um grande viajante, costumava imitá-lo para assustar Bilbo. Ouvir esse som na floresta, sob a lua, era demais para o hobbit. Mesmo anéis mágicos não são muito úteis contra lobos — especialmente contra as alcateias malignas que viviam à sombra das montanhas infestadas de gobelins, do outro lado da Borda do Ermo, nas fronteiras do desconhecido. Lobos desse tipo têm faro mais apurado que o de gobelins e não precisam ver você para pegá-lo!

"O que havemos de fazer, o que havemos de fazer?!", gritou ele. "Escapar de gobelins para ser atacado por lobos!", disse, e isso se tornou um provérbio, embora agora nós digamos "da frigideira para o fogo" sobre o mesmo tipo de situações desconfortáveis.

"Subam nas árvores, rápido!", gritou Gandalf; e eles correram para as árvores na borda da clareira, procurando aquelas que tinham galhos relativamente baixos, ou eram esguias o suficiente para que pudessem escalá-las. Acharam-nas tão rápido quanto puderam, como você pode imaginar; e lá se foram para cima, tão alto quanto era possível confiar nos galhos. Você teria rido (de uma distância segura) se tivesse visto os anãos sentados no alto das árvores com suas barbas balançando, feito senhores idosos que ficaram abilolados e estão brincando de ser meninos. Fili e Kili estavam no topo de um lariço, alto feito uma enorme árvore de Natal. Dori, Nori, Ori, Oin e Gloin ficaram mais acomodados em um pinheiro imenso, com galhos regulares que se projetavam em intervalos feito os raios de uma roda. Bifur, Bofur, Bombur e Thorin estavam em outro. Dwalin e Balin tinham escalado um abeto alto e esguio com poucos galhos, e estavam tentando achar um lugar para se sentar na folhagem dos ramos do topo. Gandalf, que era um bocado mais alto que os outros, achara uma árvore na qual não conseguiriam subir, um grande pinheiro que ficava bem na borda da clareira. Estava bem escondido em seus galhos, mas dava para ver seus olhos brilhando ao luar conforme ele espiava.

E Bilbo? Ele não conseguiu subir em árvore alguma e ficou zanzando de tronco a tronco, feito um coelho que não acha seu buraco e está sendo perseguido por um cachorro.

"Você deixou o gatuno para trás de novo!", disse Nori a Dori, olhando para baixo.

"Não posso ficar levando gatunos nas costas sempre," disse Dori, "descendo túneis e subindo árvores! O que você pensa que eu sou? Um carregador?"

"Ele vai ser comido se não fizermos algo", disse Thorin, pois se ouviam uivos à volta de todos eles agora, chegando mais e mais perto. "Dori!", chamou ele, pois Dori era o que estava mais baixo, na árvore mais fácil, "seja rápido e dê uma mão ao Sr. Bolseiro para ele subir!" Dori, na verdade, era um camarada decente, apesar de seus resmungos. O pobre Bilbo não conseguia alcançar a mão do companheiro, mesmo quando ele desceu até o galho mais baixo e esticou o braço o máximo que podia. Assim, Dori chegou até a descer da árvore, deixando que Bilbo subisse nele e ficasse de pé nas suas costas. Bem nesse momento os lobos trotaram uivando clareira adentro. De repente, havia centenas de olhos olhando para eles. Ainda assim, Dori não deixou Bilbo desamparado. Esperou até que o hobbit saísse dos seus ombros para os galhos e então ele mesmo pulou para a árvore. Foi bem a tempo! Um lobo tentou morder seu manto enquanto ele balançava e quase o pegou. Num minuto havia um bando inteiro deles ganindo em volta da árvore e saltando na direção do tronco, com olhos brilhando e línguas balançando de fora.

Mas nem mesmo os wargs selvagens (pois assim eram chamados os lobos malignos do outro lado da Borda do Ermo) conseguem escalar árvores. Por algum tempo, eles estavam seguros. Por sorte, estava quente e não ventava. Árvores não são um lugar muito confortável no qual se sentar por muito tempo em qualquer ocasião; mas no frio e no vento, com lobos por todo lado lá embaixo esperando por você, podem ser lugares perfeitamente desgraçados.

Essa clareira no anel de árvores era evidentemente um local de encontro dos lobos. Mais e mais continuavam chegando. Deixaram guardas ao pé da árvore na qual Dori e Bilbo estavam e depois saíram fuçando em volta, até que acabaram farejando cada árvore que tinha alguém em cima dela. Essas eles também puseram sob guarda, enquanto todos os demais (pareciam ser centenas e centenas) foram se sentar num grande círculo na clareira; e no meio do círculo ficou um grande lobo cinzento. Ele falou com eles na linguagem horrenda dos wargs. Gandalf a entendia. Bilbo não, mas lhe soava terrível, como se toda a conversa deles fosse sobre coisas cruéis e perversas, como de fato era. De vez em quando, todos os wargs no círculo respondiam ao seu chefe cinzento juntos, e o clamor horrendo quase fazia o hobbit cair de seu pinheiro.

Vou contar o que Gandalf ouviu, embora Bilbo não tivesse entendido a conversa. Os wargs e os gobelins muitas vezes se ajudavam em seus feitos perversos. Os gobelins normalmente não se aventuram muito longe de suas montanhas, a não ser que sejam expulsos e estejam procurando novas casas, ou estejam marchando para a guerra (coisa que, fico feliz em dizer, não acontece faz bastante tempo). Mas, naqueles dias, eles às vezes costumavam sair para incursões, especialmente para obter comida ou escravos que trabalhassem para eles. Então, com frequência, pediam ajuda aos wargs e dividiam seu butim com eles. De vez em quando, montavam lobos como os homens montam cavalos. Ora, parecia que uma grande incursão gobelim tinha sido planejada para aquela mesma noite. Os wargs tinham vindo se encontrar com os gobelins, e esses tinham se atrasado. A razão, sem dúvida, era a morte do Grande Gobelim e toda a confusão causada pelos anões e por Bilbo e pelo mago, que eles provavelmente ainda estavam caçando.

Apesar dos perigos dessa terra distante, homens corajosos, em tempos recentes, tinham começado a retornar a ela vindos do Sul, cortando árvores e construindo para si lugares onde viver em meio às matas mais agradáveis, nos vales e ao longo das margens dos rios. Havia muitos deles, e eram valentes e bem armados, e mesmo os wargs não ousavam atacá-los se muitos deles estavam juntos, ou com o dia claro. Mas dessa vez eles tinham planejado, com a ajuda dos gobelins, cair sobre alguns dos vilarejos mais próximos das montanhas à noite. Se seu plano tivesse sido executado, não teria sobrado ninguém no dia seguinte; todos teriam sido mortos, exceto os poucos que os gobelins não deixavam aos lobos e levavam de volta às suas cavernas como prisioneiros.

Era uma conversa horrenda de se escutar, não apenas por causa dos valentes homens das matas, e suas mulheres e crianças, mas também por causa do perigo que agora ameaçava Gandalf e seus amigos. Os wargs estavam com raiva e desconfiados por achá-los ali, exatamente no seu lugar de encontro. Pensavam que eram amigos dos homens das matas e que tinham vindo espioná-los, levando notícias de seus planos para os vales, e assim os gobelins e os lobos teriam de lutar uma batalha terrível, em vez de capturar prisioneiros e devorar pessoas que tinham acabado de acordar de repente. Portanto, os wargs não tinham intenção nenhuma de ir embora e deixar as pessoas no alto das árvores escaparem, não, pelo menos, até a manhã. E muito antes disso, disseram, soldados gobelins estariam descendo das montanhas; e gobelins conseguem escalar árvores, ou derrubá-las.

Agora você consegue entender por que Gandalf, ouvindo os rosnados e ganidos deles, começou a se encher de um medo terrível, por mais que fosse mago, e a sentir que estavam numa posição muito ruim e ainda não tinham escapado de maneira alguma. De todo modo, ele não ia deixar que os wargs se dessem bem assim tão fácil, embora não pudesse fazer muita coisa preso numa árvore alta com lobos em volta no chão lá embaixo. Juntou as enormes pinhas que havia nos galhos da árvore. Então ateou um fogo azul brilhante numa delas e a lançou zunindo no meio do círculo de lobos. A pinha acertou um deles no lombo, e imediatamente sua pelagem desalinhada pegou fogo, e ele se pôs a pular de lá para cá, ganindo horrivelmente. Então Gandalf jogou outra e mais outra, uma em chamas azuis, uma em chamas vermelhas, outra em chamas verdes. Elas explodiram no chão no meio do círculo e soltaram faíscas coloridas e fumaça. Uma pinha especialmente grande atingiu o chefe dos lobos no focinho, e ele saltou dez pés no ar, e depois saiu correndo em volta do círculo várias vezes, mordendo e arreganhando os dentes para os outros lobos em sua raiva e susto.

Os anãos e Bilbo gritaram e aplaudiram. A ira dos lobos era terrível de se ver, e a barulheira que produziam encheu toda a floresta. Lobos têm medo de fogo em qualquer circunstância, mas esse era um fogo muitíssimo horrível e fora do comum. Se uma faísca ia parar no pelame dos animais, grudava nele e o fazia queimar, e, a não ser que eles rolassem de costas no chão rápido, pouco depois estavam em chamas. Logo, em todas as partes da clareira, lobos estavam rolando no chão sem parar para apagar as faíscas nas suas costas, enquanto aqueles que estavam queimando se punham a correr ao redor, uivando e pondo fogo nos outros, até que seus próprios amigos os expulsaram e eles fugiram encosta abaixo, gritando e urrando e procurando água.

"O que é esse tumulto todo na floresta esta noite?", disse o Senhor das Águias. Ele estava sentado, negro ao luar, no topo de um pináculo solitário de rocha na borda leste das montanhas. "Ouço vozes de lobos! Será que os gobelins estão procurando encrenca nas matas?"

Lançou-se no ar, e imediatamente dois de seus guardas saltaram das rochas, de cada lado, para segui-lo. Circularam pelo céu e olharam para o círculo de wargs, um pontinho minúsculo lá embaixo. Mas águias têm vista aguçada e conseguem ver coisas pequenas de uma grande distância. O Senhor das Águias das Montanhas Nevoentas tinha olhos que podiam observar o sol sem piscar, que conseguiam ver um coelho se mexendo no chão à altitude de uma milha, mesmo que fosse sob o luar. Assim, embora ele não conseguisse ver as pessoas nas árvores, podia divisar o tumulto entre os lobos e ver os pequenos clarões de fogo e ouvir os uivos e ganidos que chegavam fracos lá de baixo. Também conseguia ver o luzir da lua em lanças e capacetes de gobelins, conforme longas filas daquela gente perversa desciam rastejando as encostas dos montes, saindo de seu portão, e adentravam a mata.

Águias não são aves gentis. Algumas são covardes e cruéis. Mas a raça antiga das montanhas do norte era a das maiores de todas as aves; eram orgulhosas e fortes e de coração nobre. Não amavam os gobelins, nem os temiam. Quando chegavam a se dar conta deles (o que era raro, pois não comiam tais criaturas), desciam sobre eles e os empurravam aos gritos de volta a suas cavernas, e detinham qualquer perversidade que eles estivessem fazendo. Os gobelins odiavam as águias e as temiam, mas não conseguiam alcançar seus assentos elevados ou expulsá-las das montanhas.

Naquela noite, o Senhor das Águias se enchera de curiosidade de saber o que estava acontecendo; assim, convocou a si muitas outras águias, e elas saíram voando das montanhas e, girando e girando lentamente em círculos, foram descendo, descendo, descendo na direção do anel dos lobos e do local de encontro dos gobelins.

Aliás, que bom que foi assim! Coisas terríveis tinham acontecido lá embaixo. Os lobos que tinham pegado fogo e fugido para a floresta tinham-na incendiado em vários lugares. Era alto verão e, desse lado leste das montanhas, não havia chovido por algum tempo. Samambaias amareladas, galhos caídos, pilhas fundas de pinhas e, aqui e ali, árvores mortas logo ficaram em chamas. Por todos os lados da clareira dos wargs saltava o fogo. Mas os guardas-lobos não deixaram as árvores. Enlouquecidos e raivosos, estavam pulando e uivando ao redor dos troncos, maldizendo os anãos em seu idioma horrível, com as línguas de fora e os olhos brilhando vermelhos e ferozes como as chamas.

Então, de repente, os gobelins chegaram correndo e berrando. Tinham achado que uma batalha com os homens das matas estava acontecendo; mas logo descobriram o que realmente acontecera. Alguns deles chegaram até a se sentar e rir. Outros sacudiram suas lanças e bateram as hastes delas contra seus escudos. Os gobelins não têm medo de fogo e logo bolaram um plano que lhes parecia muitíssimo divertido.

Alguns reuniram todos os lobos num só grupo. Outros empilharam samambaias e galhos secos em volta dos troncos das árvores. E alguns saíram correndo e pisotearam e bateram, e bateram e pisotearam, até que quase todas as chamas foram apagadas — mas não apagaram o fogo que ficava mais perto das árvores onde estavam os anãos. Esse fogo eles alimentaram com folhas, galhos mortos e samambaias. Logo tinham feito um anel de fumaça e chama em volta dos anãos, um anel que impediram de se espalhar; mas ele foi se fechando devagar, até que o fogo que corria começou a lamber o combustível empilhado sob as árvores. A fumaça chegara aos olhos de Bilbo, ele conseguia sentir o calor das chamas; e, através da fumaceira, podia ver os gobelins dançando em círculos sem parar, feito gente em volta de uma fogueira de meio-do-verão. Do lado de fora do anel de guerreiros que dançavam com lanças e machados, estavam os lobos, a uma distância respeitosa, observando e esperando.

Ele conseguia ouvir os gobelins começando uma canção horrível:

Em cinco abetos, quinze passarinhos,
do fogo às suas penas veio um ventinho!
Que aves gozadas, não tinham asinhas!
Ó, que faremos com essas coisinhas?
Assá-las vivas ou mandá-las pra panela;
fritar, ferver, comer à cabidela?[1]

Então pararam e gritaram: "Voem para longe, passarinhos! Voem para longe, se puderem! Desçam, passarinhos, ou vão assar nos seus ninhos! Cantem, cantem, passarinhos! Por que não cantam?"

"Vão embora, menininhos!", gritou Gandalf em resposta. "Não é época de roubar ninhos. Aliás, menininhos levados que brincam com fogo acabam sendo castigados." Disse isso para deixá-los bravos e para mostrar que não tinha medo deles — por mais que tivesse, é claro, e por mais que fosse mago. Mas nem prestaram atenção e continuaram a cantar.

Queima, queima, pinha e lenha!
Arde e destroça! Faísca a tocha
Que faz da noite nosso deleite,
  Iá ei!
Torra e assa, frita e raspa!
'Té a barba arder, o olho derreter;
'té o cabelo feder, a pele enrijecer,
a banha crestada, e a negra ossada
  em cinza no chão
  os céus verão!
Os anãos morrerão,
ardendo à noite pro nosso deleite,

---

[1] *Fifteen birds in five fir-trees, / their feathers were fanned in a fiery breeze! / But, funny little birds, they had no wings! / O what shall we do with the funny little things? / Roast 'em alive, or stew them in a pot; / fry them, boil them and eat them hot?*

Iá ei!
Iá-rári-ei!
Iá ói![2]

E quando veio aquele *Iá ói!* as chamas chegaram embaixo da árvore de Gandalf. Num instante se espalharam para as outras. A casca da árvore pegou fogo, os galhos mais baixos racharam. Então Gandalf subiu ao topo de sua árvore. Um esplendor repentino faiscou de seu cajado feito relâmpago, conforme ele se preparava para se atirar do alto, bem no meio das lanças dos gobelins. Aquilo teria sido o fim do mago, embora ele provavelmente tivesse matado muitos dos inimigos quando se lançasse para baixo feito um corisco. Mas não chegou a saltar.

Bem naquele momento, o Senhor das Águias arremessou-se do alto, tomou-o em suas garras e se foi.

Ouviu-se um urro de raiva e surpresa dos gobelins. Em alta voz gritou o Senhor das Águias, com quem Gandalf agora tinha falado. De volta arremeteram as grandes aves que estavam com ele, para baixo vieram feito enormes sombras negras. Os lobos ganiram e rangeram seus dentes; os gobelins urraram e bateram os pés com fúria e arremessaram suas lanças pesadas no ar em vão. Sobre eles desceram as águias; o bater de suas asas escuras os lançou ao chão ou os empurrou para longe; suas garras rasgavam os rostos dos gobelins. Outras aves voaram até o topo das árvores e agarraram os anões, que agora estavam tentando escalar o mais alto que ousavam chegar.

O pobrezinho do Bilbo quase foi deixado para trás de novo! Mal deu jeito de se segurar nas pernas de Dori, quando ele foi o último dos anões a ser levado embora; e lá se foram eles juntos, acima do tumulto e do incêndio, Bilbo balançando no ar com seus braços quase quebrando.

---

[2] *Burn, burn tree and fern! / Shrivel and scorch! A fizzling torch / To light the night for our delight, / Ya hey! / Bake and toast 'em, fry and roast 'em! / till beards blaze, and eyes glaze; / till hair smells and skins crack, / fat melts, and bones black / in cinders lie / beneath the sky! / So dwarves shall die, / and light the night for our delight, / Ya hey!/ Ya-harri-hey!/ Ya hoy!*

Nesse momento, bem lá embaixo, os gobelins e os lobos estavam se espalhando para todos os lados pelas matas. Umas poucas águias ainda estavam circulando e dando rasantes acima do campo de batalha. As chamas em volta das árvores elevaram-se de repente acima dos galhos mais altos. Elas foram engolidas por um fogo crepitante. Houve um redemoinho repentino de fagulhas e fumaça. Bilbo tinha escapado bem a tempo!

Logo a luz do incêndio parecia fraca lá embaixo, um pontinho de luz vermelha contra o chão negro; e eles estavam bem alto no céu, subindo sem parar em grandes círculos rodopiantes. Bilbo nunca esqueceu aquele voo, agarrado aos tornozelos de Dori. Ele gemia "meus braços, meus braços!"; mas Dori se lastimava: "Minhas pobres pernas, minhas pobres pernas!"

Mesmo nas melhores circunstâncias, alturas faziam Bilbo ficar tonto. Costumava se sentir esquisito se olhasse da borda de qualquer encostazinha; e nunca gostou de escadas, que dirá de árvores (já que nunca tinha precisado escapar de lobos antes). Então você pode imaginar como sua cabeça estava girando naquela hora, quando olhou para baixo, por entre seus dedos dos pés pendurados, e viu as terras escuras que se abriam imensas ao longe, tocadas aqui e ali pela luz da lua numa rocha, nas faldas de um monte, ou num riacho nas planícies.

Os picos pálidos das montanhas estavam chegando mais perto, agulhas de rocha iluminadas pela lua a projetar-se de sombras negras. Verão ou não, parecia fazer muito frio. Ele fechou os olhos e pensou se conseguiria aguentar mais. Então imaginou o que aconteceria se não aguentasse. Sentiu-se enjoado.

O voo terminou bem a tempo para ele, pouco antes de seus braços cederem. Soltou-se dos tornozelos de Dori com um engasgo e caiu na plataforma irregular de um ninho de águia. Ali se deitou sem falar, e seus pensamentos eram uma mistura de surpresa por ter sido salvo do fogo e de medo de cair daquele lugar estreito nas sombras profundas que o cercavam. Sua cabeça estava se sentindo realmente muito esquisita dessa vez, depois das aventuras terríveis dos últimos três dias com quase nada para comer, e ele se achou dizendo em voz alta: "Agora eu sei como se sente um pedaço de bacon quando de repente o tiram da panela com um garfo e o colocam de volta na prateleira!"

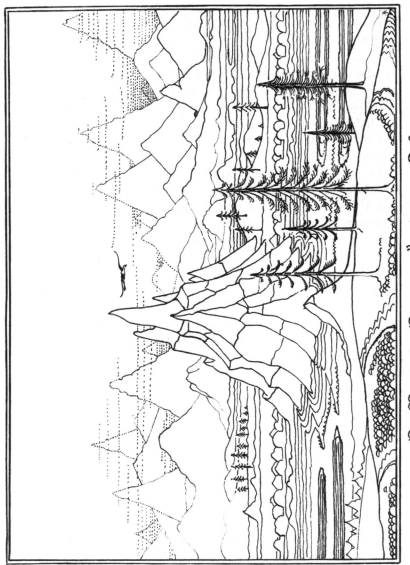

Nas Montanhas Nevoentas olhando para o Oeste

"Não sabe não!", disse Dori em resposta, "porque o bacon sabe que vai voltar para a panela mais cedo ou mais tarde; e é de se esperar que não voltemos. Além disso, águias não são garfos!"

"Oh, não! Não lembram nem um pouco mafagafos — quer dizer, garfos", disse Bilbo, sentando-se e olhando ansioso para a águia que estava pousada ali perto. Ficou pensando se tinha dito outras bobagens, e se a águia tinha achado aquilo rude. Você não deve ser rude com uma águia quando tem só o tamanho de um hobbit e está no alto do ninho dela à noite!

A águia só afiou o bico numa pedra, arrumou as penas e nem prestou atenção.

Logo outra águia chegou voando. "O Senhor das Águias lhe pede para trazer seus prisioneiros até a Grande Plataforma", gritou, e lá se foi de novo. A outra tomou Dori em suas garras e saiu voando com ele na noite, deixando Bilbo totalmente só. Ele mal teve forças para imaginar o que o mensageiro queria dizer com "prisioneiros", e estava começando a achar que seria estraçalhado para a ceia feito um coelho, quando a sua vez chegou.

A águia voltou, tomou-o em suas garras pela parte de trás de seu casaco e se lançou no ar. Desta vez ele só voou por um trecho curto. Logo Bilbo foi posto no chão, tremendo de medo, numa ampla plataforma de rocha na encosta da montanha. Não havia caminho que chegasse a ela, exceto por meio do voo; e nenhum caminho que descesse dela, exceto pulando de um precipício. Ali ele encontrou todos os outros, sentados de costas para o paredão da montanha. O Senhor das Águias também estava lá e falava com Gandalf.

Parecia que Bilbo não ia ser comido, afinal de contas. O mago e o senhor-águia pareciam se conhecer um pouco e até mesmo ter uma relação amigável. Na verdade, Gandalf, que passava pelas montanhas com frequência, certa vez tinha feito um favor às águias, curando seu senhor de um ferimento de flecha. Então, veja você, "prisioneiros" queria dizer apenas "prisioneiros resgatados dos gobelins", e não cativos das águias. Conforme Bilbo escutava a conversa de Gandalf, ele se deu conta de que afinal iam escapar real e verdadeiramente daquelas terríveis montanhas. O mago estava discutindo com a Grande

Águia planos para que elas carregassem os anões, Bilbo e o próprio Gandalf para longe, depositando-os num ponto avançado de sua jornada através das planícies lá embaixo.

O Senhor das Águias se recusou a levá-los a qualquer lugar perto de onde homens moravam. "Eles atirariam em nós com seus grandes arcos de teixo," disse ele, "pois achariam que estávamos atrás de suas ovelhas. E, em outras ocasiões, estariam certos. Não! Estamos felizes de privar os gobelins de sua diversão e felizes de retribuir sua ajuda a nós, mas não vamos nos arriscar nas planícies ao sul por causa de anões."

"Muito bem", disse Gandalf. "Levem-nos para onde quer que desejarem! Já estamos em dívida profunda com vocês. Mas, nesse meio-tempo, estamos com uma fome imensa."

"Estou quase morto de fome", disse Bilbo, com uma vozinha fraca que ninguém ouviu.

"Isso talvez possa ser remediado", disse o Senhor das Águias.

Mais tarde, você poderia ter visto um fogo forte na plataforma de rocha, com as figuras dos anões em volta dele, cozinhando e produzindo um gostoso cheiro de assado. As águias tinham trazido ramos secos para a fogueira e tinham trazido também coelhos, lebres e uma ovelha pequena. Os anões cuidaram de todos os preparativos. Bilbo estava fraco demais para ajudar e, de qualquer modo, não era muito bom para esfolar coelhos e cortar carne, estando acostumado a recebê-la nas entregas do açougueiro, prontinha para ser cozinhada. Gandalf também estava deitado depois de fazer sua parte iniciando o fogo, já que Oin e Gloin tinham perdido suas caixas de pederneira. (Os anões não usam fósforos até hoje.)

Assim terminaram as aventuras nas Montanhas Nevoentas. Rapidamente o estômago de Bilbo estava cheio e com uma sensação confortável de novo, e ele sentiu que poderia dormir contente, embora, na verdade, teria preferido pão com manteiga a pedaços de carne tostados em espetos. Dormiu ajeitado na rocha dura mais profundamente do que jamais dormira na sua cama de penas na pequena toca em sua terra. Mas sonhou a noite toda com sua própria casa e vagou em seu sonho por todos os cômodos diferentes, procurando algo que não conseguia achar nem recordar que aparência tinha.

7

ACOMODAÇÕES ESQUISITAS

Na manhã seguinte, Bilbo acordou com o sol do começo da manhã em seus olhos. De um salto, foi olhar a hora e colocar seu bule no fogão — e descobriu que não estava em casa, afinal. Assim, sentou-se e desejou em vão um banho e uma escova. Não conseguiu nada disso, nem chá, nem torrada, nem bacon para seu café da manhã, só cordeiro e coelho frios. E depois disso tinha de se preparar para uma nova partida.

Dessa vez, deixaram que subisse nas costas de uma águia e se segurasse entre as asas dela. O ar passava rápido em volta de Bilbo, e ele fechou os olhos. Os anões estavam gritando adeuses e prometendo recompensar o Senhor das Águias se algum dia pudessem, enquanto iam subindo quinze grandes aves da encosta da montanha. O sol ainda estava perto da beira leste das coisas. Era uma manhã fresca, e havia brumas nos vales e nas cavas, que se enlaçavam aqui e ali à volta dos picos e pináculos dos montes. Bilbo abriu um olho para espiar e viu que as aves já estavam bem alto, e que o mundo estava muito longe, e que as montanhas iam ficando atrás deles na distância. Fechou os olhos de novo e segurou com mais força.

"Não belisque!", disse a águia. "Não precisa ficar assustado feito um coelho, mesmo se parecendo bastante com um. É uma bela manhã, com pouco vento. O que é melhor do que voar?"

Bilbo teria gostado de responder: "Um banho quente e um café da manhã tardio no gramado depois"; mas achou melhor não falar nada de nada e se segurar com um tiquinho menos de força.

Depois de um bom tempo, as águias devem ter visto o ponto que desejavam alcançar, mesmo daquela grande altura, pois começaram a descer, circulando em grandes espirais. Fizeram isso por bastante tempo, e, por fim, o hobbit abriu os olhos de novo. A terra estava bem mais próxima, e abaixo deles havia árvores que pareciam carvalhos e olmos, e amplas pradarias, e um rio que corria em meio a tudo isso. Mas, projetando-se do chão, bem no caminho do riacho que se enrolava em torno dela, havia uma grande rocha, quase uma colina de pedra, como um último posto avançado das montanhas distantes, ou um enorme pedaço delas jogado milhas adentro da planície por algum gigante entre gigantes.

Rapidamente, então, até o topo dessa rocha as águias voejaram, uma a uma, e lá deixaram seus passageiros.

"Sigam bem!", gritaram, "aonde quer que sigam, até que seus ninhos os recebam no fim da jornada!" Essa é a coisa educada a se dizer entre águias.

"Que o vento sob suas asas possa levá-las aonde o sol navega e a lua caminha", disse Gandalf, que sabia a resposta correta.

E assim se despediram. E, embora o Senhor das Águias tenha se tornado, em dias que vieram depois, o Rei de Todas as Aves, usando uma coroa de ouro, e seus quinze capitães, colares de ouro (feitos com o ouro que os anãos lhes deram), Bilbo nunca mais os viu de novo — exceto muito alto e ao longe, na batalha dos Cinco Exércitos. Mas, como isso aparece no fim desta história, não diremos mais nada a respeito por enquanto.

Havia um espaço plano no topo da colina de pedra, e um caminho bem desgastado, com muitos degraus, que descia até o rio, através do qual um vau com enormes pedras planas levava até a campina do outro lado do riacho. Havia uma pequena caverna (limpa, com um chão de pedrinhas) no pé dos degraus e perto da extremidade do vau pedregoso. Foi ali que o grupo se reuniu e discutiu o que deveriam fazer.

"Meu propósito sempre foi trazer todos vocês em segurança (se possível) através das montanhas," disse o mago, "e agora, por meio de bom planejamento *e* boa sorte, foi o que consegui. De fato, agora estamos um bom pedaço mais para o leste do que jamais pretendi chegar com vocês, pois, afinal, esta não é a minha aventura. Pode ser que eu apareça de novo antes que tudo esteja encerrado, mas nesse meio-tempo tenho outros negócios urgentes para tratar."

Os anãos gemeram e se mostraram muitíssimo consternados, e Bilbo chorou. Tinham começado a achar que Gandalf ia acompanhá-los no caminho todo e sempre estaria por perto para ajudá-los a sair de dificuldades. "Eu não vou desaparecer neste exato instante", disse ele. "Posso lhes dar um ou dois dias mais. Provavelmente posso lhes ajudar a sair de seu atual apuro e eu mesmo preciso de um pouco de ajuda. Não temos nenhuma comida e nenhuma bagagem e nenhum pônei para montar; e vocês não sabem onde estão. Ora, isso eu posso lhes contar. Vocês ainda estão algumas milhas ao norte da trilha que deveriam estar seguindo, se não tivéssemos deixado o passo da montanha com pressa. Muito poucas pessoas vivem nestas partes, a menos que tenham vindo para cá desde a última vez que passei por aqui, o que já faz alguns anos. Mas há *alguém* que eu sei que vive não muito longe. Esse Alguém fez os degraus na grande rocha — a Carrocha, como creio que ele a chama. Ele não vem até aqui com frequência, certamente não durante o dia, e não vale a pena esperar por ele. De fato, seria muito perigoso. Precisamos ir procurá-lo; e, se tudo for bem no nosso encontro, acho que irei embora e, como as águias, desejarei que vocês "sigam bem, aonde quer que sigam!"

Imploraram para que ele não os deixasse. Ofereceram-lhe ouro de dragão e prata e joias, mas ele não mudou de ideia. "Veremos, veremos," disse Gandalf, "e acho que já tenho direito a um pouco de seu ouro de dragão — quando vocês estiverem com ele."

Depois disso, pararam de argumentar. Então tiraram as roupas e se banharam no rio, que era raso e claro e pedregoso no vau. Quando se secaram ao sol, que agora estava forte e quente, sentiram-se renovados, ainda que doloridos e com um pouco de fome. Logo cruzaram o vau (carregando o hobbit) e depois começaram a marchar pela grama alta e verdejante, passando pelas fileiras de carvalhos de largos braços e olmos altos.

"E por que chamam aquela pedra de Carrocha?", perguntou Bilbo, andando do lado do mago.

"Ele a chama de Carrocha porque carrocha é a palavra que usa para ela. Ele chama coisas desse tipo de carrochas, e essa é *a* Carrocha porque é a única perto da casa dele, e ele a conhece bem."

"Quem a chama disso? Quem a conhece?"

"O Alguém do qual falei — uma pessoa muito grande. Todos vocês têm de ser muito educados quando eu apresentá-los a ele. Vou apresentá-los devagar, dois a dois, acho eu; e vocês *têm* de tomar cuidado para não irritá-lo, ou só os céus sabem o que pode acontecer. Ele pode ser assustador quando está com raiva, embora seja bastante gentil se estiver de bom humor. Mas aviso que ele fica com raiva facilmente."

Os anões se achegaram todos quando ouviram o mago falando assim com Bilbo. "Essa é a pessoa a cuja casa você está nos levando agora?", perguntaram. "Não poderia achar alguém de temperamento mais fácil? Não seria melhor você explicar tudo com um pouco mais de clareza?" — e assim por diante.

"Sim, certamente é! Não, não poderia! E eu estava explicando com muito cuidado", respondeu o mago, zangado. "Se precisam saber mais, o nome dele é Beorn. Ele é muito forte e é um troca-peles."

"Quê! É um peleteiro, um homem que chama coelhos de caçapos, quando não transforma as peles deles nas de esquilos?", perguntou Bilbo.

"Meus bons e gentis céus, não, não, NÃO, NÃO!", disse Gandalf. "Não seja um tolo, Sr. Bolseiro, se conseguir evitar; e em nome de todas as maravilhas não use a palavra 'peleteiro' de novo enquanto estiver em um raio de cem milhas da casa dele, muito menos 'tapete', 'capa', 'estola', 'regalo' nem nenhuma outra palavra infeliz desse tipo! Ele é um troca-peles. Ele troca de pele: às vezes é um enorme urso negro, às vezes é um homem de cabelos negros grande e forte, com braços enormes e uma grande barba. Não posso lhe dizer muito mais que isso, embora já deva ser o suficiente. Alguns dizem que ele é um urso que descende dos grandes e antigos ursos das montanhas que viviam lá antes que os gigantes chegassem. Outros dizem que ele é um homem, descendente dos primeiros homens que viviam aqui antes que Smaug ou os outros dragões chegassem a esta parte do mundo, e antes que os gobelins chegassem às colinas, vindos do Norte. Não sei dizer, embora imagine que a segunda história seja a verdadeira. Ele não é o tipo de pessoa a quem se pode fazer perguntas.

"De qualquer modo, ele não está sob nenhum encantamento, exceto o dele mesmo. Vive num bosque de carvalhos e tem uma grande casa de madeira; e, na forma de homem, tem gado e cavalos que são quase tão maravilhosos quanto o próprio Beorn. Trabalham para ele e conversam com ele. Beorn não os come; nem caça ou devora animais selvagens. Tem colmeias e mais colmeias de grandes abelhas ferozes e subsiste comendo principalmente creme e mel. Na forma de urso, desloca-se por grandes distâncias. Uma vez o vi sentado, sozinho, no topo da Carrocha à noite, observando a lua descer na direção das Montanhas Nevoentas e o ouvi rosnar na língua dos ursos: 'Chegará o dia em que eles perecerão, e eu hei de voltar!' É por isso que creio que ele próprio veio das montanhas antigamente."

Bilbo e os anãos agora tinham muito sobre o que matutar e não fizeram mais perguntas. Ainda havia um longo caminho à frente deles. Encosta acima e vale abaixo avançaram. Ficou muito quente. Às vezes descansavam sob as árvores, e nessas horas Bilbo se sentia tão faminto que teria comido bolotas de carvalho, se elas já estivessem maduras o suficiente para terem caído ao chão.

Já era o meio da tarde quando eles notaram que grandes aglomerados de flores tinham começado a aparecer, todas do mesmo tipo crescendo juntas, como se tivessem sido plantadas. Havia principalmente trevos, canteiros ondulantes de trevo-vermelho e trevo-roxo e amplos trechos de trevo-branco, baixinhos, de cheiro doce como o mel. Havia um zumbido, um zunido e um resmungo no ar. Abelhas pairavam por todo lugar. E que abelhas! Bilbo nunca tinha visto nada parecido com elas.

"Se uma dessas me picasse," pensou ele, "eu incharia até ficar com o dobro do meu tamanho!"

Eram maiores do que grandes vespas. Os zangões eram um bocado maiores que o seu dedão, e as faixas amarelas em seus corpos negros e rotundos brilhavam como ouro fulgurante.

"Estamos chegando perto", disse Gandalf. "Estamos na beira dos pastos-de-abelhas dele."

Depois de algum tempo, chegaram a um cinturão de carvalhos muito altos e antigos, e depois deles havia uma sebe alta de espinheiros, através da qual não se podia ver nada, nem passar.

Bilbo acordou com o sol do começo da manhã em seus olhos.

"É melhor vocês esperarem aqui," disse o mago aos anões; "e, quando eu chamar ou assoviar, comecem a vir atrás de mim — vocês verão o caminho que vou seguir —, mas só em duplas, vejam bem, com uns cinco minutos entre cada dupla de vocês. Bombur é o mais gordo e vai valer por dois, é melhor que ele venha sozinho e por último. Vamos, Sr. Bolseiro! Há um portão em algum lugar por aqui." E, dizendo isso, ele prosseguiu ao longo da sebe, levando o assustado hobbit com ele.

Eles logo chegaram a um portão de madeira, alto e largo, além do qual podiam ver jardins e um conjunto de edifícios baixos de madeira, alguns cobertos de palha e feitos com troncos rústicos: celeiros, estábulos, armazéns e uma grande casa baixa de madeira. Do lado de dentro, do lado sul da grande sebe, havia filas e filas de colmeias com topos em forma de sino, feitos de palha. O barulho das abelhas gigantes voando de lá para cá e rastejando para dentro e para fora enchia todo o ar.

O mago e o hobbit empurraram o portão pesado e rangente e desceram uma trilha larga na direção da casa. Alguns cavalos, muito esbeltos e bem tratados, trotaram através da grama e olharam para eles atentamente, com caras muito inteligentes; depois, lá se foram galopando rumo aos edifícios.

"Foram contar a ele sobre a chegada de estranhos", disse Gandalf.

Logo alcançaram um pátio, do qual três paredes eram formadas pela casa de madeira e suas duas alas compridas. No meio estava um grande tronco de carvalho com muitos galhos cheios de volutas. De pé ali perto havia um homem enorme, com barba e cabelos negros e espessos e grandes braços e pernas nus com massas de músculos. Estava vestindo uma túnica de lã que ia até os joelhos e se apoiava num grande machado. Os cavalos estavam ao lado dele, com os focinhos na altura de seu ombro.

"Ugh! Aqui estão eles!", disse aos cavalos. "Não parecem perigosos. Podem sair!" Deu uma grande risada ribombante, abaixou o machado e se adiantou.

"Quem são vocês e o que querem?", perguntou ranzinza, de pé na frente deles, elevando-se bem acima de Gandalf. Quanto a Bilbo, poderia facilmente passar por baixo das pernas dele sem precisar encolher a cabeça para não tocar a franja da túnica marrom do homem.

"Eu sou Gandalf", disse o mago.

"Nunca ouvi falar", rosnou o homem. "E o que é esse camaradinha?", seguiu, abaixando-se para olhar feio para o hobbit com suas sobrancelhas negras e protuberantes.

"Esse é o Sr. Bolseiro, um hobbit de boa família e reputação ilibada", disse Gandalf. Bilbo fez uma mesura. Não tinha chapéu para tirar e estava dolorosamente consciente de seus muitos botões perdidos. "Eu sou um mago", continuou Gandalf. "Já ouvi falar de você, ainda que não tenha ouvido falar de mim; mas talvez tenha ouvido falar de meu bom primo Radagast, que vive perto da fronteira Sul de Trevamata?"

"Sim; não é um mau sujeito para a média dos magos, creio eu. Costumava vê-lo de vez em quando", disse Beorn. "Bem, agora sei quem vocês são, ou quem vocês dizem que são. O que querem?"

"Para dizer a verdade, perdemos nossa bagagem e quase perdemos o caminho, e precisamos bastante de ajuda, ou pelo menos de conselho. Posso dizer que nos demos bastante mal com os gobelins nas montanhas."

"Gobelins?", disse o homenzarrão, menos ranzinza. "Ôpa, então andaram tendo problemas com *eles*, é? Por que passaram perto deles?"

"Não era nossa intenção. Eles nos pegaram de surpresa à noite num passo que tínhamos de cruzar; estávamos saindo das Terras Além-Oeste e entrando nestes países — é uma história comprida."

"Então é melhor vocês virem para dentro e me contarem um pouco dela, se não for levar o dia todo", disse o homem, conduzindo-os por uma porta escura que se abria do pátio para o interior da casa.

Ao segui-lo, acharam-se num salão amplo, com uma lareira no meio. Embora fosse verão, havia uma fogueira com troncos queimando, e a fumaça estava subindo até os caibros enegrecidos, procurando o caminho para fora através de uma abertura no teto. Passaram por esse salão escuro, iluminado apenas pelo fogo e pelo buraco acima dele, e atravessaram outra porta menor, que dava para uma espécie de varanda, apoiada em postes de madeira feitos com troncos inteiros de árvores. Ficava

voltada para o sul e ainda estava quente e cheia da luz do sol poente que chegava até ela e caía dourada sobre o jardim cheio de flores, o qual vinha até bem perto dos degraus.

Ali se sentaram em bancos de madeira, enquanto Gandalf começava sua história, e Bilbo balançava as pernas e observava as flores no jardim, imaginando quais poderiam ser seus nomes, já que nunca tinha visto metade delas antes.

"Eu estava atravessando as montanhas com um amigo ou dois...", disse o mago.

"Ou dois? Só consigo ver um, e bem pequeno", disse Beorn.

"Bem, para lhe dizer a verdade, não queria incomodá-lo com muitos de nós até descobrir se você estava ocupado. Vou chamá-lo, se me permite."

"Vá em frente, chame!"

Então Gandalf deu um longo assobio estridente, e, em pouco tempo, Thorin e Dori circularam a casa pela trilha do jardim e se postaram diante deles, com uma profunda reverência.

"Você quis dizer um ou três, pelo que vejo!", disse Beorn. "Mas esses aí não são hobbits, são anãos!"

"Thorin Escudo-de-carvalho, a seu serviço! Dori, a seu serviço", disseram os dois anãos, fazendo a reverência de novo.

"Não preciso dos seus serviços, obrigado," disse Beorn, "mas imagino que precisem do meu. Não gosto demais de anãos; mas se é verdade que você é Thorin (filho de Thrain, filho de Thror, creio eu), e que seu companheiro é respeitável, e que são inimigos de gobelins, e que não pretendem causar nenhum dano nas minhas terras — o que pretendem, aliás?"

"Estão a caminho de visitar a terra de seus pais, ao longe no leste, além de Trevamata," afirmou Gandalf, "e é inteiramente por acidente que viemos parar nas suas terras. Estávamos atravessando o Passo Alto, que deveria ter nos levado à estrada que fica ao sul da sua região, quando fomos atacados pelos gobelins malignos — como eu estava a ponto de lhe contar."

"Continue contando, então!", disse Beorn, que nunca era muito educado.

"Houve uma tempestade terrível; os gigantes-de-pedra estavam fora atirando rochas, e na entrada do passo buscamos refúgio numa caverna, o hobbit, eu e vários de nossos companheiros..."

"Você chama duas pessoas de 'vários'?"

"Bem, não. Na verdade, havia mais de dois."

"Onde estão eles? Mortos, devorados, foram para casa?"

"Bem, não. Não parecem ter vindo todos quando assobiei. Tímidos, imagino. Veja você, temíamos mesmo que fôssemos muita gente para você receber."

"Vá em frente, assobie de novo! Parece que me arrumaram uma festa, e um ou dois mais não vão fazer muita diferença", rosnou Beorn.

Gandalf assobiou de novo; mas Nori e Ori já estavam lá quase antes de ele parar, pois, se você está lembrado, Gandalf tinha lhes dito para virem em duplas a cada cinco minutos.

"Olá!", disse Beorn. "Vieram bem depressa — onde estavam se escondendo? Venham, meus coelhos da cartola!"

"Nori a seu serviço, Ori a...", começaram; mas Beorn os interrompeu.

"Obrigado! Quando eu quiser a sua ajuda, eu peço. Sentem-se, e vamos continuar com essa história, ou vai ser hora da ceia antes de ela terminar."

"Assim que pegamos no sono," continuou Gandalf, "uma rachadura na parte de trás da caverna se abriu; os gobelins saíram dela e agarraram o hobbit e os anãos e a nossa tropa de pôneis..."

"Tropa de pôneis? Vocês são o quê — um circo de cavalinhos? Ou estavam carregando muitos bens? Ou você sempre chama seis de 'tropa'?"

"Oh, não! Na verdade, havia mais do que seis pôneis porque havia mais do que seis de nós — e, bem, aqui temos mais dois!" Bem naquele momento, Balin e Dwalin apareceram e fizeram uma reverência tão profunda que suas barbas varreram o chão de pedra. O homenzarrão olhou feio no começo, mas eles fizeram o melhor possível para serem terrivelmente educados e continuaram a balançar a cabeça e a se inclinar e se curvar e balançar seus gorros diante dos joelhos (à maneira apropriada entre anãos), até que ele parou de olhar feio e explodiu em uma gargalhada barulhenta: eles pareciam tão cômicos.

"Tropa foi a palavra certa", disse Beorn. "Uma ótima trupe cômica. Entrem, meus homens alegres, e quais são *seus* nomes? Não quero seu serviço neste momento, apenas seus nomes; e depois sentem-se e parem de se balançar!"

"Balin e Dwalin", disseram eles, sem ousar se ofender, e se jogaram no chão com uma cara bastante surpresa.

"Agora continue de novo!", disse Beorn ao mago.

"Onde eu estava? Oh, sim — eu *não* fui agarrado. Matei um gobelim ou dois com um clarão..."

"Ótimo!", rosnou Beorn. "Serve para alguma coisa ser mago, então."

"... e me enfiei pela rachadura antes que fechasse. Fui seguindo até o salão principal, que estava apinhado de gobelins. O Grande Gobelim estava lá com trinta ou quarenta guardas armados. Pensei comigo mesmo: 'Ainda que todos não estivessem acorrentados juntos, o que uma dúzia pode fazer contra tantos?'"

"Uma dúzia! Essa é a primeira vez que ouvi chamarem oito de uma dúzia. Ou você ainda tem mais coelhos que não saíram da cartola?"

"Bem, sim, parece que temos mais uma dupla aqui agora — Fili e Kili, creio eu", disse Gandalf, quando esses dois apareceram sorrindo e fazendo mesuras.

"Já basta!", exclamou Beorn. "Sentem-se e fiquem quietos. Agora continue, Gandalf!"

Então Gandalf continuou a história, até que chegou à luta no escuro, à descoberta do portão inferior e ao horror deles quando perceberam que o Sr. Bolseiro tinha se perdido. "Nós fizemos a contagem e descobrimos que não havia hobbit. Só catorze de nós tinham sobrado!"

"Catorze! Essa é a primeira vez que alguém me diz que dez menos um dá catorze. Você quer dizer nove, ou então ainda não me contou os nomes de todos os do seu grupo."

"Bem, é claro que você ainda não viu Oin e Gloin. E, minha nossa! aqui estão eles. Espero que os perdoe por incomodá-lo."

"Oh, que venham todos. Rápido! Venham logo, vocês dois, sentem-se! Mas olhe aqui, Gandalf, até agora temos só você mesmo, dez anãos e o hobbit que se perdeu. Isso só dá onze (menos um perdido), e não catorze, a não ser que magos contem de um jeito diferente de outros povos. Mas agora, por favor, continue a história." Beorn tentou não mostrar mais do que pudesse evitar, mas na verdade tinha começado a ficar muito interessado. Veja você, nos dias antigos ele tinha conhecido aquela mesma parte das montanhas que Gandalf estava descrevendo. Ele assentiu e rosnou quando ouviu sobre o reaparecimento do hobbit, sobre a escapada deles durante o deslizamento de pedra e sobre o círculo de lobos nas matas.

Quando Gandalf chegou à parte em que eles escalaram as árvores com os lobos todos embaixo, Beorn se levantou, saiu andando em volta e resmungou: "Queria ter estado lá! Eu teria dado a eles mais do que fogos de artifício!"

"Bem," disse Gandalf, muito contente de ver que sua história estava causando uma boa impressão, "fiz o melhor que pude. Lá estávamos nós, com os lobos ficando doidos embaixo das nossas árvores e a floresta começando a arder em alguns lugares, quando os gobelins desceram das colinas e nos descobriram. Berraram de deleite e cantaram canções zombando de nós. *Em cinco abetos, quinze passarinhos...*"

"Céus!", rosnou Beorn. "Não finja que os gobelins não sabem contar, pois sabem. Doze não é quinze, e eles sabem disso."

"E eu também. Faltavam ainda Bifur e Bofur. Não me arrisquei a apresentá-los antes, mas aqui estão eles."

Bifur e Bofur foram entrando. "E eu!", resmungou Bombur, bufando atrás. Ele era gordo e também estava bravo por ter sido deixado por último. Recusou-se a esperar cinco minutos e seguiu imediatamente os outros dois.

"Bem, agora *há* quinze de vocês; e, já que os gobelins sabem contar, suponho que esses sejam todos os que estavam no alto das árvores. Agora talvez possamos terminar essa história sem mais interrupções." O Sr. Bolseiro percebeu então como Gandalf tinha sido esperto. As interrupções, na verdade, tinham feito com que Beorn ficasse mais interessado na história, e a história o tinha impedido de mandar os anões embora de cara, como se fossem pedintes suspeitos. Ele nunca convidava gente para ir à sua casa, se pudesse evitar. Tinha muito poucos amigos, e eles moravam a uma boa distância; e ele nunca convidava mais do que um par deles para ir à sua casa por vez. Agora tinha quinze estranhos sentados em seu alpendre!

Na altura em que o mago tinha terminado sua história e contado sobre o resgate feito pelas águias e sobre como todos tinham sido trazidos até a Carrocha, o sol tinha caído detrás dos picos das Montanhas Nevoentas, e as sombras estavam compridas no jardim de Beorn.

"Uma história muito boa!", disse ele. "A melhor que ouvi em muito tempo. Se todos os pedintes fossem capazes de contar uma história tão boa, pode ser que eu fosse mais gentil com eles. Vocês podem estar inventando tudo, é claro, mas merecem uma ceia pela história, de todo modo. Vamos comer alguma coisa!"

"Sim, por favor!", disseram todos eles juntos. "Muito obrigado!"

Dentro do salão agora estava bem escuro. Beorn bateu palmas, e eis que entraram quatro belos pôneis brancos e vários cães cinzentos grandes, de corpo comprido. Beorn disse algo a eles numa linguagem esquisita, semelhante a ruídos de animais transformados em conversa. Eles saíram e voltaram logo, carregando tochas em suas bocas, que eles acenderam no fogo e prenderam em apoios baixos nos pilares do salão, em volta da lareira central. Os cães conseguiam ficar de pé, apoiados nas patas traseiras quando desejavam, e carregavam coisas com suas patas da frente. Rapidamente retiraram tábuas e cavaletes das paredes laterais e os montaram perto do fogo.

Então se ouviu um "béé-béé-béé", e eis que entraram algumas ovelhas brancas como a neve, lideradas por um grande carneiro negro como carvão. Uma delas trazia uma toalha bordada nas pontas com figuras de animais; outras traziam em seus lombos largos bandejas com tigelas e pratos e facas e colheres de pau, que os cães pegaram e rapidamente arrumaram nas mesas de cavalete. Essas eram muito baixas, baixas o suficiente para que até mesmo Bilbo se sentasse com conforto. Ao lado delas, um pônei empurrou dois bancos baixos, com amplos assentos de palha e perninhas curtas e grossas, para Gandalf e

Thorin, enquanto na outra ponta ele pôs a grande cadeira negra de Beorn, do mesmo feitio (na qual ele se sentava com suas grandes pernas esticadas bem longe sob a mesa). Essas eram as únicas cadeiras que ele tinha em seu salão e provavelmente eram baixas como as mesas para a conveniência dos animais maravilhosos que o serviam. Onde os demais se sentaram? Eles não foram esquecidos. Os outros pôneis entraram rolando pedaços arredondados de troncos com forma de tambor, aplainados e polidos, e suficientemente baixos até para Bilbo; assim, logo estavam todos sentados à mesa de Beorn, e o lugar não via tal reunião havia muitos anos.

Ali comeram uma ceia, ou um jantar, tal como eles não comiam desde que tinham deixado a Última Casa Hospitaleira no Oeste e dito adeus a Elrond. A luz das tochas e da lareira bruxuleava em volta deles, e na mesa havia duas velas altas de cera vermelha. Durante todo o tempo que ficaram comendo, Beorn, com sua voz profunda e ribombante, contou histórias das terras selvagens daquele lado das montanhas e, especialmente, sobre a mata escura e perigosa que se estendia muito ao Norte e ao Sul, a um dia de cavalgada diante deles, barrando seu caminho para o Leste, a terrível floresta de Trevamata.

Os anãos escutavam e sacudiam suas barbas, pois sabiam que logo precisariam se aventurar naquela floresta e que, depois das montanhas, aquele era o pior dos perigos pelos quais tinham de passar antes de chegar à fortaleza do dragão. Quando o jantar terminou, começaram a contar suas próprias histórias, mas Beorn parecia estar ficando sonolento e deu pouca atenção a eles. Falaram principalmente de ouro e prata e joias, e da criação de objetos pela arte dos ferreiros, e Beorn não parecia se importar com tais coisas; não havia objetos feitos de ouro ou prata em seu salão e poucos, com exceção das facas, eram feitos de algum metal.

Sentaram-se à mesa por muito tempo, com suas tigelas de madeira repletas de hidromel. A noite escura chegou do lado de fora. O fogo no meio do salão foi alimentado com madeira nova, e as tochas foram apagadas, e ainda eles continuavam sentados à luz das chamas que dançavam, com os pilares da casa postados altos atrás deles e escuros no topo feito árvores da floresta. Quer fosse por magia ou não, Bilbo pareceu ouvir um som, feito o vento nos galhos a passar pelos caibros, e também o piar de corujas. Logo sua cabeça começou a pender de sono, e as vozes pareciam ficar distantes, até que ele acordou assustado.

A grande porta rangera e batera. Beorn se fora. Os anões estavam sentados de pernas cruzadas no chão em volta do fogo e, então, começaram a cantar. Alguns de seus versos eram como estes, mas havia muitos mais, e seu canto continuou por um bom tempo:

O vento estava na charneca,
na mata quieta a folha seca:
lá sombra havia noite e dia,
e escuridão que a tudo cerca.

O vento desceu cerro frio,
feito uma onda ele rugiu;
galho a gemer, mata a tremer,
folhas lançou em assovio.

O vento foi de Oeste a Leste;
tudo parou no bosque agreste,
sopro feroz, que em charco atroz
silvou libérrimo e inconteste.

A grama sibilou, vergada,
treme a cana — de cambulhada
foi-se o vento no firmamento
a deixar nuvem destroçada.

Passou pela Montanha nua,
pelo dragão e a toca sua:
por rocha dura em negra altura
onde a fumaça não extenua.

Deixou este mundo a voar,
no mar da noite a navegar.

Do vendaval a lua fez nau,
soprou astros a fulgurar.[1]

Bilbo começou a cabecear de sono de novo. De repente, levantou-se Gandalf.

"Para nós, é hora de dormir", disse; "para nós, mas não, acho eu, para Beorn. Neste salão podemos descansar inteiros e a salvo, mas alerto todos vocês a não esquecer o que Beorn disse antes de nos deixar: não devem ficar vagando lá fora antes de o sol nascer ou correrão perigo."

Bilbo descobriu que as camas já estavam postas na lateral do salão, num tipo de plataforma elevada entre os pilares e a parede externa. Para ele havia um pequeno colchão de palha e cobertores de lã. Ajeitou-se neles muito contente, embora fosse verão. O fogo ardia baixo, e ele pegou no sono. Contudo, durante a noite, acordou: o fogo agora tinha virado umas poucas brasas; os anões e Gandalf estavam todos dormindo, a julgar por sua respiração; uma mancha alva no chão vinha da lua alta, que lançava seu olhar através do buraco por onde saía fumaça no teto.

Ouviu-se um som de rosnado do lado de fora, e um barulho como o de um grande animal fuçando a porta. Bilbo ficou imaginando o que seria aquilo, e se podia ser Beorn em forma encantada, e se ele viria até eles como urso para matá-los. Mergulhou nas cobertas, escondeu a cabeça e pegou no sono de novo, por fim, apesar de seus medos.

---

[1] *The wind was on the withered heath, / but in the forest stirred no leaf: / there shadows lay by night and day, / and dark things silent crept beneath. / The wind came down from mountains cold, / and like a tide it roared and rolled; / the branches groaned, the forest moaned, / and leaves were laid upon the mould. / The wind went on from West to East; / all movement in the forest ceased, / but shrill and harsh across the marsh / its whistling voices were released. / The grasses hissed, their tassels bent, / the reeds were rattling—on it went / o'er shaken pool under heavens cool / where racing clouds were torn and rent. / It passed the lonely Mountain bare / and swept above the dragon's lair: / there black and dark lay boulders stark / and flying smoke was in the air. / It left the world and took its flight / over the wide seas of the night. / The moon set sail upon the gale, / and stars were fanned to leaping light.*

A manhã já avançara quando ele acordou. Um dos anões tinha caído por cima dele nas sombras onde estava deitado e rolara, com um baque, da plataforma para o chão. Era Bofur, que estava resmungando a respeito quando Bilbo abriu os olhos.

"Levante-se, dorminhoco," disse ele, "ou não vai sobrar café da manhã para você."

Bilbo deu um pulo. "Café da manhã!", gritou. "Onde está o café da manhã?"

"Na maior parte, na nossa barriga", responderam os outros anões, que estavam andando pelo salão; "mas o que sobrou está lá na varanda. Estivemos procurando Beorn desde que o sol nasceu; mas não há sinal dele em lugar algum, embora tenhamos achado o café da manhã posto assim que saímos."

"Onde está Gandalf?", perguntou Bilbo, mexendo-se para achar algo para comer o mais rápido que conseguisse.

"Oh! Dando uma volta em algum lugar", disseram-lhe. Mas não viu sinal nenhum do mago durante todo aquele dia, até o anoitecer. Um pouco antes do pôr do sol ele entrou no salão, onde o hobbit e os anões estavam comendo a ceia, atendidos pelos animais maravilhosos de Beorn, como tinha acontecido durante todo o dia. De Beorn eles não tinham visto e ouvido nem sinal desde a noite anterior e estavam começando a ficar intrigados.

"Onde está nosso anfitrião e onde *você* mesmo esteve o dia todo?", gritaram eles todos.

"Uma pergunta por vez — e nenhuma até depois da ceia! Não comi nada desde o café da manhã."

Por fim Gandalf pôs de lado seu prato e seu jarro — ele tinha comido dois pães inteiros (com massas de manteiga e mel e coalhada) e bebido pelo menos um litro de hidromel — e pegou seu cachimbo. "Vou responder a segunda pergunta primeiro," disse ele, "mas minha nossa! Este é um lugar esplêndido para anéis de fumaça!" De fato, por muito tempo não conseguiram tirar mais nada dele, pois estava muito ocupado mandando que anéis de fumaça ficassem se esquivando ao redor dos pilares do salão, transformando-os em todos os tipos de formas e cores diferentes e, afinal, fazendo com que perseguissem uns aos outros por um buraco no teto. Deviam ter uma aparência muito esquisita vistos de fora, pipocando no ar um depois do outro, verdes, azuis, vermelhos, cinza-prateados, amarelos, brancos; grandes, pequenos; pequenos se esquivando por dentro dos grandes, e se juntando em forma de oito, e disparando feito um bando de aves na distância.

"Andei seguindo pegadas de urso", disse por fim. "Deve ter acontecido um belo encontro de ursos aqui fora na noite passada. Logo vi que Beorn não teria como produzir todas as pegadas: havia um número demasiado grande delas, e tinham vários tamanhos também. Eu diria que havia ursos pequenos, ursos maiores, ursos normais e ursos gigantescamente grandes, todos dançando lá fora do começo da noite até quase a aurora. Vieram de quase todas as direções, exceto do oeste, do outro lado do rio, das Montanhas. Naquela direção só havia um conjunto de pegadas — nenhuma delas vindo, apenas as que saíam daqui. Segui essas até a Carrocha. Lá elas desapareceram no rio, mas a água era funda demais e forte, no ponto além da rocha, para que eu atravessasse. É até fácil, como vocês se lembram, chegar da margem de cá até a Carrocha pelo vau, mas do outro lado há uma ravina alta defronte a um canal com redemoinhos. Tive de andar várias milhas antes de achar um ponto onde o rio era largo e raso o suficiente para que eu conseguisse entrar nele e nadar, e então mais algumas milhas de volta para achar as pegadas de novo. Nessa altura estava tarde demais para que eu pudesse segui-las por muito tempo. Iam em linha reta, na direção dos bosques de pinheiros do lado leste das Montanhas Nevoentas, onde foi a nossa agradável festinha com os wargs na noite de anteontem. E agora acho que já respondi sua primeira pergunta também", terminou Gandalf, e ficou sentado por muito tempo em silêncio.

Bilbo achou que sabia o que mago queria dizer. "O que havemos de fazer," gritou, "se ele trouxer todos os wargs e os goblins até aqui? Vamos todos ser capturados e mortos! Achei que você tinha dito que ele não era amigo deles."

"Foi o que eu disse. E não seja bobo! É melhor você ir para a cama, seu juízo está com sono."

O hobbit se sentiu bastante arrasado e, como não parecia haver nada mais a fazer, foi mesmo para a cama; e enquanto os anões ainda estavam cantando suas canções, ele pegou no sono, ainda matutando na sua cabecinha a questão de Beorn, até que sonhou um sonho no qual centenas de ursos negros dançavam lentas e pesadas danças girando e girando ao luar no pátio. Então acordou quando todos os demais estavam dormindo e ouviu os mesmos sons de arranhar, fuçar, cheirar e rosnar de antes.

Na manhã seguinte, foram todos despertados pelo próprio Beorn. "Então aqui estão todos vocês ainda!", disse ele. Pegou o hobbit e riu: "Não foram comidos por wargs ou gobelins ou ursos perversos até agora, pelo que vejo", e cutucou o colete do Sr. Bolseiro de modo mui desrespeitoso. "Coelhinho está ficando vistoso e gordo de novo comendo pão e mel", gargalhou ele. "Venha comer um pouco mais!"

Assim, foram todos tomar o café da manhã com ele. Beorn estava muitíssimo alegre, para variar; de fato, parecia gozar de um humor esplendidamente bom e fez todos rirem com suas histórias engraçadas; e nem precisaram ficar imaginando muito onde ele tinha estado ou por que estava sendo tão simpático com eles, porque ele próprio lhes contou tudo. Tinha atravessado o rio e voltado às montanhas — e a partir disso você consegue supor que ele conseguia viajar rápido, pelo menos na forma de urso. Vendo a clareira dos lobos queimada, ele logo descobriu que aquela parte da história deles era verdadeira; mas tinha descoberto mais do que isso: pegara um warg e um gobelim que vagavam pelas matas. Desses ele obteve notícias: as patrulhas gobelins ainda andavam caçando os anões junto com wargs, e estavam ferozmente irritadas por causa da morte do Grande Gobelim, e também por causa da queima do focinho do lobo--chefe e da morte, causada pelo fogo do mago, de muitos de seus maiores serviçais. Foi isso o que lhe contaram quando os forçou a falar, mas ele supôs que havia mais perversidade do que isso sendo planejada e que uma grande incursão de todo o exército gobelim, com seus aliados lobos, aconteceria em breve nas terras sob a sombra das montanhas, para achar os anões ou para buscar vingança contra os homens e as criaturas que viviam lá, os quais, pensavam eles, deviam estar abrigando o grupo.

"Era uma boa história, aquela lá de vocês," disse Beorn, "mas gosto ainda mais dela agora que sei que é verdadeira. Precisam me perdoar por não confiar na sua palavra. Se morassem perto da beira de Trevamata, não confiariam na palavra de ninguém que não conhecessem tão bem quanto um irmão ou melhor. De todo jeito, só posso dizer que me apressei a voltar para casa o mais rápido que pude para verificar se estavam seguros e para lhes oferecer qualquer ajuda que eu possa dar. Hei de pensar melhor dos anões depois disso. Mataram o Grande Gobelim, mataram o Grande Gobelim!", gargalhou ferozmente consigo mesmo.

"O que você fez com o gobelim e o warg?", perguntou Bilbo de repente.

"Venham ver!", disse Beorn, e eles o seguiram e deram a volta na casa. Uma cabeça de gobelim estava espetada do lado de fora do portão, e uma pele de warg tinha sido pregada numa árvore ali perto. Beorn era um inimigo feroz. Mas agora era amigo deles, e Gandalf achou que seria sábio lhe contar toda a história deles e a razão de sua jornada, para que pudessem conseguir o máximo de ajuda que ele fosse capaz de oferecer.

Eis o que ele prometeu fazer por eles. Providenciaria pôneis para cada um do grupo, e um cavalo para Gandalf, para a jornada deles até a floresta e ofereceria comida capaz de durar por semanas, se tivessem cuidado, e empacotada de modo a ser o mais fácil possível de carregar — nozes, farinha, jarros selados de frutas secas e potes vermelhos de barro com mel, bem como bolos assados duas vezes que não estragariam durante muito tempo e que, se comidos aos poucos, iriam ajudá-los a marchar por longas distâncias. A maneira de assar esses bolos era um de seus segredos; mas havia mel neles, como na maioria de seus alimentos, e eles eram gostosos de comer, embora dessem sede. Água, disse ele, não precisariam carregar desse lado da floresta, pois havia ribeirões e fontes ao longo da estrada. "Mas seu caminho através de Trevamata é sombrio, perigoso e difícil", disse. "Não é fácil achar água lá, nem comida. Ainda não chegou a época das castanhas (embora talvez ela chegue e passe, de fato, antes que vocês cheguem ao outro lado), e as castanhas são praticamente tudo que se pode comer ali; lá dentro as coisas silvestres são sombrias, esquisitas e selvagens. Vou providenciar odres para carregar água e vou lhes dar alguns arcos e flechas. Mas duvido muitíssimo que qualquer coisa que achem em Trevamata seja limpa o suficiente para comer ou beber. Há um único riacho lá, pelo que sei, negro e caudaloso, que atravessa a trilha. Dele vocês não devem beber, nem se banhar nele; pois ouvi dizer que carrega encantamento e um grande torpor e olvido. E nas sombras obscuras daquele lugar não creio que conseguirão ferir presa alguma, limpa ou imunda, sem se desviar da trilha. Isso vocês NÃO DEVEM fazer, por razão nenhuma.

"São esses os conselhos que posso lhes dar. Além da borda da floresta não posso ajudar muito; terão de se fiar na sua sorte, na sua coragem e na comida que estou mandando com vocês. No portal da floresta, devo pedir que mandem de volta meu cavalo e meus pôneis. Mas desejo que tenham sucesso, e minha casa está aberta para vocês, se algum dia voltarem por este caminho de novo."

Agradeceram, é claro, com muitas reverências, com o balançar de seus capuzes e muitos "A seu serviço, ó mestre dos vastos salões de madeira!" Mas o ânimo deles naufragou ao ouvir suas palavras graves, e todos sentiam que a aventura seria muito mais perigosa do que tinham pensado, enquanto o tempo todo, mesmo se passassem por todos os perigos da estrada, o dragão estaria esperando por eles no fim.

Durante toda aquela manhã ficaram ocupados com os preparativos. Logo depois do meio-dia, comeram com Beorn pela última vez e, depois da refeição, subiram às montarias que ele lhes emprestou e, com muitos adeuses, saíram cavalgando de seu portão num bom ritmo.

Assim que deixaram para trás as sebes altas a leste das terras cercadas de Beorn, viraram para o norte e então seguiram no rumo noroeste. Seguindo o conselho dele, não estavam mais tentando chegar à estrada principal da floresta ao sul de sua terra. Se tivessem seguido pelo passo, seu caminho acabaria por levá-los a descer um riacho das montanhas que se juntava ao grande rio várias milhas ao sul da Carrocha. Naquele ponto havia um vau fundo que poderiam ter atravessado, se ainda estivessem com seus pôneis, e depois dele uma trilha que levava às bordas da mata e ao começo da antiga estrada da floresta. Mas Beorn avisara que aquele caminho agora era usado com frequência pelos gobelins, enquanto a própria estrada da floresta, ele tinha ouvido dizer, estava coberta de vegetação e em desuso na ponta leste e levava a pântanos intransitáveis nos quais os caminhos havia muito tinham se perdido. Essa saída leste também sempre tinha ficado muito ao sul da Montanha Solitária, o que faria com que ainda tivessem que fazer uma marcha longa e difícil para o norte quando chegassem ao outro lado. Ao norte da Carrocha, a beira de Trevamata ficava mais perto das bordas do Grande Rio e, embora ali as Montanhas também estivessem mais próximas, Beorn lhes aconselhou a seguir esse caminho; pois, num lugar a alguns dias de cavalgada ao norte da Carrocha, ficava o portal de uma trilha pouco conhecida, que atravessava Trevamata e levava de modo quase direto à Montanha Solitária.

"Os gobelins", dissera Beorn, "não ousarão cruzar o Grande Rio ao longo de cem milhas ao norte da Carrocha, nem chegar perto da minha casa — que está bem protegida à noite! —, mas eu cavalgaria rápido, se fosse vocês; pois, se eles fizerem sua incursão logo, vão cruzar o rio mais ao sul e varrerão toda a borda da floresta para tentar barrar vocês, e wargs correm mais rápido do que pôneis. Ainda assim, é mais seguro irem pelo norte, ainda que pareçam estar voltando para perto das fortalezas deles; pois isso é o que eles menos esperam, e terão de cavalgar mais para pegar vocês. Sigam agora, o mais rápido que puderem!"

Foi por isso que agora estavam cavalgando em silêncio, galopando onde quer que o terreno fosse cheio de relva e suave, com as montanhas escuras à esquerda e, à distância, a linha do rio, com suas árvores chegando cada vez mais perto. O sol acabara de se voltar para o oeste quando tinham começado a viagem e, até o anoitecer, lançava raios dourados pela terra em volta deles. Era difícil pensar em gobelins perseguidores e, quando muitas milhas já tinham ficado para trás depois da casa de Beorn, começaram a conversar e a cantar de novo e a esquecer a trilha sombria da floresta que estava à frente deles. Mas ao anoitecer, quando veio o lusco-fusco e os picos das montanhas brilharam ao pôr do sol, montaram acampamento e estabeleceram uma guarda, e a maioria deles dormiu de modo inquieto, com sonhos nos quais se ouviam os uivos de lobos caçando e os gritos de gobelins.

Ainda assim, a manhã seguinte raiou clara e bela de novo. Havia uma bruma, como a de outono, branca sobre o chão, e o ar estava gélido, mas logo o sol se ergueu vermelho no Leste e as brumas desapareceram, e, enquanto as sombras ainda estavam compridas, eles partiram de novo. Assim cavalgaram então por mais dois dias e, durante todo esse tempo, não viram nada além de grama, e flores, e aves, e árvores espaçadas, e, ocasionalmente, pequenos bandos de veados-vermelhos pastando ou sentados à sombra ao meio-dia. Às vezes Bilbo via os chifres dos machos que se projetavam da grama alta e, no começo, pensou que eram galhos mortos de árvores. Naquela terceira tarde estavam tão ansiosos para ir em frente, pois Beorn dissera que deveriam alcançar o portal da floresta no começo do quarto dia, que continuaram a seguir em frente depois do crepúsculo e ao longo da noite, sob a lua. Conforme a luz sumia, Bilbo pensou ver ao longe, à direita ou à esquerda, a forma vaga de um grande urso que andava na mesma direção. Mas, se ousava mencionar isso para Gandalf, o mago apenas dizia: "Quieto! Não dê atenção a isso!"

No dia seguinte continuaram antes da aurora, embora a noite tivesse sido curta. Assim que houve luz, conseguiram ver a floresta, como se estivesse vindo a encontrá-los, ou à sua espera, como uma muralha negra e mal-encarada diante deles. O terreno começou a ficar inclinado, e para o hobbit parecia que um silêncio começara a se estender por cima deles. Os pássaros começaram a cantar menos. Não apareciam mais veados; nem mesmo coelhos podiam ser vistos. À tarde tinham alcançado as fímbrias de Trevamata e se puseram a descansar quase que debaixo dos grandes galhos que se projetavam de suas árvores mais externas. Os troncos eram enormes e nodosos, os ramos, retorcidos, as folhas, escuras e compridas. A hera crescia em cima delas e se arrastava pelo chão.

"Bem, aqui está Trevamata!", disse Gandalf. "A maior das florestas do mundo setentrional. Espero que gostem da aparência dela. Agora precisam mandar de volta esses excelentes pôneis que vocês emprestaram de Beorn."

Os anãos estavam inclinados a resmungar quanto a isso, mas o mago lhes disse que eram uns tolos. "Beorn não está tão longe quanto vocês parecem pensar, e é melhor que mantenham suas promessas, de qualquer modo, pois como inimigo ele é terrível. Os olhos do Sr. Bolseiro são mais aguçados que os de vocês, caso não tenham visto toda noite, depois de escurecer, um grande urso que nos acompanhava ou se sentava ao longe, ao luar, observando nossos acampamentos. Não só para guardá-los e guiá-los, mas para ficar de olho nos pôneis também. Beorn pode ser seu amigo, mas ele ama seus animais como se fossem seus filhos. Não imaginam quanta bondade ele lhes mostrou ao deixar que anãos os cavalgassem por tanta distância e tão rápido, nem o que aconteceria a vocês se tentassem levá-los para dentro da floresta."

"E quanto ao cavalo, então?", disse Thorin. "Você não falou em mandá-lo de volta."

"Não falei porque não vou mandá-lo de volta."

"E quanto à *sua* promessa, então?"

"Eu cuido disso. Não vou mandar o cavalo de volta, vou montá-lo!"

Então souberam que Gandalf ia deixá-los bem na beira de Trevamata e entraram em desespero. Mas nada do que dissessem podia fazê-lo mudar de ideia.

"Ora, já falamos sobre tudo isso antes, quando pousamos na Carrocha", disse ele. "Não adianta discutir. Tenho, como já lhes disse, um negócio urgente a tratar no sul; e já estou atrasado por ficar tendo trabalho com vocês, pessoal. Pode ser que nos encontremos antes que tudo termine, e, por outro lado, pode ser que isso não aconteça. Vai depender da sua sorte e da sua coragem e bom senso; e estou mandando o Sr. Bolseiro com vocês. Já lhes disse antes que ele contém mais do que vocês imaginam, e vocês vão descobrir isso em breve. Portanto, anime-se, Bilbo, e não fique com essa cara de tristeza. Animem-se, Thorin e Companhia! Esta é a sua expedição, afinal de contas. Pensem no tesouro que virá no fim e esqueçam a floresta e o dragão, pelo menos até amanhã de manhã!"

Quando o tal "amanhã de manhã" chegou, ele ainda disse a mesma coisa. Assim, agora não havia mais nada a fazer senão encher os odres de água numa fonte límpida que acharam perto do portal da floresta e tirar os fardos dos pôneis. Distribuíram os pacotes do modo mais justo que puderam, embora Bilbo achasse que sua parte era enormemente pesada e não gostasse de jeito nenhum da ideia de se arrastar por milhas e milhas com tudo aquilo nas costas.

"Não se preocupe!", disse Thorin. "Vai ficar mais leve logo, até demais. Suponho que em breve todos vamos desejar que nossos pacotes estivessem mais pesados, quando a comida começar a escassear."

Então, afinal, disseram adeus a seus pôneis e viraram as cabeças deles na direção de casa. Lá se foram eles trotando felizes, parecendo muito contentes de dar as costas para a sombra de Trevamata. Conforme iam embora, Bilbo podia jurar que uma coisa semelhante a um urso deixou a sombra das árvores e foi bamboleando rápido atrás deles.

Era a hora de Gandalf também dizer adeus. Bilbo se sentou no chão, sentindo-se muito infeliz e desejando estar junto do mago em seu grande cavalo. Tinha adentrado só um pouco a floresta depois do café da manhã (que tinha sido bem fraco), e lá dentro a coisa parecia ser tão escura de manhã quanto à noite, com um ar cheio de segredo: "Uma sensação de que há algo observando e esperando", dissera a si mesmo.

"Adeus!", disse Gandalf a Thorin. "E adeus a vocês todos, adeus! Direto através da floresta é o seu caminho agora. Não se desgarrem da trilha! Se o fizerem, a chance de que vocês a encontrem de novo e saiam de Trevamata é de uma em mil; e então não suponho que eu, nem mais ninguém, chegue a vê-los de novo."

"Temos mesmo de atravessar a mata?", gemeu o hobbit.

"Sim, têm!", disse o mago, "se quiserem chegar ao outro lado. Ou atravessam ou desistem de sua demanda. E não vou permitir que volte atrás agora, Sr. Bolseiro. Fico envergonhado pelo senhor por pensar nisso. Você tem de tomar conta de todos esses anões para mim", riu-se ele.

"Não! não!", disse Bilbo. "Não foi o que eu quis dizer. Quero dizer, não há como dar a volta?"

"Há, se você não se importar em sair do seu caminho umas duzentas milhas para o norte, e duas vezes isso para o sul. Mas você não acharia uma trilha segura mesmo assim. Não há trilhas seguras nesta parte do mundo. Lembre-se de que você está do outro lado da Borda do Ermo agora e vai encarar todo tipo de diversão aonde quer que for. Antes que conseguisse dar a volta em Trevamata pelo Norte, estaria bem no meio das encostas das Montanhas Cinzentas, e elas estão simplesmente cheias de gobelins, hobgobelins e orques do pior naipe. Antes que conseguisse dar a volta nela pelo Sul, entraria na terra do Necromante; e até você, Bilbo, não precisa que eu lhe conte histórias sobre aquele feiticeiro das trevas. Não o aconselho a chegar nem perto dos lugares observados pela torre escura dele! Fiquem na trilha da floresta, mantenham um bom ânimo, esperem o melhor e, com uma tremenda dose de sorte, *pode ser* que saiam algum dia e vejam os Pântanos Compridos estendidos abaixo de vocês e, além deles, alta no Leste, a Montanha Solitária, onde o bom e velho Smaug vive, embora eu torça para que ele não esteja esperando vocês."

"Muito reconfortante da sua parte, com certeza", rosnou Thorin. "Adeus! Se não vai vir conosco, é melhor ir embora sem mais nenhuma conversa!"

"Adeus, então, e adeus mesmo!", disse Gandalf e virou seu cavalo, galopando rumo ao Oeste. Mas não conseguiu resistir à tentação de ficar com a última palavra. Antes que não fosse mais possível ouvi-lo, ele se voltou, colocou as mãos em concha na boca e gritou para eles. Ouviram sua voz chegar fraca: "Adeus! Sejam bonzinhos, cuidem-se — e NÃO SAIAM DA TRILHA!"

Então galopou para longe e logo se perdeu de vista. "Oh, adeus e vá embora!", grunhiram os anões, ainda mais bravos porque realmente estavam cheios de desânimo por ficar sem ele. Agora começava a parte mais perigosa de toda a jornada. Cada um deles ajeitou o fardo pesado e o odre de água que lhe cabia e, dando as costas para a luz que cobria as terras de fora, mergulhou na floresta.

8

Moscas e Aranhas

Caminhavam em fila única. A entrada da trilha era como uma espécie de arco que levava a um túnel sombrio, formado por duas grandes árvores que se apoiavam uma na outra, muito velhas e demasiado estranguladas por hera e cobertas de líquen para que conseguissem produzir mais do que umas poucas folhas enegrecidas. A trilha propriamente dita era estreita e serpenteava em meio aos troncos. Em pouco tempo o brilho do portal virou um buraquinho de luz lá atrás, e a quietude se tornou tão profunda que os pés deles pareciam martelar o chão, enquanto todas as árvores se inclinavam na direção deles e escutavam.

Conforme seus olhos se acostumavam à meia-luz, conseguiam enxergar um pouco de cada lado do caminho, numa espécie de névoa verde-escura. Ocasionalmente, um raio delgado de sol que tinha a sorte de se esgueirar por alguma abertura nas folhas lá em cima, e ainda mais sorte de não ser barrado pelos galhos emaranhados e ramos amarfanhados mais embaixo, vazava fino e brilhante diante deles. Mas isso era raro, e logo cessou de todo.

Havia esquilos negros na mata. Conforme os olhos aguçados e curiosos de Bilbo se acostumavam a enxergar as coisas ali, ele conseguia ter vislumbres dos bichos passando furtivos pela trilha e se escondendo atrás de troncos. Havia ruídos esquisitos também, grunhidos, remexidos e zunidos nos arbustos e em meio às folhas, que formavam uma pilha de espessura interminável em certos lugares do chão da floresta; mas o que estava fazendo os ruídos ele não conseguia ver. As coisas mais nojentas que viam eram as teias de aranha; teias escuras e densas, com fios extraordinariamente grossos, muitas vezes estendidas de árvore a árvore, ou emaranhadas nos galhos mais baixos de ambos os lados deles. Nenhuma se estendia através da trilha, mas se isso era porque alguma magia a mantinha limpa, ou por alguma outra razão, eles não conseguiam adivinhar.

Não demorou muito para que eles começassem a odiar a floresta de modo tão fervoroso quanto odiaram os túneis dos gobelins, e ela parecia oferecer ainda menos esperança de chegar ao fim. Mas eles tinham de continuar e continuar, muito depois de estarem doentes de vontade de ver o sol e o céu e de ansiar pela sensação do vento em seus rostos. Não havia nenhum movimento de ar debaixo do dossel da floresta, e ali era perpetuamente parado e escuro e abafado. Até os anãos, que estavam acostumados a abrir túneis e a viver, por vezes durante longos períodos, sem ver a luz do sol, sentiram o baque; mas o hobbit, que gostava de tocas como um lugar para construir casas, mas não no qual passar dias de verão, sentiu que estava sendo sufocado lentamente.

As noites eram o pior. Nelas, ficava escuro como breu — não o que você chamaria de escuro como breu, mas realmente um breu: tão negro que você realmente não conseguiria ver nada. Bilbo tentou balançar a mão na frente do nariz, mas não conseguia ver nada mesmo. Bem, talvez não seja verdade dizer que eles não conseguiam ver nada: dava para ver olhos. Dormiam todos amontoados juntos e se revezavam para vigiar; e, quando era a vez de Bilbo, ele conseguia ver bruxuleios na escuridão ao redor deles, e às vezes pares de olhos amarelos ou vermelhos ou verdes o encaravam de uma distância curta e então, lentamente, se esvaneciam e desapareciam e, devagar, apareciam brilhando de novo em outro lugar. E às vezes chamejavam dos galhos bem em cima dele; e isso era muitíssimo aterrorizante. Mas os olhos de que ele menos gostava eram de um tipo horrível, pálido e bulboso. "Olhos de insetos," pensou, "não olhos de animais, só que são grandes demais."

Embora ainda não fizesse muito frio, eles tentaram acender fogueiras durante a noite, mas logo desistiram disso. A fogueira parecia atrair centenas e centenas de olhos ao redor deles, embora as criaturas, o que quer que elas fossem, tomassem cuidado para nunca deixar seus corpos aparecerem à luz fraca das chamas. Pior ainda, o fogo atraiu milhares de mariposas cinza-escuras e negras, algumas tão grandes quanto a sua mão, voejando e girando ao redor das orelhas deles. Não conseguiam suportar isso, nem os morcegos enormes, negros feito uma cartola; assim, desistiram das fogueiras e passaram a se sentar de noite, cochilando naquela escuridão enorme e inquietante.

Tudo isso continuou pelo que, para o hobbit, pareceram eras e mais eras; e ele estava sempre com fome, pois tomavam um cuidado extremo com suas provisões. Mesmo assim, conforme os dias seguiam aos dias, e, ainda assim, a floresta parecia exatamente a mesma, começaram a ficar ansiosos. A comida não duraria para sempre; já estava, de fato, começando a escassear. Tentaram caçar os esquilos e desperdiçaram muitas flechas antes de darem um jeito de abater um na trilha. Mas, quando o assaram, a carne ficou com um gosto horrível, e eles não caçaram mais esquilos.

Também estavam com sede, pois não tinham nenhuma água de sobra e durante todo aquele tempo não tinham visto nem fonte nem riacho. Esse era o estado deles quando, certo dia, descobriram que sua trilha estava bloqueada por água corrente. Ela corria rápida e forte, num leito não muito largo, bem no meio do caminho, e era negra, ou parecia ser, naquela treva. Foi bom que Beorn os advertiu a respeito, ou teriam bebido dela, qualquer que fosse a sua cor, e enchido alguns de seus odres vazios na margem. Na verdade, só conseguiam pensar em como atravessar sem se molhar naquela água. Havia uma ponte de madeira que a atravessava, mas tinha apodrecido e caído, deixando apenas os postes quebrados perto da margem.

Bilbo, inclinando-se na beira do riacho e olhando adiante, gritou: "Há um barco encostado na outra margem! Ora, por que não podia estar deste lado!"

"Você acha que está muito longe?", perguntou Thorin, pois a essa altura eles sabiam que Bilbo tinha os olhos mais aguçados do grupo.

"Não está longe de jeito nenhum. Acho que não deve passar de umas doze jardas."[1]

---

[1] Doze jardas equivalem a cerca de onze metros. [N. T.]

"Doze jardas! Achei que seriam pelo menos umas trinta, mas meus olhos já não enxergam tão bem quanto enxergavam uns cem anos atrás. Ainda assim, doze jardas é como se fosse uma milha. Não vamos conseguir pular, e não ousamos tentar atravessar andando ou nadando."

"Algum de vocês consegue jogar uma corda?"

"De que adianta isso? O barco certamente está amarrado, mesmo se nós conseguíssemos enganchá-lo, o que eu duvido."

"Não acredito que esteja amarrado," disse Bilbo, "embora, claro, eu não tenha certeza nesta luz; mas me parece que ele só foi arrastado para a margem, que é baixa bem ali, onde a trilha desce até a água."

"Dori é o mais forte, mas Fili é o mais jovem e ainda tem a melhor vista", disse Thorin. "Venha aqui, Fili, e veja se consegue enxergar o barco do qual o Sr. Bolseiro está falando."

Fili achou que conseguia; assim, depois que ele ficou observando o rio por muito tempo para ter uma ideia da direção correta, os outros lhe trouxeram uma corda. Tinham várias com eles e, na ponta da mais comprida, amarraram um dos grandes ganchos de ferro que tinham usado para prender sua bagagem às correias em seus ombros. Fili pegou o gancho, balançou-o por um momento e o lançou através do riacho.

Caiu fazendo *splash*! na água! "Não foi longe o suficiente!", disse Bilbo, que estava de olho na outra margem. "Mais um pouco e você teria conseguido jogá-lo no barco. Tente de novo. Não suponho que a magia seja forte o suficiente para lhe fazer mal se você só tocar um pedacinho de corda molhada."

Fili apanhou o gancho depois de puxá-lo para si de novo, cheio de dúvidas, mesmo assim. Dessa vez, lançou-o com grande força.

"Calma," disse Bilbo, "você o jogou bem no meio da mata do outro lado agora. Puxe-o de volta gentilmente." Fili arrastou a corda de volta devagar e, depois de um tempo, Bilbo disse: "Cuidado! Está em cima do barco; esperemos que o gancho fique preso."

Ficou. A corda se esticou, e Fili a puxou sem sucesso. Kili veio ao auxílio dele, e depois Oin e Gloin. Fizeram força, fizeram força, e, de repente, todos caíram de costas. Bilbo estava de olho, entretanto; ele pegou a corda e, com a ajuda de um pedaço de pau, deteve o pequeno barco negro conforme vinha rápido pelo riacho. "Ajudem!", gritou, e Balin chegou bem a tempo de agarrar o barco antes que ele saísse flutuando pela correnteza.

"Estava preso, no fim das contas", disse, olhando para a amarra quebrada que ainda pendia dele. "Foi uma boa puxada, meus rapazes; e foi bom também ver que nossa corda era a mais forte."

"Quem vai atravessar primeiro?", perguntou Bilbo.

"Eu", disse Thorin, "e você virá comigo, e também Fili e Balin. É o máximo que o barco vai aguentar por vez. Depois virão Kili e Oin e Gloin e Dori; a seguir, Ori e Nori, Bifur e Bofur; e por fim Dwalin e Bombur."

"Sou sempre o último e não gosto disso", disse Bombur. "É a vez de outra pessoa hoje."

"Você não deveria ser tão gordo. Do jeito que é, precisa ir na última viagem de barco, a mais leve. Não comece a resmungar contra as ordens ou algo ruim vai lhe acontecer."

"Não há remos. Como vocês vão empurrar o barco de volta à margem de lá?", perguntou o hobbit.

"Deem-me outro pedaço de corda e outro gancho", disse Fili, e, quando o aprontaram, ele o lançou na escuridão adiante, o mais alto que conseguiu arremessá-lo. Já que não foi ao chão de novo, perceberam que ele devia ter ficado preso nos galhos. "Entrem no barco agora," disse Fili, "e um de vocês puxe a corda que está presa numa árvore do outro lado. Um dos outros precisa segurar o gancho que usamos primeiro e, quando estivermos seguros do outro lado, ele pode engachá-lo, e vocês podem puxar o barco de volta."

Desse modo, todos logo chegaram em segurança à outra margem, atravessando o riacho encantado. Dwalin tinha acabado de sair com a corda enrolada no braço, e Bombur (ainda resmungando) estava se aprontando para segui-lo, quando algo ruim de fato aconteceu. Ouviu-se um som fugidio de cascos na trilha à frente. Das trevas veio de repente a forma de um cervo que fugia. Atirou-se em meio aos anãos e os derrubou;

depois, preparou-se para pular. Alto saltou e venceu a água com um grande pulo. Mas não alcançou o outro lado em segurança. Thorin fora o único que ficara de pé e com a cabeça no lugar. Assim que desembarcaram, ele tinha armado o arco e posto nele uma flecha, para o caso de algum guardião oculto do barco aparecer. Naquela hora ele disparou uma seta veloz e certeira contra o animal que saltava. Assim que alcançou a outra margem, o cervo tropeçou. As sombras o engoliram, mas eles ouviram o som dos cascos fraquejar logo e então parar.

Antes que eles pudessem fazer elogios ao tiro, entretanto, um grito terrível de Bilbo tirou da cabeça deles todos os pensamentos sobre carne de veado. "Bombur caiu n'água! Bombur está se afogando!", berrou. Era verdade, infelizmente. Bombur só tinha colocado um pé em terra firme quando o cervo macho avançou na sua direção e saltou sobre ele. Bombur tropeçara, empurrando o barco para longe da margem, e então desabara de costas na água escura, suas mãos escorregando nas raízes cheias de limo na beira do rio, enquanto o barco girava devagar e ia desaparecendo.

Ainda conseguiam ver seu capuz acima da água quando correram para a margem. Rápido, jogaram uma corda com um gancho na direção dele. Agarrou-a com uma mão, e o puxaram até a margem. Estava encharcado do cabelo às botas, é claro, mas isso não era o pior. Quando o deitaram no barranco, já estava em sono profundo, com uma mão segurando a corda com tanta força que eles não conseguiram arrancá-la de seus dedos; e em sono profundo ele permaneceu apesar de tudo o que tentaram fazer.

Ainda estavam de pé em volta dele, maldizendo seu azar, e a inépcia de Bombur, e lamentando a perda do barco, que fazia com que fosse impossível voltar e procurar o cervo, quando aperceberam o sopro distante de trompas na mata e um som como o de cães ladrando ao longe. Então todos ficaram em silêncio; e, enquanto estavam sentados, parecia que podiam ouvir o barulho de uma grande caçada que acontecia ao norte da trilha, embora não vissem sinal nenhum dela.

Ali ficaram sentados por muito tempo e não ousaram fazer um só movimento. Bombur ainda dormia com um sorriso em seu rosto gordo, como se ele não mais se importasse com os problemas que os atormentavam. De repente, na trilha à frente, apareceram alguns cervos brancos, uma fêmea e filhotes tão alvos e níveos quanto o macho fora escuro. Bruxuleavam nas sombras. Antes que Thorin pudesse dar o alarme, três dos anões tinham ficado de pé de um salto e despejado flechas de seus arcos. Nenhuma pareceu achar o alvo. Os cervos se viraram e desapareceram nas árvores tão silenciosamente quanto tinham vindo, e em vão os anões dispararam suas flechas contra eles.

"Parem! parem!", gritou Thorin; mas era tarde demais, os anões empolgados tinham desperdiçado suas últimas flechas, e agora os arcos que Beorn lhes dera tinham se tornado inúteis.

Viraram um grupo sombrio naquela noite, e as sombras se ajuntaram ainda mais densas acima deles nos dias seguintes. Tinham cruzado o riacho encantado; mas depois dele a trilha parecia se arrastar exatamente como antes, e na floresta não conseguiam ver mudança nenhuma. Contudo, se soubessem mais sobre ela e considerassem o significado da caçada e dos veados brancos que tinham aparecido em seu caminho, teriam percebido que estavam enfim se aproximando da borda leste da mata e que logo teriam chegado, se conseguissem manter a coragem e a esperança, a árvores mais delgadas e lugares aonde a luz do sol chegava de novo.

Mas não sabiam disso, e havia o fardo do pesado corpo de Bombur, que tinham de carregar consigo da melhor maneira que podiam, enfrentando essa tarefa cansativa em turnos de quatro cada, enquanto os outros dividiam a bagagem. Se essa não tivesse ficado leve até demais nos últimos dias, nunca teriam aguentado; mas um Bombur adormecido e sorridente era um mau substituto para pacotes cheios de comida, ainda que pesados. Em poucos dias chegou um momento no qual não havia sobrado praticamente nada para comer ou beber. Nada limpo podiam ver crescendo na mata, apenas fungos e ervas com folhas pálidas e cheiro desagradável.

Cerca de quatro dias depois de passarem pelo riacho encantado, chegaram a uma parte da floresta onde a maioria das árvores eram faias. No começo, ficaram inclinados a se animar com a mudança, pois ali não havia vegetação rasteira, e as sombras não eram tão profundas. Havia uma luz esverdeada em volta deles, e em certos lugares conseguiam enxergar por alguma distância de cada lado da trilha. A luz, porém, só lhes mostrava filas intermináveis de troncos retos e cinzentos, como os pilares de algum enorme salão crepuscular. Havia um sopro de ar e certo barulho de vento, mas era um som triste. Algumas folhas vinham caindo para lembrá-los de que lá fora o outono se aproximava. Seus pés farfalhavam em meio às folhas mortas de outros incontáveis outonos, que se espalhavam por cima das encostas da trilha, vindas dos profundos tapetes vermelhos da floresta.

Bombur ainda dormia, e eles iam ficando muito cansados. Por vezes, ouviam um riso inquietante. Às vezes havia canto ao longe também. O riso era o riso de vozes belas, não de gobelins, e o canto era bonito, mas soava irreal e estranho e não lhes trazia conforto, antes fazia com que deixassem aquelas partes da mata apressados, com a força que lhes restara.

Dois dias depois, perceberam que a trilha estava descendo, e em pouco tempo estavam num vale quase totalmente cheio de um grande conjunto de carvalhos.

"Será que não há fim para esta floresta amaldiçoada?", disse Thorin. "Alguém precisa subir numa árvore e ver se consegue colocar a cabeça acima do dossel e olhar ao redor. O único jeito é escolher a árvore mais alta que esteja na beira da trilha."

É claro que "alguém" queria dizer Bilbo. Eles o escolheram porque, para fazer algo de útil, o escalador de árvores precisava colocar a cabeça acima das folhas do topo das árvores e, portanto, precisava ser leve o suficiente para que os galhos mais altos e mais finos aguentassem seu peso. O pobre Sr. Bolseiro nunca tinha tido muita prática em escalar árvores, mas eles o ergueram até os galhos mais baixos de um carvalho enorme que crescia bem no meio da trilha, e lá foi ele, árvore acima, da melhor maneira que pôde. Foi abrindo caminho entre os ramos emaranhados, levando um monte de pancadas no olho; ficou todo esverdeado e sujo ao encostar na casca velha dos galhos maiores; mais de uma vez, escorregou e se segurou bem a tempo; e por fim, depois de um esforço horrendo num lugar difícil onde não parecia haver absolutamente nenhum galho conveniente, chegou perto do topo. O tempo todo ficou imaginando se havia aranhas na árvore, e como ia conseguir descer de novo (se não fosse caindo).

No fim das contas, enfiou a cabeça acima do teto de folhas, e foi então que achou mesmo algumas aranhas. Mas eram das pequenas, de tamanho comum, e estavam caçando borboletas. Os olhos de Bilbo quase se cegaram com a luz. Conseguia ouvir os anões gritando com ele lá de baixo, mas não conseguia responder, só se segurar e piscar. O sol estava brilhando muito forte, e demorou muito tempo antes que ele pudesse suportar aquilo. Quando conseguiu, viu à sua volta um mar verde-escuro, balançado aqui e ali pela brisa; e havia, em todo lugar, centenas de borboletas. Imagino que fossem um tipo de "imperador-roxo", uma borboleta que adora o dossel de bosques de carvalho, mas as de lá não eram roxas de modo algum, mas eram de um negro muito, muito escuro e aveludado, sem marca alguma nas asas.

Ele observou os "imperadores-negros" por muito tempo e aproveitou a sensação da brisa em seu cabelo e seu rosto; mas, por fim, os gritos dos anões, que àquela altura estavam simplesmente batendo os pés de impaciência lá embaixo, fizeram-no recordar sua verdadeira tarefa. Não adiantava nada. Por mais que olhasse, não conseguia ver o fim das árvores e das folhas em qualquer direção. Seu coração, que tinha ficado mais leve graças à visão do sol e à sensação do vento, afundou de novo até os dedos dos pés: não haveria comida quando ele voltasse lá para baixo.

Na verdade, como já contei, eles não estavam muito longe da borda da floresta; e, se Bilbo tivesse tido o bom senso de perceber isso, a árvore que ele escalara, embora por si só fosse alta, ficava perto do fundo de um vale largo, de modo que, do topo dela, as árvores pareciam se elevar ao redor feito as bordas de uma grande tigela, e ele não tinha mesmo como ver até onde a floresta ia. Contudo, não percebeu isso, e foi descendo cheio de desespero. Chegou de novo ao pé da árvore enfim, cheio de arranhões, com calor e infeliz e não conseguia ver nada na treva quando chegou lá embaixo. Seu relato logo fez com que os outros se sentissem tão infelizes quanto ele.

"A floresta não acaba nunca e nunca em todas as direções! O que será que vamos fazer? E de que adianta mandar um hobbit!", gritaram, como se fosse culpa dele. Não quiseram nem ouvir falar das borboletas e só ficaram mais bravos ainda quando ele lhes contou sobre a deliciosa brisa, já que eram pesados demais para escalar a árvore e senti-la.

Naquela noite, comeram os últimos pedacinhos e migalhas de sua comida; e na manhã seguinte, quando acordaram, a primeira coisa que notaram foi que ainda estavam mordidos de fome, e a próxima coisa, foi que estava chovendo e que, aqui e ali, as gotas caíam pesadas no chão da floresta. Aquilo só serviu pra lembrá-los de que também estavam com a língua ressecada de tanta sede, sem adiantar de nada para aliviá-los: você não consegue matar uma sede terrível ficando de pé debaixo de carvalhos gigantes e esperando que uma gota aleatória caia na sua língua. A única coisa um pouco reconfortante veio, inesperadamente, de Bombur.

Ele acordou de repente e se sentou, coçando a cabeça. Não conseguia entender onde estava de modo algum, nem por que se sentia tão faminto; pois tinha esquecido tudo o que acontecera desde que tinham começado sua jornada naquela manhã de maio, muito tempo atrás. A última coisa que ele recordava era a festa na casa do hobbit, e eles tiveram grande dificuldade de fazer com que ele acreditasse na história de todas as muitas aventuras pelas quais tinham passado desde então.

Quando soube que não havia nada para comer, Bombur se sentou e chorou, pois se sentia muito fraco e de pernas bambas. "Por que eu fui acordar!", gritou. "Estava tendo sonhos tão lindos. Sonhei que estava caminhando numa floresta bem parecida com esta, só que iluminada com tochas nas árvores e lamparinas balançando nos galhos e fogueiras ardendo no chão; e uma grande festa estava acontecendo, acontecendo sem parar. Um rei dos bosques estava lá, com uma coroa de folhas, e havia um canto alegre, e eu não seria capaz de contar ou descrever as coisas que havia para comer e beber."

"Não precisa nem tentar", disse Thorin. "Na verdade, se você não consegue falar sobre alguma outra coisa, é melhor ficar em silêncio. Já estamos bastante irritados com você mesmo. Se não tivesse acordado, deveríamos ter deixado você com seus sonhos idiotas na floresta; não é brincadeira carregá-lo, mesmo depois de semanas de pouco mantimento."

Não havia nada a fazer agora se não apertar os cintos em volta de seus estômagos vazios, ajeitar seus sacos e alforjes vazios e seguir a trilha sem qualquer grande esperança de chegar ao fim antes de se deitarem e morrerem de inanição. Isso foi o que fizeram naquele dia, avançando de modo lento e exausto; enquanto Bombur continuava berrando que suas pernas não conseguiam carregá-lo e que ele queria deitar e dormir.

"Não quer não!", disseram. "Deixe as suas pernas fazerem o trabalho delas, já carregamos você por muito tempo."

Mesmo assim, ele repentinamente se recusou a dar mais um passo e se jogou no chão. "Vão em frente, se precisarem", disse. "Vou simplesmente me deitar aqui e dormir e sonhar com comida, já que não consigo nenhuma de outro jeito. Espero nunca acordar de novo."

Naquele mesmo momento, Balin, que estava um pouco adiante, gritou: "O que foi aquilo? Acho que vi um bruxuleio de luz na floresta."

Todos eles olharam e, um tanto ao longe, ao que parecia, viram um chamejar de vermelho no escuro; então outro e mais outro brotaram ao lado do primeiro. Até Bombur se levantou, e eles foram apressados na direção das luzes, sem se importar caso fossem trols ou gobelins. A luz estava na frente deles e à esquerda da trilha, e, quando enfim ficaram no mesmo nível dela, pareceu óbvio que tochas e fogueiras estavam ardendo sob as árvores, mas a uma boa distância da trilha que seguiam.

"É como se meus sonhos estivessem virando realidade", espantou-se Bombur, bufando lá atrás. Ele queria sair correndo direto pela mata atrás das luzes. Mas os outros se lembravam bem até demais das advertências do mago e de Beorn.

"Um banquete não serviria para muita coisa se nunca voltássemos vivos dele", disse Thorin.

"Mas sem um banquete não vamos continuar vivos por muito mais tempo, de qualquer modo", disse Bombur, e Bilbo concordava fortemente com ele. Discutiram o assunto de todos os jeitos por muito tempo, até que concordaram, afinal, em enviar uma dupla de espiões para que se esgueirassem até as luzes e descobrissem mais sobre elas. Mas aí não conseguiam concordar a respeito de quem enviar: ninguém parecia ansioso por correr o risco de ficar perdido e nunca mais achar seus amigos de novo. No fim das contas, apesar das advertências, a fome os fez se decidirem, porque Bombur continuava descrevendo todas as coisas gostosas que estavam sendo comidas, de acordo com seu sonho, no banquete dos bosques; assim, todos deixaram a trilha e mergulharam na floresta juntos.

Depois de se esgueirarem e rastejarem um bocado, espiaram por detrás dos troncos e observaram uma clareira onde algumas árvores tinham sido derrubadas e o solo fora aplainado. Havia muitas pessoas ali, gente de aparência élfica, todas vestidas de verde e marrom e sentadas nos anéis serrados das árvores derrubadas em um grande círculo. Havia uma fogueira no meio deles e havia tochas presas a algumas das árvores ao redor; mas esta era a visão mais esplêndida de todas: estavam comendo e bebendo e rindo alegremente.

O cheiro das carnes assadas era tão encantador que, sem esperar para combinar uns com os outros, todos eles se levantaram e entraram no círculo aos trambolhões, com a única ideia de mendigar alguma comida. Assim que o primeiro pisou na clareira, todas as luzes se apagaram, como que por mágica. Alguém deu um pontapé no fogo e ele explodiu em fagulhas brilhantes e desapareceu. Estavam perdidos, num escuro completamente sem luz, e não conseguiam nem mesmo achar uns aos outros, não durante muito tempo, pelo menos. Depois de tropeçar freneticamente na treva, caindo por cima de troncos, batendo de cara em árvores e gritando e chamando até provavelmente terem acordado todo mundo na floresta num raio de milhas, enfim deram um jeito de se reunir num montinho e se contarem pelo tato. Àquela altura já tinham, é claro, esquecido em que direção ficava a trilha e estavam todos desesperadamente perdidos, pelo menos até a chegada da manhã.

Não havia o que fazer a não ser se preparar para passar a noite onde estavam: não ousaram nem vasculhar o chão em busca de pedaços de comida por medo de ficarem separados de novo. Mas não estavam deitados fazia muito tempo, e Bilbo estava só começando a ficar sonolento, quando Dori, que tinha ficado com o primeiro turno de vigia, disse num sussurro alto:

"As luzes estão se acendendo de novo daquele lado e há mais delas do que nunca."

Puseram-se de pé de um salto. Lá, era verdade, não muito longe, havia dezenas de luzes que piscavam, e eles ouviam as vozes e o riso com bastante clareza. Rastejaram lentamente na direção delas, numa fila única, cada um deles tocando as costas do que ia na frente. Quando chegaram perto, Thorin disse: "Nada de sair correndo desta vez! Ninguém deve se mover do esconderijo até que eu diga. Mandarei o Sr. Bolseiro sozinho primeiro para conversar. Não terão medo dele — ('E será que eu não terei medo deles?', pensou Bilbo) — e, de qualquer modo, espero que não façam nada de ruim com ele."

Quando chegaram à beira do círculo de luzes, deram um empurrão em Bilbo pelas costas de repente. Antes que ele tivesse tempo de colocar seu anel, avançou tropeçando para dentro do clarão forte da fogueira e das tochas. Não adiantou nada. Foram-se as luzes de novo, e uma escuridão completa sobreveio.

Se tinha sido difícil eles se reunirem antes, foi muito pior dessa vez. E simplesmente não conseguiam achar o hobbit. Toda vez que se contavam, só chegavam ao número treze. Gritaram e chamaram: "Bilbo Bolseiro! Hobbit! Seu hobbit danado! Oi! Hobbit, desgramado seja, onde está você?" e outras coisas do tipo, mas não houve resposta.

Estavam quase perdendo as esperanças quando Dori tropeçou nele por pura sorte. No escuro, caiu por cima do que achou ser um tronco e descobriu que era o hobbit, enrodilhado em sono profundo. Foi preciso sacudi-lo muito para que acordasse e, quando despertou, não ficou contente de modo algum.

"Eu estava tendo um sonho tão adorável," resmungou, "no qual havia um jantar maravilhoso."

"Céus! Ele ficou igual ao Bombur", disseram. "Não fique falando de sonhos. Jantares de sonho não adiantam nada, e não podemos comer junto com você."

"São o melhor que eu tenho chance de conseguir nesta porcaria de lugar", esbravejou ele, enquanto se deitava ao lado dos anãos e tentava voltar a dormir para encontrar aquele sonho de novo.

Mas aquela não foi a última das luzes na floresta. Mais tarde, quando a noite já devia estar avançada, Kili, que estava de vigia no momento, veio acordar todos eles de novo, dizendo:

"Uma luz das bem fortes apareceu não muito longe daqui — centenas de tochas e muitas fogueiras devem ter sido acesas de repente e por mágica. E ouçam só o canto e as harpas!"

Depois de ficarem deitados por um tempo, perceberam que não conseguiriam resistir ao desejo de chegar mais perto e tentar obter ajuda uma vez mais. Lá foram se levantar de novo; e dessa vez o resultado foi desastroso. O banquete que agora viam era maior e mais magnífico do que antes; e, à frente de uma longa fila de convivas, sentava-se um rei dos bosques com uma coroa de folhas sobre seu cabelo dourado, muito parecido com a figura de sonho que Bombur descrevera. A gente élfica estava passando taças de mão em mão e em volta das fogueiras, e alguns estavam tangendo harpas, e outros estavam cantando. Seus cabelos brilhantes estavam trançados com flores; joias verdes e brancas luziam em seus colares e cintos; e seus rostos e suas canções estavam repletos de júbilo. Altas e cristalinas e belas eram tais canções, e lá se foi Thorin pondo os pés no meio deles.

Um silêncio mortal se fez no meio de uma palavra. Foi-se toda luz. Das fogueiras saltaram fumos negros. Cinzas e poeira caíram sobre os olhos dos anãos, e a mata se encheu de novo com seus clamores e gritos.

Bilbo se viu correndo em círculos (ou assim pensava) e chamando sem parar: "Dori, Nori, Ori, Oin, Gloin, Fili, Kili, Bombur, Bifur, Bofur, Dwalin, Balin, Thorin Escudo-de-carvalho", enquanto gente que ele não conseguia ver ou sentir estava fazendo a mesma coisa ao redor dele (com um grito ocasional de "Bilbo!" no meio). Mas os gritos dos outros foram ficando cada vez mais distantes e fracos e, embora depois de algum tempo parecesse que eles tinham se transformando em urros e gritos pedindo socorro na distância, todos os ruídos por fim morreram, e ele ficou sozinho no silêncio e na escuridão mais completa.

Aquele foi um de seus momentos mais sofridos. Mas Bilbo logo decidiu que não adiantava nada tentar fazer algo até que o dia chegasse trazendo um pouco de luz, e que era inútil sair tropeçando por ali, cansando-se sem nenhuma esperança de um café da manhã que o reavivasse. Assim, sentou-se com as costas tocando uma árvore e, não pela última vez, pôs-se a pensar em sua longínqua toca de hobbit, com suas belas despensas. Estava imerso em pensamentos a respeito de bacon e ovos e torradas e manteiga quando sentiu algo a tocá-lo. Algo semelhante a uma corda forte e grudenta estava encostado na sua mão esquerda e, quando ele tentou se mexer, descobriu que suas pernas já estavam embrulhadas no mesmo material, de modo que, ao ficar de pé, levou um tombo.

Então a grande aranha, que estava ocupada amarrando-o enquanto ele cochilava, veio por trás e o atacou. Só conseguia ver os olhos daquela coisa, mas podia sentir suas pernas peludas conforme ela se esforçava para enrolar seus fios abomináveis ao redor dele. Foi sorte Bilbo ter recuperado os sentidos a tempo. Logo não teria sido capaz de se mexer de modo algum. Do jeito que foi, precisou lutar desesperadamente antes de se livrar. Bateu na criatura com as mãos — ela estava tentando envenená-lo para mantê-lo quieto, como as aranhas pequenas fazem com moscas —, até que se lembrou de sua espada e a sacou. Então a aranha pulou para trás, e ele teve tempo de cortar a teia em volta de suas pernas. Depois disso, foi a vez de Bilbo atacar. A aranha evidentemente não estava acostumada a coisas que carregavam tais ferrões a seu lado, ou teria fugido mais rápido. Bilbo veio contra ela antes que pudesse desaparecer e enfiou sua espada bem nos olhos da aranha. Então ela enlouqueceu e pulou e dançou e esticou as patas em sacudidelas horríveis, até que ele a matou com outro golpe; depois disso, caiu no chão e não se lembrou de mais nada por um bom tempo.

Havia a costumeira luz cinzenta e fraca do dia na floresta em volta quando ele voltou a si. A aranha jazia morta a seu lado, e a lâmina da espada estava manchada de negro. De algum modo, matar a grande aranha, totalmente sozinho e a sós no escuro, sem a ajuda do mago ou dos anãos ou de mais ninguém, fez uma grande diferença para o Sr. Bolseiro. Sentia-se uma pessoa diferente, e muito mais feroz e ousada, apesar do estômago vazio, conforme limpava sua espada na grama e a punha de volta na bainha.

"Vou lhe dar um nome," disse a ela, "e hei de chamá-la de *Ferroada*."

Depois disso, pôs-se a explorar a área. A floresta estava sombria e silenciosa, mas obviamente, antes de tudo, ele tinha de procurar seus amigos, que provavelmente não estavam muito longe, a não ser que tivessem sido aprisionados pelos elfos (ou por coisas piores). Bilbo sentia que não era seguro gritar, e ficou parado por muito tempo imaginando em que direção ficava a trilha e em que direção deveria ir primeiro para procurar os anãos.

"Oh, por que não nos lembramos das advertências de Beorn, e de Gandalf!", lamentou. "Em que bagunça nós nos metemos agora! Nós! Só queria que fosse mesmo *nós*: é horrível ficar totalmente sozinho."

No fim, fez a melhor estimativa que pôde da direção da qual os gritos pedindo socorro tinham vindo à noite — e, por sorte (ele nascera com uma boa fatia dela), sua estimativa estava mais ou menos certa, como você verá. Tendo se decidido, foi se esgueirando da maneira mais esperta que pôde. Hobbits são espertos quando o assunto é quietude, especialmente em matas, como já lhe contei; além disso, Bilbo tinha colocado seu anel antes de começar. É por isso que as aranhas nem o viram nem o ouviram chegar.

Tinha seguido seu caminho de modo sorrateiro por certa distância, quando notou que havia um lugar cheio de uma densa sombra negra adiante, negra até mesmo para aquela floresta, feito um pedaço de meia-noite que nunca tinha sido faxinado. Conforme se aproximava, viu que era feito de teias de aranha, uma atrás e em cima e enredada com a outra. De repente, viu também que havia enormes e horríveis aranhas sentadas nos galhos acima dele e, com ou sem anel, tremeu de medo que elas o descobrissem. De pé, atrás de uma árvore, observou um grupo delas por algum tempo e então, no silêncio e na quietude da floresta, percebeu que essas criaturas abomináveis estavam falando uma com a outra. As vozes delas eram um tipo de rangido e sibilo fino, mas ele conseguia captar muitas das palavras que pronunciavam. Estavam falando sobre os anãos!

"Foi uma luta complicada, mas valeu a pena", dizia uma. "Que peles grossas e difíceis eles têm, é verdade, mas aposto que há bom suco dentro."

"Sim, vão render uma boa refeição, depois que ficarem pendurados um pouco", disse outra.

"Não os deixe pendurados por muito tempo", avisou uma terceira. "Não são tão gordos quanto poderiam ser. Andam comendo não muito bem ultimamente, imagino."

"Mate-os, é o que digo", sibilou uma quarta; "mate-os agora e pendure-os mortos por um tempo."

"Estão mortos agora, garanto", disse a primeira.

"Isso não. Vi um ainda brigando agora mesmo. Acabou de acordar de novo, eu diria, depois de um lii-indo sono. Vou lhe mostrar."

Com isso, uma das aranhas gordas saiu correndo por uma corda até que chegou a uma dúzia de embrulhos pendurados juntos, num galho alto. Bilbo ficou horrorizado (agora que os notara pela primeira vez, pendendo nas sombras) ao ver pés de anãos saindo do fundo de alguns dos embrulhos, ou aqui e ali a ponta de um nariz, ou um pedaço de barba ou de um capuz.

Até o mais gordo desses embrulhos foi-se a aranha — "É o coitado do velho Bombur, aposto", pensou Bilbo — e beliscou com força o nariz que saía dele. Veio um berro abafado lá de dentro, e um dedo do pé apareceu e chutou a aranha direto e com força. Ainda havia vida em Bombur. Ouviu-se um som como o de uma bola de futebol murcha levando um pontapé, e a aranha enfurecida caiu do galho, só conseguindo se salvar com o próprio fio de teia no último segundo.

As outras riram. "Você estava certíssima," disseram, "a carne está viva e dando pontapés!"

"Vou já dar um fim nisso", sibilou a aranha raivosa, escalando de novo o galho.

Bilbo percebeu que chegara o momento em que ele devia fazer alguma coisa. Não conseguia subir até as monstras e não tinha nada que pudesse usar para atirar nelas; mas, olhando em volta, viu que nesse lugar havia muitas pedras dentro do que parecia ser um pequeno curso d'água de leito seco. Bilbo tinha pontaria bastante boa com pedras e não lhe tomou muito tempo achar uma pedra ótima, lisa e com forma de ovo, que se encaixou na sua mão perfeitamente. Quando era menino, costumava praticar o arremesso de pedras em objetos, até que coelhos e esquilos, e mesmo aves, passaram a sair do seu caminho, rápidos feito relâmpago, se o viam se abaixar; e, mesmo já crescido, tinha gastado parte de seu tempo com jogos de argolas, arremesso de dardos, arco e flecha, bocha, boliche e outros jogos tranquilos do tipo que envolve mirar e atirar — de fato, ele conseguia fazer muitas coisas além de soprar anéis de fumaça, inventar adivinhas e cozinhar, as quais não tive tempo de contar a vocês. E agora não há tempo para isso. Enquanto Bilbo estava pegando pedras, a aranha tinha alcançado Bombur, e logo ele estaria morto. Naquele momento, Bilbo atirou a pedra. Ela atingiu a aranha bem na cabeça, e o bicho caiu sem sentidos da árvore, desabando no chão, com todas as patas encolhidas.

A pedra seguinte atravessou assobiando uma grande teia, rasgando suas cordas e abatendo a aranha sentada no meio dela — *pof*, estava morta. Depois disso houve um bocado de comoção na colônia de aranhas, e elas se esqueceram dos anões por um tempo, posso lhe dizer. Não conseguiam ver Bilbo, mas eram capazes de fazer uma boa estimativa da direção de onde estavam vindo as pedras. Rápidas feito relâmpago, vieram correndo e se balançando na direção do hobbit, lançando seus longos fios em todas as direções, até que o ar parecia estar cheio de armadilhas oscilantes.

Bilbo, entretanto, logo escapuliu para um lugar diferente. Veio-lhe a ideia de levar as aranhas furiosas para cada vez mais longe dos anões, se pudesse; queria que ficassem intrigadas, empolgadas e com raiva de uma só vez. Quando cerca de cinquenta delas tinham ido para o lugar onde ele estivera antes, jogou mais algumas pedras nessas, e em outras que tinham parado atrás delas; então, dançando em meio às árvores, pôs-se a cantar uma canção para enfurecê-las e fazer com que todas o seguissem, e também para que os anãos pudessem ouvir sua voz.

Isto foi o que ele cantou:

> *Velha aranha gorda no alto a girar!*
> *Velha aranha gorda, não vai me achar!*
>   *Aranhuça! Aranhuça!*
>   *Fuça que fuça,*
> *Fuça e faz teia sem me enxergar!*
>
> *Velha Tataranha, que só tem banha,*
> *Velha Tataranha procura por mim!*
>   *Aranhuça! Aranhuça!*
>   *Nesta escaramuça*
> *Não vai me pegar descendo assim!*[2]

Não muito bom, talvez, mas aí você precisa recordar que ele teve de inventar os versos sozinho, bem na hora de um improviso muito complicado. O resultado foi o que ele queria, de qualquer jeito. Conforme cantava, jogou mais algumas pedras e bateu os pés. Praticamente todas as aranhas do lugar vieram atrás dele: algumas pularam para o chão, outras correram ao longo dos galhos, balançaram-se de árvore em árvore ou jogaram novas cordas através dos espaços escuros. Vieram na direção do barulho muito mais rápido do que ele esperava. Estavam assustadoramente bravas. Sem contar as pedras, nenhuma aranha jamais gostou de ser chamada de Aranhuça, e Tataranha, claro, é um insulto para qualquer um.

---

[2] *Old fat spider spinning in a tree! / Old fat spider can't see me! / Attercop! Attercop! / Won't you stop, / Stop your spinning and look for me? / Old Tomnoddy, all big body, / Old Tomnoddy can't spy me! / Attercop! Attercop! / Down you drop! / You'll never catch me up your tree!*

Lá se foi Bilbo para um outro lugar, mas várias das aranhas agora tinham corrido para diferentes pontos da clareira onde viviam e estavam ocupadas tecendo teias em todos os espaços entre os troncos das árvores. Muito em breve o hobbit seria pego numa cerca espessa de teias à sua volta — essa, pelo menos, era a ideia das aranhas. Postado agora no meio dos insetos que caçavam e fiavam, Bilbo buscou coragem e começou uma nova canção:

> *Lerdaranha e Doidaranha*
> *em teias querem me prender.*
> *Sou mais doce que batata-doce,*
> *mas nem por isso vão me comer!*
>
> *Eis-me aqui, a mosquinha danada;*
> *gordas, lerdas são vocês.*
> *Esta mosca não será enredada*
> *nas suas teias lelês.*[3]

Com isso, virou-se e descobriu que o último espaço entre duas árvores altas tinha sido fechado com uma teia — mas, por sorte, não uma teia bem-feita, mas só grandes fios de corda-de-aranha de espessura dupla, passados com pressa para trás e para a frente de um tronco a outro. Sacou sua pequena espada. Cortou as tramas em pedaços e foi-se embora cantando.

As aranhas viram a espada, embora eu não imagine que elas soubessem o que era aquilo, e de uma vez só o grupo inteiro delas veio apressado atrás do hobbit pelo chão e pelos galhos, patas peludas balançando, mandíbulas e fiandeiras estalando, olhos esbugalhados, espumando de fúria. Seguiram-no para dentro da floresta, até que Bilbo se enfurnou o mais longe que ousava ir. Então, mais silencioso que um camundongo, foi voltando.

---

[3]*Lazy Lob and crazy Cob / are weaving webs to wind me. / I am far more sweet than other meat, / but still they cannot find me! / Here am I, naughty little fly; / you are fat and lazy. / You cannot trap me, though you try, / in your cobwebs crazy.*

Tinha pouquíssimo tempo, sabia, antes que as aranhas perdessem a paciência e voltassem às suas árvores, onde os anões estavam pendurados. Nesse meio-tempo, precisava resgatá-los. A pior parte desse serviço era subir até o galho comprido de onde os pacotes pendiam. Não suponho que ele teria conseguido se uma aranha não tivesse deixado, por sorte, uma corda pendurada ali; com a ajuda dela, embora grudasse na sua mão e o machucasse, ele foi subindo — só para acabar encontrando uma aranha velha, lerda, perversa e de pança gorda que tinha ficado para trás para vigiar os prisioneiros, e que estava ocupada beliscando-os para ver qual o mais suculento para comer. Tinha pensado em começar o banquete enquanto as outras estavam longe, mas o Sr. Bolseiro estava com pressa e, antes que a aranha soubesse o que estava acontecendo, sentiu o ferrão dele e rolou morta do galho.

A tarefa seguinte de Bilbo era soltar um anão. O que ele podia fazer? Se cortasse a corda na qual estava pendurado, o desgraçado anão desabaria com tudo no solo, a uma boa distância do galho. Equilibrando-se pelo ramo (o que fez todos os pobres anões dançarem e balançarem feito frutas maduras), ele alcançou o primeiro embrulho.

"Fili ou Kili", pensou ele ao ver a ponta de um capuz azul saindo do alto. "Mais provavelmente Fili", pensou, ao reparar na ponta de um nariz comprido que saía dos fios trançados. Deu um jeito de se debruçar para cortar a maior parte das tramas fortes e grudentas que o amarravam, e então, de fato, com um chute e alguma luta, boa parte do corpo de Fili emergiu. Temo que Bilbo na verdade tenha rido ao ver o anão sacudindo seus braços e suas pernas enrijecidas conforme dançava na teia de aranha debaixo de seus sovacos, igualzinho a um daqueles brinquedos engraçados que se equilibram num arame.

De algum jeito, Fili conseguiu ficar em cima do galho e se pôs a fazer o melhor que pôde para ajudar o hobbit, embora estivesse se sentindo muito enjoado e doente por causa do veneno de aranha e por ter ficado pendurado a maior parte da noite e do dia seguinte todo enrolado na teia, só com o nariz para fora para respirar. Demorou séculos para ele conseguir tirar a porcaria do negócio de seus olhos e suas sobrancelhas e, quanto à barba, precisou cortar a maior parte dela. Bem, juntos eles começaram a erguer um anão e depois o outro e a libertá-los. Nenhum deles estava melhor do que Fili, e alguns estavam piores. Havia os que mal tinham conseguido respirar de algum modo (narizes compridos às vezes são úteis, veja você), e alguns tinham recebido mais veneno.

Desse modo, resgataram Kili, Bifur, Bofur, Dori e Nori. O coitado do velho Bombur estava tão exausto — era o mais gordo e tinha sido constantemente beliscado e cutucado — que simplesmente saiu rolando do galho e desabou no chão, por sorte num monte de folhas, e lá ficou. Mas ainda havia cinco anões pendurados na ponta do galho quando as aranhas começaram a voltar, mais cheias de fúria do que nunca.

Bilbo imediatamente foi para o lado do galho mais próximo do tronco da árvore e barrou a passagem das que tinham escalado. Tinha tirado o anel quando resgatou Fili e se esquecera de colocá-lo de novo, de modo que todas elas começaram a matraquear e sibilar:

"Agora nós o vemos, sua criaturinha nojenta! Vamos comê-lo e deixar seus ossos e sua pele pendurados numa árvore. Eca! Ele tem um ferrão, é? Bem, vamos pegá-lo do mesmo jeito, e depois vamos pendurá-lo de cabeça para baixo por um ou dois dias."

Enquanto isso estava acontecendo, os outros anões estavam trabalhando para soltar o resto dos cativos e cortando as teias com suas facas. Logo todos estariam livres, embora não fosse claro o que aconteceria depois disso. As aranhas os tinham pegado com muita facilidade na noite anterior, mas aquilo tinha sido de surpresa e no escuro. Desta vez, parecia que seria uma batalha horrível.

De repente, Bilbo notou que algumas das aranhas tinham se reunido ao redor do velho Bombur no chão, e o tinham amarrado de novo para arrastá-lo para longe. Deu um grito e golpeou as aranhas na sua frente. Elas abriram caminho rapidamente, e ele saiu correndo e se jogou árvore abaixo bem no meio daquelas que estavam no solo. Sua pequena espada era algo novo no que dizia respeito a ferrões para elas. Como zunia de cá para lá! A espada brilhava de deleite conforme lhes dava estocadas. Meia dúzia tinha sido morta antes que o resto recuasse e deixasse Bombur com Bilbo.

"Desçam! Desçam!", gritou para os anões no galho. "Não fiquem aí ou vão ser enredados!" Pois via aranhas enxameando em todas as árvores vizinhas e rastejando ao longo dos ramos acima das cabeças dos anões.

Para baixo os anões se arrastaram ou pularam ou caíram, todos os onze num bolo só, a maioria deles muito trêmula e mal conseguindo usar as pernas. Lá estavam eles enfim, doze contando o coitado do velho Bombur, que estava sendo apoiado de cada lado do corpo por seu primo Bifur e seu irmão Bofur; e Bilbo estava dançando e balançando seu Ferrão; e centenas de aranhas raivosas estavam de olho neles de tudo quanto é lado, inclusive de cima. Parecia bem desesperador.

Então a batalha começou. Alguns dos anões tinham facas, e alguns tinham bastões, e todos eles podiam alcançar pedras; e Bilbo tinha sua adaga élfica. Várias e várias vezes as aranhas foram rechaçadas, e muitas delas foram mortas. Mas aquilo não podia continuar por muito tempo. Bilbo estava quase exaurido; só quatro dos anões estavam conseguindo ficar de pé com firmeza, e rapidamente todos seriam subjugados feito moscas cansadas. As aranhas já estavam começando a tecer suas teias à volta deles de novo, de árvore a árvore.

No fim das contas, Bilbo não conseguiu pensar em plano nenhum a não ser revelar aos anões o segredo de seu anel. Estava bem chateado com isso, mas não havia como evitar.

"Vou desaparecer", disse ele. "Atrairei as aranhas para longe, se puder; e vocês precisam ficar juntos e ir para a direção oposta. Ali para a esquerda, que é mais ou menos o caminho para o lugar onde vimos pela última vez as fogueiras dos elfos."

Foi difícil fazê-los entender a ideia, com a cabeça zonza deles, e os gritos, e as pancadas dos bastões, e os arremessos de pedras; mas por fim Bilbo sentiu que não poderia demorar mais — as aranhas estavam apertando seu círculo sem parar. De repente, colocou o anel e, para grande assombro dos anões, desapareceu.

Logo veio o som de "Lerdaranha" e "Aranhuça" do meio das árvores à direita. Isso irritou grandemente as aranhas. Pararam de avançar, e algumas partiram em direção à voz. O termo "Aranhuça" as deixava tão bravas que perdiam o juízo. Então Balin, que tinha captado melhor o plano de Bilbo do que o resto do grupo, liderou um ataque. Os anãos se juntaram num aglomerado e, lançando uma chuva de pedras, avançaram contra as aranhas do lado esquerdo e arrebentaram o círculo. Longe atrás deles, então, os gritos e o canto de repente pararam.

Torcendo desesperadamente para que Bilbo não tivesse sido pego, os anãos foram em frente. Não iam rápido o suficiente, porém. Estavam enjoados e exaustos e não conseguiam avançar de um jeito muito melhor do que aos tropeções e bamboleios, embora muitas das aranhas estivessem bem atrás deles. De vez em quando tinham de se virar e lutar com as criaturas que os estavam alcançando; e algumas aranhas já estavam nas árvores acima deles e jogavam seus longos fios pegajosos.

As coisas estavam parecendo bem feias de novo, quando subitamente Bilbo reapareceu e atacou as espantadas aranhas de modo inesperado pelos lados.

"Continuem! Continuem!", gritou. "Deixem as ferroadas por minha conta!"

E assim fez. Dardejava para trás e para a frente, rasgando os fios das aranhas, golpeando suas patas e apunhalando seus corpos gorduchos se chegassem perto demais. As aranhas inchavam de fúria e matraqueavam e babavam e sibilavam maldições horríveis; mas tinham adquirido um medo mortal da Ferroada, e não ousavam chegar muito perto, agora que ela estava de volta. Assim, por mais que a amaldiçoassem, suas vítimas se mexiam, devagar e sempre, para longe dela. Foi um negócio dos mais terríveis, e parecia se prolongar por horas. Mas enfim, bem quando Bilbo sentiu que não conseguiria mais levantar a mão para um único golpe sequer, as aranhas de repente desistiram e não os seguiram mais, mas voltaram desapontadas para sua colônia sombria.

Os anãos então notaram que tinham chegado à beira de um círculo onde as fogueiras dos elfos tinham ficado. Se era um daqueles que tinham visto na noite anterior, eles não sabiam dizer. Mas parecia que alguma mágica boa ainda restava em tais lugares, dos quais as aranhas não gostavam. De qualquer modo, ali a luz era mais verde, e os galhos, menos grossos e ameaçadores, e eles tiveram uma chance de descansar e recobrar o fôlego.

 Ali ficaram por algum tempo, esbaforidos e ofegantes. Mas logo começaram a fazer perguntas. Foi preciso que ouvissem uma explicação cuidadosa de todo o negócio do desparecimento, e a descoberta do anel lhes pareceu tão interessante que, por algum tempo, esqueceram seus próprios problemas. Balin, em especial, insistiu que a história de Gollum, com adivinhas e tudo, fosse contada inteira de novo, com o anel em seu lugar apropriado. Mas, após algum tempo, a luz começou a enfraquecer, e então se fizeram outras perguntas. Onde estavam, e onde estava a trilha, e onde havia alguma comida, e o que eles iam fazer a seguir? Essas perguntas foram feitas várias vezes, e era do pequeno Bilbo que eles pareciam esperar as respostas. Com isso você pode ver que eles tinham mudado totalmente de opinião em relação ao Sr. Bolseiro e tinham começado a ter grande respeito por ele (como Gandalf dissera que aconteceria). De fato, eles realmente esperavam que ele pensasse em algum plano maravilhoso para ajudá-los e não estavam meramente resmungando. Sabiam bem demais que logo todos teriam sido mortos, se não fosse pelo hobbit; e agradeceram a ele muitas vezes. Alguns até se levantaram e se inclinaram até o chão diante dele, embora desabassem com o esforço e não conseguissem ficar de pé de novo por algum tempo. Saber a verdade sobre o desaparecimento não afetou a opinião que tinham sobre Bilbo de modo algum; pois perceberam que ele tinha algum juízo, bem como sorte e um anel mágico — e todos os três são posses muito úteis. De fato, elogiaram-no tanto que Bilbo começou a sentir que realmente havia algo de aventureiro e ousado em si mesmo, afinal, embora pudesse se sentir bem mais ousado se houvesse algo para comer.

 Mas não havia nada, nada de nada; e nenhum deles estava em condições de ir procurar alguma comida, ou de buscar a trilha perdida. A trilha perdida! Nenhuma outra ideia passava pela cabeça cansada de Bilbo. Só conseguia se sentar, olhando para a frente, para as árvores intermináveis; e, depois de um tempo, todos ficaram em silêncio de novo. Todos, exceto Balin. Bem depois de que os outros pararam de falar e fecharam os olhos, ele continuou a resmungar e a rir consigo mesmo.

"Gollum! Bem, que coisa! Então foi assim que ele conseguiu escapulir de mim, foi? Agora eu sei! Você só se esgueirou em silêncio, foi, Sr. Bolseiro? Botões espalhados por toda a soleira da porta! Bom e velho Bilbo-Bilbo-Bilbo-bo-bo-bo..." E enfim ele caiu no sono, e houve silêncio completo por um bom tempo.

De repente, Dwalin abriu um olho e procurou a sua volta. "Onde está Thorin?", perguntou.

Foi um choque terrível. É claro que havia apenas treze deles, doze anões e o hobbit. Onde, de fato, estava Thorin? Imaginaram que destino maligno lhe coubera, magia ou monstros sombrios; e estremeceram enquanto jaziam perdidos na floresta. Assim foram caindo, um a um, num sono desconfortável, cheio de sonhos horríveis, conforme o entardecer foi se tornando uma noite negra; e ali temos de deixá-los por ora, fracos e exaustos demais para estabelecer guardas ou se revezar na vigilância.

Thorin tinha sido capturado muito mais rápido do que eles. Você se lembra de quando Bilbo caiu no sono, feito um pedaço de pau, assim que colocou os pés num círculo de luz? Na vez seguinte, Thorin é quem tinha dado um passo à frente e, quando as luzes se apagaram, ele caiu sob encantamento como uma pedra. Todo o barulho dos anões perdidos na noite, seus gritos conforme as aranhas os pegavam e prendiam, e todos os sons da batalha do dia seguinte passaram por ele sem ser ouvidos. Então os Elfos-da-floresta vieram até ele, e o amarraram, e o levaram embora.

O povo que festejava eram os Elfos-da-floresta, é claro. Estes não são uma gente perversa. Se têm um defeito, é a sua desconfiança quanto a estranhos. Embora a magia deles fosse forte, mesmo naqueles dias eram esquivos. Diferiam dos Altos Elfos do Oeste e eram mais perigosos e menos sábios. Pois a maioria deles (junto com sua parentela espalhada pelas colinas e montanhas) descendia das tribos antigas que nunca foram para Feéria, no Oeste. Para lá os Elfos-da-luz e os Elfos-profundos e os Elfos-do-mar foram e ali viveram por eras e se tornaram mais belos e mais sábios e estudados, e inventaram sua magia e arte sagaz para a criação de coisas belas e maravilhosas, antes que alguns voltassem ao Vasto Mundo. No Vasto Mundo os Elfos-da-floresta se demoravam no crepúsculo do nosso Sol e da nossa Lua, mas amavam mais as estrelas; e vagavam pelas grandes florestas que cresciam altas em terras que agora se perderam. Habitavam com mais frequência nas bordas das matas, das quais podiam escapar às vezes para caçar, ou cavalgar e correr pelas terras abertas ao luar ou à luz das estrelas; e, depois da vinda dos homens, agarraram-se cada vez mais ao crepúsculo e ao ocaso. Ainda assim, elfos eles eram e continuam sendo, ou seja, são um Bom Povo.

Numa grande caverna algumas milhas adentro de Trevamata, de seu lado oriental, vivia nessa época o maior dos reis deles. Diante de seus enormes portões de pedra, um rio corria vindo dos altos da floresta e continuava a fluir até os pântanos, aos pés das terras elevadas das matas. Essa grande caverna, a partir da qual incontáveis grutas menores se abriam de todos os lados, avançava longe, debaixo da terra, e tinha muitas passagens e vastos salões; mas era mais iluminada e mais limpa do que qualquer habitação de gobelim, e não era nem tão profunda nem tão perigosa. De fato, os súditos do rei em geral viviam e caçavam nas matas abertas e tinham casas ou cabanas no chão e nos galhos. As faias eram suas árvores favoritas. A caverna do rei era seu palácio, o lugar fortificado de seu tesouro e a fortaleza de seu povo contra seus inimigos.

Era também a masmorra de seus prisioneiros. Assim, para a caverna é que arrastaram Thorin — não muito gentilmente, pois não amavam os anãos e achavam que ele era um inimigo. Em dias antigos, travaram guerras com alguns dos anãos, a quem acusavam de roubar seu tesouro. É justo dizer que os anãos registraram um relato diferente, e diziam que tinham apenas pegado o que lhes era devido, pois o rei dos elfos havia feito um trato com eles para que dessem forma ao seu ouro e à sua prata brutos e depois tinha se recusado a lhes dar sua paga. Se o rei dos elfos tinha uma fraqueza, era por tesouro, especialmente prata e gemas brancas; e, embora fosse rico, estava sempre ávido por mais, já que ainda não tinha um tesouro tão grande quanto outros senhores élficos de outrora. Seu povo não minerava nem trabalhava metais ou joias, nem se importava muito com comércio ou com lavrar a terra. Tudo isso era bem sabido entre todos os anãos, embora a família de Thorin não tivesse nada a ver com a velha briga de que falei. Consequentemente, Thorin ficou irritado com o tratamento que lhe deram, quando retiraram o feitiço e ele recuperou os sentidos; e também estava determinado a não deixar que arrancassem dele palavra alguma sobre ouro ou joias.

O rei olhou com ar severo para Thorin, quando o anão foi trazido diante dele, e lhe fez muitas perguntas. Mas Thorin só dizia que estava passando fome.

"Por que você e sua gente três vezes tentaram atacar meu povo enquanto festejávamos?", perguntou o rei.

"Não os atacamos," respondeu Thorin; "viemos mendigar, porque estávamos passando fome."

"Onde estão seus amigos agora e o que estão fazendo?"

"Não sei, mas imagino que estejam passando fome na floresta."

"O que estavam fazendo na floresta?"

"Procurando comida e bebida, porque estávamos passando fome."

"Mas o que os trouxe floresta adentro, afinal?", perguntou o rei, cheio de raiva.

Com isso, Thorin fechou a boca e não disse mais uma só palavra.

"Muito bem!", disse o rei. "Levem-no e mantenham-no a salvo até que se sinta inclinado a dizer a verdade, mesmo que tenha de esperar cem anos."

Então os elfos lhe puseram amarras e o trancaram em uma das cavernas mais profundas, com fortes portas de madeira, e o deixaram. Deram-lhe comida e bebida abundantes, ainda que não muito boas; pois os Elfos-da-floresta não eram gobelins e se portavam razoavelmente bem até com seus piores inimigos, quando os capturavam. As aranhas gigantes eram as únicas coisas vivas das quais não tinham nenhuma misericórdia.

    Lá, na masmorra do rei, jazia o pobre Thorin; e, depois que superou sua gratidão por receber pão e carne e água, pôs-se a pensar no que tinha acontecido com seus desafortunados amigos. Não demorou muito para que ele descobrisse; mas isso faz parte do próximo capítulo e do começo de outra aventura, na qual o hobbit de novo mostrou sua utilidade.

9

BARRIS
DESABALADOS

No dia depois da batalha com as aranhas, Bilbo e os anãos fizeram um último esforço desesperado para achar a saída da floresta antes que morressem de fome e sede. Levantaram-se e cambalearam na direção que oito dos treze deles achavam ser a que levava à trilha; mas nunca descobriram se estavam certos. O pouco de dia que havia na floresta estava se desvanecendo de novo no negrume da noite quando, de repente, surgiu a luz de muitas tochas à volta deles, feito centenas de estrelas vermelhas. Eis que saltaram à frente os Elfos-da-floresta, com seus arcos e suas lanças, e ordenaram que os anãos parassem.

Ninguém pensou em lutar. Mesmo se os anãos não estivessem em tal estado que, na verdade, ficaram felizes em ser capturados, suas pequenas facas, as únicas armas que tinham, não seriam de valia alguma contra as flechas dos elfos, que conseguiam acertar um olho de pássaro no escuro. Assim, eles simplesmente estacaram e se sentaram e esperaram — todos, exceto Bilbo, que colocou seu anel e deslizou rápido para um lado. É por isso que, quando os elfos amarram os anãos numa longa fila, um atrás do outro, e os contaram, nunca acharam nem contaram o hobbit.

E nem o ouviram nem o sentiram trotando pelo caminho, bem atrás da luz de suas tochas, enquanto levavam os prisioneiros para dentro da floresta. Cada um dos anãos estava vendado, mas isso não fazia muita diferença, pois até Bilbo, que podia usar seus olhos, não conseguia ver aonde estavam indo, e nem ele nem os outros sabiam onde tinha começado o caminho, de qualquer jeito. Bilbo precisou se esforçar muito para acompanhar as tochas, pois os elfos estavam fazendo os anãos andarem o mais rápido que podiam, doentes e cansados como estavam. O rei ordenara que eles se apressassem. De repente, as tochas pararam, e o hobbit mal teve tempo de alcançá-los antes que começassem a cruzar a ponte. Essa era a ponte que atravessava o rio e levava às portas do rei. A água corria escura e veloz e forte debaixo dela; e, do outro lado, havia portões diante da boca de uma enorme caverna, que adentrava a lateral de uma encosta íngreme, coberta de árvores. Ali as grandes faias chegavam à beira do barranco, até que suas raízes tocavam a correnteza.

Através da ponte os elfos empurravam seus prisioneiros, mas Bilbo hesitava na retaguarda. Não gostou nem um pouco da aparência da boca da caverna e só se decidiu a não desertar de seus amigos bem na hora de sair correndo nos calcanhares dos últimos elfos, antes que os grandes portões do rei se fechassem atrás deles com um estrondo.

Lá dentro, as passagens eram iluminadas pela luz vermelha das tochas, e os guardas élficos cantavam enquanto marchavam pelos caminhos serpenteantes, entrecruzados e cheios de ecos. Tais caminhos não eram como os das cidades gobelins; eram menores, menos fundos no subsolo, e estavam preenchidos com um ar mais limpo. Num grande salão com pilares escavados na pedra viva sentava-se o Rei-élfico, numa cadeira de madeira esculpida. Em sua cabeça havia uma coroa de bagas e folhas vermelhas, pois o outono chegara outra vez. Na primavera ele usava uma coroa de flores da mata. Em sua mão segurava um cetro entalhado de madeira de carvalho.

Os prisioneiros foram trazidos diante dele; e, embora olhasse para eles com semblante sombrio, disse a seus homens que os desamarrassem, pois tinham aparência sofrida e exausta. "Além disso, não precisam de cordas aqui", disse ele. "Não há como escapar de minhas portas mágicas para aqueles que são trazidos para dentro."

Interrogou os anãos por muito tempo e diligentemente acerca do que tinham feito, e sobre aonde estavam indo, e de onde estavam vindo; mas obteve deles poucas notícias além das que conseguira com Thorin. Mostraram-se insolentes e raivosos e nem mesmo fingiram responder com educação.

"O que foi que fizemos, ó rei?", disse Balin, que era o mais velho dos que restavam. "É crime ficar perdido na floresta, ficar com fome e com sede, ser emboscado por aranhas? Acaso as aranhas são vossos bichos mansos ou vossos animais de estimação, para que fiqueis irritado com a morte delas?"

Tal pergunta, é claro, fez com que o rei se enraivecesse ainda mais, e ele respondeu: "É um crime vagar pelo meu reino sem permissão. Esquecem que estavam em meus domínios, usando a estrada que meu povo fez? Não é verdade que por três vezes vocês perseguiram e perturbaram meu povo na floresta e atiçaram as aranhas com sua balbúrdia e seu clamor? Depois de todos os distúrbios que produziram, tenho o direito de saber o que os traz aqui e, se não me responderem agora, vou mantê-los a todos na prisão até que aprendam a ter juízo e boas maneiras!"

Ordenou então que cada um dos anãos fosse posto numa cela separada e recebesse comida e bebida, mas que não lhes fosse permitido ultrapassar as portas de suas pequenas prisões, até que um deles, ao menos, estivesse disposto a lhe contar tudo o que queria saber. Mas não contou a eles que Thorin também era seu prisioneiro. Foi Bilbo que descobriu isso.

Pobre Sr. Bolseiro — passou momentos exaustivos e intermináveis naquele lugar, totalmente sozinho e sempre escondido, nunca ousando tirar seu anel, mal ousando dormir, mesmo quando enfiado nos cantos mais escuros e distantes que conseguia achar. Para ter o que fazer, pôs-se a vagar em volta do palácio do Rei-élfico. A magia trancava os portões, mas às vezes ele conseguia sair, se fosse rápido. Companhias dos Elfos-da-floresta, às vezes encabeçadas pelo rei, saíam de quando em quando para caçar, ou para tratar de outros negócios nas matas e nas terras do Leste. Nesses momentos, se Bilbo fosse muito ágil, ele conseguia escapulir bem atrás deles, embora fosse uma coisa perigosa de se fazer. Mais de uma vez ele quase foi pego pelas portas quando elas se fecharam depois que o último elfo passou; contudo, não ousava marchar no meio deles por causa de sua sombra (bastante fraca e bamboleante como era à luz das tochas), ou por medo de que trombassem nele e o descobrissem.

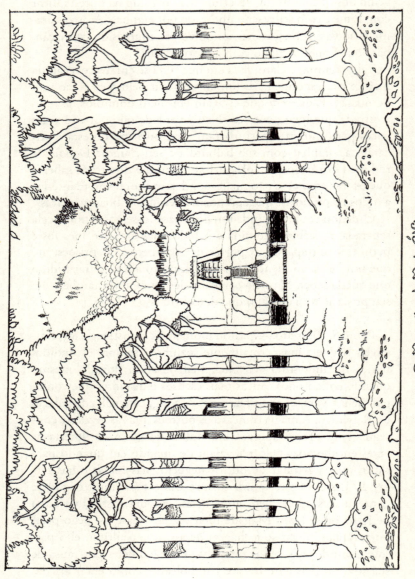

O Portão do Rei-Élfico

Quando se resolvia a sair, o que não era muito frequente, não fazia nada de útil. Não queria desertar dos anões e, de fato, não fazia ideia de onde ir sem eles. Não conseguia acompanhar os elfos caçadores durante todo o tempo em que eles ficavam fora, de modo que nunca descobriu os caminhos que saíam da floresta e só lhe restava vagar miseravelmente pela mata, aterrorizado com a ideia de se perder, até que vinha uma chance de retornar. Também ficava com fome do lado de fora, porque não era nenhum caçador; mas, dentro das cavernas, conseguia sobreviver de algum jeito, roubando comida da despensa ou da mesa quando ninguém estava por perto.

"Sou como um gatuno que não consegue sair, mas precisa continuar gatunando miseravelmente a mesma casa dia após dia", pensou. "Essa é a parte mais desoladora e tediosa de toda esta aventura desgraçada, cansativa e desconfortável! Queria estar de volta à minha toca de hobbit, do lado da minha própria lareira quentinha, com a lamparina brilhando!" Também desejava, com frequência, poder enviar uma mensagem pedindo ajuda para o mago, mas isso, claro, era totalmente impossível; e ele logo se deu conta de que, se alguma providência era para ser tomada, teria de ser tomada pelo Sr. Bolseiro, sozinho e sem ajuda.

Finalmente, depois de uma semana ou duas desse tipo de vida escondida, ao observar e seguir os guardas e correr os riscos que podia correr, ele deu um jeito de descobrir onde cada anão estava preso. Achou todas as doze celas deles em partes diferentes do palácio e, depois de um tempo, passou a conhecer o caminho muito bem. Qual não foi a sua surpresa, certo dia, ao escutar alguns dos guardas conversando e ficar sabendo que havia outro anão preso também, num lugar especialmente fundo e escuro. Adivinhou de cara, é claro, que se tratava de Thorin; e depois de um tempo descobriu que seu palpite estava correto. Por fim, depois de muitas dificuldades, deu um jeito de encontrar o tal lugar quando não havia ninguém por perto e de dar uma palavrinha com o chefe dos anões.

Thorin se sentia desgraçado demais até para ter raiva de seus infortúnios e estava, inclusive, começando a pensar em contar ao rei tudo sobre o seu tesouro e a sua demanda (o que mostra como tinha ficado de ânimo baixo) quando ouviu a vozinha de Bilbo no buraco de sua fechadura. Mal podia acreditar em seus ouvidos. Logo, entretanto, concluiu que não podia estar enganado, foi até a porta e teve uma longa conversa sussurrada com o hobbit do outro lado.

Assim foi que Bilbo conseguiu levar secretamente a mensagem de Thorin a cada um dos outros anões aprisionados, dizendo-lhes que Thorin, seu líder, também estava na prisão ali perto, e que ninguém devia revelar o objetivo deles ao rei, ainda não, nem antes que Thorin assim o ordenasse. Pois ele ganhara ânimo de novo ao ouvir como o hobbit tinha resgatado seus companheiros das aranhas e estava determinado, uma vez mais, a não pagar seu resgate com promessas ao rei de parte no tesouro até que toda esperança de escapar por qualquer outro meio tivesse desaparecido; até que, de fato, o notável Sr. Bolseiro Invisível (a respeito de quem ele começava a ter uma opinião das mais elevadas, aliás) não tivesse conseguido mesmo pensar em alguma esperteza.

Os outros anões concordaram bastante com a mensagem quando a receberam. Todos achavam que suas próprias porções do tesouro (que eles consideravam mesmo suas, apesar de sua situação e do dragão ainda invicto) sofreriam seriamente se os Elfos-da-floresta reivindicassem parte dele e todos confiavam em Bilbo. Exatamente o que Gandalf tinha dito que aconteceria, veja você. Talvez essa fosse parte da razão pela qual ele foi embora e os deixou.

Bilbo, entretanto, não se sentia nem de longe tão esperançoso quanto eles. Não lhe agradava que todos dependessem dele e queria muito que o mago estivesse por perto. Mas isso não adiantava nada: provavelmente toda a distância sombria de Trevamata estava entre eles. Sentou-se e pensou, e pensou, até que sua cabeça quase explodiu, mas nenhuma ideia brilhante veio. Um anel invisível é uma coisa muito boa, mas não serve de muita coisa se for dividido por catorze pessoas. Contudo, é claro que, como você já adivinhou, ele acabou resgatando seus amigos no final, e eis como isso aconteceu.

Um dia, fuçando e vagando por ali, Bilbo descobriu uma coisa muito interessante: os grandes portões *não* eram a única entrada das cavernas. Um riacho corria sob parte das regiões mais baixas do palácio e se unia ao Rio da Floresta um pouco mais ao leste, além da encosta íngreme na qual a entrada principal se abria. Onde esse curso d'água subterrâneo saía da encosta do monte, havia um portão d'água. Ali, o teto rochoso descia até ficar perto da superfície do riacho e, a partir dele, um rastrilho[1] podia ser baixado até o próprio leito do rio, para impedir que qualquer um entrasse ou saísse por aquele caminho. Mas o rastrilho frequentemente ficava aberto, pois uma boa quantidade de tráfego saía e entrava pelo portão d'água. Se alguém entrasse por aquele caminho, ia se achar num túnel escuro e grosseiro que levava fundo ao coração da colina; mas, em certo ponto por onde passava sob as cavernas, o teto tinha sido cortado e coberto com grandes alçapões de carvalho. Estes se abriam, do lado de cima, para as adegas do rei. Ali ficavam barris, barris e mais barris; pois os Elfos-da-floresta, e especialmente seu rei, eram grandes apreciadores de vinho, embora nenhuma videira crescesse naquelas partes. O vinho e outros bens eram trazidos de longe, de seus parentes do Sul, ou das vinhas dos homens em terras distantes.

Escondido atrás de um dos maiores barris, Bilbo descobriu os alçapões e sua utilidade e, fazendo hora ali dentro, escutando as conversas dos serviçais do rei, ficou sabendo como o vinho e outros bens subiam os rios, ou viajavam por terra até o Lago Longo. Parecia que uma vila de homens ainda prosperava por lá, construída em cima de pontes na parte funda da água, como proteção contra inimigos de toda sorte e, especialmente, contra o dragão da Montanha. Da Cidade-do-lago os barris eram trazidos até o Rio da Floresta. Muitas vezes eles eram só amarrados juntos, feito grandes balsas, e trazidos correnteza acima com a ajuda de bastões ou remos; às vezes eram carregados em barcos de fundo chato.

---

[1] Grade móvel, em geral feita de metal, que era usada para fechar a entrada de fortificações. [N. T.]

Quando os barris ficavam vazios, os elfos os jogavam pelos alçapões, abriam o portão d'água e lá se iam eles na correnteza, boiando, até que eram carregados rumo a um lugar ao longe, rio abaixo, onde as barrancas se projetavam bastante, perto da borda oriental de Trevamata. Ali eram coletados e amarrados, juntos, e flutuavam de volta à Cidade-do-lago, que ficava perto do ponto onde o Rio da Floresta desaguava no Lago Longo.

Por algum tempo, Bilbo se sentou e ficou pensando sobre esse portão d'água e se perguntou se poderia ser usado para a fuga de seus amigos, e, por fim, lhe ocorreram os começos desesperados de um plano.

A refeição da noite tinha sido enviada aos prisioneiros. Os guardas estavam andando rápido pelas passagens, levando a luz das tochas consigo e deixando tudo na escuridão. Então Bilbo ouviu o mordomo do rei dando boa-noite ao chefe dos guardas.

"Agora venha comigo", disse ele, "e experimente o novo vinho que acabou de chegar. Vou ter trabalho duro esta noite tirando os barris vazios das adegas, então vamos beber alguma coisa primeiro para ajudar na tarefa."

"Muito bem", riu o chefe dos guardas. "Vou provar o vinho com você e verei se está adequado para a mesa do rei. Há um banquete hoje, e não seria certo mandar bebida ruim lá para cima!"

Quando ouviu isso, Bilbo ficou agitado, pois percebeu que a sorte estava do seu lado, e que ele tinha uma chance imediata de colocar à prova seu plano desesperado. Seguiu os dois elfos, que entraram numa pequena adega e se sentaram numa mesa na qual dois jarros grandes estavam dispostos. Logo começaram a beber e a rir alegremente. Uma sorte de tipo incomum estava do lado de Bilbo dessa vez. É preciso um vinho potente para fazer com que um elfo-da-floresta fique sonolento; mas esse vinho, parece, era da forte safra dos grandes jardins de Dorwinion, destinada não aos soldados ou serviçais do rei, mas a seus banquetes apenas, e a taças menores, não aos grandes jarros do mordomo.

Muito rapidamente o guarda-chefe inclinou a cabeça e depois a deitou na mesa e caiu num sono profundo. O mordomo continuou falando e rindo consigo mesmo por um tempo sem parecer notar, mas logo sua cabeça também se inclinou na mesa, e ele caiu no sono e se pôs a roncar do lado de seu amigo. Então para dentro se esgueirou o hobbit. Não demorou muito para que o guarda-chefe ficasse sem chaves, enquanto Bilbo ia trotando o mais rápido que podia pelas passagens rumo às celas. O grande molho de chaves parecia muito pesado para seus braços, e seu coração não saía da boca, apesar do anel, pois ele não conseguia impedir que as chaves fizessem, de vez em quando, cliques e claques barulhentos, que o levavam a tremer todo.

Destrancou primeiro a porta de Balin e a trancou cuidadosamente de novo assim que o anão saiu. Balin ficou muitíssimo surpreso, como você pode imaginar; mas, por mais contente que estivesse por sair de seu tedioso quartinho de pedra, ele queria parar e fazer perguntas e saber o que Bilbo ia fazer e tudo mais.

"Sem tempo pra isso agora!", disse o hobbit. "Só me siga! Precisamos todos ficar juntos e não correr o risco de nos separarmos. Todos nós temos de escapar, ou nenhum vai fugir, e essa é a nossa última chance. Se formos descobertos, sabe-se lá onde o rei vai colocar vocês da próxima vez, com correntes nas mãos e nos pés também, imagino eu. Não discuta, meu bom camarada!"

Depois disso, lá se foi ele de porta em porta, até que seu séquito aumentou para doze — nenhum deles muito ágil, por causa do escuro e do muito tempo que passaram presos. O coração de Bilbo dava pulos toda vez que um deles trombava no outro, ou grunhia ou sussurrava no escuro. "Desgraça de barulheira de anãos!", dizia ele consigo mesmo. Mas deu tudo certo, e eles não encontraram nenhum guarda. Na verdade, havia um grande banquete de outono naquela noite, tanto nas matas quanto nos salões acima deles. Quase toda a gente do rei estava se divertindo.

Por fim, depois de muitos tropeções, eles chegaram à masmorra de Thorin, na parte mais profunda do palácio e, por sorte, não muito longe das adegas.

"Estou impressionado!", disse Thorin quando Bilbo sussurrou-lhe que saísse e se juntasse a seus amigos. "Gandalf falou a verdade, como de costume! Você se transforma num gatuno esplêndido, ao que parece, quando chega a hora. Tenho certeza de que todos estaremos para sempre a seu serviço, o que quer que aconteça depois disso. Mas o que vem agora?"

Bilbo percebeu que chegara a hora de explicar sua ideia, do melhor jeito que podia; mas não se sentia muito seguro quanto à reação dos anãos. Seus medos eram bastante justificados, pois eles não gostaram do plano nem um pouco e começaram a resmungar alto, apesar do perigo que corriam.

"Vamos ficar contundidos e moídos em pedacinhos e vamos nos afogar também, por certo!", reclamaram. "Achamos que você tinha formulado algum plano ajuizado quando conseguiu pegar as chaves. Essa ideia é doida!"

"Muito bem!", disse Bilbo muito desanimado e também bastante irritado. "Voltem então para as suas lindas celas; aí eu tranco vocês de novo e vocês podem ficar sentados confortavelmente para pensar num plano melhor — mas não suponho que um dia eu consiga pegar as chaves de novo, mesmo que me sinta inclinado a tentar."

Aquilo era demais para os anãos, e eles se acalmaram. No fim, é claro, tiveram de fazer exatamente o que Bilbo sugerira, porque lhes era obviamente impossível tentar achar um caminho pelos salões superiores ou lutar para sair pelos portões que se fechavam por magia; e não adiantava ficar resmungando pelos corredores até que fossem capturados de novo. Assim, seguindo o hobbit para o fundo das adegas mais baixas, foram se esgueirando. Atravessaram uma porta depois da qual o guarda-chefe e o mordomo podiam ser vistos ainda roncando felizes, com sorrisos no rosto. Haveria uma expressão diferente no rosto do guarda-chefe no dia seguinte, ainda que Bilbo, antes que eles seguissem em frente, tivesse voltado ali e, num gesto de bondade, colocasse as chaves de volta em seu cinto.

"Isso vai evitar parte dos problemas dele", disse o Sr. Bolseiro para si mesmo. "Ele não era um mau camarada e agia de modo bastante decente com os prisioneiros. Todos eles também vão ficar confusos. Vão achar que tínhamos uma magia muito forte para conseguir atravessar todas aquelas portas trancadas e desaparecer. Desaparecer! Precisamos ser muito rápidos se a ideia é que isso aconteça!"

Balin recebeu ordens de vigiar o guarda e o mordomo e de dar o alarme se eles se mexessem. O resto entrou na adega adjacente, onde havia os alçapões. Havia pouco tempo a perder. Em breve, como bem sabia Bilbo, alguns elfos tinham ordens de descer e ajudar o mordomo a jogar os barris vazios na correnteza pelos alçapões. Os barris, de fato, já estavam de pé e enfileirados no meio do recinto, aguardando ser empurrados. Alguns deles eram barris de vinho, e esses não eram de muita utilidade, já que não podiam ser abertos no alto sem fazer um monte de barulho, nem podiam ser fechados facilmente de novo. Mas no meio deles havia vários outros, os quais tinham sido usados para carregar outras cargas, manteiga, maçãs e todo tipo de coisas, até o palácio do rei.

Logo acharam treze deles com espaço suficiente para um anão dentro de cada um. De fato, alguns eram espaçosos demais e, conforme entravam neles, os anões começaram a pensar com ansiedade nas chacoalhadas e pancadas que levariam ali dentro, embora Bilbo tivesse feito seu melhor para achar palha e outros materiais para empacotá-los do jeito mais confortável possível num tempo curto. Por fim, doze anões foram embalados. Thorin tinha dado um monte de trabalho, virando-se e contorcendo-se em sua banheira feito um cachorro grande num canil pequeno; enquanto Balin, que foi o último, reclamou demais da ventilação e disse que estava abafado antes mesmo que sua tampa fosse colocada. Bilbo havia feito o que pôde para fechar buracos nas laterais dos barris, e para arrumar todas as tampas com tanta segurança quanto era viável, e agora tinha ficado sozinho de novo, correndo de lá para cá para dar os toques finais ao empacotamento, e esperando, contra toda esperança, que seu plano desse certo.

O hobbit terminou o trabalho nem um tiquinho antes do tempo. Apenas um minuto ou dois depois que a tampa de Balin foi encaixada, começou o barulho de vozes e o cintilar de luzes. Alguns elfos chegaram, rindo e conversando pelas adegas e cantando trechos de canções. Tinham deixado para trás um banquete animado em um dos salões e estavam determinados a retornar assim que pudessem.

"Onde está o velho Galion, o mordomo?", disse um. "Não o vi nas mesas esta noite. Deveria estar aqui agora para nos mostrar o que precisa ser feito."

"Vou ficar com raiva se aquele velho molengão estiver atrasado", disse outro. "Não desejo perder tempo aqui embaixo enquanto as canções estão no auge!"

"Ha, ha!", veio um grito. "Aqui está o velho patife, com a cabeça apoiada num jarro! Estava armando um pequeno banquete só para ele e seu amigo, o capitão."

"Chacoalhem-no! Despertem-no!", gritaram os outros com impaciência.

Galion não ficou nem um pouco contente de ser chacoalhado ou despertado e ainda menos de ser alvo de risadas. "Vocês estão todos atrasados", resmungou. "Aqui estou eu, esperando e esperando cá embaixo, enquanto vocês, camaradas, bebem e fazem festa e se esquecem de suas tarefas. Não é de admirar que eu tenha pegado no sono de cansaço!"

"Não é de admirar," disseram eles, "quando a explicação está bem perto, num jarro! Vamos, dê-nos um gostinho de sua poção do sono antes que comecemos! Não é preciso acordar o carcereiro ao lado. Também já tomou o seu, ao que parece."

Depois disso, beberam uma rodada e ficaram um bocado alegres de repente. Mas não perderam totalmente o juízo. "Ora viva, Galion!", gritaram alguns, "você começou seu banquete cedo e atordoou seu juízo! Amontoou alguns barris cheios aqui em vez dos vazios, se é possível julgar pelo peso."

"Continuem com o trabalho!", rosnou o mordomo. "A sensação de peso nos braços de um preguiçoso não quer dizer nada. Esses são os que devem ser despachados, e nenhum outro. Façam o que digo!"

"Está bem, está bem", responderam, rolando os barris para a abertura. "Que isso caia sobre sua cabeça se os barris cheios de manteiga do rei e seu melhor vinho forem empurrados para dentro do rio para que os Homens-do-lago se banqueteiem de graça!"

Rolem-rolem-rolem-rolem,
Pelo buraco escapolem!

Força, vai! Rumo ao rio!
Riacho abaixo em rodopio![2]

Assim cantavam conforme primeiro um barril e depois outro giravam, barulhentos, até a abertura escura e eram empurrados para a água fria alguns pés lá embaixo. Alguns eram barris realmente vazios, outros estavam empacotados cuidadosamente por dentro com um anão cada um; mas para baixo lá se foram todos, um depois do outro, com muitas batidas e pancadas, trombando em cima dos que já tinham caído, fazendo estrondo n'água, aglomerando-se contra as paredes do túnel, ricocheteando um no outro e flutuando para longe na correnteza.

Foi bem nesse momento que Bilbo, de repente, descobriu o ponto fraco de seu plano. Muito provavelmente você já percebeu qual era algum tempo atrás e andou rindo dele; mas não suponho que você conseguiria bolar algo nem metade tão bom sozinho se estivesse no lugar dele. É claro que ele próprio não estava num barril, nem havia ninguém para empacotá-lo, mesmo que houvesse uma chance de isso acontecer! Parecia que ele certamente ia se perder de seus amigos desta vez (quase todos eles já tinham desaparecido pelo alçapão escuro), ficar completamente para trás e continuar enrolando como o gatuno permanente das cavernas-élficas para sempre. Pois, mesmo se ele pudesse ter escapado pelos portões superiores imediatamente, tinha pouquíssimas chances de algum dia encontrar os anões de novo. Não conhecia o caminho por terra até onde os barris eram coletados. Ficou pensando que diabos aconteceria com eles sem sua ajuda; pois não tivera tempo de contar aos anões tudo o que tinha descoberto, ou o que pretendia fazer assim que eles saíssem da mata.

Enquanto todos esses pensamentos iam passando pela cabeça dele, os elfos, já muito alegres, começaram a cantar uma canção em volta da abertura que dava para o rio. Alguns já tinham ido puxar as cordas que serviam para erguer o rastrilho no portão

---

[2] *Roll—roll—roll—roll, / roll-roll-rolling down the hole! / Heave ho! Splash plump! / Down they go, down they bump!*

d'água, de modo a deixar sair os barris assim que todos estivessem flutuando lá embaixo.

> *No riacho escuro vão*
> *Rumo às terras de onde são!*
> *Deixem gruta e castro forte,*
> *Deixem a montanha ao norte,*
> *Onde a mata vasta e escura*
> *Jaz em breu que sempre dura!*
> *Do bosque foi-se a divisa;*
> *Boiem, pois, à voz da brisa,*
> *Passem canas, passem charcos,*
> *Dos pântanos passem marcos,*
> *Vazem névoa que, tão alva,*
> *Cobre lago e estrela d'alva!*
> *Sigam astros que, de um salto,*
> *Do céu frio são arauto;*
> *Virem ao raiar do dia*
> *Sobre a cachoeira fria,*
> *Rumo ao Sul! Sus! Rumo ao Sul!*
> *Busquem sol e céu azul,*
> *Voltem ao pasto e à campina*
> *Onde o boi come erva fina!*
> *Voltem aos jardins nos montes*
> *Onde a fruta adorna as fontes*
> *Sob o sol e o céu azul!*
> *Rumo ao Sul! Sus! Rumo ao Sul!*
> *No riacho escuro vão*
> *Rumo às terras de onde são!*[3]

---

[3] *Down the swift dark stream you go / Back to lands you once did know! / Leave the halls and caverns deep, / Leave the northern mountains steep, / Where the forest wide and dim / Stoops in shadow grey and grim! / Float beyond the world of trees / Out into the whispering breeze, / Past the rushes, past the reeds, / Past the marsh's waving weeds, / Through the mist that riseth White / Up from mere and pool at night! / Follow, follow stars that leap/ Up the heavens cold and steep; / Turn when dawn comes over land, / Over rapid, over sand, / South away! and South away! / Seek the sunlight and the day, / Back to pasture, back to mead, /Where the kine and oxen feed! / Back to gardens on the hills / Where the berry swells and fills / Under sunlight, under day! / South away! and South away! / Down the swift dark stream you go / Back to lands you once did know!*

Nesse momento, o último dos barris estava sendo rolado para os alçapões! Em desespero e sem saber o que mais fazer, o coitadinho do Bilbo o agarrou e foi empurrado pela borda junto com ele. Lá embaixo n'água ele caiu, *splash*! na correnteza fria e escura, com o barril em cima dele.

Bilbo subiu à tona de novo cuspindo água e se agarrando à madeira feito um rato, mas, apesar de todos os seus esforços, não conseguia subir no barril. Toda vez que tentava, o negócio girava e o jogava lá embaixo de novo. Estava, de fato, vazio e flutuava leve feito uma rolha. Embora seus ouvidos estivessem cheios d'água, conseguia ouvir os elfos ainda cantando na adega acima. Então, de repente, os alçapões se fecharam com um estrondo, e as vozes deles foram sumindo. Estava no túnel escuro, flutuando n'água gelada, totalmente sozinho — porque não se pode contar com amigos que estão todos empacotados em barris.

Logo depois, um trecho cinzento apareceu na escuridão à frente. Ele ouviu o rangido do portão d'água ao ser erguido e descobriu que estava no meio de uma massa de canastras e barris que boiavam e trombavam, todos apertados juntos para passar debaixo do arco e sair pela correnteza aberta. Teve um trabalhão para evitar que eles o empurrassem e o fizessem em pedacinhos; mas por fim a multidão apinhada de barris começou a se desfazer e a sair deslizando, um objeto por vez, por baixo do arco de pedra e para longe. Então Bilbo viu que não teria adiantado nada ele subir em seu barril, pois não havia espaço sobrando, nem mesmo para um hobbit, entre o topo dele e o teto, que ficava mais baixo de repente onde estava o portão.

Foram saindo sob os galhos das árvores que se projetavam de ambos os barrancos do rio. Bilbo ficou imaginando como os anões estavam se sentindo e se muita água estava entrando em seus barris. Alguns daqueles que boiavam ao lado dele no escuro pareciam estar bem baixos n'água, e ele supôs que esses eram os que tinham anões dentro.

"Espero mesmo que eu tenha encaixado bem as tampas!", pensou, mas logo estava se preocupando demais consigo mesmo para se lembrar dos anões. Conseguia manter a cabeça acima da água, mas estava tremendo de frio, e se perguntou se morreria enregelado antes de sua sorte melhorar, e quanto tempo mais conseguiria ficar agarrado ao barril, e se era melhor arriscar, largar o objeto e tentar nadar até a margem.

A sorte até que melhorou sem muita demora: a correnteza cheia de redemoinhos levou vários barris para perto da beira do rio em certo ponto, e ali, por algum tempo, eles ficaram presos em alguma raiz oculta. Então Bilbo agarrou a oportunidade de escalar a lateral de seu barril enquanto ele estava firme, preso em outros barris. Foi subindo feito um rato afogado e se deitou no topo, espalhando o corpo para manter o equilíbrio da melhor maneira que podia. A brisa estava fria, mas era melhor do que a água, e ele tinha esperança de não rolar para baixo de repente quando começassem a se mexer mais uma vez.

Logo os barris se soltaram de novo e começaram a virar e girar correnteza abaixo, saindo enfim no leito principal do rio. Então Bilbo descobriu que se manter em cima era tão difícil quanto tinha temido; mas, de alguma forma, conseguiu, embora fosse uma tarefa desgraçada de desconfortável. Por sorte, ele era muito leve, e o barril era dos grandes e, por estar meio furado, já tinha sido preenchido por uma pequena quantidade de água. Mesmo assim, era como tentar montar, sem rédeas ou estribos, um pônei de barriga redonda que sempre estava pensando em rolar na grama.

Desse modo, enfim, o Sr. Bolseiro chegou a um lugar onde as árvores de ambos os lados ficaram mais esparsas. Conseguia ver o céu mais pálido entre elas. O rio escuro de repente se abria, mais largo, e ali se unia ao canal principal do Rio da Floresta, fluindo apressado para terras mais baixas a partir das grandes portas do rei. A água se espalhava feito um lençol cinzento, não mais sombreada pelas árvores, e em sua superfície deslizante havia reflexos quebrados e fugidios de nuvens e de estrelas. Então a água impetuosa do Rio da Floresta varreu toda a esquadra de canastras e barris para o barranco do norte, onde havia cavado uma baía larga. Esta tinha uma margem cheia de pedregulhos, ao lado de barrancas escarpadas, e seu limite leste era um pequeno cabo de rocha dura. Na parte mais rasa da margem a maioria dos barris encalhou, embora uns poucos trombassem com o píer de pedra mais à frente.

Havia gente de vigia nos barrancos. Rapidamente usaram bastões para empurrar todos os barris e colocá-los juntos nos baixios e, depois de contá-los, amarraram-nos e os deixaram ali até o amanhecer. Pobres anãos! Bilbo, por sua vez, não estava em más condições. Deslizou de cima de seu barril e foi para a margem e depois se esgueirou até algumas cabanas que conseguia ver perto da beira d'água. Não mais pensava duas vezes na hora de se servir de uma ceia sem ser convidado se tivesse a chance, já que fora obrigado a fazer isso por tanto tempo, e agora sabia bem demais o que era sentir fome de verdade e não apenas se sentir educadamente interessado nas delícias de uma despensa bem abastecida. Além disso, tivera um vislumbre de uma fogueira em meio às árvores, e isso lhe interessava, considerando as roupas encharcadas e maltrapilhas que se agarravam à sua pele frias e pegajosas.

Não há necessidade de contar muito a você sobre as aventuras dele naquela noite, pois agora estamos chegando perto do fim da jornada para o leste e prestes a iniciar a última e maior das aventuras, então devemos nos apressar. É claro que, com a ajuda de seu anel mágico, ele se virou muito bem no começo, mas foi denunciado, no fim das contas, por suas pegadas molhadas e pelo rastro de pingos que deixava aonde quer que fosse ou se sentasse; e seu nariz também tinha começado a escorrer, de modo que, onde quer que tentasse se esconder, era descoberto pelas explosões terríveis quando tentava segurar os espirros. Rapidamente começou uma bela comoção no vilarejo à beira-rio; mas Bilbo escapou para a mata carregando um pão, um odre de vinho e uma torta que não lhe pertenciam. O resto da noite ele teve de passar molhado como estava e longe de uma fogueira, mas o vinho o ajudou nisso, e ele chegou mesmo a cochilar um pouco em cima de algumas folhas secas, embora o ano estivesse avançado e o ar estivesse frio.

Acordou de novo com um espirro especialmente barulhento. Já era manhã cinzenta e havia uma barulheira alegre na beira do rio. Estavam montando uma balsa de barris, e os elfos-balseiros logo iriam guiá-la correnteza abaixo até a Cidade-do-lago. Bilbo espirrou de novo. Não estava mais pingando, mas sentia frio no corpo todo. Foi descendo tão rápido quanto suas pernas rígidas eram capazes de carregá-lo e conseguiu, bem a tempo, subir na massa de barris sem ser notado em meio a todo aquele movimento. A sorte é que não havia sol naquela hora para produzir sombras comprometedoras, e, por misericórdia, ele não espirrou de novo durante um bom tempo.

Começaram a empurrar com força usando os bastões. Os elfos que estavam de pé na água rasa esfalfavam-se e tentavam impulsionar a balsa. Os barris, todos amarrados juntos agora, rangiam e ressoavam.

"Essa é uma carga pesada!", resmungavam alguns. "Estão flutuando muito baixo — alguns deles nunca estão vazios. Se tivessem chegado à margem de dia, poderíamos ter dado uma olhada dentro deles", disseram.

"Não há tempo agora!", gritou o balseiro. "Empurrem!"

E lá se foram enfim, primeiro devagar, até que passaram pela ponta de rocha onde outros elfos estavam postados para direcioná-los com bastões, e depois cada vez mais e mais rápido, conforme pegavam a correnteza principal e iam navegando rio abaixo, rumo ao Lago.

Tinham escapado das masmorras do rei e atravessado a mata, mas se fizeram isso vivos ou mortos é o que nos resta ver.

10

CÁLIDA
ACOLHIDA

O dia foi ficando mais claro e mais quente conforme eles iam flutuando. Depois de um tempo, o rio contornou um trecho íngreme de terra que aparecia à esquerda. Debaixo de sua base rochosa, semelhante a um penhasco, a parte mais profunda da correnteza tinha fluído, produzindo ondas e bolhas. De repente, o penhasco encolheu. As margens afundaram. As árvores sumiram. Então Bilbo viu a seguinte cena:

As terras se abriam largas à volta dele, repletas das águas do rio, que se dividiam e vagavam numa centena de cursos volteantes, ou se detinham em charcos e lagoas salpicadas de ilhas por toda parte; mas, ainda assim, uma corrente vigorosa fluía constantemente em meio a tudo isso. E ao longe, cabeça negra enfiada em farrapos de nuvem, erguia-se a Montanha! Seus vizinhos mais próximos a Nordeste, assim como a terra acidentada que a unia a eles, não podiam ser vistos. Sozinha ela se elevava e olhava através dos charcos para a floresta. A Montanha Solitária! Bilbo tinha vindo de longe e atravessado muitas aventuras para vê-la e, agora que a via, não gostava nem um pouco da aparência dela.

Conforme escutava a conversa dos balseiros e montava as peças de informação que eles deixavam escapar, ele logo percebeu que era muito sortudo até por conseguir ver a montanha, mesmo daquela distância. Por mais desolado que tivesse sido seu cárcere e por mais desconfortável que fosse sua posição (para não falar da dos pobres anões debaixo dele), ainda assim tinha tido mais sorte do que imaginara. A conversa era toda sobre o comércio que ia e vinha pelas vias fluviais e sobre o aumento do tráfego no rio, conforme as estradas que vinham do Leste rumo a Trevamata desapareciam ou caíam em desuso; e sobre as picuinhas de Homens-do-lago e Elfos-da-floresta a respeito da situação do Rio da Floresta e do cuidado com suas margens. Aquelas terras tinham mudado muito desde os dias em que os anãos habitavam a Montanha, dias que a maioria das pessoas agora recordava apenas como uma lembrança muito tênue. Tinham mudado até em anos recentes, desde as últimas notícias que Gandalf recebera delas. Grandes enchentes e chuvas tinham alimentado as águas que corriam para o leste; e tinham acontecido um ou dois terremotos (que alguns tendiam a atribuir ao dragão — aludindo a ele principalmente com uma maldição e um meneio de cabeça agourento em direção à Montanha). Os pântanos e alagadiços se espalhavam cada vez mais de ambos os lados. As trilhas tinham sumido, e muitos cavaleiros e viajantes também, se tivessem tentado achar os caminhos perdidos para o outro lado. A estrada-élfica que cortava a floresta, a qual os anãos tinham percorrido, seguindo o conselho de Beorn, agora chegava a um fim duvidoso e pouco usado na margem oriental da floresta; só o rio ainda oferecia um caminho seguro das bordas de Trevamata no Norte às planícies sob a sombra da montanha, e o rio era vigiado pelo rei dos Elfos-da-floresta.

Então, veja você, Bilbo tinha vindo, no fim das contas, pelo único caminho que prestava. Teria sido algum conforto para o Sr. Bolseiro, tremendo de frio em cima dos barris, se ele soubesse que notícias sobre tudo isso tinham alcançado Gandalf ao longe e lhe causado grande ansiedade e que ele, de fato, estava concluindo seus outros afazeres (que não entram nesta história) e se preparando para sair em busca da companhia de Thorin. Mas Bilbo não sabia disso.

Tudo o que ele sabia era que o rio parecia continuar e continuar e continuar para sempre, e que ele estava com fome, e que tinha um resfriado horroroso afetando seu nariz, e que não gostava do jeito que a Montanha parecia olhar feio para ele e ameaçá-lo, conforme se aproximava cada vez mais. Depois de um tempo, entretanto, o rio tomou um curso mais para o sul e a Montanha desapareceu de novo, e, enfim, já bem à tarde, as margens ficaram mais pedregosas, o rio reuniu todas as suas águas vagantes em uma torrente profunda e rápida, e eles foram varridos pra frente a uma grande velocidade.

O sol tinha se posto quando, fazendo outra grande volta rumo ao Leste, o rio da floresta desaguou no Lago Longo. Ali ele tinha uma embocadura larga, com portais de pedra semelhantes a paredões de ambos os lados, cujas bases tinham pilhas de seixos. O Lago Longo! Bilbo nunca tinha imaginado que qualquer corpo d'água que não fosse o mar pudesse parecer tão grande. Era tão largo que as margens opostas pareciam pequenas e distantes e tão longo que sua extremidade norte, que apontava na direção da Montanha, não podia ser vista de jeito nenhum. Só graças ao mapa Bilbo sabia que lá longe, onde as estrelas da Carroça[1] já estavam cintilando, o Rio Rápido descia para o lago vindo de Valle e, junto com o Rio da Floresta, enchia com águas fundas o que antigamente devia ter sido um vale rochoso grande e profundo. Na extremidade sul, as águas redobradas se despejavam de novo em altas cachoeiras e corriam apressadas para terras desconhecidas. No entardecer tranquilo, o barulho das quedas podia ser ouvido como um rugido distante.

Não muito longe da embocadura do Rio da Floresta ficava a estranha cidade da qual Bilbo ouvira os elfos falarem nas adegas do rei. Não tinha sido construída na margem, embora houvesse algumas cabanas e construções ali, mas bem na superfície do lago, protegida dos redemoinhos do rio que desaguava lá por um promontório de rocha que formava uma baía calma. Uma grande ponte feita de madeira corria até onde, sobre enormes pilares feitos de árvores da floresta, tinha sido construída uma cidade movimentada de madeira, não uma cidade de elfos, mas de homens, que ainda ousavam habitar ali, sob a sombra da distante montanha do dragão. Ainda prosperavam com o comércio que subia o grande rio vindo do Sul e era levado de carroça, depois das quedas d'água, para a cidade deles; mas, nos grandes dias de outrora, quando Valle, no Norte, fora rica e

---

[1] Grupo de astros que faz parte da constelação da Ursa Maior, também conhecida como "Carroça de Carlos Magno". [N. T.]

próspera, eles tinham sido ricos e poderosos, e viam-se frotas de barcos nas águas, e alguns estavam repletos de ouro e outros com guerreiros de armadura, e tinham acontecido guerras e feitos que agora eram apenas uma lenda. Os pilares apodrecidos de uma cidade maior ainda podiam ser vistos ao longo das margens quando as águas baixavam na seca.

Mas os homens recordavam pouca coisa de tudo aquilo, embora alguns ainda cantassem antigas canções sobre os reis-anãos da Montanha, Thror e Thrain da raça de Durin, e sobre a vinda do Dragão e a queda dos senhores de Valle. Alguns cantavam também que Thror e Thrain voltariam um dia, e que rios de ouro correriam através dos portões da montanha, e que toda aquela terra ficaria cheia de novas canções e novos risos. Mas essa lenda agradável não afetava muito seus negócios cotidianos.

Assim que a balsa de barris ficou à vista, barcos a remo vieram da cidade, e vozes puseram-se a saudar os condutores das balsas. Então lançaram-se cordas e mexeram-se remos, e logo a balsa foi sendo retirada da corrente do Rio da Floresta e rebocada ao redor da plataforma de rocha para dentro da pequena baía da Cidade-do-lago. Ali foi amarrada não muito longe da extremidade da grande ponte, na direção da margem. Em breve viriam homens do Sul e levariam alguns dos cascos embora, e outros eles encheriam com mercadorias que tinham trazido para que fossem levadas rio acima, para o lar dos Elfos-da-floresta. Nesse meio-tempo, os barris foram deixados flutuando, enquanto os elfos da balsa e os barqueiros iam se banquetear na Cidade-do-lago.

Teriam ficado surpresos se pudessem ver o que acontecia na margem, depois que tinham partido, e as sombras da noite haviam caído. Antes de mais nada, um barril foi solto por Bilbo e empurrado para a margem e aberto. Gemidos vieram de dentro, e para fora rastejou um anão muitíssimo infeliz. A palha molhada cobria sua barba em frangalhos; ele estava tão dolorido e duro, tão contundido e machucado, que mal conseguiu ficar de pé ou tropeçar pela água rasa até conseguir se deitar gemendo na margem. Tinha um ar faminto e selvagem, como um cão que foi acorrentado e esquecido num canil por uma semana. Era Thorin, mas você só poderia saber disso pela sua corrente de ouro e pela cor de seu capuz azul-celeste, agora sujo e amarrotado, com sua borla de prata embaçada. Demorou algum tempo antes que ele conseguisse ser até mesmo educado com o hobbit.

"Bem, você está morto ou você está vivo?", perguntou Bilbo, bastante enfezado. Talvez ele tivesse esquecido que tinha comido pelo menos uma boa refeição a mais do que os anões e que também tinha conseguido usar seus braços e suas pernas, para não falar de uma cota mais generosa de ar. "Ainda está na prisão ou está livre? Se quer comida, e se quer continuar com essa aventura tonta — que é sua, afinal, e não minha — é melhor dar uns tapas nos braços e esfregar as pernas e tentar me ajudar a tirar os outros enquanto há uma chance!"

Thorin, é claro, percebeu que isso fazia sentido; assim, depois de mais alguns gemidos, levantou-se e ajudou o hobbit da melhor maneira que pôde. Na escuridão, afundando na água fria, tiveram um trabalho difícil e muito desagradável para achar quais eram os barris certos. Dar batidas do lado de fora e chamar só revelou uns seis anões que conseguiam responder. Esses foram desempacotados e conduzidos à margem, onde se sentaram ou deitaram, resmungando e gemendo; estavam tão ensopados, contundidos e cheios de câimbras, que ainda mal podiam se dar conta de sua libertação ou ficar apropriadamente gratos por ela.

Dwalin e Balin eram dois dos mais infelizes, e era inútil pedir a ajuda deles. Bifur e Bofur tinham levado menos pancadas e estavam mais secos, mas se deitaram e não fizeram nada. Fili e Kili, porém, que eram jovens (para anões) e também tinham sido empacotados com mais cuidado, com um bocado de palha e em barris menores, saíram mais ou menos sorrindo, com apenas um vergão ou outro e câimbras que logo passaram.

"Espero que eu nunca sinta o cheiro de maçãs de novo!", disse Fili. "Meu barril devia ter estado cheio delas. Sentir cheiro de maçã eternamente quando você mal consegue se mexer e está com frio e morto de fome é enlouquecedor. Poderia comer qualquer coisa do mundo agora, por horas e horas — mas não uma maçã!"

Com a ajuda entusiasmada de Fili e Kili, Thorin e Bilbo afinal descobriram o resto dos membros da companhia e os tiraram dos barris. O gorducho Bombur, coitado, estava dormindo ou sem sentidos; Dori, Nori, Ori, Oin e Gloin estavam ensopados e pareciam só meio vivos; todos tiveram de ser carregados, um a um, e dispostos na margem, indefesos.

"Bem! Aqui estamos nós!", disse Thorin. "E suponho que tenhamos de agradecer à nossa boa estrela e ao Sr. Bolseiro. Estou certo de que ele tem o direito de esperar isso, embora eu preferisse que ele tivesse arranjado uma viagem mais confortável. Ainda assim — todos estamos bastante a seu serviço uma vez mais, Sr. Bolseiro. Sem dúvida havemos de nos sentir apropriadamente gratos quando estivermos alimentados e recuperados. Nesse meio-tempo, o que fazer?"

"Eu sugiro a Cidade-do-lago", disse Bilbo. "Que outra opção há?"

Nenhuma outra opção podia, é claro, ser sugerida; assim, deixando os outros, Thorin e Fili e Kili e o hobbit seguiram pela margem até a grande ponte. Havia guardas na entrada dela, mas eles não estavam montando uma vigilância muito cuidadosa, pois fazia muito tempo que isso não era realmente necessário. Exceto por briguinhas ocasionais ligadas a tarifas de transporte no rio, os habitantes eram amigos dos Elfos-da-floresta. Outros povos viviam muito longe; e alguns dos moradores mais jovens da cidade duvidavam abertamente da existência de qualquer dragão na montanha e riam dos barbas-cinzentas e das velhotas que diziam tê-lo visto voar no céu nos dias de sua juventude. Sendo assim, não é surpreendente que os guardas estivessem bebendo e rindo do lado de uma fogueira em sua cabana e que não tivessem ouvido o barulho do desempacotamento dos anões ou as passadas dos quatro batedores. Seu espanto foi enorme quando Thorin Escudo-de-carvalho passou pela porta.

"Quem é você e o que quer?", gritaram, pondo-se de pé de um salto e tateando em busca de suas armas.

"Thorin, filho de Thrain, filho de Thror, Rei sob a Montanha!", disse o anão em alta voz, e parecia ser mesmo, apesar de suas roupas rasgadas e capuz amarfanhado. O ouro brilhava em seu pescoço e sua cintura; seus olhos eram escuros e profundos. "Eu voltei. Desejo ver o Mestre de sua cidade!"

Houve então tremenda empolgação. Alguns dos mais tolos saíram correndo da cabana, como se esperassem que a Montanha virasse ouro naquela mesma noite e que todas as águas do lago se tornassem douradas imediatamente. O capitão da guarda adiantou-se.

"E quem são esses?", perguntou, apontando para Fili e Kili e Bilbo.

"Os filhos da filha de meu pai", respondeu Thorin, "Fili e Kili da raça de Durin, e o Sr. Bolseiro, que viajou conosco desde o Oeste."

"Se vêm em paz, deixem aqui suas armas!", disse o capitão.

"Não temos nenhuma", disse Thorin, e era bem verdade: suas facas lhes tinham sido tiradas pelos Elfos-da-floresta, e a grande espada Orcrist, também. Bilbo tinha sua espada curta, escondida como de costume, mas nada disse a respeito. "Não precisamos de armas, nós que retornamos enfim ao que é nosso, como foi dito outrora. Nem poderíamos lutar contra tantos. Levem-nos a seu mestre!"

"Ele está num banquete", explicou o capitão.

"Então há mais razão ainda para que nos leve a ele", interrompeu Fili, que estava ficando impaciente com aquelas solenidades. "Estamos exaustos e famintos depois de nossa longa jornada e temos camaradas doentes conosco. Agora se apresse e não gastemos mais palavras, ou seu mestre poderá ter algo a lhe dizer."

"Sigam-me então", respondeu o capitão e, com seis homens à volta deles, levou-os pela ponte, através dos portões, até o mercado da cidade. Esse mercado era um círculo amplo de água calma, cercado pelas grandes estacas em cima das quais estavam construídas as casas maiores e por longos cais de madeira com muitos degraus e escadas que desciam até a superfície do lago. Em um grande salão brilhavam muitas luzes, e dele vinha o som de muitas vozes. Atravessaram suas portas e ficaram piscando à luz, olhando para longas mesas repletas de gente.

"Eu sou Thorin, filho de Thrain, filho de Thror, Rei sob a Montanha! Eu retornei!", gritou Thorin com voz poderosa da porta, antes que o capitão pudesse dizer qualquer coisa. Todos se puseram de pé de um salto. O Mestre da cidade saltou de sua grande cadeira. Mas ninguém se levantou mais surpreso do que os balseiros dos elfos, que estavam sentados na ponta mais baixa do salão. Abrindo caminho diante da mesa do Mestre, gritaram:

"Esses são prisioneiros de nosso rei que escaparam, anões viandantes e vagabundos que foram incapazes de dar boa notícia de si mesmos, esgueirando-se pelas matas e incomodando nosso povo!"

"Isso é verdade?", perguntou o Mestre. De fato, ele achava a ideia bem mais provável do que o retorno do Rei sob a Montanha, se é que tal pessoa um dia existira.

"É verdade que fomos injustamente emboscados pelo Rei-élfico e aprisionados sem boa causa durante a jornada de volta à nossa própria terra", respondeu Thorin. "Mas nem correntes nem barras podem impedir o retorno ao lar profetizado outrora. Nem fica esta cidade no reino dos Elfos-da-floresta. Falo com o Mestre da cidade dos Homens do Lago, não com os balseiros do rei."

Então o Mestre hesitou e pôs-se a olhar de um para o outro. O Rei-élfico era muito poderoso naquelas partes, e o Mestre não desejava ter inimizade nenhuma com ele, nem tinha muito apreço por velhas canções, dedicando sua mente ao comércio e às tarifas, às cargas e ao ouro, hábito ao qual devia sua posição. Outros tinham cabeça diferente, entretanto, e rapidamente o assunto foi resolvido sem ele. As notícias tinham se espalhado das portas do salão, feito fogo, por toda a cidade. As pessoas estavam gritando dentro do salão e fora dele. Os cais estavam cheios de pés apressados. Alguns começaram a cantar trechos de velhas canções acerca do retorno do Rei sob a Montanha; o fato de que era o neto de Thror, e não o próprio Thror que tinha voltado não incomodava em nada. Outros se juntaram à canção, e ela se espalhou, alta e clara, por sobre o lago.

Eis o Rei sob a Montanha,
Rei de pedra a talhar,
Sua prata a tudo banha,
Seu trono vai tomar!

Co'a coroa renovada,
Harpas ressoarão,
Os salões de luz dourada
Velho canto ouvirão.

Matas a ondear nos montes
E a grama sob o sol;
Riqueza a correr nas fontes,
Nos rios de arrebol.

Serão ribeiros contentes,
Lagos a chamejar,
Não mais tristes nem silentes
Se o Rei da Montanha voltar![2]

 Assim cantaram eles, ou algo muito parecido com isso, só que havia um bocado mais de versos, e havia muitos gritos, bem como a música de harpas e violinos misturada a eles. De fato, tanta empolgação não tinha sido vista na cidade desde a memória dos avós mais velhos. Os próprios Elfos-da-floresta começaram a se admirar muito e até a ficar com medo. Não sabiam, é claro, como Thorin tinha escapado, e começaram a achar que seu rei podia ter cometido um erro sério. Quanto ao Mestre, ele percebeu que não havia nada mais a fazer além de obedecer ao clamor geral, no momento pelo menos, e fingir acreditar que Thorin

---

[2] *The King beneath the mountains, / The King of carven stone, / The lord of silver fountains / Shall come into his own! / His crown shall be upholden, / His harp shall be restrung, / His halls shall echo Golden / To songs of yore re-sung. / The woods shall wave on mountains / And grass beneath the sun; / His wealth shall flow in fountains / And the rivers golden run. / The streams shall run in gladness, / The lakes shall shine and burn, / All sorrow fail and sadness / At the Mountain-king's return!*

era quem dizia ser. Assim, cedeu ao anão sua grande cadeira e colocou Fili e Kili ao lado dele, em lugares de honra. Até a Bilbo foi oferecida uma cadeira na mesa elevada, e nenhuma explicação de onde ele entrava na história — nenhuma canção tinha aludido a ele, mesmo do jeito mais obscuro — foi exigida em meio à confusão geral.

Pouco tempo depois, os outros anões foram trazidos à cidade em meio a cenas de entusiasmo impressionante. Foram todos medicados e alimentados e abrigados e paparicados da maneira mais agradável e satisfatória. Uma grande casa foi oferecida a Thorin e sua companhia; barcos e remadores foram postos a serviço deles; e multidões se sentavam do lado de fora e cantavam canções o dia todo, ou aplaudiam cada vez que algum anão punha ao menos o nariz para fora.

Algumas das canções eram antigas; mas algumas delas eram bastante novas e falavam com confiança da morte repentina do dragão e dos carregamentos de ricos presentes descendo o rio rumo à Cidade-do-lago. Essas foram inspiradas principalmente pelo Mestre e não agradaram particularmente aos anões, mas nesse meio-tempo eles permaneceram bem contentes e rapidamente ficaram gordos e fortes de novo. De fato, dentro de uma semana já estavam bastante recuperados, envergando roupas finas com suas cores corretas, com barbas penteadas e aparadas e com passo orgulhoso. Thorin agia e caminhava como se seu reino já tivesse sido retomado, e Smaug, fatiado em pedacinhos.

Assim, como ele tinha dito, o apreço dos anões pelo pequeno hobbit ficava mais forte a cada dia. Não havia mais gemidos ou resmungos. Bebiam à saúde dele e lhe davam tapinhas nas costas e o tratavam com mil mesuras; ainda bem, porque ele não estava se sentindo particularmente animado. Não tinha se esquecido da aparência da Montanha, nem da ideia de encarar o dragão, além de estar com um resfriado daqueles. Por três dias espirrou e tossiu e não conseguiu sair de casa, e, mesmo depois disso, seus discursos em banquetes se limitavam a um "Buito obrigado".

Nesse meio-tempo, os Elfos-da-floresta tinham subido de novo o rio com seus carregamentos, e houve grande tumulto no palácio do rei. Eu nunca soube o que aconteceu ao chefe dos guardas e ao mordomo. Nada, é claro, jamais foi dito sobre chaves ou barris enquanto os anãos ficaram na Cidade-do-lago, e Bilbo tomou cuidado para nunca ficar invisível. Ainda assim, ouso dizer que os elfos adivinhavam mais sobre o caso do que se imaginava, embora sem dúvida o Sr. Bolseiro continuasse a ser um certo mistério. Em todo caso, o rei sabia agora qual era a missão dos anãos, ou achava que sabia, e disse a si mesmo:

"Muito bem! Veremos! Nenhum tesouro atravessará Trevamata sem que eu seja consultado sobre o assunto. Mas imagino que todos terão um mau fim, o que será bem feito para eles!" O rei, pelo menos, não acreditava que anãos fossem enfrentar e matar dragões como Smaug e tinha fortes suspeitas de que haveria uma tentativa de gatunagem ou algo parecido — o que mostra que ele era um elfo sábio, e mais sábio do que os homens da cidade, ainda que não estivesse de todo correto, como veremos no final. Enviou seus espiões pelas costas do lago e o mais ao norte no rumo da Montanha que eles aceitaram ir, e esperou.

Após quinze dias, Thorin começou a pensar na partida. Enquanto o entusiasmo ainda durava na cidade, era a hora de conseguir ajuda. Não seria bom deixar tudo esfriar por causa de atrasos. Assim, falou com o Mestre e seus conselheiros e disse que logo ele e seus companheiros precisariam seguir no rumo da Montanha.

Então, pela primeira vez, o Mestre ficou surpreso e um pouco assustado; e ficou pensando se Thorin realmente era, afinal de contas, um descendente dos antigos reis. Nunca pensara que os anãos de fato ousariam se aproximar de Smaug, mas acreditava que eles eram uma fraude e que, mais cedo ou mais tarde, seriam descobertos e expulsos. Estava errado. Thorin, é claro, realmente era o neto do Rei sob a Montanha, e nunca se sabe o que um anão não há de ousar ou fazer por vingança ou para recuperar o que é seu.

Mas o Mestre não lamentava de modo algum ter de deixá-los partir. Eram caros de manter e sua chegada tinha transformado as coisas num longo feriado, durante o qual os negócios tinham ficado parados. "Que eles partam e incomodem Smaug, e vejamos como ele vai recepcioná-los!", pensou. "Certamente, ó Thorin, filho de Thrain, filho de Thror!", foi o que disse. "Deve reivindicar o que é seu. A hora está chegando, profetizada outrora. A ajuda que pudermos oferecer será sua, e confiamos em sua gratidão quando seu reino for restaurado."

Assim, certo dia, embora o outono agora estivesse ficando avançado, e os ventos estivessem frios, e as folhas caíssem rápido, três grandes barcos deixaram a Cidade-do-lago, carregados com remadores, anãos, o Sr. Bolseiro e muitas provisões. Cavalos e pôneis tinham sido enviados por caminhos mais longos para encontrá-los no lugar designado para seu desembarque. O Mestre e seus conselheiros lhes disseram adeus dos grandes degraus do salão da cidade, que desciam até o lago. As pessoas cantavam nos cais e das janelas. Os remos brancos desciam e chapinhavam, e lá se foram eles para o norte do lago acima, no último estágio de sua longa jornada. A única pessoa inteiramente infeliz era Bilbo.

11

NA SOLEIRA DA PORTA

Em dois dias de viagem chegaram à extremidade do Lago Longo e saíram pelo Rio Rápido, e agora todos podiam ver a Montanha Solitária feito uma torre sombria e elevada diante deles. A correnteza estava forte, e o avanço dos barcos, lento. No fim do terceiro dia, algumas milhas rio acima, aproximaram-se do barranco esquerdo, ou ocidental, e desembarcaram. Ali receberam os cavalos com outras provisões e materiais necessários, e os pôneis para uso deles, que tinham sido mandados na frente para encontrá-los. Empacotaram o que podiam em cima dos pôneis, e o resto foi transformado num armazém debaixo de uma tenda, mas nenhum dos homens da cidade quis ficar com eles nem que fosse uma só noite tão perto da sombra da Montanha.

"Não, pelo menos até que as canções se tornem realidade!", disseram eles. Era mais fácil acreditar no Dragão, e menos fácil acreditar em Thorin, naquelas partes selvagens. De fato, o armazém deles não precisava de guarda algum, pois toda a terra ali estava desolada e vazia. Assim, sua escolta os deixou, partindo rápida rio abaixo e pelas trilhas das margens, embora a noite já estivesse se aproximando.

Passaram uma noite fria e solitária, e seu ânimo desabou. No dia seguinte, puseram-se a caminho de novo. Balin e Bilbo cavalgavam atrás, cada um deles guiando outro pônei com cargas pesadas a seu lado; os outros estavam um pouco adiante, fazendo progresso lento, porque não havia trilhas abertas. Foram no rumo noroeste, afastando-se do Rio Rápido e chegando cada vez mais e mais perto de um grande braço da Montanha que se estendia para o sul, na direção deles.

Foi uma jornada cansativa, e também silenciosa e cuidadosa. Não havia riso ou canção ou som de harpas, e o orgulho e as esperanças que tinham brotado em seus corações com o cantar das antigas canções à beira do lago foram morrendo até se transformar num pesar arrastado. Sabiam que estavam chegando perto do fim de sua jornada e que poderia ser um fim muito horrível. A terra à volta deles se fez vazia e sem vida, embora antes, como Thorin lhes contou, tivesse sido verdejante e bela. Havia pouca grama, e não demorou para que não houvesse nem arbusto nem árvore, mas apenas tocos destroçados e queimados como recordação dos que haviam desaparecido muito tempo antes. Haviam chegado à Desolação do Dragão, e chegavam quando o ano se esvanecia.

Alcançaram as faldas da Montanha, mesmo assim, sem encontrar perigo algum nem sinal algum do Dragão, além do deserto que ele criara à volta de seu covil. A Montanha lá estava, escura e silenciosa diante deles e cada vez mais alta acima deles. Montaram seu primeiro acampamento do lado oeste do grande esporão montanhoso ao sul, que terminava numa elevação chamada Montecorvo. Sobre ela havia um antigo posto de vigia; mas ainda não ousavam escalá-la, estava exposta demais.

Antes de partir para vasculhar os esporões ocidentais da Montanha em busca da porta oculta, na qual depositavam todas as suas esperanças, Thorin enviou uma expedição de batedores para espionar a terra ao Sul, onde o Portão da Frente ficava. Para esse propósito ele escolheu Balin e Fili e Kili, e, com eles, foi Bilbo. Marcharam sob as encostas cinzentas e silentes até os pés do Montecorvo. Ali o rio, depois de fazer uma larga volta sobre a depressão de Valle, dava as costas para a Montanha em seu caminho para o Lago, fluindo rápido e barulhento. Seus barrancos eram desnudos e pedregosos, altos e íngremes acima da correnteza; e, olhando deles por cima da torrente estreita, espumando e se derramando em meio a muitos pedregulhos, podiam ver, no largo vale sob a sombra dos braços da Montanha, as ruínas cinzentas de antigas casas, torres e muralhas.

"Ali está tudo o que restou de Valle", disse Balin. "As encostas da montanha ficavam verdes com as matas, e todo o vale

· O Portão da Frente ·

protegido por elas era rico e agradável nos dias em que os sinos soavam naquela cidade." Parecia tanto triste quanto enraivecido ao dizer isso: fora um dos companheiros de Thorin no dia em que o Dragão veio.

Não ousaram seguir o rio muito adiante na direção do Portão; mas foram em frente além do esporão ao sul, até que, deitados e escondidos detrás de uma pedra, conseguiram espiar e ver a abertura escura e cavernosa na grande muralha da encosta entre os braços da Montanha. Dela é que as águas do Rio Rápido brotavam; e dela vinha um vapor e uma fumaça escura. Nada se mexia no ermo, salvo o vapor e a água e, de vez em quando, uma gralha-negra agourenta. O único som era o som da água na pedra e, de vez em quando, o rude grasnido de uma ave. Balin estremeceu.

"Vamos voltar!", disse ele. "Não podemos fazer nada de bom aqui! E não gosto dessas aves escuras, parecem ser espiãs malignas."

"O dragão ainda está vivo e nos salões sob a Montanha então — ou é o que imagino, vendo a fumaça", disse o hobbit.

"Isso não prova que ele está vivo," disse Balin, "embora eu não duvide de que você esteja certo. Mas ele pode ter saído de lá por algum tempo, ou pode estar deitado na encosta da montanha montando guarda e, mesmo assim, é de esperar que fumos e vapores saiam dos portões: todos os salões de dentro devem estar cheios com o fedor horrendo dele."

Com tais pensamentos sombrios, seguidos sempre por gralhas que grasnavam acima deles, seguiram seu caminho exausto de volta ao acampamento. Fora só no mês de junho anterior que tinham sido hóspedes na bela casa de Elrond e, embora o outono agora estivesse rastejando rumo ao inverno, aquele tempo agradável parecia ter sido anos antes. Estavam sozinhos no ermo perigoso, sem esperança de mais ajuda. Chegavam ao fim de sua jornada, mas tão longe quanto jamais estiveram, parecia, do fim de sua demanda. Nenhum deles tinha muito ânimo sobrando.

Ora, é estranho dizer isso, mas ânimo o Sr. Bolseiro tinha mais do que os outros. Com frequência pedia emprestado o mapa de Thorin e o observava, analisando as runas e a mensagem das letras-da-lua que Elrond tinha lido. Foi ele que fez os anões começarem a busca perigosa pela porta secreta nas encostas ocidentais. Levaram o acampamento, então, para um vale comprido, mais estreito que o grande valão no Sul, onde os Portões do rio ficavam, e murado pelos esporões mais baixos da Montanha. Dois deles, nesse ponto, projetavam-se para a frente no rumo oeste, a partir da massa principal do monte, em ribanceiras íngremes que caíam cada vez mais na direção da planície. Desse lado ocidental havia menos sinais das patas devastadoras do dragão, e havia alguma grama para os pôneis do grupo. Desse acampamento, sombreado o dia todo pelas ravinas e paredões até que o sol começasse a descer na direção da floresta, dia após dia eles labutavam em grupos, buscando trilhas que subissem as encostas da montanha. Se o mapa era verdadeiro, em algum lugar, muito acima da ravina, no alto do vale, devia estar a porta secreta. Dia após dia, voltavam ao acampamento sem sucesso.

Mas por fim, inesperadamente, encontraram o que estavam buscando. Fili e Kili e o hobbit voltaram um dia para a parte baixa do vale e se enfiaram em meio às rochas caídas em seu canto sul. Por volta do meio-dia, rastejando detrás de uma grande pedra que estava postada sozinha feito um pilar, Bilbo topou com o que pareciam ser degraus grosseiros que se encaminhavam para cima. Seguindo esses degraus cheios de empolgação, ele e os anões acharam traços de uma trilha estreita, que ora perdiam, ora redescobriam, e que vagueava até o topo da encosta sul e os levou afinal a uma plataforma ainda mais estreita, a qual se virava para o norte por sobre a face da Montanha. Olhando para baixo, viram que estavam no topo da ribanceira na ponta do vale e estavam observando seu próprio acampamento lá no fundo. Em silêncio, agarrados ao paredão rochoso à sua direita, avançaram em fila única ao longo da plataforma, até que o paredão se abriu, e eles entraram num pequeno recanto de paredes íngremes, com chão coberto de relva, calmo e sem barulho. A entrada que eles tinham achado não podia ser vista de baixo por causa da altura da encosta, nem de longe, porque era tão pequena que parecia uma fenda escura e nada mais. Não era uma caverna e estava aberta ao céu acima dela; mas, em sua extremidade interna, uma parede plana se erguia, a qual, em sua parte mais baixa, perto do solo, era tão lisa e reta quanto algo feito por pedreiros, mas sem junta ou abertura que pudesse ser vista. Nenhum sinal havia de dobradiça ou lintel ou soleira, nem sinal algum de ferrolho ou aldraba ou fechadura; contudo, não tinham dúvida de que haviam encontrado a porta, afinal.

Bateram nela, fizeram força e empurraram, imploraram que se movesse, pronunciaram fragmentos truncados de feitiços de abertura, e nada se mexeu. Por fim, exauridos, descansaram na grama aos pés da porta, e então, ao anoitecer, começaram sua longa descida.

Houve empolgação no acampamento naquela noite. De manhã, prepararam-se para se mudar mais uma vez. Só Bofur e Bombur foram deixados para trás, para guardar os pôneis e as provisões que tinham trazido consigo do rio. Os outros desceram o vale e subiram a trilha recém-encontrada e, assim, chegaram à plataforma estreita. Naquele lugar não conseguiam carregar trouxas ou pacotes, tão estreita e de tirar o fôlego era, com uma queda de cento e cinquenta pés[1] do lado deles que conduzia a rochas afiadas lá embaixo; mas cada um deles levou consigo um bom rolo de corda, bem amarrado em volta da cintura, e assim, afinal, sem contratempos, alcançaram o pequeno recanto gramado.

Ali montaram seu terceiro acampamento, içando o que precisavam de baixo com suas cordas. Com o mesmo método, eram capazes de fazer descer ocasionalmente um dos anãos mais ativos, como Kili, para trocar notícias quando fosse o caso, ou para tomar parte na guarda lá embaixo, enquanto Bofur era içado para o acampamento elevado. Bombur não queria subir, nem pela corda nem pela trilha.

"Sou muito gordo para esses passeios de mosca na parede", disse. "Ia acabar ficando zonzo, tropeçaria na minha barba,

---

[1] Equivale a, aproximadamente, 46 metros. [N. T.]

e aí vocês iam ser treze de novo. E as cordas com nós são finas demais para o meu peso." Para a sorte dele, isso não era verdade, como você verá.

Enquanto isso, alguns deles exploraram a plataforma além da abertura e acharam uma trilha que subia cada vez mais e mais alto pela montanha; mas não ousaram se aventurar muito longe por aquele caminho, nem havia muita utilidade nisso. Lá em cima um silêncio reinava, sem ser rompido por nenhuma ave ou som, exceto aquele do vento nas reentrâncias de pedra. Falavam baixo e nunca davam gritos ou cantavam, pois o perigo parecia estar em cada rocha. Os outros, que estavam ocupados com o segredo da porta, não tiveram mais sucesso. Estavam ansiosos demais para se preocupar com as runas ou as letras-da-lua, mas tentavam sem descanso descobrir onde exatamente, na face lisa da rocha, a porta estava escondida. Tinham trazido picaretas e ferramentas de muitos tipos da Cidade-do-lago e, no começo, tentaram usá-las. Mas, quando batiam na pedra, os cabos se estilhaçavam e faziam seus braços doerem de modo cruel, e as pontas de aço se quebravam ou ficavam dobradas feito chumbo. Técnicas de mineração, perceberam com clareza, não adiantavam nada contra a magia que tinha trancado essa porta; e começaram a ficar aterrorizados, também, com o barulho dos ecos.

Bilbo achou que ficar sentado na soleira da porta era solitário e cansativo — não havia realmente uma soleira da porta, é claro, mas eles passaram a chamar o espacinho gramado entre o paredão e a abertura com esse nome para fazer graça, recordando as palavras de Bilbo muito tempo antes, durante a festa inesperada em sua toca de hobbit, quando ele disse que poderiam ficar sentados na soleira da porta até pensarem em algo. E sentar e pensar era o que faziam, ou então vagavam sem meta por ali e cada vez mais e mais tristonhos foram ficando.

O ânimo deles tinha se elevado um pouco com a descoberta da trilha, mas agora tinha afundado até a sola de suas botas; e, contudo, não queriam desistir e ir embora. O hobbit não estava mais muito melhor do que os anões. Não queria fazer nada além de ficar sentado de costas para a parede de rocha e olhar para o oeste através da abertura, por cima da encosta, por cima das vastas terras até a muralha negra de Trevamata e para as distâncias além dela, nas quais ele às vezes pensava que podia ter vislumbres das Montanhas Nevoentas, pequenas e longínquas. Se os anãos lhe perguntavam o que estava fazendo, ele respondia:

"Vocês disseram que ficar sentado na soleira da porta e pensar seria o meu trabalho, para não falar de entrar lá dentro, então estou sentado e pensando." Mas temo que ele não estivesse pensando muito em seu trabalho, mas no que jazia além da distância azulada, a calma Terra Ocidental e a Colina, com sua toca de hobbit debaixo dela.

Uma grande pedra cinzenta jazia no centro do gramado, e ele ficava olhando pensativo para ela, ou observava os grandes caracóis. Eles pareciam adorar o pequeno recanto fechado, com seus paredões de rocha fresca, e havia muitos deles, de enorme tamanho, rastejando, lenta e pegajosamente, pelas facetas da pedra.

"Amanhã começa a última semana de outono", disse Thorin um dia.

"E o inverno vem depois do outono", disse Bifur.

"E o ano que vem depois disso," disse Dwalin, "e as nossas barbas vão crescer e ficar se balançando do alto do despenhadeiro até o vale antes que alguma coisa aconteça aqui. O que o nosso gatuno está fazendo por nós? Já que ele tem um anel de invisibilidade, e que seu desempenho deve ser especialmente excelente agora, estou começando a achar que ele poderia atravessar o Portão da Frente e espionar um pouquinho!"

Bilbo ouviu isso — os anãos estavam em cima das rochas um pouco acima do recesso onde estava sentado — e "Minha nossa!", pensou ele, "então é isso que eles estão começando a achar, é? Sou sempre eu o coitado que tem de tirá-los de suas dificuldades, pelo menos desde que o mago se foi. O que será que vou fazer? Eu devia saber que algo horroroso ia acontecer comigo no final. Não acho que suportaria ver a infeliz Valle de novo e tampouco aquele portão fumarento!!!"

Naquela noite ele se sentiu muito arrasado e mal dormiu. No dia seguinte, os anãos saíram todos a vagar em várias direções; alguns estavam exercitando os pôneis lá embaixo, alguns estavam explorando a encosta da montanha. O dia todo Bilbo ficou sentado tristonho no recanto gramado, olhando para a pedra ou para o oeste através da abertura estreita. Tinha uma sensação estranha de que estava esperando alguma coisa. "Talvez o mago vá voltar de repente hoje", pensou.

Se levantasse a cabeça, conseguia ter um vislumbre da floresta distante. Conforme o sol se voltou para o oeste, surgiu um brilho amarelado sobre o teto distante da mata, como se a luz se refletisse nas últimas folhas pálidas. Logo depois, ele viu a bola alaranjada do sol descendo rumo ao nível de seus olhos. Foi até a abertura e ali, pálida e tênue, havia uma fina lua nova acima da borda da Terra.

Naquele mesmo momento ele ouviu uma pancada repentina atrás de si. Ali, sobre a pedra cinzenta na grama, estava um enorme tordo, quase tão negro quanto carvão, seu peito amarelo-pálido cheio de pintas escuras. Créc! Tinha pegado um caracol e o batia contra a pedra. Créc! Créc!

De repente, Bilbo entendeu. Esquecendo totalmente o perigo, ficou de pé na plataforma e chamou os anões, gritando e acenando. Aqueles que estavam mais perto vieram tropeçando por cima das pedras e o mais rápido que podiam pela plataforma até o hobbit, tentando imaginar que diabos estava acontecendo; os outros gritaram para que fossem içados pelas cordas (exceto Bombur, é claro: ele estava dormindo).

Rapidamente, Bilbo explicou tudo. Todos eles ficaram em silêncio: o hobbit, de pé perto da pedra cinzenta, e os anões, com barbas balançando e observando impacientes. O sol desceu mais e mais, e as esperanças deles desabaram. O astro afundou num cinturão de nuvens avermelhadas e desapareceu. Os anões gemeram, mas ainda assim Bilbo continuava quase imóvel. A pequena lua estava caindo rumo ao horizonte. A noite vinha. Então, de repente, quando a esperança deles estava no nível mais baixo, um raio vermelho do sol escapou feito um dedo através de um rasgo nas nuvens. Um brilho de luz atravessou diretamente a abertura do recanto e caiu sobre a face lisa da rocha. O velho tordo, que estava observando tudo de um lugar alto com olhos que pareciam contas e cabeça inclinada para um lado, soltou de repente um trinado. Ouviu-se um estalo alto. Um fragmento de rocha se soltou do paredão e caiu. Um buraco apareceu de repente a cerca de três pés[2] do chão.

Rápido, tremendo de medo de que a chance fosse perdida, os anãos se apressaram até a rocha e empurraram — em vão.

"A chave! A chave!", gritou Bilbo. "Onde está Thorin?"

Thorin veio apressado.

"A chave!", berrou Bilbo. "A chave que veio com o mapa! Experimente-a agora enquanto ainda há tempo!"

Thorin, então, deu um passo à frente e pegou a chave, que estava na corrente em volta de seu pescoço. Colocou-a no buraco. Encaixou e virou! *Tchuf!* O brilho se foi, o sol se pôs, a lua tinha ido embora, e a noite encheu o céu.

Nesse momento, todos empurraram juntos e, devagar, uma parte do paredão de rocha cedeu. Longas aberturas retas apareceram e alargaram-se. Uma porta com cinco pés de altura e três de largura[3] surgiu e, lentamente, sem fazer som, girou para dentro. Parecia que a escuridão fluía feito um vapor do buraco na encosta da montanha, e uma escuridão profunda, na qual nada podia ser visto, jazia diante dos olhos deles, uma bocarra aberta que levava para dentro e para baixo.

---

[2] O equivalente a cerca de um metro. [N. T.]
[3] Ou seja, um metro e meio de altura por um metro de largura. [N. T.]

12

Informação
Interna

Por muito tempo os anãos ficaram parados no escuro diante da porta e debateram a situação, até que por fim Thorin falou:

"Agora é o momento em que o nosso estimado Sr. Bolseiro, que provou ser um bom companheiro em nossa longa estrada e um hobbit cheio de coragem e versatilidade que excedem em muito o seu tamanho e, se me permitem dizer, possuidor de uma boa sorte que excede em muito o estoque normal — agora é o momento em que ele deve realizar o serviço pelo qual foi incluído em nossa Companhia; agora é o momento em que ele deve fazer jus à sua Recompensa."

Você já está familiarizado com o estilo de Thorin em ocasiões importantes, de modo que não vou reproduzir mais nada de seu discurso, embora ele tenha continuado a falar um bocado mais do que isso. Certamente era uma ocasião importante, mas Bilbo se sentia impaciente. A essa altura, também estava bastante familiarizado com Thorin e sabia aonde ele queria chegar.

"Se você quer dizer que é meu trabalho entrar na passagem secreta primeiro, ó Thorin, filho de Thrain, Escudo-de-carvalho, que sua barba fique cada vez mais longa," disse ele zangado, "diga logo de uma vez e basta! Eu poderia recusar. Já tirei vocês de duas embrulhadas, que nem eram bem parte do trato original, de modo que, acho eu, já me devem alguma recompensa. Mas 'a terceira vez vale por todas', como meu pai costumava dizer, e por algum motivo não acho que eu vá recusar. Talvez eu tenha começado a confiar na minha sorte mais do que costumava confiar nos velhos tempos," — com isso ele queria dizer a primavera anterior, antes que ele deixasse sua casa, mas aquilo parecia ter sido séculos atrás — "mas, de qualquer jeito, acho que vou lá dar uma olhada de uma vez e resolver a questão. Bom, quem vem comigo?"

Ele não estava esperando um coro de voluntários, então não ficou desapontado. Fili e Kili fizeram cara de desconforto e se apoiaram numa perna só, mas os outros nem fingiram se oferecer — exceto o velho Balin, o vigia do grupo, que gostava bastante do hobbit. Disse que pelo menos entraria na passagem e que talvez andasse um pouco do caminho também, pronto a pedir ajuda, se necessário.

O melhor que se pode dizer em favor dos anões é isto: pretendiam pagar Bilbo de modo realmente magnífico por seus serviços; tinham-no trazido para fazer um serviço difícil para eles e não se importavam que o pobre camaradinha o fizesse, caso estivesse disposto; mas todos eles fariam o melhor possível para tirá-lo de um apuro, caso se enfiasse em um, como fizeram no caso dos trols, no começo das aventuras deles, antes que tivessem qualquer razão especial para serem gratos a Bilbo. É isso: anões não são heróis, mas gente calculista que dá muita importância ao valor do dinheiro; alguns são matreiros e traiçoeiros, uma turma bem ruim; outros não, são um pessoal bastante decente, feito Thorin e Companhia, se você não esperar demais deles.

As estrelas estavam saindo atrás dele, num céu pálido listrado de negro, quando o hobbit se esgueirou pela porta encantada e entrou sorrateiro na Montanha. O caminho era muito mais fácil do que ele tinha esperado. Não era nenhum túnel de gobelins, nem uma caverna grosseira de Elfos-da-floresta. Era uma passagem feita por anões, no ápice de sua riqueza e habilidade: reta como uma régua, de chão e paredes lisos, seguindo um declive gentil, que nunca variava, direto para... algum fim distante no negrume lá embaixo.

Depois de um tempo, Balin desejou "Boa sorte!" a Bilbo e parou onde ainda conseguia ver o traçado tênue da porta e, por um truque dos ecos do túnel, ouvir o farfalhar das vozes murmuradas dos outros do lado de fora. Então Bilbo colocou seu anel e, advertido pelos ecos a tomar um cuidado ainda maior que o de um hobbit para não produzir som, foi se esgueirando, sem fazer barulho, cada vez mais, mais e mais para o fundo no escuro. Estava tremendo de medo, mas seu rostinho parecia determinado e duro. Já era um hobbit muito diferente daquele que tinha fugido de Bolsão sem nem um lenço no bolso, muito tempo antes. Fazia séculos que nem tinha mais um lenço de bolso. Deixou a adaga solta na bainha, apertou o cinto e foi em frente.

"Agora você finalmente vai levar o seu, Bilbo Bolseiro", disse a si mesmo. "Você foi lá e chutou o balde direitinho naquela noite da festa, e agora vai ter de pagar por isso! Minha nossa, como eu fui e sou tonto!", disse a parte menos Tûk do hobbit. "Não tenho absolutamente nenhum interesse por tesouros guardados por dragões, e tudo isso poderia ficar aqui para sempre se eu pudesse acordar e descobrir que esta porcaria de túnel é só meu salão de entrada lá em casa!"

Não acordou, é claro, mas continuou sempre em frente, até que qualquer sinal da porta atrás dele desapareceu. Estava completamente sozinho. Logo achou que estava começando a se sentir quente. "Aquilo que pareço estar vendo bem lá na frente é uma espécie de brilho?", pensou.

Era. Conforme avançava, o brilho crescia e crescia, até que não havia mais dúvida a respeito. Era uma luz vermelha, que ia ficando cada vez mais e mais vermelha. Além disso, agora estava indubitavelmente quente no túnel. Nuvenzinhas de vapor flutuavam em volta dele, e Bilbo começou a suar. Um som também começou a ecoar em seus ouvidos, uma espécie de borbulhar, como o barulho de uma panela grande fervendo no fogo, misturado com um tremor, como o de um gato gigante ronronando. O som foi crescendo até se tornar o barulho inconfundível vindo da garganta de algum vasto animal roncando em seu sono, lá embaixo, em meio ao brilho vermelho diante dele.

Foi nesse ponto que Bilbo parou. Seguir em frente depois disso foi a coisa mais corajosa que ele já fez. As coisas tremendas que aconteceram depois não foram nada se comparadas com isso. Ele enfrentou a batalha verdadeira sozinho no túnel, antes que chegasse a ver os vastos perigos que estavam à espera. De qualquer modo, depois de uma parada curta, em frente ele foi; e você pode imaginá-lo saindo do fim do túnel, uma abertura com mais ou menos o mesmo tamanho e o mesmo formato da porta lá em cima. Através dela aparece a cabecinha do hobbit. Diante dele jaz a parte mais profunda do grande porão ou da masmorra dos antigos anãos, bem na raiz da Montanha. Está quase totalmente escuro, de modo que a vastidão do lugar só pode ser vagamente adivinhada, mas, emanando do lado do chão de pedra perto do hobbit, há um grande brilho. O brilho de Smaug!

Ali jazia ele, um vasto dragão vermelho-dourado, em sono profundo; um zumbido baixo vinha de sua bocarra e de suas narinas, bem como filamentos de fumaça, mas suas chamas estavam fracas durante o repouso. Debaixo dele, sob todos os seus membros e sua enorme cauda enrolada, e à volta dele por todos os lados, estendendo-se através do chão oculto, jaziam pilhas incontáveis de coisas preciosas, ouro trabalhado e não trabalhado, gemas e joias, e prata manchada de vermelho à luz rubra.

Smaug jazia, com asas dobradas feito um morcego imensurável, parcialmente deitado de lado, de modo que o hobbit conseguia ver a parte de baixo de seu corpo e seu ventre comprido e pálido, encrustado com gemas e fragmentos de ouro por causa do longo descanso em sua valiosa cama. Atrás dele, onde as paredes eram mais próximas, podiam ser vislumbradas cotas de malha, elmos e machados, espadas e lanças penduradas; e ali, em fileiras, havia grandes jarros e vasilhas repletos de uma riqueza que não podia ser estimada.

Dizer que Bilbo perdera o fôlego nem chega a descrever a situação. Não restam palavras para expressar seu desconcerto desde que os homens mudaram a língua que aprenderam dos elfos nos dias em que todo o mundo era maravilhoso. Bilbo ouvira as pessoas contarem e cantarem a respeito do ouro de dragões antes, mas o esplendor, o desejo, a glória de tal tesouro nunca tinha sido cogitada por ele até então. Seu coração ficou repleto e trespassado com o encantamento e o desejo dos anãos; e ele pôs-se a fitar imóvel, quase esquecendo o aterrorizante guardião, aquele ouro além de qualquer preço ou conta.

Fitou-o pelo que pareceu ser uma era inteira antes que, arrastado quase que contra a sua vontade, deixou furtivo a sombra da entrada, caminhando até a borda mais próxima dos montículos de tesouro. Acima dele jazia o dragão adormecido, uma ameaça tremenda, mesmo em seu sono. Bilbo agarrou uma grande taça de duas alças, tão pesada quanto ele era capaz de carregar, e lançou para cima um olhar temeroso. Smaug mexeu uma asa, desembainhou uma garra, o ressoar de seu ronco mudou de nota.

Então Bilbo fugiu. Mas o dragão não despertou — ainda não —, mas voltou-se para outros sonhos de cobiça e violência, jazendo ali em seu salão roubado enquanto o pequeno hobbit labutava para subir aquele longo túnel. Seu coração batia com força, e um tremor febril afetava mais suas pernas agora do que quando tinha descido, mas ainda assim segurava a taça, e seu principal pensamento era: "Consegui! Agora eles vão ver. 'Parece mais um quitandeiro que um gatuno', ora bolas! Bem, não vamos mais ouvir nada do tipo."

Não ouviu mesmo. Balin ficou muitíssimo alegre ao ver o hobbit de novo, e tão cheio de deleite quanto surpreso. Pegou Bilbo e o carregou para fora, para o ar aberto. Era meia-noite, e as nuvens tinham coberto as estrelas, mas Bilbo se deitou de olhos fechados, engolindo seco e aproveitando a sensação prazerosa do ar fresco de novo, e mal notando a empolgação dos anãos, ou como o louvavam e lhe davam tapinhas nas costas e punham a si próprios e a suas famílias, pelas gerações vindouras, a seu serviço.

Os anãos ainda estavam passando a taça de mão em mão e falando, deliciados, da recuperação de seu tesouro, quando, de repente, um vasto tremor despertou na montanha debaixo deles, como se ela fosse um velho vulcão que tinha se decidido a produzir erupções mais uma vez. A porta atrás deles estava quase encostada, impedida de se fechar com uma pedra, mas subindo o longo túnel vinham os ecos horrendos, lá das profundezas, de urros e pisoteamentos que faziam o chão debaixo deles tremer.

Então os anãos esqueceram sua alegria e suas bravatas confiantes, feitas no momento anterior, e se encolheram assustados.

Smaug ainda precisava ser levado em conta. Não adianta deixar um dragão vivo fora dos seus cálculos se você mora perto dele. Dragões podem não utilizar muito toda a sua riqueza, mas via de regra a conhecem até o último centavo, especialmente depois de possuí-la por muito tempo; e Smaug não era exceção. Tinha passado de um sonho intranquilo (no qual um guerreiro, totalmente insignificante em tamanho, mas dotado de uma espada afiada e grande coragem, figurava de modo mui desagradável) para um cochilo, e de um cochilo para o pleno estado desperto. Havia um sopro de ar estranho em sua caverna. Será que era uma corrente de ar vinda daquele buraquinho? Nunca se sentira muito feliz com aquela abertura, embora fosse tão pequena, e agora estava olhando feio para ela, cheio de suspeitas, e ficava pensando por que nunca a tinha bloqueado. Nos últimos tempos, tinha meio que imaginado captar ecos distantes de um som de batidas lá em cima, o qual descia até seu covil. Espreguiçou-se e esticou o pescoço para farejar. Então deu por falta da taça!

Ladrões! Fogo! Assassinato! Tal coisa nunca tinha acontecido desde que ele chegara à Montanha! Sua fúria ultrapassa qualquer descrição — o tipo de fúria que só é vista quando gente rica que tem mais do que consegue usar de repente perde algo que possuía há muito tempo, mas que nunca tinha usado ou desejado antes. O fogo foi arrotado para todo lado, o salão encheu-se de fumaça, o dragão chacoalhou as raízes da montanha. Jogou a cabeça em vão na direção do buraquinho e depois, trançando o corpo, rugindo feito trovão subterrâneo, deixou veloz seu covil profundo pela grande porta, passou pelas passagens enormes do palácio montanhoso e subiu para o Portão da Frente.

Vasculhar a montanha inteira até que pegasse o ladrão, despedaçando-o e pisoteando-o, era seu único pensamento. Saiu pelo Portão, as águas se ergueram num vapor feroz e sibilante, e para o alto ele subiu, brilhando pelo ar, pousando no topo da montanha em borbotões de chama verde e escarlate. Os anões ouviram o alarido horrendo de seu voo e se agacharam contra os muros do terraço gramado, estremecendo sob os pedregulhos, esperando, de alguma forma, escapar dos olhos assustadores do dragão que caçava.

Ali todos teriam sido mortos, se não fosse por Bilbo mais uma vez. "Rápido! Rápido!", disse ele sem fôlego. "A porta! O túnel! Não adianta ficar aqui."

Despertados por essas palavras, estavam prestes a se esgueirar para dentro do túnel quando Bifur deu um grito: "Meus primos! Bombur e Bofur — nós nos esquecemos deles, estão lá embaixo no vale!"

"Eles vão ser mortos, e todos os nossos pôneis também, e todas as nossas provisões vão se perder", gemeram os outros. "Não podemos fazer nada."

"Besteira!", disse Thorin, recuperando sua dignidade. "Não podemos deixá-los para trás. Entrem, Sr. Bolseiro e Balin, e vocês dois também, Fili e Kili — o dragão não há de pegar todos nós. Agora vocês, os outros, onde estão as cordas? Sejam rápidos!"

Aqueles foram talvez os piores momentos pelos quais tinham passado até ali. Os sons horríveis da raiva de Smaug ecoavam nas cavas pedregosas lá em cima; a qualquer momento ele poderia chegar, lançando fogo para baixo, ou voar em círculos até encontrá-los, próximos da beira perigosa do despenhadeiro, puxando loucamente as cordas. Primeiro veio Bofur, e tudo ainda estava seguro. Depois veio Bombur, bufando e suspirando enquanto as cordas rangiam, e tudo ainda estava seguro. Subiram então algumas ferramentas e alguns pacotes de provisões, e aí o perigo caiu sobre eles.

Um barulho de rodopio se fez ouvir. Uma luz vermelha tocou as pontas das pedras na vertical. O dragão chegou.

Mal tiveram tempo de fugir de volta para o túnel, puxando e arrastando seus pacotes, quando Smaug veio desabalado do Norte, lambendo as encostas da montanha com chama, batendo suas grandes asas com um ruído como o de um vento que ruge. Seu hálito quente secou a relva diante da porta, e passou através da abertura que tinham deixado e os chamuscou enquanto estavam escondidos. Fogos chamejantes brotaram e as sombras negras das rochas dançaram. Então sobreveio a escuridão quando ele passou de novo. Os pôneis gritaram de terror, arrebentaram suas cordas e galoparam para longe, enlouquecidos. O dragão deu um rasante, virou-se para persegui-los e sumiu.

"Esse vai ser o fim de nossos pobres bichos!", disse Thorin. "Nada consegue escapar de Smaug depois que ele vê algo. Aqui estamos e aqui teremos de ficar, a menos que alguém esteja com vontade de passear pelas longas milhas abertas de volta ao rio com Smaug à espreita!"

Não era um pensamento agradável! Rastejaram mais adiante pelo túnel, e ali se deixaram ficar tremendo, embora estivesse quente e abafado, até que a aurora veio, pálida, pela fresta da porta. De quando em vez, através da noite, podiam ouvir o rugido do dragão que voava, crescendo e depois passando e se esvanecendo, enquanto ele ia caçando em volta das encostas da montanha.

Smaug deduziu, ao ver os pôneis, e os traços dos acampamentos que tinha descoberto, que alguns homens tinham subido, vindos do rio e do lago, e escalado a encosta da montanha a partir do vale onde os pôneis estavam ficando; mas a porta resistiu a seu olho inquiridor, e o pequeno recanto de muros altos tinha barrado suas chamas mais ferozes. Por muito tempo ficou a caçar em vão, até que a aurora esfriou sua ira, e ele voltou a seu leito dourado para dormir — e para reunir novas forças. Não esqueceria ou perdoaria o roubo, nem mesmo se mil anos o transformassem em pedra fumegante, mas podia se dar ao luxo de esperar. Lento e silencioso, rastejou de volta ao seu covil e semicerrou os olhos.

Quando a manhã veio, o terror dos anãos diminuiu. Perceberam que perigos desse tipo são inevitáveis ao lidar com tal guardião e que não adiantava desistir da missão por ora. Nem podiam ir embora de imediato, como Thorin ressaltara. Seus pôneis estavam perdidos ou mortos, e teriam de esperar algum tempo antes que Smaug baixasse a guarda o suficiente para que ousassem encarar o longo caminho a pé. Por sorte, tinham guardado o bastante de suas provisões para que ainda aguentassem por algum tempo.

Debateram por muito tempo o que deveria ser feito, mas não conseguiam pensar em nenhum modo de se livrar de Smaug — o qual tinha sido sempre um ponto fraco de seus planos, como Bilbo se sentia tentado a lembrar. Então, como é da natureza das pessoas que estão profundamente perplexas, começaram a resmungar com o hobbit, culpando-o por aquilo que, no começo, agradara-lhes tanto: por trazer a taça e incitar a ira de Smaug tão cedo.

"O que mais vocês supõem que um gatuno deve fazer?", perguntou Bilbo, bravo. "Eu não fui contratado para matar dragões, isso é trabalho de guerreiro, mas para roubar um tesouro. Comecei da melhor maneira que pude. Vocês esperavam que eu voltasse trotando com o tesouro inteiro de Thror nas minhas costas? Se alguém devia estar resmungando, acho que poderia ser eu. Vocês deviam ter trazido quinhentos gatunos, não um. Tenho certeza de que este cenário traz grande crédito ao seu avô, Thorin, mas você não pode fingir que alguma vez deixou clara a vasta extensão da riqueza dele para mim. Eu ia precisar de centenas de anos para trazer tudo para cima, isso se eu fosse cinquenta vezes maior, e se Smaug fosse manso feito um coelho."

Depois disso, é claro, os anões pediram desculpas. "O que então propõe que façamos, Sr. Bolseiro?", perguntou Thorin educadamente.

"Não tenho ideia no momento — se você quer dizer sobre remover o tesouro. Isso, é óbvio, depende inteiramente de algum novo golpe de sorte, e de nos livrarmos de Smaug. Livrar-me de dragões não é de jeito nenhum minha especialidade, mas farei o meu melhor para pensar a respeito. Pessoalmente, não tenho esperança nenhuma e queria era estar seguro lá em casa."

"Deixe isso para lá por enquanto! O que vamos fazer agora, hoje?"

"Bem, se vocês realmente querem meu conselho, eu diria que não podemos fazer mais nada além de ficar onde estamos. Durante o dia, sem dúvida podemos rastejar para fora com segurança suficiente para tomar ar. Talvez, em breve, um ou dois possam ser escolhidos para voltar ao armazém perto do rio e repor nossos suprimentos. Mas, enquanto isso, todo mundo deveria ficar bem dentro do túnel à noite.

"Agora, vou lhes fazer uma oferta. Tenho meu anel e vou rastejar lá para baixo ao meio-dia de hoje — nessa hora, pelo menos, Smaug deve tirar um cochilo — e ver o que ele está aprontando. Talvez algum caminho apareça. 'Toda serpe tem seu ponto fraco', como meu pai costumava dizer, embora eu tenha certeza que não por experiência própria."

Naturalmente, os anões aceitaram a oferta sem pestanejar. Já tinham passado a respeitar o pequeno Bilbo. Agora ele se tornara o verdadeiro líder da aventura deles. Começara a ter ideias e planos próprios. Quando o meio-dia chegou, ele se preparou para outra jornada Montanha adentro. Não gostava da ideia, é claro, mas não era tão ruim agora que ele sabia, mais ou menos, o que havia na sua frente. Se soubesse mais sobre dragões e seus modos matreiros, poderia ter ficado com mais medo e menos esperançoso de pegar aquele dormindo.

O sol brilhava quando ele partiu, mas estava escuro como a noite dentro do túnel. A luz da porta, quase fechada, logo se desvaneceu conforme ele descia. Tão silencioso era seu andar que a fumaça num vento gentil mal poderia superá-lo, e ele estava inclinado a se sentir um pouco orgulhoso de si mesmo quando se aproximou da porta inferior. Somente o mais fraquíssimo brilho podia ser visto.

"O velho Smaug está cansado e adormecido", pensou. "Não consegue me ver e não vai me ouvir. Anime-se, Bilbo!" Tinha se esquecido, ou nunca ouvira falar, do sentido do olfato dos dragões. Também há a questão complicada de que eles conseguem ficar com meio olho aberto vigiando enquanto dormem, se forem desconfiados.

Smaug decerto parecia profundamente adormecido, quase morto e escuro, mal roncando, soltando não mais que um tiquinho de vapor que não se via, quando Bilbo espiou mais uma vez da entrada. Estava prestes a pisar no chão do tesouro quando teve um vislumbre de um raio de luz avermelhado, repentino e estreito, saindo debaixo da pálpebra caída do olho esquerdo de Smaug. Ele só estava fingindo dormir! Estava vigiando a entrada do túnel! Apressado, Bilbo deu um passo atrás e se sentiu abençoado pela sorte de ter o anel. Então Smaug falou.

"Bem, ladrão! Posso farejá-lo e sinto o ar que você movimenta. Ouço sua respiração. Venha cá! Pegue o que deseja de novo, há riqueza de sobra!"

Mas Bilbo não era tão ignorante assim no conhecimento dos dragões e, se Smaug esperava conseguir que ele chegasse mais perto tão facilmente, ficou desapontado. "Não, obrigado, ó Smaug, o Tremendo!", respondeu o hobbit. "Não vim pelos presentes. Só desejava dar uma olhada no senhor e ver se era verdadeiramente tão grande quanto as histórias dizem. Não acreditava nelas."

"Acredita agora?", disse o dragão, algo lisonjeado, ainda que não acreditasse em uma palavra daquilo.

"Verdadeiramente, canções e histórias ficam muitíssimo aquém da realidade, ó Smaug, a Primeiríssima e Maior das Calamidades", respondeu Bilbo.

"Você tem boas maneiras para um ladrão e um mentiroso", disse o dragão. "Parece estar familiarizado com meu nome, mas não pareço me lembrar de ter farejado você antes. Quem é e de onde vem, se é que posso perguntar?"

"Pode, de fato! Eu venho debaixo da colina, e sob as colinas e acima das colinas minhas trilhas me levaram. E através do ar. Eu sou aquele que caminha sem ser visto."

"Assim posso bem crer," disse Smaug, "mas esse dificilmente é seu nome normal."

"Sou o descobridor-de-pistas, o cortador-de-teias, a mosca que aferroa. Fui escolhido por causa do número da sorte."

"Títulos adoráveis!", ironizou o dragão. "Mas números da sorte nem sempre são sorteados."

"Sou aquele que enterra seus amigos vivos, e os afoga, e os arranca vivos de novo d'água. Vim de um bolsão, mas não me enfiaram em nenhuma bolsa."

"Esses aí não me soam tão dignos de crédito", debochou Smaug.

"Sou o amigo de ursos e o hóspede de águias. Sou Ganhador-do-anel e Portador-da-sorte; e sou Cavaleiro-de-barril", disse Bilbo, começando a gostar das próprias adivinhas.

"Assim é melhor!", disse Smaug. "Mas não deixe sua imaginação sair correndo por aí!"

Esse, claro, é o jeito certo de falar com dragões, se você não quer revelar seu nome correto (o que é sábio) e não quer

enfurecê-los com uma recusa direta (o que também é muito sábio). Nenhum dragão consegue resistir ao fascínio de uma conversa cheia de adivinhas e a perder tempo tentando entendê-las. Havia um monte de coisas ali que Smaug não entendia de modo algum (embora eu espere que você tenha entendido, já que sabe tudo sobre as aventuras de Bilbo, às quais ele estava se referindo), mas ele achou que tinha entendido o suficiente, e gargalhou em suas entranhas malignas.

"Foi o que pensei na noite passada", sorriu ele consigo mesmo. "Homens-do-lago, algum estratagema asqueroso daqueles miseráveis mercadores de barris do Lago, ou eu sou uma lagartixa. Não desço para aqueles lados há eras e eras; mas logo vou mudar isso!"

"Muito bem, ó Cavaleiro-de-barril!", disse em voz alta. "Talvez Barril fosse o nome do seu pônei; e talvez não, embora ele fosse bastante gordo. Você pode caminhar sem ser visto, mas não veio caminhando o trajeto todo. Deixe-me contar que comi seis pôneis na noite passada, e hei de pegar e comer todos os outros em breve. Em troca da excelente refeição, vou lhe dar um pequeno conselho, para o seu bem: não lide com anãos mais do que puder evitar!"

"Anãos!", disse Bilbo, fingindo surpresa.

"Não tente me enganar!", disse Smaug. "Conheço o cheiro (e o gosto) de anão — é o que conheço melhor. Não me diga que eu sou capaz de comer um pônei que foi cavalgado por um anão e não perceber! Você vai ter um mau fim se continuar com tais amigos, Ladrão Cavaleiro-de-barril. Não me importo que você volte e diga isso a eles de minha parte." Mas não contou a Bilbo que havia um cheiro que ele não era capaz de reconhecer de jeito nenhum, o cheiro de hobbit; estava totalmente fora de sua experiência, e o intrigava tremendamente.

"Suponho que tenha recebido um preço justo por aquela taça na noite passada?", continuou Smaug. "E então, recebeu? Nada de nada! Bem, é assim mesmo que eles agem. E suponho que estejam enrolando do lado de fora, e que o seu emprego é fazer todo o trabalho perigoso e pegar o que puder enquanto eu não estou olhando — para eles? E você vai receber uma parte justa do total? Não acredite nisso! Se escapar vivo, ainda será uma sorte."

Bilbo agora estava começando a se sentir realmente desconfortável. Sempre que o olho vagante de Smaug, procurando por ele nas sombras, chamejava em cima do hobbit, Bilbo tremia e era tomado por um desejo inaudito de sair correndo e se revelar e contar toda a verdade a Smaug. De fato, corria terrível perigo de ser subjugado pelo feitiço do dragão. Mas, reunindo coragem, falou de novo.

"O senhor não sabe de tudo, ó Smaug, o Poderoso", disse ele. "Não foi só o ouro que nos trouxe até aqui."

"Ha! Ha! Você admite o 'nós'", riu Smaug. "Por que não dizer 'nós, os catorze' e encerrar o assunto, Sr. Número da Sorte? Agrada-me ouvir que vocês tinham outros negócios nestas partes além do meu ouro. Nesse caso vocês podem, talvez, não desperdiçar totalmente o seu tempo.

"Não sei se já lhe ocorreu que, mesmo se conseguisse roubar o ouro pouco a pouco — coisa que levaria uns cem anos —, você não conseguiria ir muito longe? Que o ouro não seria muito útil na encosta da montanha? Nem muito útil na floresta? Minha nossa! Você nunca tinha pensado nesse porém? A décima-quarta parte do total, eu suponho, ou algo assim, eram esses os termos, hein? Mas e quanto à entrega? E quanto ao transporte? E quanto a guardas armados e tarifas?" E Smaug riu alto. Tinha um coração perverso e matreiro, e sabia que suas suposições não estavam muito fora da realidade, embora suspeitasse que os Homens-do-lago estivessem por trás dos planos, e que a maioria do butim devia acabar ficando na cidade próxima da margem que, nos dias da juventude de Smaug, fora chamada de Esgaroth.

Você nem vai acreditar, mas o pobre Bilbo realmente foi pego de surpresa. Até então todos os seus pensamentos e energias tinham se concentrado em chegar à Montanha e achar a entrada. Nunca tinha se incomodado em pensar em como o tesouro seria removido e certamente nunca em como alguma parte dele que lhe coubesse seria trazida pelo longo caminho até Bolsão Soto-Monte.

Naquele momento, uma suspeita terrível começou a crescer em sua mente — será que os anãos tinham esquecido esse ponto importante também, ou estavam rindo dele às escondidas o tempo todo? Esse é o efeito que a conversa de dragões tem sobre os inexperientes. Bilbo, é claro, deveria estar mais prevenido; mas Smaug tinha uma personalidade bastante avassaladora.

"Preciso contar ao senhor", disse Bilbo, num esforço para se manter leal a seus amigos e não se desanimar, "que o ouro foi só um acessório no nosso caso. Viemos por sobre os montes e sob os montes, por onda e vento, em nome da *Vingança*. Decerto, ó Smaug, o incalculavelmente rico, o senhor deve imaginar que seu sucesso lhe rendeu alguns inimigos implacáveis?"

Então Smaug realmente riu a valer — um som devastador que chacoalhou Bilbo até jogá-lo ao chão, enquanto na parte de cima do túnel os anãos se amontoaram juntos e ficaram imaginando que o hobbit tinha chegado a um fim repentino e horrendo.

"Vingança!", bufou o dragão, e a luz de seus olhos iluminou o lugar do chão ao teto feito relâmpago escarlate. "Vingança! O Rei sob a Montanha está morto, e onde está sua gente que ousa buscar vingança? Girion, Senhor de Valle, está morto, e eu devorei seu povo como um lobo entre as ovelhas, e onde estão os filhos de seus filhos, que ousam se aproximar de mim? Mato onde desejo e ninguém ousa resistir. Sobrepujei os guerreiros de outrora e não há outros como eles no mundo hoje. Naquele tempo eu era jovem e tenro. Agora sou velho e forte, forte, forte, Ladrão nas Sombras!", vangloriou-se. "Minha armadura é como dez escudos, meus dentes são espadas, minhas garras, lanças, o golpe de minha cauda, uma trovoada, minhas asas, um furacão, e o meu hálito, morte!"

"Sempre achei", disse Bilbo, num gritinho assustado, "que os dragões são mais moles debaixo do corpo, especialmente na região do — aah — peito; mas sem dúvida alguém tão fortificado já pensou nisso."

O dragão parou de se vangloriar de repente. "Sua informação é antiquada", retrucou. "Minha armadura, em cima e embaixo, é composta de escamas de ferro e joias duras. Nenhuma lâmina pode penetrar minha pele."

"Eu poderia ter imaginado", disse Bilbo. "Verdadeiramente em lugar algum se pode achar um igual do Senhor Smaug, o Impenetrável. Que magnificência é possuir um colete de diamantes finos!"

"Sim, ele é raro e maravilhoso, de fato", disse Smaug, absurdamente deliciado com aquilo. Não sabia que o hobbit já tivera um vislumbre de sua peculiar cobertura ventral em sua visita anterior, e que Bilbo estava doido para dar uma olhada mais de perto por razões só suas. O dragão rolou de barriga para cima. "Olhe!", disse. "O que diz diante disso?"

"Ofuscantemente maravilhoso! Perfeito! Impecável! Deslumbrante!", exclamou Bilbo em voz alta, mas o que pensou consigo mesmo foi: "Velho tolo! Ora, há um pedaço grande do lado esquerdo do peito dele tão desnudo quanto um caracol tirado da casca!"

Depois de ver aquilo, a única ideia na cabeça do Sr. Bolseiro era ir embora. "Bem, eu realmente não devo atrapalhar Vossa Magnificência por mais tempo," disse, "ou tirá-lo de seu indispensável descanso. Pôneis dão trabalho para pegar, creio eu, depois que saem muito na frente. E o mesmo vale para gatunos", acrescentou como frase de despedida, conforme saiu correndo e fugiu túnel acima.

Foi um comentário infeliz, pois o dragão esguichou chamas terríveis na direção dele e, por mais que subisse o aclive rápido, não tinha chegado de jeito nenhum longe o suficiente para ficar em posição confortável antes que a cabeça horrenda de Smaug aparecesse na abertura atrás dele. Por sorte, a cabeça e as mandíbulas inteiras não conseguiram se espremer pelo buraco, mas as narinas despejaram fogo e vapor para persegui-lo, e ele quase foi sobrepujado, e foi em frente tropeçando cegamente, em grande dor e medo. Tinha ficado bastante orgulhoso da esperteza de sua conversa com Smaug, mas o erro que cometeu no final o chacoalhou e lhe devolveu o juízo.

"Nunca ria de dragões vivos, Bilbo, seu tonto!", disse a si mesmo, e isso se tornou um de seus ditos favoritos mais tarde e se transformou num provérbio. "Você não está nem perto de terminar essa aventura ainda", acrescentou, e isso era bastante verdade também.

A tarde estava virando noite quando ele saiu de novo e tropeçou e desmaiou na "soleira da porta". Os anos o reanimaram e trataram de suas queimaduras do melhor jeito que puderam; mas demorou muito para que o cabelo na parte de trás de sua cabeça e de seus calcanhares crescesse direito de novo: tinha ficado todo chamuscado e queimado até o couro cabeludo.

Nesse meio-tempo, seus amigos fizeram o melhor possível para alegrá-lo; e estavam ansiosos para ouvir sua história, especialmente querendo saber por que o dragão fizera um barulho tão terrível e como Bilbo tinha escapado.

Mas o hobbit estava preocupado e se sentia desconfortável, e eles tiveram dificuldade para arrancar alguma coisa dele. Depois de repensar as coisas, Bilbo agora estava arrependido de algumas das coisas que dissera ao dragão e não estava ansioso para repeti-las. O velho tordo estava sentado numa pedra ali perto, com sua cabeça inclinada para um lado, ouvindo tudo o que era dito. Isto mostra como Bilbo estava de mau humor: ele pegou uma pedra e a atirou no tordo, que simplesmente voejou de lado e voltou.

"Diabo de pássaro!", disse Bilbo, zangado. "Acho que está escutando e não gosto da cara dele."

"Deixe-o em paz!", disse Thorin. "Os tordos são bons e amigáveis — esse é um pássaro realmente muito velho e talvez seja o último que sobrou da raça antiga que costumava viver por aqui, que pousava mansa nas mãos de meu pai e meu avô. Era uma raça de vida longa e mágica, e esse pode até ser um daqueles que estavam vivos naquela época, há algumas centenas de anos ou mais. Os Homens de Valle tinham o truque de entender a língua deles e os usavam como mensageiros, fazendo-os voar até os Homens do Lago e para outros lugares."

"Bem, ele vai ter notícias para levar à Cidade-do-lago, com certeza, se é isso que está procurando," disse Bilbo, "embora eu não suponha que tenham restado pessoas por lá que se dão ao trabalho de aprender língua-de-tordo."

"Por quê, o que aconteceu?", gritaram os anãos. "Continue a sua história!"

Assim, Bilbo lhes contou tudo o que conseguia recordar e confessou que tinha a péssima sensação de que o dragão havia inferido coisas demais a partir de suas adivinhas, junto com os acampamentos e os pôneis. "Tenho certeza de que ele sabe que viemos da Cidade-do-lago e que tivemos ajuda de lá; e tenho uma sensação horrível de que seu próximo golpe vai ser naquela direção. Queria muito não ter dito aquilo sobre ser o Cavaleiro-de-barril; isso faria até um coelho cego, nestas partes, pensar nos Homens-do-lago."

"Bem, bem! Agora já foi, e é difícil não escorregar quando se está conversando com um dragão, ou foi o que eu sempre ouvi dizer", respondeu Balin, ansioso para confortá-lo. "Acho que você se saiu muito bem, se quer minha opinião — descobriu uma coisa muito útil, de qualquer modo, e voltou vivo, e isso é mais do que pode dizer a maioria dos que trocaram palavras com monstros como Smaug. Pode ser que ainda seja um alívio e uma benção saber do pedaço desnudo no colete de diamantes da velha Serpe."

Isso fez a conversa mudar, e todos eles começaram a discutir abates de dragões, históricos, dúbios e míticos, e os vários tipos de punhaladas e golpes e engodos, e os diferentes estratagemas, artes e planos pelos quais tinham sido realizados. A opinião geral era que pegar um dragão cochilando não era tão fácil quanto parecia, e que a tentativa de espetar ou cutucar um que estivesse dormindo tinha mais chances de terminar em desastre do que um ataque frontal ousado. Durante todo o tempo em que conversaram, o tordo escutou, até que, por fim, quando as estrelas começaram a espiar o céu, a ave abriu as asas em silêncio e voou para longe. E, durante todo esse tempo em que eles conversavam e as sombras se tornavam mais compridas, Bilbo foi ficando mais e mais infeliz, e seus maus pressentimentos cresciam.

Por fim, ele os interrompeu. "Tenho certeza de que a nossa situação aqui é muito insegura", disse ele, "e não vejo razão para ficarmos sentados aqui. O dragão fez murchar tudo que era verde e agradável e, de qualquer modo, a noite chegou e faz frio. Mas sinto nos meus ossos que este lugar vai ser atacado de novo. Smaug agora sabe como desci até o seu salão, e podem ter certeza que ele vai adivinhar onde fica a outra ponta do túnel. Ele vai fazer todo este lado da Montanha em pedacinhos, se necessário, para tapar nossa entrada e, se formos esmagados com isso, ele vai ficar ainda mais contente."

"Está muito pessimista, Sr. Bolseiro!", disse Thorin. "Por que Smaug não bloqueou a saída do túnel, então, se está tão interessado em nos manter aqui fora? Ele não fez isso, ou teríamos ouvido."

"Não sei, não sei — porque no começo ele queria tentar me atrair de novo, suponho, e agora talvez porque esteja esperando até depois da caçada de hoje à noite, ou porque não quer danificar seu quarto de dormir se puder evitar — mas queria que vocês não discutissem. Smaug vai sair a qualquer momento, e nossa única esperança é entrar bem fundo no túnel e trancar a porta."

Ele parecia falar tão sério que os anões afinal fizeram o que dizia, embora demorassem a trancar a porta — parecia um plano desesperado, pois ninguém sabia se, ou como, poderiam abri-la de novo de dentro, e a ideia de ficarem trancados num lugar do qual a única saída passava pelo covil do dragão não era do gosto deles. Além disso, tudo parecia bastante quieto, tanto fora como dentro do túnel. Assim, por um bom tempo, ficaram sentados não muito longe da porta semiaberta e continuaram a conversar.

A conversa se voltou para as palavras perversas do dragão sobre os anões. Bilbo gostaria de nunca ter ouvido aquilo, ou pelo menos que pudesse se sentir bastante certo de que os anões estavam sendo absolutamente honestos quando declaravam que nunca tinham nem pensado sobre o que aconteceria depois que recuperassem o tesouro. "Sabíamos que seria uma empresa desesperada", disse Thorin, "e ainda sabemos disso; e ainda acho que, quando tivermos vencido, haverá bastante tempo para pensar no que fazer a respeito. Quanto à sua parte, Sr. Bolseiro, eu lhe asseguro de que estamos mais do que gratos e que você há de escolher a sua própria décima-quarta porção, assim que tivermos algo a dividir. Sinto muito que esteja preocupado com o transporte, e admito que as dificuldades são grandes — as terras não se tornaram menos selvagens com a passagem do tempo, antes o contrário — mas faremos tudo o que pudermos por você e pagaremos nossa parte do custo quando a hora chegar. Acredite em mim, ou não, como quiser!"

Depois disso, a conversa se voltou para o próprio grande tesouro e para as coisas de que Thorin e Balin se lembravam.

Especularam se ainda estavam jazendo intactas no salão lá embaixo: as lanças que tinham sido feitas para os exércitos do grande Rei Bladorthin (morto havia muito), cada uma com ponta três vezes forjada e cabos incrustados com ouro trabalhado, mas que nunca foram entregues nem pagas; escudos feitos para guerreiros mortos muito tempo antes; a grande taça dourada de Thror, com duas alças, cravejada e trabalhada com martelo, com aves e flores cujos olhos e pétalas eram joias; cotas de malha douradas e prateadas e impenetráveis; o colar de Girion, Senhor de Valle, feito com quinhentas esmeraldas verdes qual relva, que ele dera em paga quando seu filho mais velho foi armado com uma malha de anéis ligados pelos anãos, obra sem semelhança com nada feito antes, pois era feita de prata pura, com o poder e a força do aço triplo. Mas a mais bela de todas era a grande gema branca, que os anãos tinham achado sob as raízes da Montanha, o Coração da Montanha, a Pedra Arken de Thrain.

"A Pedra Arken! A Pedra Arken!", murmurou Thorin no escuro, meio sonhando, com o queixo apoiado nos joelhos. "Era como um globo com mil facetas; brilhava como prata à luz do fogo, como água ao sol, como neve sob as estrelas, como chuva sobre a Lua!"

Mas o desejo encantado pelo tesouro abandonara Bilbo. Durante toda a conversa, ele só estava escutando pela metade. Sentou-se o mais perto possível da porta, com um ouvido voltado para quaisquer começos de som do lado de fora, e o outro alerta a ecos além dos murmúrios dos anãos, a qualquer sussurro de movimento vindo lá de baixo.

A escuridão ficou mais profunda, e ele ia ficando cada vez mais inquieto. "Fechem a porta!", implorou, "tenho medo daquele dragão até a medula dos ossos. Gosto bem menos deste silêncio do que da balbúrdia da noite passada. Fechem a porta antes que seja tarde demais!"

Algo em sua voz provocou nos anãos uma sensação de desconforto. Devagar, Thorin deixou de lado seus sonhos e, levantando-se, chutou para longe a pedra que servia de calço para a porta. Então a empurraram, e ela se fechou com um estalo e uma pancada. Nenhum traço de um buraco de fechadura restou do lado de dentro. Estavam trancados dentro da Montanha!

E não era sem tempo. Eles mal tinham andado certa distância túnel abaixo quando um golpe acertou a encosta da Montanha feito o estrondo de aríetes feitos com carvalhos da floresta e manejados por gigantes. A rocha ecoou, as paredes racharam e pedras caíram do teto em cima da cabeça deles. O que teria acontecido se a porta ainda estivesse aberta eu não gosto nem de pensar. Fugiram para a parte mais funda do túnel, contentes por ainda estarem vivos, enquanto atrás deles, lá fora, fez-se ouvir o rugido e o tremor da fúria de Smaug. Ele estava despedaçando rochas, batendo em paredões e ravinas com o chicotear de sua imensa cauda, até que o pequeno acampamento elevado dos anãos, a grama queimada, a pedra do tordo, as paredes cobertas de caracóis, a plataforma estreita e tudo o mais desapareceu num amontoado de estilhaços, e uma avalanche de fragmentos de pedra caiu do despenhadeiro rumo ao vale lá embaixo.

Smaug saíra de seu covil sorrateiro e silencioso, alçara-se calmamente pelo ar e então flutuara, pesado e lento, no escuro, feito um corvo monstruoso, seguindo o vento na direção do oeste da Montanha, na esperança de pegar desprevenido alguém ou alguma coisa lá e de espionar a saída da passagem que o ladrão usara. Aquela fora a explosão de sua ira quando ele não conseguiu achar ninguém nem ver nada, mesmo onde inferira que a saída deveria estar.

Depois que extravasou sua fúria de tal maneira, sentiu-se melhor e pensou em seu coração que não seria mais incomodado daquela direção. Enquanto isso, tinha mais planos para se vingar. "Cavaleiro-de-barril!", bufou. "Seus pés vieram caminhando da beira d'água, e foi subindo a água que você veio, sem dúvida. Não conheço seu cheiro, mas, se você não é um daqueles Homens do Lago, teve a ajuda deles. Eles hão de me ver e recordar quem é o verdadeiro Rei sob a Montanha!"

Alçou-se em fogo e foi para o sul, na direção do Rio Rápido.

13

FORA DE CASA

Enquanto isso, os anãos estavam sentados na escuridão, e um silêncio profundo se fez em volta deles. Pouco comiam e pouco falavam. Não conseguiam estimar a passagem do tempo; e mal ousavam se mexer, pois o sussurro de suas vozes ecoava e farfalhava no túnel. Se cochilavam, despertavam ainda na escuridão e no silêncio, que continuava inquebrantável. Por fim, depois de dias e dias de espera, ao que parecia, quando estavam ficando engasgados e atordoados por falta de ar, não conseguiram aguentar mais. Quase teriam recebido de bom grado sons do retorno do dragão lá embaixo. No silêncio, temiam algum estratagema diabólico dele, mas não tinham como ficar sentados ali para sempre.

Thorin falou: "Vamos tentar a porta!", disse. "Tenho de sentir o vento no meu rosto logo, ou vou morrer. Acho que preferiria ser esmagado por Smaug num lugar aberto a sufocar aqui dentro!" Assim, vários dos anãos se levantaram e tatearam de volta aonde a porta tinha ficado. Mas descobriram que a ponta superior do túnel tinha sido despedaçada e bloqueada com fragmentos de rocha. Nem a chave nem a mágica que antigamente ela obedecera jamais abririam aquela porta de novo.

"Estamos presos!", gemeram eles. "É o fim. Havemos de morrer aqui."

Mas, de algum modo, bem quando os anãos estavam mais desesperados, Bilbo sentiu um estranho alívio no coração, como se um grande peso tivesse sido tirado debaixo de seu colete.

"Ora, ora!", disse ele. "'Enquanto há vida há esperança!', como meu pai costumava dizer, e 'A terceira vez vale por todas'. Vou *descer* o túnel uma vez mais. Já fui por aquele caminho duas vezes, quando eu sabia que havia um dragão na outra ponta, então vou me arriscar a uma terceira visita agora que não tenho certeza de que ele está lá. De qualquer jeito, o único modo é sair por baixo. E acho que desta vez é melhor que todos vocês venham comigo."

No desespero, eles concordaram, e Thorin foi o primeiro a seguir em frente, do lado de Bilbo.

"Agora sejam cuidadosos!", sussurrou o hobbit, "e tão silenciosos quanto conseguirem! Pode ser que não haja Smaug nenhum no fundo, mas também pode ser que haja. Não vamos correr riscos desnecessários!"

Para baixo e para baixo eles foram. Os anões não tinham, é claro, como se comparar ao hobbit quando o assunto era ser sorrateiro de verdade, e ficaram dando bufadas e pisadas que os ecos aumentavam de modo alarmante; mas ainda que de vez em quando Bilbo, com medo, parasse e ficasse escutando, nem um só som veio lá de baixo. Perto do fundo, com tanta precisão quanto ele podia estimar, Bilbo colocou seu anel e foi na frente. Mas não precisava dele: a escuridão era completa, e todos eles estavam invisíveis, com ou sem anel. De fato, estava tudo tão negro que o hobbit chegou à abertura inesperadamente, apoiou a mão no ar, tropeçou para a frente e foi rolando de cabeça para dentro do salão!

Ali jazia ele de cara no chão, e não ousava se levantar, ou mesmo mal chegava a respirar. Mas nada se movia. Não havia um só raio de luz — a menos que, como lhe parecia, quando por fim ele ergueu lentamente a cabeça, houvesse um pálido brilho branco, acima dele e ao longe, no breu. Mas certamente não era uma fagulha de fogo de dragão, embora o fedor da serpe estivesse pesando sobre o lugar e o gosto do vapor chegasse à sua língua.

Afinal, o Sr. Bolseiro não conseguiu mais aguentar. "Dane-se você, Smaug, sua cobra!", berrou. "Pare de brincar de esconde-esconde! Acenda uma luz e depois me coma, se conseguir me pegar!"

Ecos fracos deram a volta no salão invisível, mas não houve resposta.

Bilbo se levantou, e descobriu que não sabia em que direção ir.

"Ora, fico pensando qual será o jogo de Smaug", disse. "Ele está fora de casa hoje (ou esta noite, ou o que quer que seja), acredito. Se Oin e Gloin não perderam suas pederneiras, talvez possamos produzir um pouco de luz, e dar uma olhada em volta antes que a sorte mude."

"Luz!", gritou ele. "Alguém pode acender uma luz?"

Os anãos, é claro, ficaram muito assustados quando Bilbo caiu de cara do degrau, fazendo um estrondo no salão, e estavam sentados amontoados bem onde ele os deixara no fim do túnel.

"Psiu! Psiu!", sibilaram eles quando ouviram a voz do hobbit; e, embora isso tenha ajudado Bilbo a descobrir onde estavam, demorou algum tempo antes que conseguisse arrancar algo mais do grupo. Mas, no fim das contas, quando Bilbo começou até a bater os pés no chão e berrou "Luz!", com sua voz estridente no máximo, Thorin cedeu, e Oin e Gloin foram mandados de volta a seus alforjes no topo do túnel.

Depois de algum tempo, um brilho bruxuleante mostrou que estavam retornando, Oin com uma pequena tocha de madeira de pinheiro acesa nas mãos, e Gloin com um monte de outras debaixo do braço. Rapidamente Bilbo trotou até a entrada e pegou a tocha; mas não conseguiu persuadir os anãos a acender as outras ou vir se juntar a ele ainda. Como Thorin explicou cuidadosamente, o Sr. Bolseiro ainda era oficialmente o gatuno e investigador especializado do grupo. Se queria arriscar uma luz, aquilo era assunto dele. Os anãos aguardariam seu relatório no túnel. Assim, sentaram-se perto da porta e observaram.

Viram a pequena forma escura do hobbit sair pelo salão, segurando alto sua luzinha. De tempos em tempos, quando ele ainda estava suficientemente perto, vislumbravam brilhos e reflexos nas vezes em que ele tropeçava em alguma coisa dourada. A luz ficou menor conforme ele vagava pelo vasto salão; depois, começou a se erguer, dançando no ar. Bilbo estava escalando a grande pilha de tesouro. Logo estava no topo e continuava a andar. Então o viram parar e se abaixar por um momento; mas não sabiam a razão disso.

Era a Pedra Arken, o Coração da Montanha. Foi o que Bilbo inferiu a partir da descrição de Thorin; mas, de fato, não era possível que existissem duas gemas assim, mesmo em tão maravilhoso salão do tesouro, mesmo no mundo inteiro. O tempo todo, conforme escalava, o mesmo brilho branco luzira diante dele e arrastara seus pés em sua direção. Lentamente cresceu até se tornar um pequeno globo de luz pálida. Agora, conforme chegava perto, tingia-se de fagulhas flamejantes de muitas cores em sua superfície, refletidas e fragmentadas a partir da luz ondeante da tocha de Bilbo. Afinal o hobbit olhou para ela e ficou sem fôlego. A grande joia brilhava diante de seus pés por sua própria luz interior e, no entanto, cortada e lapidada pelos anãos, que a tinham cavado do coração da montanha muito tempo antes, tomava toda a luz que caía sobre si e a transformava em dez mil faíscas de radiância alva, incrustada com reflexos do arco-íris.

De repente, o braço de Bilbo se estendeu na direção dela, atraído por seu encantamento. Sua mão pequena não conseguia se fechar em volta da pedra, pois era uma gema enorme e pesada; mas ele a ergueu, fechou os olhos e a pôs em seu bolso mais profundo.

"Agora virei um gatuno de verdade!", pensou ele. "Mas suponho que tenha de contar aos anãos sobre isso — em algum momento. Eles disseram que eu poderia pegar e escolher minha própria parte; e acho que escolheria isto mesmo que eles ficassem com todo o resto!" Apesar de tudo, ele tinha a sensação desconfortável de que o pegar e escolher não deveria realmente incluir essa gema maravilhosa, e que problemas ainda viriam daquilo.

Depois, foi em frente de novo. Desceu pelo outro lado da grande pilha de tesouro, e o chamejar de sua tocha desapareceu da vista dos anãos que observavam. Mas logo o viram a uma boa distância de novo. Bilbo estava cruzando todo o salão.

Seguiu adiante, até que chegou às grandes portas do outro lado, e ali uma corrente de ar o refrescou, mas quase apagou sua luz. Espiou timidamente pela entrada e teve um vislumbre de grandes passagens e dos começos indistintos de amplas escadarias que subiam pelo breu. E ainda não havia nem sinal nem som de Smaug. Estava prestes a se virar e voltar quando uma forma negra deu um rasante nele e roçou seu rosto. Deu um gritinho e pulou, tropeçou para trás e caiu. Sua tocha desabou com a ponta para baixo e se apagou!

"Só um morcego, é o que suponho e espero!", disse, desacorçoado. "Mas agora o que vou fazer? Onde é o Leste, o Sul, o Norte ou o Oeste?"

"Thorin! Balin! Oin! Gloin! Fili! Kili!", gritou tão alto quanto pôde — parecia um sonzinho fino naquele vasto negrume. "A luz se apagou! Alguém venha me achar e me ajudar!" Naquele momento, sua coragem falhou de todo.

Os gritinhos de Bilbo chegavam fracos aos anãos, que só conseguiram pegar a palavra "ajudar!".

"Agora o que diabos será que pode ter acontecido?", disse Thorin. "Certamente não foi o dragão, ou ele não continuaria a gritar."

Esperaram um momento ou dois e continuaram a não ouvir barulhos de dragão, nem som nenhum, de fato, além da voz distante de Bilbo. "Vamos, um de vocês, pegue uma luz ou duas!", ordenou Thorin. "Parece que temos de ir ajudar nosso gatuno."

"É mesmo nossa vez de ajudar," disse Balin, "e estou bastante disposto a ir. De qualquer jeito, espero que seja seguro por enquanto."

Gloin acendeu várias outras tochas, e então todos foram se esgueirando, um por um, seguindo ao longo da parede o mais rápido que puderam. Não demorou muito para que encontrassem o próprio Bilbo voltando na direção deles. Tinha recobrado o raciocínio rapidamente, assim que viu o bruxulear das luzes dos anãos.

"Foi só um morcego e uma tocha derrubada, nada pior que isso!", disse em resposta às perguntas deles. Embora os anãos tenham ficado muito aliviados, estavam inclinados a se zangar por terem se assustado à toa; mas o que teriam dito, se ele tivesse lhes contado naquele momento sobre a Pedra Arken, eu não sei. Os meros vislumbres passageiros do tesouro que eles tinham tido conforme andavam tinham reacendido todo o fogo de seus corações; e quando o coração de um anão, mesmo o mais respeitável, é despertado por ouro e por joias, ele fica ousado de repente e pode se tornar feroz.

Os anãos, de fato, não mais precisavam de estímulo algum. Todos agora estavam ávidos para explorar o salão enquanto tinham a chance e se dispunham a acreditar que, por ora, Smaug estava longe de casa. Cada um agora segurava uma tocha acesa; e, conforme fitavam o tesouro, primeiro de um lado e depois do outro, esqueceram o medo e até a cautela. Falavam em voz alta e gritavam um para o outro, enquanto erguiam velhos tesouros da pilha ou do muro e os erguiam à luz, acariciando-os e tocando-os.

Fili e Kili estavam com um ar quase alegre e, achando ali, ainda penduradas, muitas harpas douradas com cordas de prata, tomaram-nas e as dedilharam; e, sendo mágicas (e também intocadas pelo dragão, que tinha pouco interesse em música), ainda estavam afinadas. O salão escuro se encheu de uma melodia há muito silenciada. Mas a maioria dos anãos tinha cabeça mais prática: reuniram gemas e encheram seus bolsos, e passaram por entre os dedos, com um suspiro, aquilo que não podiam carregar. Thorin não era o menos saudoso deles; mas sempre buscava, de um lado a outro, algo que não podia achar. Era a Pedra Arken; mas dela não falava ainda a ninguém.

Depois os anãos tiraram cotas de malha e armas das paredes, e se armaram. A aparência de Thorin era de fato a de um rei, vestido com uma malha de anéis banhados a ouro, com um machado de cabo de prata preso a um cinto incrustado com pedras escarlates.

"Sr. Bolseiro!", gritou. "Aqui está a primeira parcela de sua recompensa. Tire seu velho casaco e coloque isto!"

Dizendo isso, colocou em Bilbo uma pequena cota de malha, feita para algum jovem príncipe dos elfos muito tempo antes. Era de aço-de-prata, que os elfos chamam de *mithril*, e a acompanhava um cinto de pérolas e cristais. Um elmo leve de couro gravado, reforçado na parte de baixo com argolas de aço e decorado em volta da borda com joias brancas, foi posto sobre a cabeça do hobbit.

"Sinto-me magnífico," pensou ele, "mas imagino que esteja com uma aparência bem absurda. Como eles iam rir na Colina, lá em casa! Ainda assim, queria que houvesse um espelho aqui perto!"

De todo modo, o Sr. Bolseiro conseguiu manter a cabeça mais limpa do feitiço do tesouro do que os anões. Muito antes que o grupo se cansasse de examinar as riquezas, ele ficou exausto com aquilo e se sentou no chão; e começou a imaginar, nervoso, que fim teria aquilo tudo. "Eu daria uma bela quantidade desses cálices preciosos", pensou, "por um gole de alguma bebida animadora vinda das gamelas de madeira de Beorn!"

"Thorin!", gritou bem alto. "E agora? Estamos armados, mas de que serviram armaduras diante de Smaug, o Temível? Este tesouro ainda não foi recuperado. Não estamos procurando ouro ainda, mas uma via de escape; e tentamos a sorte por tempo demais!"

"Você diz a verdade!", respondeu Thorin, recobrando o juízo. "Vamos embora! Vou guiá-los. Nem em mil anos eu haveria de esquecer os caminhos deste palácio." Então chamou os outros, e eles se reuniram e, segurando as tochas acima de suas cabeças, passaram pelas portas escancaradas, não sem muitos olhares saudosos para trás.

As cotas de malha reluzentes eles tinham coberto de novo com seus velhos mantos, e seus elmos brilhantes, com seus capuzes amarfanhados; e, um a um, caminhavam atrás de Thorin, uma fila de luzinhas na escuridão que paravam com frequência, quando tentavam escutar, com medo mais uma vez, qualquer barulho da vinda do dragão.

Embora todos os antigos adornos tivessem apodrecido e sido destruídos muito tempo antes, e embora tudo estivesse conspurcado e queimado pelas idas e vindas do monstro, Thorin conhecia cada passagem e cada curva. Subiram longas escadarias, e viraram e desceram por largos caminhos ecoantes, e viraram de novo e subiram ainda mais escadas, e mais escadas ainda de novo. Essas eram lisas, recortadas da rocha, largas e bonitas; e cada vez mais e mais para o alto iam os anões, e não achavam sinal nenhum de qualquer coisa viva, só sombras furtivas que fugiam da aproximação de suas tochas, cujas chamas tremeluziam nas correntes de ar.

Os degraus não tinham sido feitos, mesmo assim, para pernas de hobbits, e Bilbo começara a sentir que não conseguiria continuar mais, quando de repente o teto ficou alto, muito distante do alcance da luz das tochas. Um bruxulear branco podia ser visto, chegando através de alguma abertura muito acima, e o ar tinha um cheiro mais limpo. Diante deles a luz chegava fraca através de grandes portas, presas retorcidamente a seus gonzos e meio queimadas.

"Esta é a grande câmara de Thror," disse Thorin; "o salão de banquetes e do conselho. Não está muito longe agora o Portão da Frente."

Atravessaram a câmara arruinada. As mesas estavam apodrecendo ali; cadeiras e bancos jaziam revirados, queimados e se desfazendo. Crânios e ossos se espalhavam sobre o chão, em meio a jarros e tigelas e chifres de beber[1] e poeira. Quando atravessaram ainda mais portas do outro lado do salão, um som de água chegou a seus ouvidos, e a luz acinzentada de repente se fez mais forte.

"Ali está a nascente do Rio Rápido", disse Thorin. "Dali ele se apressa rumo ao Portão. Vamos segui-lo!"

De uma fenda escura numa parede de pedra saía uma água espumante, e ela ia correndo e girando por um canal estreito, escavado, aprumado e aprofundado pela habilidade de antigas mãos. Ao lado dele passava uma estrada pavimentada com pedra, larga o suficiente para que muitos homens caminhassem nela lado a lado. Rapidamente seguiram por ela, e passaram por uma virada bem aberta — e eis que diante deles estava a clara luz do dia. À frente se erguia um arco alto, ainda mostrando os fragmentos de antigas obras entalhadas nele, por mais que estivesse desgastado, estilhaçado e enegrecido. Um sol meio coberto por névoa enviava sua luz pálida por entre os braços da Montanha, e raios d'ouro caíam sobre o pavimento na entrada.

Uma revoada de morcegos, acordados de susto pelas tochas fumegantes deles, fez acrobacias por cima do grupo; e, seguindo em frente, seus pés escorregaram em pedras alisadas e cobertas pelo muco da passagem do dragão. Agora, diante deles, a água

---

[1] Chifres ocos de animais, como bois e carneiros, usados como taças. [N. T.]

caía barulhenta para fora e descia espumejando na direção do vale. Jogaram suas tochas pálidas no chão e se puseram a fitar a cena com olhos ofuscados. Tinham chegado ao Portão da Frente, e estavam vendo Valle ao longe.

"Bem!", disse Bilbo, "nunca imaginei que um dia contemplaria a vista desta porta. E nunca imaginei que ficaria tão contente de ver o sol de novo, e de sentir o vento no meu rosto. Mas ai! esse vento é frio!"

Era. Uma brisa cortante do leste soprava com uma ameaça de inverno vindouro. Enroscava-se por cima e em volta dos braços da Montanha e entrava no vale e suspirava entre as rochas. Depois de passar tanto tempo nas profundezas abafadas das cavernas que o dragão assombrava, eles estremeciam ao sol.

De repente, Bilbo se deu conta de que estava não apenas cansado como também com muita fome mesmo. "Parece ser o fim da manhã," disse ele, "e assim suponho que seja mais ou menos hora do café da manhã — se é que há algum café da manhã para ser comido. Mas não sinto que a soleira da porta da frente de Smaug seja o lugar mais seguro para uma refeição. Vamos para algum lugar onde possamos nos sentar quietos por um tempo!"

"Certíssimo!", disse Balin. "E acho que sei para onde deveríamos ir: temos de seguir rumo ao antigo posto de observação no canto sudoeste da Montanha."

"A que distância fica isso?", perguntou o hobbit.

"Cinco horas de marcha, creio eu. Vai ser difícil. A estrada que sai do Portão e segue a margem esquerda da torrente parece toda destroçada. Mas olhe ali embaixo! O rio faz uma curva repentina a leste quando cruza Valle na frente da cidade arruinada. Naquele local havia antes uma ponte, que levava a escadas íngremes que subiam a margem direita e depois a uma estrada que seguia até Montecorvo. Há (ou havia) uma trilha que deixava a estrada e subia até o posto. Uma escalada dura, também, mesmo se os antigos degraus ainda estiverem lá."

"Minha nossa!", resmungou o hobbit. "Mais caminhadas e mais escaladas sem café da manhã! Fico pensando em quantos cafés da manhã e outras refeições perdemos dentro daquele buraco nojento, sem relógios e sem passagem do tempo..."

Para ser exato, duas noites e o dia entre elas tinham passado (e não totalmente sem comida) desde que o dragão destruíra a porta mágica, mas Bilbo tinha perdido totalmente as contas, e, por ele, poderia ter sido uma noite ou uma semana inteira de noites.

"Vamos, vamos!", disse Thorin, rindo — seu humor tinha começado a melhorar de novo, e ele estava chacoalhando as pedras preciosas em seus bolsos. "Não chame meu palácio de buraco nojento! Espere só até que ele esteja limpo e redecorado!"

"Isso não vai acontecer até que Smaug esteja morto", disse Bilbo, sombrio. "Enquanto isso, onde ele está? Eu daria um bom café da manhã para saber. Espero que não esteja no alto da Montanha olhando para nós!"

Essa ideia perturbou tremendamente os anãos, e eles logo decidiram que Bilbo e Balin estavam certos.

"Temos de sair daqui", disse Dori. "Sinto como se os olhos dele estivessem fixos na parte de trás da minha cabeça."

"É um lugar frio e solitário", disse Bombur. "Pode haver algo para beber, mas não vejo sinal de comida. Um dragão sempre ficaria com fome nestas partes."

"Vamos! Vamos!", gritaram os outros. "Vamos seguir a trilha de Balin!"

* * *

Sob a muralha rochosa à direita não havia trilha, então lá se foram eles em meio às pedras do lado esquerdo do rio, e o vazio e a desolação logo fizeram até Thorin ficar sério de novo. A ponte de que Balin falara eles descobriram que tinha caído havia muito, e a maioria de suas pedras agora eram apenas seixos na correnteza rasa e barulhenta; mas vadearam o rio sem muita dificuldade e acharam os antigos degraus e escalaram o barranco alto. Depois de andar um pouco, toparam com a velha estrada e, logo depois, chegaram a um valão profundo, abrigado entre as rochas; ali descansaram por um tempo e tomaram o café da manhã que era possível, principalmente *cram* e água. (Se você quer saber o que é *cram*, só posso dizer que não conheço a receita; mas lembra biscoito, não estraga por tempo indeterminado, supõe-se que dá sustança e certamente não é uma delícia, sendo, de fato, bastante desinteressante, exceto como exercício de mastigação. Era feito pelos Homens-do-lago para longas jornadas.)

Depois disso foram em frente de novo; e então a estrada seguiu para o oeste e deixou para trás o rio, e o grande braço do esporão da montanha que apontava para o sul foi ficando cada vez mais perto. Por fim chegaram à trilha do monte. Ia subindo cada vez mais íngreme, e eles continuaram devagar, um atrás do outro, até que afinal, à tardinha, chegaram ao topo da encosta e viram o sol invernal descendo no Oeste.

Ali acharam um espaço plano sem paredão de três lados, mas fechado, ao Norte, por uma face rochosa na qual havia uma abertura, semelhante a uma porta. Daquela porta havia uma ampla vista para o Leste, o Sul e o Oeste.

"Aqui," disse Balin, "nos dias antigos, sempre costumávamos deixar vigias, e aquela porta ali atrás leva a uma câmara escavada na rocha que foi feita para ser uma sala da guarda. Havia vários lugares como este ao redor da Montanha. Mas parecia haver pouca necessidade de vigiar nos dias de nossa prosperidade, e os guardas ficaram confortáveis demais, talvez — do contrário, poderíamos ter sido avisados da vinda do dragão antes, e as coisas poderiam ter sido diferentes. Ainda assim, aqui agora podemos ficar escondidos e abrigados por um tempo e ver muito sem sermos vistos."

"Não serve de muita coisa, se fomos vistos vindo até aqui", disse Dori, que estava sempre olhando na direção do pico da Montanha, como se esperasse ver Smaug empoleirado lá, feito uma ave numa torre.

"Temos de correr riscos nesse caso", disse Thorin. "Não podemos ir mais adiante hoje."

"É isso, é isso!", gritou Bilbo, e se jogou no chão.

Na câmara de rocha havia espaço para uma centena de anões, e existia uma câmara menor mais para dentro, mais protegida do frio lá de fora. Estava totalmente deserta; nem mesmo animais selvagens pareciam tê-la usado em todos os dias do domínio de Smaug. Ali deixaram seus fardos; e alguns se deixaram cair no chão de imediato e dormiram, mas os outros se sentaram perto da porta mais externa e discutiram seus planos. Em toda a conversa deles, voltavam perpetuamente para um assunto: onde estava Smaug? Olharam para o Oeste e não havia nada, e no Leste não havia nada, e no Sul não havia sinal do dragão, mas havia uma reunião de muitíssimas aves. Ficaram fitando a cena e se admiraram; mas não estavam mais perto de entendê-la quando as primeiras estrelas frias saíram.

14

FOGO E ÁGUA

Agora, se você deseja, como os anãos, ouvir notícias de Smaug, precisa retornar à noite em que ele destruiu a porta e saiu voando em sua fúria, dois dias antes.

Os homens da Cidade-do-lago de Esgaroth estavam quase todos dentro de casa, pois a brisa vinha do Leste negro e era gélida, mas uns poucos estavam andando pelos cais e observando, como gostavam de fazer, as estrelas brilharem perto dos trechos calmos do lago, conforme se abriam no céu. Vista da cidade deles, a Montanha Solitária era quase totalmente encoberta pelos morros baixos do lado mais distante do lago, através dos quais, por uma fenda, o Rio Rápido descia do Norte. Só seu pico mais alto podia ser visto quando o tempo estava claro, e olhavam raramente para ela, pois era agourenta e desolada, mesmo à luz da manhã. Naquela hora tinha se perdido e sumido, apagada no escuro.

De repente, flamejou à vista deles; um brilho breve a tocou e desapareceu.

"Vejam!", disse um deles. "As luzes de novo! Na noite passada os vigias as viram surgir e desaparecer da meia-noite até a aurora. Alguma coisa está acontecendo lá."

"Talvez o Rei sob a Montanha esteja forjando ouro", disse outro. "Foi há muito que ele partiu para o Norte. É hora de as canções se mostrarem verdadeiras de novo."

"Qual rei?", disse outro, com voz sombria. "Pode bem ser que se trate do fogo devastador do Dragão, o único rei sob a Montanha que jamais conheceremos."

"Você está sempre tendo presságios de coisas sinistras", disseram os outros. "Qualquer coisa, desde enchentes até peixe envenenado. Pense em algo alegre!"

Então, de repente, uma grande luz apareceu no lugar baixo nos morros, e a extremidade norte do lago se tornou dourada. "Eis o Rei sob a Montanha!", gritaram. "É rico como o Sol, sua prata a tudo banha, seus rios de arrebol! O rio está trazendo ouro da Montanha!", berraram, e em todo lugar janelas se abriam e pés se apressavam.

Houve mais uma vez tremenda empolgação e entusiasmo. Mas o camarada de voz sombria correu com pés velozes até o Mestre. "O dragão está vindo, ou eu sou um tolo!", gritou. "Cortem as pontes! Às armas! Às armas!"

Então trombetas de alarme soaram de repente, ecoando ao longo das margens rochosas. Os festejos pararam, e o júbilo se transformou em terror. Assim foi que o dragão não os encontrou de todo despreparados.

Não muito depois, tão grande era a velocidade dele, conseguiam vê-lo feito uma fagulha de fogo apressando-se na direção da cidade e ficando cada vez mais imenso e brilhante, e nem os mais tolos duvidaram que as profecias tinham dado muito errado. Ainda assim, tinham um pouco de tempo. Toda vasilha da cidade foi enchida com água, todo guerreiro se armou, toda flecha e todo dardo foram preparados, e a ponte que levava à terra firme foi derrubada e destruída, antes que o rugido da terrível aproximação de Smaug ficasse alto, e o lago ondulasse, vermelho feito fogo, debaixo das tremendas batidas de suas asas.

Em meio a gritos e gemidos e urros dos homens, ele se lançou sobre eles, girou rumo às pontes e se deteve! A ponte se fora, e seus inimigos estavam numa ilha em água profunda — profunda e escura e fresca demais para seu gosto. Se mergulhasse nela, um vapor e uma bruma iriam se erguer, o suficiente para cobrir toda a terra com névoa por dias; mas o lago era mais poderoso que ele, apagaria seu fogo antes que conseguisse passar.

Rugindo, deu uma volta por cima da cidade. Uma saraivada de flechas escuras se lançou ao céu, batendo em suas escamas e joias e fazendo-as chacoalhar, e suas hastes caíram, inflamadas por seu hálito, queimando e sibilando dentro do lago. Nenhum fogo de artifício que você já tenha imaginado se iguala à visão daquela noite. Quando os arcos eram disparados e as trombetas soavam, a ira do dragão ardia ao máximo, até que ele ficou cego e enlouquecido por ela. Ninguém ousava lhe oferecer combate havia muitas eras; nem teriam ousado agora, se não fosse pelo homem de voz sombria (Bard era seu nome), que corria de um lado a outro animando os arqueiros e cobrando do Mestre que lhes dessem a ordem de lutar até a última flecha.

O fogo saltava da bocarra do dragão. Ele voou em círculos por um tempo, muito alto no ar acima deles, iluminando todo o lago; as árvores nas margens brilhavam como cobre e como sangue, com sombras saltitantes de um negrume denso a seus pés. Então para baixo ele se lançou, atravessando diretamente a tempestade de flechas, descuidado em sua fúria, sem a precaução de virar suas laterais escamosas na direção dos adversários, buscando apenas encher a cidade deles de chamas.

O fogo saltava dos tetos de palha e das vigas de madeira conforme ele se jogava para baixo e para os lados e dava a volta de novo, embora tudo tivesse sido encharcado com água antes que o dragão chegasse. Mais uma vez a água foi despejada por uma centena de mãos onde quer que uma fagulha aparecesse. De novo volteou o dragão. Bastou um giro de sua cauda para que o teto da Grande Mansão ficasse esmigalhado e desabasse. Chamas irreprimíveis saltaram alto na noite. Outro giro e outro, e outra casa e depois mais outra encheram-se de fogo e tombaram; e ainda assim nenhuma flecha atrapalhava Smaug ou o feria mais do que uma mosca dos charcos.

Já havia homens pulando dentro d'água de todo lado. Mulheres e crianças estavam se apinhando em barcos carregados na enseada do mercado. Armas eram arrojadas ao chão. Havia luto e pranto onde, pouco tempo atrás, as velhas canções de júbilo por vir tinham sido cantadas sobre os anãos. Agora os homens amaldiçoavam seus nomes. O próprio Mestre se encaminhava para seu grande barco dourado, esperando remar para longe na confusão e se salvar. Logo toda a cidade seria abandonada e queimaria até a superfície do lago.

Essa era a esperança do dragão. Todos podiam entrar em barcos, no que lhe dizia respeito. Para ele seria um belo esporte caçá-los, ou então podiam ficar parados até morrerem de fome. Que tentassem chegar à terra firme — ele estaria preparado. Logo ele poria fogo em todas as matas das margens e faria secar cada campo e pastagem. Por ora, estava se divertindo com o esporte de atormentar uma cidade mais do que se divertira com qualquer coisa havia anos.

Mas havia ainda uma companhia de arqueiros que mantinha seu posto em meio às casas que queimavam. Seu capitão era Bard, de voz sombria e rosto sombrio, cujos amigos o tinham acusado de profetizar enchentes e peixes envenenados, embora conhecessem seu valor e sua coragem. Ele era um descendente, em longa linhagem, de Girion, Senhor de Valle, cuja mulher e filho escaparam do desastre descendo o Rio Rápido muito tempo antes. Agora disparava um grande arco de teixo, até que todas as suas flechas, menos uma, foram desperdiçadas. As chamas estavam perto dele. Seus companheiros o estavam deixando. Retesou o arco pela última vez.

De repente, vinda do escuro, alguma coisa voejou até seu ombro. Ele se assustou — mas era só um velho tordo. Sem temê-lo, o pássaro se empoleirou perto de seu ouvido e lhe trouxe notícias. Maravilhando-se, descobriu que conseguia entender a língua da ave, pois era da raça de Valle.

"Espere! Espere!", disse-lhe o tordo. "A lua está nascendo. Procure a parte côncava do peito esquerdo enquanto ele voa e vira acima de você!" E, enquanto Bard se detinha em assombro, a ave lhe contou sobre as novas no alto da Montanha e sobre tudo o que tinha ouvido.

Então Bard puxou a corda do arco até seu ouvido. O dragão estava dando a volta, voando baixo e, quando vinha chegando, a lua nasceu acima da margem leste e prateou suas grandes asas.

"Flecha!", disse o arqueiro. "Flecha negra! Deixei-te para o fim. Nunca me falhaste e sempre te recuperei. Eu te recebi de meu pai, e ele de antanho. Se vieste de fato das forjas do verdadeiro rei sob a Montanha, vai agora e sê veloz!"

O dragão mergulhou outra vez, mais perto do lago do que nunca, e, conforme se virou e se lançou para baixo, seu ventre chamejou branco com os fogos reluzentes das gemas à luz da lua — menos em um lugar. O grande arco cantou. A flecha negra voou em linha reta da corda, em linha reta rumo ao ponto côncavo no peito esquerdo onde a pata dianteira estava esticada. Esse lugar ela atingiu e nele desapareceu, ponta, haste e pena, tão feroz fora seu voo. Com um grito que ensurdeceu homens, derrubou árvores e rachou pedra, Smaug disparou jorrando fogo pelo ar, virou-se para baixo e desabou do alto em sua ruína.

Diretamente sobre a cidade ele caiu. Seus últimos estertores despedaçaram-na em fagulhas e brasas. O lago a adentrou, rugindo. Vastos vapores saltaram pelo ar, brancos na escuridão repentina sob a lua. Ouviu-se um sibilo, um som gorgolejante, e então veio o silêncio. E esse foi o fim de Smaug e Esgaroth, mas não o de Bard.

A lua crescente se erguia mais e mais, e o vento se fez forte e frio. Ele retorceu a neblina branca em pilares inclinados e nuvens apressadas e a empurrou para o Oeste, espalhando-a em pedaços rasgados sobre os charcos diante de Trevamata. Então os muitos barcos apareceram, salpicando de negro a superfície do lago, e pelo vento vieram as vozes do povo de Esgaroth, lamentando sua cidade e seus bens perdidos e casas arruinadas. Mas realmente tinham muito a agradecer, se parassem para pensar, embora não fosse de se esperar que o fizessem bem naquela hora: três quartos do povo da cidade tinham pelo menos escapado com vida; seus bosques, e campos, e pastagens, e gado, e a maioria de seus barcos ainda estavam intactos; e o dragão estava morto. O que isso significava eles ainda não tinham percebido.

Reuniram-se em grupos chorosos nas margens ocidentais, tiritando no vento frio, e suas primeiras reclamações e raivas foram dirigidas contra o Mestre, que deixara a cidade tão cedo, enquanto alguns ainda estavam dispostos a defendê-la.

"Ele pode ter boa cabeça para negócios — especialmente seus próprios negócios," alguns murmuravam, "mas não presta quando algo sério acontece!". E louvaram a coragem de Bard e seu último flechaço poderoso. "Se ele não tivesse morrido," disseram todos, "faríamos dele um rei. Bard, o Flecha-dragão, da linhagem de Girion! Ai de nós que ele tenha se perdido!"

E bem no meio da conversa deles uma figura alta chegou, vinda das sombras. Estava encharcado d'água, seus cabelos negros caíam molhados sobre seu rosto e ombros, e uma luz feroz estava em seus olhos.

"Bard não está perdido!", gritou a figura. "Ele mergulhou, deixando Esgaroth, quando o inimigo foi morto. Eu sou Bard, da linhagem de Girion; eu sou o matador do dragão!"

"Rei Bard! Rei Bard!", gritaram eles; mas o Mestre rangeu seus dentes, que batiam de frio.

"Girion era senhor de Valle, não rei de Esgaroth", disse ele. "Na Cidade-do-lago nós sempre elegemos mestres tirados do meio dos idosos e sábios e nunca suportamos o governo de meros homens de guerra. Que o 'Rei Bard' volte para seu próprio reino — Valle agora está liberta pelo valor dele próprio, e nada impede seu retorno. E qualquer um que desejar pode ir com ele, se preferir as pedras frias sob a sombra da Montanha às margens verdejantes do lago. Os sábios ficarão aqui com esperança de reconstruir nossa cidade e gozar novamente, com o tempo, de sua paz e suas riquezas."

"Queremos o Rei Bard!", gritou em resposta o povo perto dele. "Já aguentamos demais os velhos e os contadores de dinheiro!" E o povo que estava mais longe acompanhou o grito: "Viva o Arqueiro e abaixo os Sacos-de-dinheiro", até que o clamor ecoou ao longo da margem.

"Sou o último homem a não dar valor a Bard, o Arqueiro", disse o Mestre, cuidadoso (pois Bard agora estava perto, ao lado dele). "Ele obteve, nesta noite, um lugar eminente no rol dos benfeitores de nossa cidade; e é digno de muitas canções imperecíveis. Mas por que, ó Povo" — e aqui o Mestre ficou de pé e falou muito alto e claro — "Por que recebo toda a culpa? Por qual falha devo ser deposto? Quem despertou o dragão de seu sono, se é que posso perguntar? Quem obteve de nós ricos presentes e ampla ajuda e nos levou a crer que antigas canções poderiam se tornar verdade? Quem se aproveitou de nossos corações moles e de nossos devaneios agradáveis? Que tipo de ouro eles enviaram rio abaixo para nos recompensar? Fogo de dragão e ruína! De quem deveríamos exigir recompensa pelos danos e auxílio para nossas viúvas e órfãos?"

Como você vê, o Mestre não tinha alcançado sua posição por nada. O resultado de suas palavras foi que, por ora, o povo acabou esquecendo a ideia de um novo rei e voltou seus pensamentos raivosos para Thorin e sua companhia. Palavras selvagens e amargas foram gritadas de muitos lados; e alguns daqueles que tinham antes cantado com mais força as antigas canções agora gritavam, com a mesma força, que os anãos tinham atiçado o dragão contra eles deliberadamente!

"Tolos!", disse Bard. "Por que desperdiçar palavras e ira com aquelas criaturas infelizes? Sem dúvida eles foram os primeiros a perecer no fogo, antes que Smaug viesse até nós." Então, enquanto estava falando, entrou em seu coração o pensamento de que o fabuloso tesouro da Montanha lá jazia sem guarda ou dono, e ele, de súbito, ficou em silêncio. Pensou nas palavras do Mestre, e em Valle reconstruída e repleta de sinos dourados, se ao menos ele achasse os homens para isso.

Por fim, falou de novo. "Este não é o momento para palavras raivosas, Mestre, ou para considerar planos dificultosos de mudança. Há trabalho a fazer. Ainda o sirvo — mesmo que, depois de algum tempo, eu possa pensar de novo em suas palavras e partir para o Norte com qualquer um que desejar me seguir."

Então saiu andando para ajudar a organizar os acampamentos e os cuidados com os doentes e os feridos. Mas o Mestre olhou para ele com desprezo pelas costas e continuou sentado no chão. Pensava muito, mas falava pouco, a não ser que fosse para ordenar em alta voz a seus homens que lhe trouxessem fogo e comida.

Ora, aonde quer que Bard fosse, descobria que entre o povo corria feito fogo a conversa acerca do vasto tesouro que agora estava desprotegido. Os homens falavam da recompensa para todas as suas desgraças que logo obteriam desse modo, e da riqueza abundante com a qual comprariam coisas preciosas vindas do Sul; e isso os animava grandemente em sua situação. Ainda bem, porque a noite era amarga e cruel. Poucos abrigos puderam ser arranjados (o Mestre tinha um), e havia pouca comida (até para o Mestre faltou). Muitos ficaram adoentados com a umidade, o frio e a tristeza daquela noite, e depois morreram, mesmo tendo escapado sem ferimentos da ruína da cidade; e, nos dias que se seguiram, houve muita enfermidade e grande fome.

Enquanto isso, Bard tomou a dianteira e deu ordem às coisas como desejava, ainda que sempre em nome do Mestre, e teve a difícil tarefa de governar o povo e orientar os preparativos para a proteção e o abrigo deles. Provavelmente a maioria deles teria perecido no inverno que agora chegava apressado depois do outono, se a ajuda não estivesse à mão. Mas a ajuda chegou rapidamente; pois Bard de imediato mandou mensageiros velozes rio acima até Trevamata, para pedir o auxílio do Rei dos Elfos da Floresta, e esses mensageiros encontraram uma hoste já em movimento, embora fosse então apenas o terceiro dia depois da queda de Smaug.

O Rei-élfico tinha recebido notícias de seus próprios mensageiros e das aves que amavam sua gente e já sabia muito do que tinha acontecido. Muito grande, de fato, foi a comoção entre todas as coisas com asas que habitavam as fronteiras da Desolação do Dragão. O ar ficou repleto de bandos circulantes, e seus mensageiros de voo veloz voavam daqui para ali através do céu. Acima das fronteiras da Floresta se ouviam assovios, gritos e piados. Pelos lugares mais distantes de Trevamata as novas se espalhavam: "Smaug está morto!" As folhas farfalhavam e orelhas espantadas ficavam em pé. Mesmo antes que o Rei-élfico cavalgasse, as notícias já tinham chegado ao oeste, até as matas de pinheiros das Montanhas Nevoentas; Beorn as ouvira em sua casa de madeira, e os gobelins reuniam-se em conselho em suas cavernas.

"Esta será a última vez que havemos de ouvir falar de Thorin Escudo-de-carvalho, temo eu", disse o rei. "Teria sido melhor para ele permanecer como meu hóspede. Mesmo assim, há males", acrescentou ele, "que vêm para bem." Pois ele também não tinha esquecido a lenda da riqueza de Thror. Assim foi que os mensageiros de Bard o encontraram então, marchando com muitos lanceiros e arqueiros; e corvos tinham se reunido em densos bandos acima dele, pois pensavam que a guerra estava despertando de novo, tal como não acontecera naquelas partes por longas eras.

Mas o rei, quando recebeu os rogos de Bard, teve piedade, pois era o senhor de um povo bom e gentil; assim, mudando o rumo de sua marcha, a qual de início tinha seguido direto para a Montanha, ele se apressou então rio abaixo, até o Lago Longo. Não tinha barcos ou balsas suficientes para sua hoste, e eles foram forçados a ir pelo caminho mais lento a pé; mas uma grande provisão de bens ele enviou na frente, pela água. Mesmo assim, elfos são leves ao caminhar e, embora naqueles dias eles não estivessem muito acostumados às terras fronteiriças e traiçoeiras entre a Floresta e o Lago, seu avanço foi rápido. Apenas cinco dias depois da morte do dragão, chegaram às margens e contemplaram as ruínas da cidade. Foram bem recebidos, como era de se esperar, e os homens e seu Mestre estavam prontos a aceitar qualquer trato para o futuro em troca da ajuda do Rei-élfico.

Seus planos logo ficaram prontos. Com as mulheres e as crianças, os idosos e os inválidos, o Mestre ficou para trás; e com ele alguns homens de ofícios e muitos elfos habilidosos; e se ocuparam com a derrubada de árvores e ajuntando a madeira enviada da Floresta. Então se puseram a erguer muitas cabanas na margem para enfrentar o inverno que chegava; e também, sob a orientação do Mestre, começaram a planejar uma nova cidade, com estrutura mais bela e ampla do que antes, mas não no mesmo lugar. Mudaram-se para o norte, na margem mais distante; pois desde então sempre sentiam terror diante da água onde o dragão jazia. Ele jamais retornaria à sua cama dourada, mas estava estendido, frio como pedra, retorcido sobre o leito dos baixios. Ali, durante eras, seus ossos enormes podiam ser vistos quando o tempo estava calmo, em meio às ruínas empilhadas da antiga cidade. Mas poucos ousavam cruzar o ponto amaldiçoado, e ninguém ousava mergulhar na água frígida ou recuperar as pedras preciosas que caíam de sua carcaça conforme o dragão apodrecia.

Mas todos os soldados que ainda podiam lutar e a maioria das forças do Rei-élfico prepararam-se para marchar para o norte até a Montanha. Assim foi que, onze dias após a ruína da cidade, a vanguarda da hoste conjunta atravessou os portões de pedra na extremidade do lago e adentrou as terras desoladas.

15

AS NUVENS
SE AJUNTAM

Agora retornaremos a Bilbo e aos anões. Durante toda a noite um deles ficara vigiando, mas, quando a manhã chegou, não tinham visto ou ouvido sinal algum de perigo. Mas cada vez mais densos eram os bandos de aves que se reuniam. Suas companhias chegavam voando do Sul; e os corvos que ainda viviam em volta da Montanha davam voltas e gritavam incessantemente acima deles.

"Algo estranho está acontecendo", disse Thorin. "Foi-se o tempo das migrações de outono; e essas são aves que habitam sempre na mesma terra; há estorninhos e bandos de tentilhões; e ao longe há muitas aves carniceiras, como se uma batalha estivesse em andamento!"

De repente Bilbo apontou: "Lá está aquele velho tordo de novo!", gritou. "Parece ter escapado quando Smaug esmigalhou a encosta da montanha, mas não suponho que os caracóis tenham escapado também!"

De fato, o velho tordo estava lá e, enquanto Bilbo apontava, ele voou na direção do grupo e pousou numa pedra ali perto. Então bateu rápido as asas e cantou; depois, inclinou de lado a cabeça, como se estivesse escutando algo; e de novo cantou, e de novo ficou escutando.

"Creio que ele esteja tentando nos contar alguma coisa," disse Balin, "mas não consigo acompanhar a fala de tais pássaros, é muito rápida e difícil. Você consegue entender, Bolseiro?"

"Não muito bem," disse Bilbo (para falar a verdade, ele não conseguia entender nada de nada); "mas o velho sujeito parece muito empolgado."

"Só queria que ele fosse um corvo!", disse Balin.

"Achei que não gostasse deles! Você parecia muito ressabiado com os corvos quando viemos para este lado antes."

"Aquelas eram gralhas! E eram criaturas desprezíveis e de aparências suspeita, aliás, e rudes também. Você deve ter ouvido os nomes feios que estavam gritando para nós. Mas os corvos são diferentes. Costumava haver grande amizade entre eles e o povo de Thror; e muitas vezes eles nos traziam notícias secretas e eram recompensados com as coisas reluzentes que cobiçavam esconder em suas moradas.

"Vivem anos sem conta, e suas memórias são duradouras, e transmitem sua sabedoria a seus filhotes. Conheci muitos dos corvos das rochas quando eu era um rapazinho-anão. Esta mesma elevação antigamente era chamada de Montecorvo, porque havia um casal sábio e famoso, o velho Carc e sua esposa, que vivia aqui, em cima da câmara dos guardas. Mas não suponho que algum membro daquela raça antiga ainda se demore por aqui hoje."

Mal tinha acabado de falar quando o velho tordo deu um trinado alto e imediatamente voou para longe.

"Podemos não entendê-lo, mas aquele velho pássaro nos entende, tenho certeza", disse Balin. "Fique de olho agora e veja o que aconteça!"

Pouco depois, ouviu-se um bater de asas, e lá veio o tordo de novo; e com ele havia uma velha ave muitíssimo decrépita. Estava ficando cega, mal podia voar, e o alto de sua cabeça estava calvo. Era um corvo idoso de grande tamanho. Pousou todo duro no chão diante deles, lentamente sacudiu as asas e foi na direção de Thorin, bamboleando.

"Ó Thorin, filho de Thrain, e Balin, filho de Fundin", crocitou ele (e Bilbo conseguiu entender o que dizia, pois estava usando linguagem comum, e não fala de aves). "Eu sou Roäc, filho de Carc. Carc está morto, mas era bem conhecido de vocês há muito. Faz cento e três e cinquenta anos desde que saí do ovo, mas não esqueço o que meu pai me contou. Agora sou o chefe dos grandes corvos da Montanha. Somos poucos, mas recordamos ainda o rei que havia outrora. A maioria de meu povo está longe daqui, pois nos chegam grandes novas do Sul — algumas são novas de júbilo para vocês, e algumas vocês não acharão tão boas.

"Eis que as aves estão se ajuntando de novo na Montanha e em Valle, vindas do Sul e do Leste e do Oeste, pois espalhou-se a notícia de que Smaug está morto!"

"Morto! Morto?", gritaram os anãos. "Morto! Então sofríamos de um medo desnecessário — e o tesouro é nosso!" Todos eles ficaram de pé de um salto e começaram a pular de júbilo. "Sim, morto", disse Roäc. "O tordo, que suas penas nunca caiam, viu ele morrer, e podemos confiar em suas palavras. Viu ele tombar em batalha com os homens de Esgaroth na terceira noite a contar desta para trás, ao nascer da lua."

Demorou algum tempo antes que Thorin conseguisse fazer os anãos ficarem em silêncio e escutarem as notícias do corvo. Por fim, quando ele tinha contado toda a história da batalha, continuou:

"Basta de novas jubilosas, Thorin Escudo-de-carvalho. Vocês podem retornar a seus salões em segurança; todo o tesouro é seu — neste momento. Mas muitos estão se ajuntando para cá além das aves. As notícias da morte do guardião já viajaram para todos os lados, e a lenda da riqueza de Thror não diminuiu ao ser contada durante muitos anos; muitos estão ávidos por uma parte do butim. Já está a caminho uma hoste dos elfos, e aves carniceiras estão com ela, na esperança de que haja batalha e matança. À beira do lago os homens murmuram que seus pesares se devem aos anãos; pois estão sem lares, e muitos morreram, e Smaug destruiu sua cidade. Também eles pensam em obter compensação de seu tesouro, estejam vocês vivos ou mortos.

"Sua própria sabedoria deve decidir que curso você tomará; mas treze anãos é um pequeno remanescente do grande povo de Durin que outrora habitou aqui e que agora está espalhado por lugares distantes. Se ouvir meu conselho, não confiará no Mestre dos Homens-do-lago, mas antes naquele que feriu o dragão com seu arco. Bard é seu nome, da raça de Valle, da linhagem de Girion; é um homem soturno, mas leal. Desejamos ver paz mais uma vez entre anãos e homens e elfos depois da longa desolação; mas pode ser que ela lhe custe caro em ouro. É o que digo."

Então Thorin explodiu de raiva: "Nossos agradecimentos, Roäc, filho de Carc. Você e seu povo não serão esquecidos. Mas nada de nosso ouro hão de tomar os ladrões ou carregarão os violentos enquanto estivermos vivos. Se quiser ser ainda mais digno de nossos agradecimentos, traga-nos notícias sobre qualquer um que se aproximar. Ademais, imploro-lhes, caso algum de vocês ainda for jovem e de asas fortes, que mandem mensageiros para nossa gente nas montanhas do Norte, tanto a oeste daqui quanto a leste, e contem a eles sobre nossa necessidade. Mas voem especialmente até meu primo Dain, nas Colinas de Ferro, pois ele tem consigo muita gente bem armada e é o que habita mais perto deste lugar. Peça a ele que se apresse!"

"Não direi se este conselho é bom ou mau," crocitou Roäc, "mas farei o que puder." Depois saiu voando devagar.

"De volta à Montanha!", gritou Thorin. "Temos pouco tempo a perder."

"E pouca comida para comer!", gritou Bilbo, sempre prático acerca de tais questões. De qualquer jeito, ele sentia que a aventura propriamente dita tinha acabado com a morte do dragão — no que estava muito enganado — e teria dado a maioria de sua parte nos lucros em troca da resolução pacífica daqueles assuntos.

"De volta à Montanha", gritaram os anões como se não o tivessem ouvido; assim, de volta ele teve de ir com eles.

Como você já ouviu a respeito de alguns dos acontecimentos, perceberá que os anões ainda tinham alguns dias à sua frente. Exploraram as cavernas mais uma vez e descobriram, conforme esperavam, que só o Portão da Frente permanecia aberto; todos os outros portões (exceto, é claro, a pequena porta secreta) havia muito tinham sido destruídos e bloqueados por Smaug, e nenhum sinal deles restava. Assim, logo começaram a trabalhar duro na fortificação da entrada principal, e na construção de um novo caminho que saía dela. Ferramentas havia em quantidade, que os mineiros e pedreiros e construtores de outrora tinham usado; e em tais obras os anões ainda eram muito habilidosos.

Conforme trabalhavam, os corvos lhes traziam notícias constantemente. Desse modo ficaram sabendo que o Rei-élfico tinha se desviado do caminho e ido para o Lago, e que ainda tinham algum tempo de respiro. Melhor ainda, ouviram dizer que três de seus pôneis tinham escapado e estavam vagando selvagens, descendo as barrancas do Rio Rápido, não muito longe de onde o resto de suas provisões tinha sido deixado. Assim, enquanto os outros continuavam o trabalho, Fili e Kili foram enviados, com um corvo como guia, para achar os pôneis e trazer de volta tudo o que pudessem.

Demoraram quatro dias para voltar e, naquela altura, sabiam que os exércitos unidos dos Homens-do-lago e dos elfos estavam se apressando rumo à Montanha. Mas agora suas esperanças estavam fortalecidas; pois tinham comida para algumas semanas, se consumida com cuidado — principalmente *cram*, é claro, e estavam muito cansados de comer aquilo; mas *cram* é muito melhor do que nada —, e o portão já estava bloqueado com uma muralha de pedras quadradas dispostas sem argamassa, mas muito grossas e altas, posicionada na frente da abertura. Havia buracos na muralha, através dos quais conseguiam ver (ou atirar), mas nenhuma entrada. Subiam e desciam com escadas e içavam as coisas com cordas. Na saída do riacho tinham construído um arco pequeno e baixo sob a nova muralha; mas, perto da entrada, tinham alterado tanto o leito apertado do rio que uma represa larga passou a se estender do paredão da montanha até o começo da queda, por cima da qual o riacho seguia até Valle. Aproximar-se do Portão agora era possível apenas, sem nadar, ao longo de uma plataforma estreita da ravina, à direita de quem olhava da muralha para fora. Os pôneis eles tinham trazido apenas até o começo dos degraus acima da velha ponte, e, descarregando-os, mandaram-nos retornar a seus mestres e os enviaram sem cavaleiro para o Sul.

Chegou uma noite na qual, de repente, surgiram muitas luzes como as de fogueiras e tochas mais para o sul, em Valle, diante deles.

"Eles chegaram!", exclamou Balin. "E o acampamento deles é muito grande. Devem ter entrado no vale acobertados pelo crepúsculo, ao longo de ambos os barrancos do rio."

Naquela noite os anãos dormiram pouco. A manhã ainda estava pálida quando viram uma companhia se aproximando. Detrás de sua muralha, observaram-nos chegar ao fim do vale e ir subindo devagar. Logo puderam ver que tanto homens do lago, armados como que para a guerra, quanto arqueiros élficos estavam entre eles. Depois de um tempo, a vanguarda deles escalou as rochas derrubadas e apareceu no alto das quedas; e muito grande foi a surpresa dos soldados ao verem a represa diante deles e o Portão bloqueado com uma muralha de pedra recém-cortada.

Enquanto estavam parados, apontando e falando uns com os outros, Thorin os interpelou: "Quem são vocês", gritou com voz muito alta, "que chegam como que em guerra aos portões de Thorin, filho de Thrain, Rei sob a Montanha, e o que desejam?"

Mas nada responderam. Alguns deram meia-volta rapidamente, e os outros, depois de fitar por algum tempo o Portão e suas defesas, logo os seguiram. Naquele dia o acampamento foi levado para o leste do rio, bem entre os braços da Montanha. As rochas ecoaram então com vozes e com canções, como não acontecia havia muitíssimos dias. Ouviu-se, também, o som de harpas élficas e de doce música; e, conforme ela ecoava na direção deles, parecia que a friagem do ar diminuía, e eles captavam de longe a fragrância de flores da mata desabrochando na primavera.

Então Bilbo ansiou por escapar da fortaleza escura e descer e se juntar aos folguedos e banquetes à beira das fogueiras. Alguns dos anãos mais jovens se comoveram em seus corações também e resmungaram que gostariam que as coisas tivessem acontecido de outro jeito, e que pudessem receber aquela gente como amigos; mas Thorin olhava feio para eles.

Então os próprios anãos pegaram harpas e instrumentos recuperados do tesouro e fizeram música para acalmar o ânimo de Thorin; mas a canção deles não era como a canção élfica e era muito semelhante à que tinham cantado muito tempo antes, na pequena toca hobbit de Bilbo.

Sob a Montanha alta e escura
O Rei em seu salão perdura!
Foi-se o clamor da Serpe-Horror,
Contra o inimigo faz-se a jura.

Aguda espada, longa lança,
Seta veloz da Porta avança;
Vence o desdouro quem vê ouro;
Do nobre anão eis a usança.

*De anãos antigos a magia
Em seus martelos se fazia,
Numa cava a treva sonhava,
No oco salão da encosta fria.*

*Em colar de prata puseram
Astros de luz, laurel fizeram
Com luz feroz de draco atroz,
Melodia de harpas trançaram.*

*Liberto é o trono da montanha!
Ouvi o chamado, ó gente estranha!
Correi, correi, o ermo varrei!
Na ajuda ao rei ninguém se acanha.*

*D'além dos montes vos chamamos,
"Vinde aos lapedos ancianos"!
No Portão o rei abre a mão,
Ricos tesouros dividamos!*

*Chegou o rei a seu salão
Sob a Montanha na amplidão.
Da Serpe-Horror foi-se o temor,
Nossos contrários tombarão!*[1]

Essa canção pareceu agradar a Thorin, e ele sorriu de novo e ficou alegre; e começou a calcular a distância até as Colinas de

---

[1] *Under the Mountain dark and tall / The King has come unto his hall! / His foe is dead, the Worm of Dread, / And ever so his foes shall fall. / The sword is sharp, the spear is long, / The arrow swift, the Gate is strong; / The heart is bold that looks on gold; / The dwarves no more shall suffer wrong. / The dwarves of yore made mighty spells, / While hammers fell like ringing bells / In places deep, where dark things sleep, / In hollow halls beneath the fells. / On silver necklaces they strung / The light of stars, on crowns they hung / The dragon-fire, from twisted wire / The melody of harps they wrung. / The mountain throne once more is freed! / O! wandering folk, the summons heed! / Come haste! Come haste! across the waste! / The king of friend and kin has need. / Now call we over mountains cold, / 'Come back unto the caverns old'! / Here at the Gates the king awaits, / His hands are rich with gems and gold. / The king is come unto his hall / Under the Mountain dark and tall. / The Worm of Dread is slain and dead, / And ever so our foes shall fall!*

Ferro e quanto tempo levaria até que Dain pudesse alcançar a Montanha Solitária, se partisse assim que a mensagem o alcançasse. Mas o coração de Bilbo desabou, tanto ao ouvir a canção quanto a conversa: ambas soavam belicosas demais.

Na manhã seguinte, bem cedo, uma companhia de lanceiros foi vista cruzando o rio e marchando vale acima. Portavam consigo a bandeira verde do Rei-élfico e a bandeira azul do Lago e avançaram até ficarem bem diante da muralha no Portão.

De novo Thorin os interpelou em alta voz: "Quem são vocês, que vêm armados para a guerra aos portões de Thorin, filho de Thrain, Rei sob a Montanha?" Dessa vez houve resposta.

Um homem alto, de escuros cabelos e sombrio de rosto, se pôs à frente e gritou: "Salve, Thorin! Por que você se cercou feito um salteador em seu covil? Não somos inimigos ainda, e nos regozijamos ao vê-lo vivo, além de nossa esperança. Viemos esperando não achar nada vivente aqui; contudo, agora que nos encontramos, há matéria para debate e conselho."

"Quem é você, e sobre o que deseja debater?"

"Eu sou Bard, e por minha mão foi morto o dragão e liberto o seu tesouro. Não é essa uma matéria que lhe diga respeito? Ademais, sou por descendência direta o herdeiro de Girion de Valle, e em seu salão do tesouro está misturado muito da riqueza dos palácios e vilas daquele reino, que outrora Smaug roubou. Não é essa uma matéria da qual podemos falar? Além disso, em sua última batalha Smaug destruiu as moradas dos homens de Esgaroth, e eu sou ainda o serviçal do Mestre deles. Desejo falar por ele e perguntar se você não pensa na tristeza e desgraça de seu povo. Eles o ajudaram em sua necessidade e em recompensa você, até agora, trouxe apenas ruína, ainda que sem dúvida não planejada."

Ora, essas eram palavras justas e verdadeiras, mesmo que pronunciadas de modo orgulhoso e sombrio; e Bilbo achou que Thorin de imediato admitiria que havia justiça nelas. É claro que não esperava que alguém recordasse que ele é que tinha descoberto, sozinho, o ponto fraco do dragão; ainda bem, porque ninguém nunca o fez. Mas ele também não contava com o poder que tem o ouro sobre o qual um dragão se deitou por muito tempo, nem com os corações dos anões. Longas horas, nos últimos dias, Thorin passara no salão do tesouro, e a cobiça por tudo aquilo pesava sobre ele. Embora tivesse caçado principalmente a Pedra Arken, ainda assim estava de olho em muitas outras coisas maravilhosas que jaziam lá, em volta das quais estavam trançadas antigas memórias dos labores e tristezas de sua raça.

"Você coloca sua pior exigência no último e mais importante lugar", Thorin respondeu. "Ao tesouro de meu povo homem nenhum tem direito, porque Smaug, que o roubou de nós, também roubou desse mesmo homem a vida ou o lar. O tesouro não era do dragão para que seus malfeitos sejam reparados com uma parte da riqueza. O preço dos bens e do auxílio que recebemos dos Homens-do-lago nós pagaremos justamente — no devido tempo. Mas *nada* havemos de dar, nem mesmo o preço de um pão, sob ameaça de força. Enquanto uma hoste armada estiver diante de nossas portas, nós os vemos como inimigos e ladrões.

"Tenho em mente perguntar que parte da herança deles você teria pagado à nossa gente, se tivesse achado o tesouro desprotegido e nós mortos."

"Uma pergunta justa", respondeu Bard. "Mas vocês não estão mortos, e nós não somos salteadores. Ademais, os ricos podem ter um tipo de piedade que supere o mero direito pelos necessitados que os acolheram quando viviam na pobreza. E ainda assim minhas outras reivindicações permanecem sem resposta."

"Não debaterei, como já disse, com homens armados no meu portão. Nem falarei de modo algum com o povo do Rei-élfico, a quem recordo com pouca gentileza. Neste debate eles não têm nenhum lugar. Partam agora, antes que nossas flechas voem! E, se desejar falar comigo de novo, primeiro mande a hoste élfica de volta às matas que são o seu lugar, e então retorne, depositando no chão suas armas antes de se aproximar da entrada."

"O Rei-élfico é meu amigo, e ele socorreu o povo do Lago em sua necessidade, embora não pudessem exigir dele nada além de amizade", respondeu Bard. "Vamos lhe dar tempo para se arrepender de suas palavras. Recobre sua sabedoria antes que retornemos!" Então partiu e voltou ao acampamento.

Antes que muitas horas se passassem, os porta-estandartes retornaram, e trombeteiros se puseram adiante e sopraram seus instrumentos:

"Em nome de Esgaroth e da Floresta," um deles gritou, "falamos a Thorin, filho de Thrain, Escudo-de-carvalho, que chama a si mesmo de Rei sob a Montanha, e pedimos que considere bem as reivindicações que lhe foram feitas ou seja declarado nosso inimigo. No mínimo, ele há de entregar uma décima segunda porção do tesouro a Bard, por ser o matador do dragão e o herdeiro de Girion. Daquela porção o próprio Bard contribuirá para o auxílio a Esgaroth; mas, se Thorin deseja receber amizade e honra das terras à sua volta, como seus ancestrais receberam outrora, então dará também algo do que é seu para confortar os homens do Lago."

Então Thorin tomou um arco feito de chifre e disparou uma flecha no porta-voz. Ela acertou o escudo dele e lá ficou, balançando.

"Já que tal é a sua resposta," gritou ele outra vez, "declaro que a Montanha está sob cerco. Você não há de partir dela até que procure nosso lado para uma trégua e um debate. Não portaremos armas contra você, mas o deixamos com seu ouro. Pode comê-lo, se desejar!"

Com isso, os mensageiros partiram rápido, e coube aos anãos considerar sua situação. Tão soturno Thorin se tornara que, mesmo que tivessem desejado, os outros não teriam ousado criticá-lo; mas, de fato, a maioria deles parecia compartilhar de suas opiniões — exceto talvez o velho e gordo Bombur e Fili e Kili. Bilbo, é claro, desaprovava toda essa reviravolta nos negócios. A essa altura, já estava mais do que farto da Montanha, e enfrentar um cerco dentro dela não era de jeito nenhum de seu gosto.

"O lugar inteiro ainda fede a dragão", resmungou consigo mesmo, "e me deixa enjoado. E *cram* está simplesmente começando a grudar na minha garganta."

16

Um Ladrão na Noite

Os dias agora passavam lentos e exaustivos. Muitos dos anãos empregavam seu tempo empilhando e organizando o tesouro; e então Thorin pôs-se a falar da Pedra Arken de Thrain, e pediu-lhes enfaticamente que procurassem por ela em todos os cantos.

"Pois a Pedra Arken de meu pai", disse ele, "vale mais do que um rio de ouro por si só, e para mim está além de qualquer preço. Nessa pedra, entre todo o tesouro, ponho o meu nome, e terei minha vingança de qualquer um que a achar e a retiver."

Bilbo ouviu essas palavras e ficou com medo, imaginando o que aconteceria se a pedra fosse achada — embrulhada num velho maço de trapos rasgados que ele usava como travesseiro. Mesmo assim, não falou dela, pois, conforme o cansaço daqueles dias se tornava mais pesado, os começos de um plano tinham se formado em sua cabecinha.

As coisas andavam assim por algum tempo quando os corvos trouxeram notícias de que Dain e mais de quinhentos anãos, apressando-se das Colinas de Ferro, estavam agora a cerca de dois dias de marcha de Valle, vindos do Nordeste.

"Mas não vão conseguir alcançar a Montanha sem ser percebidos," disse Roäc, "e temo que haja batalha no vale. Não chamo de bom esse alvitre. Embora sejam uma gente terrível, não é provável que sobrepujem a hoste que está sitiando vocês; e, mesmo que o fizessem, o que vocês ganhariam? O inverno e a neve estão vindo apressados atrás deles. Como vão se alimentar sem a amizade e a boa vontade das terras à volta de vocês? É provável que o tesouro seja a sua morte, embora o dragão não mais exista!"

Mas Thorin não se comoveu. "O inverno e a neve ferirão tanto homens como elfos," disse ele, "e pode ser que achem a vida no ermo dura de suportar. Com meus amigos atrás deles e o inverno sobre eles, talvez tenham ânimo mais suave para parlamentar."

Naquela noite, Bilbo se decidiu. O céu estava negro e sem lua. Assim que ficou totalmente escuro, ele foi até um canto de uma câmara interna, logo depois do portão, e tirou de sua trouxa uma corda e também a Pedra Arken, embrulhada em um trapo. Depois, subiu até o topo da muralha. Só Bombur estava lá, pois era seu turno de guarda, e os anãos tinham só um vigia por vez.

"Está um bocado frio!", disse Bombur. "Queria acender uma fogueira aqui em cima, como eles fazem no acampamento!"

"Até que está bastante quente lá dentro", disse Bilbo.

"Ouso dizer que sim; mas estou preso aqui até a meia-noite", resmungou o anão gordo. "Um negócio triste, no geral. Não que eu me aventure a discordar de Thorin, que sua barba fique cada vez mais longa; mas ele sempre foi um anão de dura cerviz."

"Não tão dura quanto as minhas pernas", disse Bilbo. "Estou cansado de escadas e passagens de pedra. Daria muita coisa pela sensação da grama nos meus dedos dos pés."

"Eu daria muita coisa pela sensação de uma bebida forte na minha garganta e por uma cama macia depois de uma boa ceia!"

"Não posso lhe dar essas coisas enquanto o cerco estiver acontecendo. Mas faz tempo desde que fiquei de vigia, e posso fazer seu turno por você, se quiser. Não estou com sono algum nesta noite."

"Você é um bom sujeito, Sr. Bolseiro, e aceitarei com gratidão sua oferta. Se acontecer algo digno de nota, desperte-me primeiro, veja bem! Vou me deitar na câmara interna à esquerda, não muito longe."

"Vá para lá!", disse Bilbo. "Vou acordá-lo à meia-noite, e você pode acordar o próximo vigia."

Assim que Bombur saiu, Bilbo colocou seu anel, prendeu a corda, deslizou para baixo por cima da muralha e se foi. Tinha cerca de cinco horas pela frente. Bombur ficaria dormindo (ele conseguia dormir em qualquer momento e, desde a aventura na floresta, estava sempre tentando recuperar os lindos sonhos que tivera então); e todos os outros estavam ocupados com Thorin. Era improvável que qualquer um, mesmo Fili e Kili, viessem até a muralha antes que fosse seu turno.

Estava muito escuro, e a estrada, depois de algum tempo, quando Bilbo deixou a trilha recém-construída e foi descendo na direção do curso mais baixo do riacho, era estranha para ele. Por fim chegou à curva onde tinha de cruzar a água, se a ideia era chegar ao acampamento, como desejava. O leito do riacho ali era raso, mas já largo, e vadeá-lo no escuro não era fácil para o pequeno hobbit. Tinha quase atravessado quando errou a pisada numa pedra redonda e caiu na água fria com estardalhaço. Mal tinha se arrastado para a outra margem, tremendo e engasgando, quando lá vieram elfos na treva com tochas brilhantes, buscando a causa do barulho.

"Isso não foi peixe!", disse um. "Há um espião por aqui. Esconda suas luzes! Vão ajudar mais a ele do que a nós, se for aquela criaturinha esquisita que dizem ser serviçal deles."

"Serviçal, pois não!", bufou Bilbo; e, no meio da bufada, espirrou alto, e os elfos imediatamente se juntaram na direção do som.

"Acendam uma luz!", disse ele. "Estou aqui, se me quiserem!", e tirou o anel, aparecendo de detrás de uma rocha.

Agarraram-no rápido, apesar da surpresa. "Quem é você? Você é o hobbit dos anãos? O que está fazendo? Como conseguiu passar por nossas sentinelas?", perguntaram um depois do outro.

"Sou o Sr. Bilbo Bolseiro," respondeu, "companheiro de Thorin, se querem saber. Conheço bem o seu rei de vista, embora talvez ele não me reconheça só de olhar. Mas Bard vai se lembrar de mim, e é Bard que eu, particularmente, desejo ver."

"É mesmo?", disseram eles, "e qual seria o seu assunto?"

"O que quer que seja, é só meu, meus bons elfos. Mas, se desejam voltar algum dia às suas próprias matas e deixar este lugar frio e desanimado," respondeu tremendo, "vão me levar rápido até uma fogueira, onde eu possa me secar — e então vão me deixar falar com seus chefes o mais rápido que puderem. Só tenho uma ou duas horas sobrando."

* * *

Foi assim que sucedeu que, umas duas horas depois de sua fuga do Portão, Bilbo estava sentado ao lado de uma fogueira quentinha na frente de uma grande tenda, e ali se sentavam também, fitando-o com curiosidade, o Rei-élfico e Bard. Um hobbit de armadura élfica, parcialmente enrolado num cobertor velho, era algo novo para eles.

"Realmente, sabem," Bilbo estava dizendo, no seu melhor estilo de negócios, "as coisas estão impossíveis. Pessoalmente, estou cansado de todo esse assunto. Queria estar de volta ao Oeste, no meu próprio lar, onde o pessoal é mais razoável. Mas tenho certo interesse nessa matéria — uma décima quarta parte, para ser preciso, de acordo com a carta que, por sorte, creio que guardei." Tirou de um bolso de seu velho paletó (o qual ele ainda usava por cima da cota de malha), amassada e muito dobrada, a carta de Thorin que tinha sido posta debaixo do relógio em sua lareira em maio!

"Uma parte dos *lucros*, vejam bem", continuou. "Estou ciente disso. Pessoalmente, estou mais do que pronto a considerar todas as suas reivindicações cuidadosamente e a deduzir o que for correto do total antes de fazer minha própria reivindicação. Entretanto, vocês não conhecem Thorin Escudo-de-carvalho tão bem quanto eu conheço agora. Eu lhes asseguro, ele está bastante disposto a ficar sentado em cima de um monte de ouro e passar fome enquanto vocês ficarem sentados aqui."

"Bem, que fique!", disse Bard. "Tamanho tolo merece passar fome."

"De fato", disse Bilbo. "Entendo seu ponto de vista. Ao mesmo tempo, o inverno está se aproximando rápido. Em breve vocês enfrentarão neve e coisas do tipo, e obter suprimentos será difícil — mesmo para elfos, imagino. Além disso, haverá outras dificuldades. Não ouviram falar de Dain e dos anãos das Colinas de Ferro?"

"Ouvimos, muito tempo atrás; mas o que isso tem a ver conosco?", perguntou o rei.

"Foi o que pensei. Vejo que tenho algumas informações que vocês não têm. Dain, posso lhes dizer, está agora a menos de dois dias de marcha daqui e traz pelo menos quinhentos anãos soturnos consigo — uma boa parte deles se tornaram experientes nas terríveis guerras entre anãos e gobelins, das quais vocês, sem dúvida, já ouviram falar. Quando chegarem aqui, pode haver um problema sério."

"Por que nos conta isso? Está traindo seus amigos ou está nos ameaçando?", perguntou Bard, soturno.

"Meu caro Bard!", guinchou Bilbo. "Não seja tão apressado! Nunca encontrei gente tão desconfiada! Estou meramente tentando evitar problemas para todos os envolvidos. Agora, vou lhes fazer uma oferta!"

"Vamos ouvi-la!", disseram eles.

"Podem vê-la!", respondeu o hobbit. "É esta!" e tirou do bolso a Pedra Arken, jogando fora a embalagem.

O próprio Rei-élfico, cujos olhos estavam acostumados a coisas de assombro e beleza, pôs-se de pé admirado. Até Bard ficou a fitá-la maravilhado, em silêncio. Era como se um globo tivesse sido preenchido com luar e pendurado diante deles numa rede tecida com o brilho de estrelas congeladas.

"Esta é a Pedra Arken de Thrain," disse Bilbo, "o Coração da Montanha; e é também o coração de Thorin. Ele dá a ela um valor superior ao de um rio de ouro. Vou dá-la a vocês. Vai ajudá-los a regatear." Então Bilbo, não sem um estremecimento, não sem um olhar de saudade, entregou a maravilhosa pedra a Bard, e ele a segurou na mão, como se estivesse atordoado.

"Mas como se tornou sua para que pudesse dá-la?", perguntou enfim, com esforço.

"Oh, bem!", disse o hobbit, desconfortável. "Não é minha, exatamente; mas, bem, estou disposto a deixar que ela contrabalance todas as minhas reivindicações, sabe. Posso ser um gatuno — ou assim dizem eles: pessoalmente, nunca me senti de fato um —, mas sou um gatuno honesto, espero, mais ou menos. De qualquer jeito, estou voltando agora, e os anãos podem fazer o que quiserem comigo. Espero que ela lhes seja útil."

O Rei-élfico olhou para Bilbo com novo assombro. "Bilbo Bolseiro!", disse ele. "Você é mais digno de usar a armadura de príncipes dos elfos do que muitos que tiveram aparência mais formosa com ela. Mas me pergunto se Thorin

Escudo-de-carvalho vai enxergar as coisas desse modo. Tenho mais conhecimento sobre os anãos em geral do que você tem, talvez. Aconselho-o a permanecer conosco, e aqui você há de ser honrado e três vezes bem-vindo."

"Muito obrigado, por certo", disse Bilbo, inclinando-se. "Mas não acho que deva deixar meus amigos desse jeito, depois de tudo o que passamos juntos. E prometi acordar o velho Bombur à meia-noite também! Preciso ir, e rápido."

Nada do que pudessem dizer podia detê-lo; assim, providenciaram-lhe uma escolta e, quando partiu, tanto o rei quanto Bard o saudaram com honra. Conforme atravessavam o acampamento, um velho, envolto num manto escuro, levantou-se da porta de uma tenda, onde estava sentado, e veio na direção dele.

"Muito bem, Sr. Bolseiro!", disse, dando tapinhas nas costas de Bilbo. "Sempre há mais a seu respeito do que qualquer um espera!" Era Gandalf.

Pela primeira vez em muitos dias Bilbo ficou realmente encantado. Mas não havia tempo para todas as perguntas que ele desejava fazer imediatamente.

"Tudo a seu tempo!", disse Gandalf. "As coisas estão se aproximando do fim agora, a menos que eu esteja enganado. Há alguns momentos desagradáveis bem à sua frente; mas mantenha sua coragem! *Pode ser* que você passe bem por tudo isso. Há novidades acontecendo das quais nem os corvos ficaram sabendo. Boa noite!"

Intrigado, mas animado, Bilbo apressou-se. Foi guiado até um vau seguro e levado sem se molhar até o outro lado, e então disse adeus aos elfos e escalou cuidadosamente o caminho de volta ao Portão. Um grande cansaço começou a afetá-lo; mas ainda era bem antes da meia-noite quando subiu com esforço pela corda de novo — ainda estava onde a havia deixado. Desamarrou-a e a escondeu, e depois se sentou em cima da muralha e ficou imaginando, ansioso, o que aconteceria a seguir.

À meia-noite acordou Bombur; e então, por sua vez, enrolou-se no canto, sem ouvir os agradecimentos do velho anão (os quais sentia não merecer muito). Logo caiu em sono profundo, esquecendo todas as suas preocupações até a manhã. Na verdade, estava sonhando com ovos e bacon.

17

AS NUVENS DESABAM

No dia seguinte as trombetas soaram cedo no acampamento. Logo depois, um único mensageiro foi visto, passando apressado pela trilha estreita. A certa distância, ele parou e os chamou, perguntando se Thorin ouviria agora outra embaixada, já que novas notícias tinham chegado e a situação mudara.

"Deve ser Dain!", disse Thorin, quando escutou aquilo. "Devem ter ficado sabendo de sua chegada. Pensei mesmo que isso mudaria o ânimo deles! Mande que venham poucos em número e sem armas, e ouvirei", gritou ele para o mensageiro.

Por volta do meio-dia as bandeiras da Floresta e do Lago foram vistas sendo carregadas adiante de novo. Uma companhia de vinte guerreiros se aproximava. No começo do caminho estreito eles deixaram de lado espada e lança e vieram na direção do Portão. Intrigados, os anãos viram que no meio deles estavam tanto Bard quanto o Rei-élfico, diante dos quais um velho coberto com manto e capuz portava uma forte arca de madeira, montada com ferro.

"Salve, Thorin!", disse Bard. "Ainda tem a mesma opinião?"

"Minha opinião não muda com o nascer e o pôr de uns poucos sóis", respondeu Thorin. "Veio me fazer perguntas inúteis? A hoste-élfica ainda não partiu como mandei! Até lá você virá em vão negociar comigo."

"Não há então nada que levaria você a entregar algo de seu ouro?"

"Nada que você ou seus amigos tenham a oferecer."

"E quanto à Pedra Arken de Thrain?", disse ele, e, no mesmo momento, o velho abriu a arca e ergueu alto a joia. A luz saltou de sua mão, luzente e alva na manhã.

Então Thorin emudeceu de assombro e confusão. Ninguém falou por um longo tempo.

Thorin, por fim, rompeu o silêncio, e sua voz estava repleta de ira. "Essa pedra foi de meu pai e é minha", disse. "Por que eu deveria comprar o que é meu?" Mas o espanto o sobrepujou, e ele acrescentou: "Mas como você achou a herança de minha casa — se é que há necessidade de fazer tal pergunta a ladrões?"

"Não somos ladrões", Bard respondeu. "O que é seu devolveremos em troca do que é nosso."

"Como a achou?", gritou Thorin, em fúria crescente.

"Eu a dei a eles!", guinchou Bilbo, que estava espiando por cima da muralha, a essa altura com um medo terrível.

"Você! Você!", gritou Thorin, voltando-se para ele e agarrando-o com as duas mãos. "Seu hobbit miserável! Seu... gatuno de meia-tigela!", gritou, quase sem achar palavras, e sacudiu Bilbo como se ele fosse um coelho.

"Pela barba de Durin! Queria que Gandalf estivesse aqui! Maldito seja por ter escolhido você! Que a barba dele definhe! Quanto a você, vou jogá-lo nas pedras!", gritou, levantando Bilbo em seus braços.

"Basta! Seu desejo foi concedido!", disse uma voz. O velho que estava com a arca jogou de lado seu capuz e manto. "Aqui está Gandalf! E não cheguei cedo demais, parece. Se não gosta do meu Gatuno, por favor não lhe cause danos. Coloque-o no chão e escute o que ele tem a dizer!"

"Vocês todos parecem ter se aliado!", disse Thorin, depositando Bilbo no topo da muralha. "Nunca mais hei de ter ligações com nenhum mago ou seus amigos. O que tem a dizer, seu descendente de ratos?"

"Minha nossa! Minha nossa!", disse Bilbo. "Estou certo de que tudo isso é muito desconfortável. Será que você se lembra de dizer que eu poderia escolher minha própria décima quarta parte? Talvez eu tenha entendido a frase muito literalmente — já me disseram que anãos às vezes são mais educados em palavras do que em ações. Foi numa hora, de todo modo, em que você parecia achar que eu tinha prestado alguns bons serviços. Descendente de ratos, pois não! É esse o serviço que você e sua família me prometeram, Thorin? Considere que eu peguei a minha parte como desejei e deixe como está!"

"Vou deixar", disse Thorin, soturno. "E também vou deixar você ir embora — e que nunca mais nos encontremos de novo!" Então se virou e falou por cima da muralha. "Fui traído" ele disse. "Imaginaram corretamente que eu não poderia deixar de recuperar a Pedra Arken, tesouro de minha casa. Por ela darei uma décima quarta parte do que tenho em prata e ouro, deixando de lado as gemas; mas isso há de ser contado como a parte prometida a este traidor, e com essa recompensa ele há de partir, e vocês podem dividi-la como quiserem. Ele receberá bem pouco, não duvido. Peguem-no, se querem que ele viva; e nenhuma amizade minha vai com ele.

"Desça agora até seus amigos," disse ele a Bilbo, "ou vou jogá-lo lá embaixo."

"E o ouro e a prata?", perguntou Bilbo.

"Vão ser mandados depois, do jeito que for possível arranjar as coisas", respondeu. "Desça!"

"Enquanto isso, vamos ficar com a pedra", gritou Bard.

"Você não está fazendo uma figura muito esplêndida como Rei sob a Montanha", disse Gandalf. "Mas as coisas ainda podem mudar."

"Podem, de fato", disse Thorin. E, a essa altura, tão forte era o desnorteamento que o tesouro lhe causava que ele estava ponderando se, com a ajuda de Dain, não poderia recapturar a Pedra Arken e reter aquela parte da recompensa.

E assim Bilbo foi içado muralha abaixo, e partiu sem nada que pagasse todos os seus esforços, exceto a armadura que Thorin já tinha lhe dado. Mais de um dos anões sentiram vergonha e pena em seus corações pela partida dele.

"Adeus!", gritou o hobbit. "Pode ser que nos encontremos de novo como amigos."

"Suma daqui!", berrou Thorin. "Carrega em seu corpo uma cota de malha que foi feita pela minha gente e é boa demais para você. Ela não pode ser varada por flechas; mas, se não se apressar, vou ferir seus pés desgraçados. Então seja rápido!"

"Não tão depressa!", disse Bard. "Vamos lhe dar até amanhã. Ao meio-dia retornaremos e veremos se você trouxe da sala do tesouro a porção que deve se equiparar à pedra. Se isso for feito sem engodo, então partiremos, e a hoste élfica voltará para a Floresta. Enquanto isso, adeus!"

Depois disso voltaram para o acampamento; mas Thorin enviou mensagens por meio de Roäc até Dain, contando o que tinha ocorrido e pedindo que ele viesse com cautelosa rapidez.

Aquele dia passou, bem como a noite. No dia seguinte, o vento mudou para o oeste, e o ar se fez escuro e tristonho. A manhã ainda estava no começo quando se ouviu um grito no acampamento. Corredores chegaram para relatar que uma hoste de anãos tinha aparecido ao redor do esporão oriental da Montanha e agora estava se apressando rumo a Valle. Dain chegara. Ele tinha continuado apressado durante a noite e, assim, chegara sobre eles mais cedo do que tinham esperado. Todos os de sua gente estavam trajados com uma couraça de malha de aço que caía até os joelhos, e suas pernas estavam cobertas com uma calça feita de uma rede de metal fina e flexível, cujo segredo de fabricação era posse do povo de Dain. Os anãos são sobremaneira fortes para sua altura, mas a maioria desses era forte até mesmo para anãos. Em batalha, empunhavam picaretas pesadas de duas mãos; mas cada um deles tinha também uma espada curta e larga presa do lado, e um escudo redondo pendurado nas costas. Suas barbas eram bifurcadas e trançadas, ficando enfiadas em seus cintos. Seus capacetes eram de ferro, e eles estavam calçados com ferro, e seus rostos eram sombrios.

Trombetas convocavam homens e elfos às armas. Em pouco tempo os anãos podiam ser vistos subindo o vale em passadas aceleradas. Pararam entre o rio e o esporão oriental; mas alguns continuaram em seu caminho e, cruzando o rio, chegaram perto do acampamento; e ali depuseram suas armas e ergueram as mãos em sinal de paz. Bard saiu para encontrá-los, e com ele foi Bilbo.

"Fomos enviados da parte de Dain, filho de Nain", disseram, quando interpelados. "Vamos com pressa ao encontro de nossos parentes na Montanha, já que soubemos que o reino de outrora foi renovado. Mas quem são vocês, que se sentam na planície como inimigos diante de muralhas defendidas?" Isso, é claro, na linguagem educada e bastante antiquada de tais ocasiões, queria dizer simplesmente: "Vocês não têm nada a fazer aqui. Vamos seguir em frente, então abram caminho ou havemos de lutar com vocês!" Eles pretendiam se enfiar entre a Montanha e a curva do rio; pois o pedaço estreito de terra ali não parecia estar sob forte guarda.

Bard, é claro, se recusou a permitir que os anões continuassem diretamente até a Montanha. Estava determinado a esperar que o ouro e a prata fossem trazidos em troca da Pedra Arken; pois não acreditava que isso seria feito se a fortaleza chegasse a ser guarnecida com tão grande e belicosa companhia. Tinham trazido com eles larga provisão de suprimentos; pois os anões conseguem carregar fardos muito pesados, e quase todos os do povo de Dain, apesar de sua marcha rápida, carregavam imensos alforjes nas costas, além de suas armas. Poderiam resistir a um cerco por semanas, e depois desse tempo ainda mais anões poderiam chegar, e mais outros ainda, pois Thorin tinha muitos parentes. Além disso, seriam capazes de reabrir e guarnecer algum outro portão, de modo que as forças de sítio teriam de cercar a montanha inteira; e para isso não tinham números suficientes.

Esses eram, de fato, precisamente os seus planos (pois os corvos mensageiros tinham ficado muito ocupados voando entre Thorin e Dain); mas no momento o caminho tinha sido barrado, de modo que, depois de trocar palavras raivosas, os mensageiros anões se retiraram resmungando em suas barbas. Bard então mandou mensageiros de imediato ao Portão; mas não acharam nenhum ouro ou pagamento. Flechas voaram assim que se puseram ao alcance de arcos, e eles voltaram apressados e assustados. No acampamento tudo agora era movimento, como se houvesse batalha; pois os anões de Dain estavam avançando ao longo da margem oriental.

"Tolos!", riu Bard. "Não deviam chegar assim sob o braço da Montanha! Não entendem a guerra acima do solo, seja lá o que saibam sobre batalha nas minas. Há muitos de nossos arqueiros e lanceiros escondidos agora nas rochas acima do flanco direito deles. A cota de malha dos anãos pode ser boa, mas logo estarão em grande aperto. Vamos cair sobre eles agora de ambos os lados, antes que estejam totalmente descansados!"

Mas o Rei-élfico disse: "Por muito tempo hei de me demorar antes que comece esta guerra por ouro. Os anãos não podem passar por nós, a menos que o desejemos, ou fazer qualquer coisa que não possamos ver. Esperemos ainda algo que possa trazer reconciliação. Nossa vantagem em números será suficiente se, por fim, tudo terminar em golpes infelizes."

Mas ele não contava com os anãos. A consciência de que a Pedra Arken estava nas mãos dos que sitiavam a Montanha ardia nos pensamentos deles; ademais, percebiam a hesitação de Bard e seus amigos, e resolveram investir enquanto eles debatiam.

Súbito, sem qualquer sinal, avançaram silenciosamente para atacar. Arcos cantaram e flechas assobiaram; a batalha estava prestes a começar.

Ainda mais subitamente, uma escuridão veio sobre eles com horrenda velocidade! Uma nuvem negra correu pelo céu. Trovões de inverno, num vento selvagem, rolaram rugindo e ecoaram pela Montanha, e o relâmpago iluminou o pico. E, debaixo do trovão, outro negrume podia ser visto girando adiante; mas não vinha com o vento, vinha do Norte, como uma vasta nuvem de aves, tão apinhadas que nenhuma luz podia ser vista entre suas asas.

"Alto!", gritou Gandalf, que apareceu subitamente e se postou sozinho, de braços erguidos, entre os anãos que avançavam e as fileiras que os aguardavam. "Alto!", gritou com voz feito trovão, e seu cajado brilhava com uma faísca como a do relâmpago. "O terror veio sobre todos vocês! Ai de nós! Veio mais veloz do que eu imaginava. Os gobelins estão caindo sobre vocês! Bolg[1] do Norte está chegando, ó Dain!, cujo pai você matou em Moria. Eis que os morcegos voam acima do exército dele feito um mar de gafanhotos. Eles montam lobos, e wargs os seguem!"

Assombro e confusão caíram sobre todos eles. Enquanto Gandalf falava, a escuridão crescia. Os anãos se detiveram e fitaram o céu. Os elfos gritaram com muitas vozes.

---

[1] Filho de Azog. Ver p. 51.

"Venham!", convocou-os Gandalf. "Ainda há tempo para um conselho. Que Dain, filho de Nain, venha rapidamente até nós!"

Assim começou uma batalha que ninguém tinha esperado; e recebeu o nome de Batalha dos Cinco Exércitos, e foi muito terrível. De um lado estavam os gobelins e os lobos selvagens, e do outro estavam os elfos, os homens e os anãos. Foi deste modo que ela aconteceu. Desde a queda do Grande Gobelim das Montanhas Nevoentas, o ódio daquela raça pelos anãos se reacendera até se tornar fúria. Mensageiros tinham passado de cá para lá entre todas as cidades, colônias e praças-fortes deles; pois tinham resolvido agora obter o domínio do Norte. Notícias tinham obtido de modos secretos; e, em todas as montanhas, não cessava a forja e o armamento. Então marcharam e se reuniram em monte e vale, seguindo sempre por túneis ou no escuro, até que, em volta e debaixo da grande montanha de Gundabad do Norte, onde ficava a capital deles, uma vasta hoste se ajuntou, pronta para, em tempo de tempestade, descer varrendo sem aviso o Sul. Então souberam da morte de Smaug, e houve júbilo em seus corações; e se apressaram noite após noite através das montanhas, e chegaram assim, afinal, de súbito, do Norte, nos calcanhares de Dain. Nem mesmo os corvos sabiam de sua chegada até que apareceram nas terras fragmentadas que dividiam a Montanha Solitária das colinas atrás dela. Quanto disso Gandalf sabia não se pode dizer, mas está claro que ele não esperava esse assalto repentino.

Este é o plano que ele arquitetou em conselho com o Rei-élfico e com Bard; e com Dain, pois o senhor-anão agora se juntara a eles: os gobelins eram os inimigos de todos, e com sua chegada todas as outras querelas foram esquecidas. A única esperança deles era atrair os gobelins para dentro do vale entre os braços da Montanha; e eles mesmos guarneceriam os grandes esporões que davam para o sul e o leste. Contudo, isso seria perigoso se os gobelins estivessem em número suficiente para ocupar a própria Montanha e, assim, atacá-los também de trás e de cima; mas não havia tempo para arquitetar nenhum outro plano, nem para convocar nenhuma outra ajuda.

Logo o trovão passou, rolando para o Sudeste; mas a nuvem de morcegos, voando mais baixo, passou por cima do flanco da Montanha e girou acima deles, tapando a luz e enchendo-os de terror.

"Para a Montanha!", chamou Bard. "Para a Montanha! Vamos assumir nossos lugares enquanto ainda há tempo!"

No esporão Sul, em suas encostas mais baixas e nas rochas a seus pés, os elfos foram dispostos; no esporão Leste estavam homens e anãos. Mas Bard e alguns dos homens e elfos mais ágeis escalaram o topo do flanco Leste para obter uma boa visão do Norte. Logo puderam ver as terras diante dos sopés da Montanha enegrecidas pela presença de uma multidão apressada. Em pouco tempo a vanguarda deu a volta na ponta do esporão e chegou correndo a Valle. Esses eram os cavalga-lobos mais velozes, e seus gritos e uivos já rasgavam o ar ao longe. Uns poucos homens corajosos foram colocados diante deles para fazer uma finta de resistência, e muitos ali tombaram antes que o resto recuasse e fugisse para ambos os lados. Conforme Gandalf esperava, o exército gobelim tinha se acumulado detrás da vanguarda que sofrera resistência, e agora se despejava raivoso pelo vale, correndo selvagem entre os braços da Montanha, procurando o inimigo. Suas bandeiras eram incontáveis, negras e vermelhas, e vinham feito uma maré, em fúria e desordem.

Foi uma batalha terrível. A mais horrenda de todas as experiências de Bilbo e a que na época ele mais odiou — o que significa que era dela que ele tinha mais orgulho e mais gostava de recordar muito tempo depois, embora tivesse sido bem desimportante nela. Na verdade, posso dizer que colocou seu anel bem no começo do negócio e desapareceu da vista, ainda que não evitasse todo perigo. Um anel mágico daquele tipo não é uma proteção completa num ataque gobelim, nem é capaz de deter flechas que voam e lanças desvairadas; mas de fato ajuda a sair do caminho e impede que sua cabeça seja especialmente escolhida para um golpe de varredura de uma espada gobelim.

Os elfos foram os primeiros a atacar. O ódio que têm dos gobelins é frio e amargo. Suas lanças e espadas brilhavam na treva com um faiscar de chama gélida, tão mortal era a ira das mãos que as seguravam. Assim que a hoste de seus inimigos se adensou no vale, mandaram contra ela uma chuva de flechas, e cada uma delas chamejou enquanto voava, como se com um fogo mordaz. Detrás das flechas um milhar de seus lanceiros saltou para baixo e atacou. Os urros eram ensurdecedores. As rochas foram manchadas de negro com sangue gobelim.

Assim que os gobelins começaram a se recuperar da matança e o ataque-élfico se deteve, ergueu-se através do vale um rugido vindo do fundo da garganta. Com gritos de "Moria!" e "Dain, Dain!", os anãos das Colinas de Ferro mergulharam na luta, empunhando suas picaretas, do outro lado; e ao lado deles vinham os homens do Lago com espadas longas.

O pânico caiu sobre os gobelins; e, enquanto se viravam para enfrentar esse novo ataque, os elfos investiram outra vez com números renovados. Muitos dos gobelins já estavam fugindo para baixo, rumo ao rio, para escapar da armadilha; e muitos de seus próprios lobos estavam se voltando contra eles e dilacerando os mortos e os feridos. A vitória parecia estar à mão quando um grito ecoou nas alturas acima do combate.

Certos gobelins tinham escalado a Montanha, vindos do outro lado, e muitos já estavam nas encostas acima do Portão, e outros iam descendo temerários, sem se preocupar com aqueles que caíam gritando de ravinas e precipícios, para atacar os esporões vindos de cima. Cada um deles podia ser alcançado por trilhas que desciam da massa principal da Montanha no centro; e os defensores tinham pouca gente para conseguir barrar o caminho por muito tempo. A vitória agora deixava de ser uma esperança. Tinham apenas detido a primeira investida da maré negra.

O dia avançava. Os gobelins se reuniram de novo no vale. Ali uma hoste de wargs chegou alucinada, e, com eles, veio a guarda pessoal de Bolg, gobelins de enorme tamanho com cimitarras de aço. Logo a escuridão real veio chegando num céu tempestuoso, enquanto os grandes morcegos ainda davam voltas acima das cabeças e orelhas de elfos e homens, ou se agarravam, feito vampiros, aos feridos. Bard agora estava lutando para defender o esporão Leste e, contudo, ia recuando devagar; e os senhores-élficos estavam encurralados à volta de seu rei no braço sul, perto do posto de vigia em Montecorvo.

Súbito, ouviu-se um grande grito, e do Portão veio o toque de uma trombeta. Tinham se esquecido de Thorin! Parte da muralha, movida por alavancas, caiu com um estrondo na represa. Saltou para fora o Rei sob a Montanha, e seus companheiros o seguiram. Capuz e manto tinham desaparecido; envergavam armaduras reluzentes, e uma luz rubra saltava de seus olhos. Na treva, o grande anão chamejava feito ouro num fogo moribundo.

Rochas foram lançadas do alto pelos gobelins; mas eles continuaram, saltaram até os pés da queda d'água e avançaram para a batalha. Lobo e cavaleiro caíam ou corriam diante deles. Thorin dava com seu machado golpes poderosos, e nada parecia feri-lo.

"A mim! A mim! Elfos e homens! A mim, ó minha gente!", gritou, e sua voz ecoava feito uma trompa no vale.

Descendo, sem se importar com qualquer ordem, acorreram todos os anãos de Dain a ajudá-lo. Desceram também muitos dos Homens-do-lago, pois Bard não pôde impedi-los; e do outro lado vieram muitos dos lanceiros dos elfos. Mais uma vez os gobelins foram destroçados no vale; e foram empilhados até que Valle se tornou escura e horrenda com seus cadáveres. Os wargs se dispersaram, e Thorin abriu caminho até a guarda pessoal de Bolg. Mas não conseguiu varar as fileiras deles.

Atrás de Thorin, em meio aos gobelins mortos, jaziam muitos homens e muitos anãos, e muitíssimos belos elfos que deveriam ter vivido ainda longas eras alegremente nas matas. E, conforme o vale se alargava, sua investida se tornou cada vez mais lenta. Seus números eram muito poucos. Seus flancos estavam desguarnecidos. Não demorou para que os atacantes fossem atacados, sendo forçados a formar um grande círculo, voltados para todos os lados, pressionados à sua volta por gobelins e lobos que retornavam ao assalto. A guarda pessoal de Bolg veio uivando contra eles e investiu contra suas fileiras feito ondas sobre encostas de areia. Seus amigos não tinham como ajudá-los, pois o assalto vindo da Montanha foi renovado com força redobrada, e de ambos os lados homens e elfos iam sendo lentamente sobrepujados.

Tudo isso Bilbo observou horrorizado. Tinha assumido seu posto em Montecorvo, em meio aos elfos — parcialmente porque havia mais chance de escapar naquele ponto e parcialmente (com a parte mais Tûk de sua cabeça) porque, se tivesse de participar de uma última resistência desesperada, preferia, no geral, defender o Rei-élfico. Gandalf, também, posso dizer, estava lá, sentado no chão, como que em pensamentos profundos, preparando, suponho, uma última explosão de magia antes do fim. Tal fim não parecia muito distante. "Não vai demorar muito agora", pensou Bilbo, "para que os gobelins conquistem o Portão e para que todos sejamos massacrados ou desbaratados e capturados. Realmente é o bastante para fazer o sujeito chorar, depois de tudo o que se passou. Eu preferiria que o velho Smaug tivesse ficado com toda a porcaria do tesouro a ver essas criaturas vis obtê-lo, e que o pobre velho Bombur, e Balin e Fili e Kili e todo o resto tivessem um mau fim; e Bard também, e os Homens-do-lago, e os elfos alegres. Mísero que sou! Já ouvi canções sobre muitas batalhas e sempre entendi que a derrota pode ser gloriosa. Mas parece muito desconfortável, para não dizer desanimadora. Queria era estar bem fora disso."

As nuvens foram rasgadas pelo vento, e um pôr do sol vermelho irrompeu no Oeste. Vendo o clarão repentino na treva, Bilbo olhou em volta. Deu um grande grito: tivera uma visão que fez seu coração pular, formas escuras, mas majestosas, contra o brilho distante.

"As águias! As águias!", berrou. "As águias estão vindo!"

Os olhos de Bilbo raramente erravam. As águias estavam vindo, descendo pelo vento, fila após fila, em tal hoste que só podia ter se reunido de todos os ninhais do Norte.

"As águias! As águias!", Bilbo gritou, dançando e agitando os braços. Se os elfos não conseguiam vê-lo, conseguiam ouvi-lo. Logo eles também aderiram ao grito, que ecoou vale afora. Muitos olhos admirados olharam para cima, embora por enquanto nada pudesse ser visto, exceto dos flancos ao sul da Montanha.

"As águias!", gritou Bilbo uma vez mais, mas naquele momento uma pedra, caindo lá de cima, golpeou com força o seu elmo, e ele caiu com um estrondo e não soube de mais nada.

18

A Viagem de Volta

Quando Bilbo voltou a si, estava literalmente por si só. Estava deitado nas pedras aplainadas de Montecorvo, e não havia ninguém por perto. Um dia sem nuvens, mas frio, estendia-se acima dele. Estava tremendo e gélido feito pedra, mas sua cabeça ardia como se estivesse em chamas.

"Ora, o que será que aconteceu?", disse a si mesmo. "De qualquer modo até agora não sou um dos heróis que tombaram; mas suponho que ainda haja tempo suficiente para isso!"

Sentou-se todo dolorido. Olhando para o vale, não conseguiu ver nenhum gobelim vivo. Depois de um tempo, quando suas ideias clarearam um pouco, ele pensou ter conseguido ver elfos se movendo nas rochas lá embaixo. Esfregou os olhos. Decerto havia ainda um acampamento na planície, a alguma distância dali; e havia idas e vindas em volta do Portão? Anãos pareciam estar ocupados removendo a muralha. Mas tudo estava numa quietude mortal. Não havia nenhum chamado, nem eco algum de canção. A tristeza parecia estar no ar.

"Vitória afinal, suponho!", disse ele, sentindo sua cabeça dolorida. "Bem, parece um negócio muito sombrio."

De repente, percebeu que um homem estava subindo e vinha na direção dele.

"Olá aí!", chamou com voz trêmula. "Olá aí! Quais as notícias?"

"Que voz é essa que fala em meio às pedras?", disse o homem, parando e olhando à sua volta não muito longe de onde Bilbo estava sentado.

Bilbo então se lembrou de seu anel! "Ora, abençoado eu seja!", disse. "Essa invisibilidade tem suas desvantagens, afinal.

Do contrário, suponho que eu poderia ter passado uma noite quentinha e confortável na cama!"

"Sou eu, Bilbo Bolseiro, companheiro de Thorin!", gritou, tirando apressadamente o anel.

"É bom que eu o tenha encontrado!", disse o homem, andando na direção dele. "Precisam de você, e eu o procurei por muito tempo. Teria sido contado entre os mortos, que são muitos, se Gandalf, o mago, não tivesse dito que sua voz foi ouvida pela última vez neste lugar. Fui mandado até aqui para procurar pela última vez. Está muito ferido?"

"Uma porcaria de pancada na cabeça, eu acho", disse Bilbo. "Mas tenho um elmo e um crânio duro. Mesmo assim, sinto-me enjoado, e minhas pernas parecem feitas de palha."

"Vou carregá-lo até o acampamento lá embaixo, no vale", disse o homem, e se pôs a levá-lo com facilidade.

Ele era rápido e de pisadas seguras. Não demorou para que Bilbo fosse depositado diante de uma tenda em Valle; e lá estava Gandalf, com o braço numa tipoia. Nem o mago tinha escapado sem um ferimento; e havia poucos ilesos em toda a hoste.

Quando Gandalf viu Bilbo, ficou encantado. "Bolseiro!", exclamou. "Ora, que coisa! Vivo, afinal — *estou* contente! Comecei a me perguntar se até mesmo a sua sorte seria capaz de salvá-lo! Foi um negócio terrível e quase desastroso. Mas outras notícias podem esperar. Venha!", disse, com mais gravidade. "Requisitam sua presença"; e, conduzindo o hobbit, levou-o consigo para dentro da tenda.

"Salve, Thorin!", disse quando entrou. "Eu o trouxe."

Ali, de fato, jazia Thorin Escudo-de-carvalho, ferido com muitas feridas, e sua armadura rasgada e machado sem gume estavam jogados sobre o chão. Ele olhou para cima quando Bilbo se pôs ao lado dele.

"Adeus, bom ladrão", disse ele. "Vou agora para os salões de espera sentar-me ao lado de meus pais, até que o mundo seja renovado. Uma vez que agora deixo todo ouro e toda prata, e vou aonde são de pequena valia, desejo me despedir em amizade de você e queria retirar minhas palavras e ações no Portão."

Bilbo se apoiou em um dos joelhos, cheio de tristeza. "Adeus, Rei sob a Montanha!", disse. "Esta é uma aventura amarga, se tem de terminar assim; e nem uma montanha de ouro pode torná-la boa. Contudo, estou contente de ter partilhado de seus perigos — isso foi mais do que qualquer Bolseiro merece."

"Não!", disse Thorin. "Há mais bem em você do que sabe, filho do gentil Oeste. Alguma coragem e alguma sabedoria, mescladas em boa medida. Se mais de nós dessem valor à comida, à alegria e às canções acima do ouro entesourado, este seria um mundo mais feliz. Mas, triste ou feliz, devo deixá-lo agora. Adeus!"

Então Bilbo deu meia-volta, e saiu por ali a sós, e se sentou sozinho embrulhado num cobertor, e, acredite você ou não, chorou até seus olhos ficarem vermelhos e sua voz ficar rouca. Ele era uma alminha gentil. De fato, demorou antes que tivesse coragem de contar uma piada de novo. "Foi por misericórdia", disse ele por fim a si mesmo, "que acordei na hora certa. Queria que Thorin estivesse vivo, mas estou contente que nos separamos de modo gentil. Você é um bobo, Bilbo Bolseiro, e fez uma grande bagunça com aquele negócio da pedra; e houve uma batalha, apesar de todos os seus esforços para adquirir paz e quietude, mas suponho que dificilmente possa ser culpado por isso."

Tudo o que tinha acontecido depois que desmaiou Bilbo ficou sabendo mais tarde; mas aquilo lhe deu mais tristeza que alegria, e estava agora cansado de sua aventura. Seus ossos doíam de vontade de fazer a viagem de volta. Isso, entretanto, demorou um pouco, então, nesse meio-tempo, vou lhe contar algo sobre o que ocorreu. As águias suspeitavam havia muito que os gobelins se reuniriam; de sua vigilância os movimentos nas montanhas não podiam ser de todo escondidos. Assim, elas também se haviam congregado em grandes números, sob as ordens da Grande Águia das Montanhas Nevoentas; e, por fim, farejando a batalha ao longe, tinham vindo velozes, descendo pela ventania no momento exato. Foram elas que desalojaram os gobelins das encostas da montanha, lançando-os em precipícios ou empurrando-os, gritando e desnorteados, para o meio de seus inimigos. Não demorou para que libertassem a Montanha Solitária, e elfos e homens de ambos os lados do vale conseguiram vir, enfim, ao auxílio de suas forças na batalha lá embaixo.

Mas, mesmo com as águias, ainda estavam em menor número. Na última hora, o próprio Beorn tinha aparecido — ninguém sabia como ou de onde. Veio sozinho, e em forma de urso; e parecia ter crescido até chegar quase ao tamanho de um gigante em sua ira.

O rugido de sua voz era como o de tambores e canhões; e ele jogou para longe os lobos e gobelins que estavam em seu caminho como se fossem palha e penas. Caiu sobre a retaguarda deles e irrompeu feito um estrondo de trovão através do círculo que tinham formado. Os anãos ainda estavam defendendo uma posição em volta de seus senhores, em cima de uma colina baixa e arredondada. Então Beorn se abaixou e ergueu Thorin, que tinha tombado, vazado por lanças, e o carregou para fora da luta.

Rapidamente retornou, e sua ira se redobrara, de modo que nada podia detê-lo, e nenhuma arma parecia feri-lo. Dispersou a guarda pessoal de Bolg, arrastou-o para o chão e o esmagou. Então o desespero caiu sobre os gobelins, e eles fugiram em todas as direções. Mas o cansaço abandonou os inimigos deles com a chegada da nova esperança, e os perseguiram de perto e impediram que a maioria escapasse para onde pudesse. Empurraram muitos para dentro do Rio Rápido, e aqueles que fugiram para o sul ou oeste eles caçaram nos charcos em volta do Rio da Floresta; e ali a maior parte dos últimos fugitivos pereceu, enquanto aqueles que chegaram com dificuldade ao reino dos Elfos-da-floresta lá foram mortos, ou arrastados para morrer nas profundezas da escuridão sem caminhos de Trevamata. Dizem as canções que três partes dos guerreiros gobelins do Norte pereceram naquele dia, e as montanhas tiveram paz por muitíssimos anos.

A vitória fora assegurada antes do cair da noite; mas a perseguição ainda prosseguia quando Bilbo retornou ao acampamento; e não havia muitos no vale, salvo os mais gravemente feridos.

"Onde estão as águias?", perguntou ele a Gandalf naquela noite, deitado e enrolado em muitos cobertores quentes.

"Algumas saíram à caça," disse o mago, "mas a maioria voltou a seus ninhais. Não queriam ficar aqui e partiram com a primeira luz da manhã. Dain coroou o chefe delas com ouro e jurou amizade para com elas para sempre."

"Sinto muito. Quero dizer, gostaria de vê-las de novo", disse Bilbo, sonolento; "talvez eu as veja no caminho para casa. Suponho que voltarei para casa logo?"

"Tão logo quiser", disse o mago.

Na verdade, demorou alguns dias antes que Bilbo realmente partisse. Enterraram Thorin nas profundezas sob a Montanha, e Bard pôs a Pedra Arken sobre o peito dele.

"Que ela fique ali até que a Montanha caia!", disse. "Que traga boa sorte a todo o seu povo que habitar aqui doravante!"

Sobre o túmulo de Thorin o Rei-élfico então dispôs Orcrist, a espada élfica que tinha sido tirada dele no cativeiro. Contam as canções que ela sempre brilhava no escuro se inimigos se aproximavam, de modo que a fortaleza dos anãos não podia ser tomada de surpresa. Ali então Dain, filho de Nain, fez sua morada, e ele se tornou Rei sob a Montanha, e com o tempo muitos outros anãos se juntaram a seu trono nos antigos salões. Dos doze companheiros de Thorin, dez restavam. Fili e Kili tinham tombado a defendê-lo com escudo e corpo, pois era o irmão mais velho da mãe deles. Os outros permaneceram com Dain, pois Dain era generoso com seu tesouro.

Não havia mais, é claro, razão para dividir o tesouro em partes conforme tinha sido planejado, para Balin e Dwalin, e Dori e Nori e Ori, e Oin e Gloin, e Bifur e Bofur e Bombur — ou para Bilbo. Contudo, uma décima quarta parte de toda a prata e todo o ouro, trabalhado e não trabalhado, foi entregue a Bard; pois Dain disse: "Honraremos o acordo do falecido, e ele agora tem consigo a Pedra Arken".

Mesmo uma décima quarta parte era riqueza sobremaneira grande, maior do que a de muitos reis mortais. Daquele tesouro Bard enviou muito ouro ao Mestre da Cidade-do-lago; e recompensou com liberalidade seus seguidores e amigos. Ao Rei-élfico ele deu as esmeraldas de Girion, joias tais como as que ele mais amava, as quais Dain lhe havia restituído.

A Bilbo ele disse: "Este tesouro é tão seu quanto meu; embora os antigos acordos não possam vigorar, já que tantos tomaram parte no trabalho de conquistá-lo e defendê-lo. Contudo, ainda que você tenha se disposto a deixar de lado todas as suas reivindicações, eu desejaria que as palavras de Thorin, das quais ele se arrependeu, não se mostrassem verdadeiras: que nós lhe daríamos pouco. Desejo recompensá-lo mais ricamente do que a todos os demais."

"Muito gentil da sua parte", disse Bilbo. "Mas realmente é um alívio para mim. De que modo eu conseguiria levar todo aquele tesouro para casa, sem guerra e assassinato ao longo do caminho todo, eu não sei. E não sei o que faria com ele quando chegasse em casa. Estou certo de que é melhor deixá-lo em suas mãos."

No fim, quis levar apenas duas arcas pequenas, uma cheia de prata e a outra cheia de ouro, do tipo que um só pônei forte conseguiria carregar. "Isso será o máximo que consigo transportar.", disse ele.

Por fim, chegou a hora de dizer adeus a seus amigos. "Adeus, Balin!", disse; "e adeus, Dwalin; e adeus, Dori, Nori, Ori, Oin, Gloin, Bifur, Bofur e Bombur! Que suas barbas nunca se tornem ralas!" E, voltando-se na direção da Montanha, acrescentou: "Adeus, Thorin Escudo-de-carvalho! E Fili e Kili! Que a lembrança de vocês nunca esvaneça!"

Então os anãos curvaram-se profundamente diante de seu Portão, mas as palavras pareciam grudar em suas gargantas. "Adeus e boa sorte, aonde quer que você vá!", disse Balin, por fim. "Se alguma vez nos visitar de novo, quando nossos salões se fizerem belos uma vez mais, então o banquete há de ser de fato esplêndido!"

"Se alguma vez estiverem passando lá perto de casa," disse Bilbo, "não hesitem em bater! O chá é às quatro; mas qualquer um de vocês é bem-vindo a qualquer hora!"

Então virou-se para partir.

A hoste-élfica estava em marcha; e, se tristemente tinha diminuído, ainda assim muitos estavam contentes, pois agora o mundo setentrional seria mais feliz por muitíssimos e longos dias. O dragão estava morto, e os gobelins, sobrepujados, e seus corações aguardavam, depois do inverno, uma primavera de regozijo.

Gandalf e Bilbo cavalgavam atrás do Rei-élfico, e ao lado deles caminhava Beorn, mais uma vez em forma de homem, e ele ria e cantava em alta voz pela estrada. Assim prosseguiram, até que se aproximaram das fronteiras de Trevamata, ao norte do lugar onde o Rio da Floresta desaguava. Então pararam, pois o mago e Bilbo não queriam entrar na mata, ainda que o rei lhes pedisse para ficar algum tempo em seu palácio. Pretendiam seguir pela borda da floresta e dar a volta em sua margem setentrional, pelo ermo que havia entre ela e o começo das Montanhas Cinzentas. Era uma rota comprida e tristonha, mas, agora que os gobelins tinham sido esmagados, parecia-lhes mais segura do que as trilhas horrendas sob as árvores. Ademais, Beorn estava indo por aquele caminho também.

"Adeus, ó Rei-élfico!", disse Gandalf. "Que seja alegre a verdemata, enquanto o mundo ainda é jovem! E que seja alegre todo o seu povo!"

"Adeus, ó Gandalf!", disse o rei. "Que você sempre apareça quando for mais necessário e menos esperado! Quanto mais aparecer em meus salões, mais hei de me comprazer!"

"Imploro-lhe", disse Bilbo, gaguejando e se apoiando num pé só, "que aceite este presente!" e exibiu um colar de prata e pérolas que Dain lhe dera quando se despediram.

"De que modo ganhei direito a tal presente, ó hobbit?", disse o rei.

"Bem, há, eu pensei, sabe," disse Bilbo, bastante confuso, "que, há, alguma pequena recompensa deveria ser dada por sua, há, hospitalidade. Quero dizer, até um gatuno tem seus sentimentos. Bebi muito de seu vinho e comi muito de seu pão."

"Receberei seu presente, ó Bilbo, o Magnífico!", disse o rei, muito grave. "E lhe dou o nome de amigo-dos-elfos e abençoado. Que sua sombra nunca fique menor (ou então roubar seria fácil demais)! Adeus!"

Então os elfos se voltaram na direção da Floresta, e Bilbo começou seu longo caminho para casa.

Teve muitas dificuldades e aventuras antes de voltar. O Ermo ainda era o Ermo, e havia muitas outras coisas nele naqueles dias além de gobelins; mas Bilbo foi muito bem guiado e bem protegido — o mago estava com ele, assim como Beorn, por boa parte do caminho — e ele nunca correu grande perigo de novo. De todo modo, no meio-do-inverno Gandalf e Bilbo já tinham feito todo o caminho de volta, ao longo de ambas as bordas da Floresta, até as portas da casa de Beorn; e ali, por algum tempo, ambos ficaram. O dia de Iule[1] por lá foi aconchegante e alegre; e os homens vieram de todo canto para se banquetear a convite de Beorn. Os gobelins das Montanhas Nevoentas agora eram poucos e estavam aterrorizados e se escondiam nos buracos mais fundos que podiam achar; e os wargs tinham desaparecido dos bosques, de modo que os homens podiam sair sem medo. Beorn, de fato, se tornou um grande chefe naquelas regiões mais tarde e governou uma terra vasta entre as montanhas e a mata; e conta-se que por muitas gerações os homens de sua linhagem tinham o poder de assumir a forma de urso, e alguns foram homens soturnos e maus, mas a maioria tinha um coração como o de Beorn, ainda que fossem menores em tamanho e força. Nos dias deles, os últimos gobelins foram caçados nas Montanhas Nevoentas, e uma nova paz sobreveio à borda do Ermo.

Já era primavera, das bonitas, com clima ameno e sol brilhante, quando Bilbo e Gandalf se despediram enfim de Beorn, e, embora ansiasse por chegar em casa, Bilbo partiu arrependido, pois as flores dos jardins de Beorn eram, na primavera, não menos maravilhosas do que no alto verão.

Por fim subiram aquela estrada comprida e alcançaram o exato passo onde os gobelins os tinham capturado antes. Mas chegaram àquele ponto elevado de manhã e, olhando para trás, viram um sol alvo brilhando sobre as terras que se espalhavam lá embaixo. Lá atrás estava Trevamata, azulada na lonjura e de um verde-escuro na borda mais próxima, mesmo na primavera. Lá, muito ao longe, estava a Montanha Solitária, no limiar da visão. Em seu pico mais alto, a neve ainda não derretida luzia pálida.

---

[1] Equivalente, grosso modo, ao Natal do calendário cristão. [N. T.]

"E assim vem a neve depois do fogo, e até dragões têm seu fim!", disse Bilbo, e deu as costas à sua aventura. A parte Tûk dele estava ficando muito cansada, e a parte Bolseiro se tornava mais forte a cada dia. "Agora queria só estar na minha própria poltrona!", disse.

19

O ÚLTIMO ESTÁGIO

Foi no primeiro dia de maio que os dois voltaram afinal à beira do vale de Valfenda, onde ficava a Última (ou a Primeira) Casa Hospitaleira. De novo era o anoitecer, seus pôneis estavam cansados, especialmente o que carregava a bagagem; e todos eles sentiam necessidade de descanso. Conforme desciam a trilha íngreme, Bilbo ouviu os elfos ainda cantando nas árvores, como se não tivessem parado desde que ele se fora; e, assim que os cavaleiros desceram até as clareiras mais baixas da mata, explodiram numa canção de um tipo muito semelhante ao de antes. Isto dá uma ideia de como era:

O dragão, ressequido,
De esqueleto rachado,
Foi-lhe o ventre partido
E o esplendor humilhado!
Quando a espada sem fio
E mil tronos perecem,
Roubam de homens o brio
E bens que os enriquecem,
Cá tem relva crescendo
E folhas balançando,
Água fresca correndo
E elfos inda cantando
  Vem! Trá-lá-lá-láli!
  Vem ver de novo o vale!

Astros são mais luzentes
Que joias sem medida,
Raios da lua, ardentes

Mais que prata esquecida;
O fogo tão brilhante,
Lareira crepitando,
É mais que diamante,
Por que ficar vagando?
   Oh! Trá-lá-lá-láli
   Vem ver de novo o Vale.

Oh! Aonde estão indo,
Tão tarde retornando?
O rio está fluindo,
As estrelas brilhando!
Oh! Por que vão nas selas
Tristes e desolados?
Aqui elfo e donzela
Acolhem os cansados
   Com Trá-lá-lá-láli
   Vem ver de novo o Vale,
     Trá-lá-lá-láli
     Fá-lá-lá-láli
        Fá-lá![1]

    Então os elfos do vale vieram saudá-los e os levaram, atravessando a correnteza, até a casa de Elrond. Ali uma recepção calorosa lhes foi dada, e havia muitos ouvidos ávidos, naquela noite, para escutar a história de suas aventuras. Gandalf foi quem falou, pois Bilbo tinha ficado quieto e sonolento. A maior

---

[1] *The dragon is withered, / His bones are now crumbled; / His armour is shivered, / His splendour is humbled! / Though sword shall be rusted, / And throne and crown perish / With strength that men trusted / And wealth that they cherish, / Here grass is still growing, / And leaves are yet swinging, / The white water flowing, / And elves are yet singing / Come! Tra-la-la-lally! / Come back to the valley! / The stars are far brighter / Than gems without measure, / The moon is far whiter / Than silver in treasure; / The fire is more shining / On hearth in the gloaming / Than gold won by mining, / So why go a-roaming? / O! Tra-la-la-lally / Come back to the Valley. / O! Where are you going, / So late in returning? / The river is flowing, / The stars are all burning! / O! Whither so laden, / So sad and so dreary? / Here elf and elf-maiden / Now welcome the weary / With Tra-la-la-lally / Come back to the Valley, / Tra-la-la-lally / Fa-la-la-lally / Fa-la!*

parte da história ele conhecia, pois fizera parte dela, e contara ele mesmo muitas de suas aventuras ao mago durante o caminho de volta ou na casa de Beorn; mas de vez em quando ele abria um olho e escutava, quando uma parte da história que ele ainda não conhecia era narrada.

Foi dessa maneira que ele descobriu para onde Gandalf tinha ido; pois acabou ouvindo as palavras do mago a Elrond. Parece que Gandalf havia ido a um grande conselho dos magos brancos, mestres do saber e da magia boa; e que eles tinham afinal expulsado o Necromante de seu forte sombrio, no sul de Trevamata.

"Agora não vai demorar muito", ia dizendo Gandalf, "para que a Floresta se torne um pouco mais sadia. O Norte ficará liberto daquele horror por muitos e longos anos, espero. Contudo, gostaria que o Necromante fosse banido do mundo!"

"Seria um bem, de fato," disse Elrond; "mas temo que não venha a acontecer nesta era do mundo, ou por muitas eras no futuro."

Quando a história de suas jornadas foi contada, vieram outras histórias, e ainda mais histórias, histórias de muito tempo atrás e histórias de coisas novas, e histórias sem tempo algum, até que a cabeça de Bilbo caiu-lhe em cima do peito, e ele ficou roncando confortavelmente num canto.

Acordando, achou-se numa cama alva, e a lua brilhava na janela aberta. Debaixo da janela muitos elfos estavam cantando com vozes fortes e claras nas beiradas do riacho.

Cantai jubilosos, cantai em harmonia!
Há vento nos galhos, vento na grama fria;
Há florada de estrelas, a Lua floresce,
Reluzem janelas quando a Noite desce.

Dançai jubilosos, dançai em harmonia!
Suave é a relva, nos pés é macia!
De prata é o rio, as sombras se vão;
Alegre maio é o mês, alegra a junção.

Cantemos mansinho e seus sonhos trancemos!
Teçamos seu sono e nele o deixemos!
Dorme o viandante. Sê leve, ó travesseiro!

> *Ninai-o! Ninai-o! Amieiro e Salgueiro!*
> *Não gemas, Cedro, até a hora do orvalho!*
> *Desce, Lua! Cobre-te, terra!*
> *Quietos! Quietos! Freixo e Carvalho!*
> *Aquiete-se a água e a noite se encerra!*[2]

"Bem, Gente Alegre!", disse Bilbo, olhando para fora. "Que horas são, segundo a lua? Sua canção de ninar acordaria até um gobelim bêbado! Mas agradeço."

"E seus roncos acordariam até um dragão de pedra — mas agradecemos", responderam eles em meio a risos. "Estamos chegando perto da aurora, e você já está dormindo desde o princípio da noite. Amanhã, talvez, esteja curado do cansaço."

"Um pouco de sono opera uma ótima cura na casa de Elrond," disse ele, "mas vou aproveitar toda a cura que puder conseguir. Uma segunda boa noite, belos amigos!" E com isso voltou para a cama e dormiu até o final da manhã.

O cansaço o deixou logo naquela casa, e Bilbo compartilhou muitas brincadeiras e danças, cedo e tarde, com os elfos do vale. No entanto, mesmo aquele lugar não era capaz de segurá-lo muito, e ele pensava sempre em sua própria casa. Depois de uma semana, portanto, disse adeus a Elrond e, dando-lhe presentes simples que ele podia aceitar, foi-se embora cavalgando com Gandalf.

Assim que deixaram o vale, o céu escureceu no Oeste na frente deles, e vento e chuva vieram ao encontro dos dois.

"Alegre é o mês de maio!", disse Bilbo, enquanto a chuva batia no seu rosto. "Mas demos as costas para as lendas e estamos voltando para casa. Suponho que este seja o primeiro gosto disso."

---

[2] *Sing all ye joyful, now sing all together! / The wind's in the tree-top, the wind's in the heather; / The stars are in blossom, the moon is in flower, / And bright are the windows of Night in her tower. / Dance all ye joyful, now dance all together! / Soft is the grass, and let foot be like feather! / The river is silver, the shadows are fleeting; / Merry is May-time, and merry our meeting. / Sing we now softly, and dreams let us weave him! / Wind him in slumber and there let us leave him! / The wanderer sleepeth. Now soft be his pillow! / Lullaby! Lullaby! Alder and Willow! / Sigh no more Pine, till the wind of the morn! / Fall Moon! Dark be the land! / Hush! Hush! Oak, Ash, and Thorn! / Hushed be all water, till dawn is at hand!*

"Ainda há uma longa estrada pela frente", disse Gandalf.
"Mas é a última estrada", disse Bilbo.

Chegaram ao rio que marcava a exata margem da terra fronteiriça do Ermo e ao vau debaixo da barranca íngreme do qual talvez você se lembre. A água tinha ficado mais profunda, tanto com o derretimento das neves, por causa da aproximação do verão, como pela chuva de um dia inteiro; mas atravessaram, com alguma dificuldade, e seguiram em frente, conforme caía a noite, no último estágio de sua jornada.

Esse estágio foi muito parecido com a viagem de antes, exceto pelo fato de que a companhia tinha ficado bem menor e mais silenciosa; além disso, dessa vez não apareceram trols. Em cada ponto da estrada Bilbo recordava os acontecimentos e as palavras do ano anterior — pareciam-lhe mais dez anos do que um —, de modo que, é claro, ele notou rapidamente o lugar onde o pônei tinha caído no rio e onde tinham se desviado para enfrentar a terrível aventura com Tom e Bert e Bill.

Não muito longe da estrada encontraram o ouro dos trols, que tinham enterrado, ainda escondido e intocado. "Tenho o suficiente para o resto da vida", disse Bilbo, quando desenterraram o ouro. "É melhor você pegar isso aqui, Gandalf. Ouso dizer que você consegue dar alguma utilidade para ele."

"De fato consigo!", disse o mago. "Mas o negócio é repartir. Pode ser que você descubra que tem mais necessidades do que imagina."

Assim, puseram o ouro em alforjes e os colocaram sobre os pôneis, que não ficaram nem um pouco contentes com aquilo. Depois disso, seu avanço ficou mais lento, pois, na maior parte do tempo, iam caminhando. Mas a região estava verdejante, e havia muita relva, através da qual o hobbit ia andando cheio de contentamento. Enxugava o rosto com um lenço de seda vermelho — não! Nem unzinho só dos seus lenços tinha sobrevivido, ele emprestara esse de Elrond —, pois a essa altura o mês de junho trouxera o verão, e o tempo estava claro e quente de novo.

Como todas as coisas chegam a um fim, até mesmo esta história um dia chegou, afinal, quando ficou à vista deles o país onde Bilbo tinha nascido e se criado, onde as formas da terra e das árvores eram tão conhecidas dele quanto suas mãos e os dedos de seus pés. Chegando a um ponto elevado, ele conseguiu ver sua própria Colina na distância e parou de repente e disse:

> *Estradas sempre avante vão*
> *Por floresta e por solar,*
> *Cruzam gruta e escuridão*
> *E rios que não vão pro mar;*
> *Passam por neve e geada,*
> *Varam relva e rocha nua,*
> *Alcançam de junho a florada*
> *E até as montanhas na lua.*
>
> *Estradas sempre avante vão,*
> *Cobrem-nas astros a brilhar,*
> *Até que os pés que longe estão*
> *Fazem o retorno ao lar.*
> *Olhos que viram fogo e espada*
> *E horror nos salões de pedra*
> *Fitam de novo a terra amada,*
> *Colinas onde a hera medra.*[3]

Gandalf olhou para ele. "Meu caro Bilbo!", disse. "Alguma coisa aconteceu com você! Não é mais o hobbit que um dia foi."

E assim atravessaram a ponte e passaram pelo moinho na beira do rio e chegaram direto à porta da casa de Bilbo.

"Minha nossa! O que está acontecendo?", gritou ele. Havia uma grande comoção, e pessoas de todos os tipos, respeitáveis e desrespeitáveis, juntavam-se em torno da porta, e muitos estavam entrando e saindo — sem nem limpar os pés no tapete, como Bilbo notou com irritação.

---

[3] *Roads go ever ever on, / Over rock and under tree, / By caves where never sun has shone, / By streams that never find the sea; / Over snow by winter sown, / And through the merry flowers of June, / Over grass and over stone, / And under mountains in the moon. / Roads go ever ever on / Under cloud and under star, / Yet feet that wandering have gone / Turn at last to home afar. / Eyes that fire and sword have seen / And horror in the halls of stone / Look at last on meadows green / And trees and hills they long have known.*

Se ele ficou surpreso, os demais ficaram ainda mais surpresos. Bilbo tinha chegado bem no meio de um leilão! Havia um grande aviso em vermelho e preto pendurado no portão, informando que no dia 22 de junho os Srs. Fossador, Fossador e Covas venderiam em leilão os bens do finado Bilbo Bolseiro, Cavalheiro, morador de Bolsão, Sotomonte, Vila dos Hobbits. Venda a começar às dez em ponto. Já era quase hora do almoço, e a maioria das coisas já tinha sido vendida, por vários preços que iam de quase nada até velhas canções (como não é incomum em leilões). Os primos de Bilbo, os Sacola-Bolseiros, estavam, de fato, ocupados em medir os cômodos da casa para ver se a mobília deles ia caber ali. Resumindo, Bilbo tivera sua "Morte Presumida", e nem todos os que diziam isso ficaram contentes ao descobrir que a presunção estava errada.

O retorno do Sr. Bilbo Bolseiro criou uma bela balbúrdia, tanto sob a Colina como acima da Colina, e do outro lado do Água; foi algo bem maior do que nove dias de falatório. O incômodo do ponto de vista legal, de fato, durou anos. Passou bastante tempo antes que admitissem que o Sr. Bolseiro estava vivo, aliás. As pessoas que tinham feito negócios especialmente bons na Venda deram trabalho para ser convencidas; e, no fim das contas, para não perder tempo, Bilbo teve de recomprar uma boa parte da sua própria mobília. Muitas das suas colheres de prata desapareceram misteriosamente e nunca foram encontradas. Pessoalmente, ele suspeitava dos Sacola-Bolseiros. Eles, por sua vez, nunca admitiram que o Bolseiro que regressara fosse genuíno e nunca mais tiveram relações amigáveis com Bilbo. Realmente queriam muito viver na gostosa toca de hobbit dele.

De fato, Bilbo descobriu que tinha perdido mais do que as colheres — tinha perdido sua reputação. É verdade que, pelo resto da vida, continuou a ser um amigo-dos-elfos, e era honrado por anões, magos e toda a gente desse tipo que passava por aquele lado; mas não era mais exatamente respeitável. Todos os hobbits da vizinhança, de fato, consideravam-no "esquisito" — exceto seus sobrinhos e sobrinhas do lado Tûk da família, mas até eles não eram encorajados pelos mais velhos a manter aquela amizade.

Sinto dizer que ele não se importava. Estava bem contente; e o som da sua chaleira no fogo passou a ser até mais musical do que tinha sido nos dias tranquilos antes da Festa Inesperada. A espada ele pendurou em cima do móvel da lareira. Sua cota de malha foi arrumada num suporte no salão de entrada (até que ele a emprestou a um Museu). Seu ouro e sua prata foram gastos, em grande parte, com presentes, tanto úteis como extravagantes — o que, em certa medida, explica a afeição de seus sobrinhos e suas sobrinhas. O anel mágico ele continuou a manter em grande segredo, pois o usava principalmente quando visitantes desagradáveis chegavam.

Passou a escrever poesia e a visitar os elfos; e, embora muitos sacudissem a cabeça, pusessem a mão na testa e dissessem "Coitado do velho Bolseiro!", e embora poucos acreditassem em qualquer uma de suas histórias, permaneceu muito feliz até o fim de seus dias, e esses foram extraordinariamente longos.

Em certo fim de tarde de outono, alguns anos mais tarde, Bilbo estava sentado em seu estúdio, escrevendo suas memórias — pensou em chamá-las de "Lá e de Volta Outra Vez, as Férias de um Hobbit" —, quando ouviu a campainha. Eram Gandalf e um anão; e o anão, na verdade, era Balin.

"Entrem! Entrem!", disse Bilbo, e logo estavam acomodados em cadeiras ao lado do fogo. Se Balin notou que o colete do Sr. Bolseiro agora era mais suntuoso (e tinha botões de ouro verdadeiro), Bilbo também notou que a barba de Balin tinha ficado várias polegadas mais comprida e que seu cinto, cheio de joias, era de grande magnificência.

Puseram-se a conversar sobre o tempo que passaram juntos, é claro, e Bilbo perguntou como estavam indo as coisas nas terras da Montanha. Parecia que estavam indo muito bem. Bard reconstruíra a cidade de Valle, e homens tinham se juntado a ele vindos do Lago e do Sul e Oeste, e todo o lugar tinha voltado a ser cultivado e rico, e a desolação agora estava repleta de aves e floradas na primavera e de frutas e banquetes no outono. E a Cidade-do-lago tinha sido refundada e estava mais próspera do que nunca, e muitas riquezas subiam e desciam o Rio Rápido; e havia amizade, naquelas partes, entre elfos e anãos e homens.

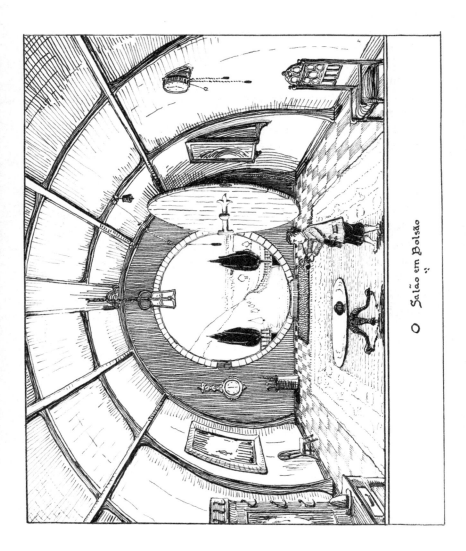

O Salão em Bolsão

O velho Mestre tivera um mau fim. Bard lhe dera muito ouro para ajudar o Povo-do-lago, mas, sendo do tipo que pega facilmente tal moléstia, caiu sobre ele a doença-do-dragão, e o Mestre tomou consigo a maior parte do ouro, e fugiu com ele, e morreu de inanição no Ermo, abandonado por seus companheiros.

"O novo Mestre é de tipo mais sábio", disse Balin, "e muito popular, pois, é claro, recebe a maior parte do crédito pela presente prosperidade. Estão compondo canções que dizem que, nos dias dele, os rios correm cheios de ouro."

"Então as profecias das velhas canções se revelaram verdadeiras, de certa maneira!", disse Bilbo.

"É claro!", disse Gandalf. "E por que não se mostrariam verdadeiras? Certamente você não deixa de acreditar nas profecias porque houve uma mãozinha sua para concretizá-las, não é? Você não supõe que todas as suas aventuras e escapadas foram guiadas por mera sorte, só para o seu próprio benefício, supõe? Você é uma ótima pessoa, Sr. Bolseiro, e tenho muito apreço por você; mas é apenas um camarada bem pequeno num vasto mundo, afinal de contas!"

"Graças aos céus!", disse Bilbo, rindo, e passou a ele a jarra de tabaco.

Nota sobre as Inscrições em Runas e suas Versões em Português

Por Ronald Kyrmse

Nas edições originais, em inglês, das obras de J.R.R. Tolkien *O Hobbit, O Senhor dos Anéis, O Silmarillion* e *Contos Inacabados*, existem diversas inscrições — especialmente nos frontispícios — grafadas em *tengwar* (letras élficas) e *tehtar* (os sinais diacríticos sobre e sob os *tengwar*, que indicam vogais, nasalização e outras modificações), ou então em runas. Nesta última categoria, é preciso destacar que em *O Hobbit* o autor usou runas anglo-saxônicas, ou seja, do nosso Mundo Primário, para representar as runas dos anãos, assim como o idioma inglês representa a língua comum da Terra-média e o anglo-saxão representa a língua dos Rohirrim, mais arcaica que aquela. Nas demais obras, a escrita dos anãos é coerentemente representada pelas runas anânicas, ou *cirth*, de organização bem diversa.

A seguir estão mostradas essas inscrições, traduzidas para o português (em coerência com o restante do texto das edições brasileiras) e suas transcrições para as escritas élficas ou anânicas usadas nos originais. Está indicada em cada caso a fonte usada para transcrever.

O processo pode ser resumido nas seguintes operações (exemplo para texto em runas no original):

Desta forma, temos as seguintes frases em inglês, e traduzidas para o português, em runas:

— NOTA SOBRE AS INSCRIÇÕES EM RUNAS E SUAS VERSÕES —

CAPA EM INGLÊS:

ᚦᛖ·ᚻᚪᛒᛒᛁᛏ·ᚩᚱ·ᚦᛖᚱᛖ·ᚪᚾᛞ·ᛒᚪᚳᚴ·ᚪᚷᚪᛁᚾ·ᛒᛖᛁᛝ·ᚦᛖ
ᚱᛖᚳᛟᚱᛞ·ᚩᚠ·ᚪ·ᛦᛖᚪᚱᛋ·ᛡᛟᚢᚱᚾᛖᛦ·ᛗᚪᛞᛖ·ᛒᛦ·ᛒᛁᛚᛒᛟ
ᛒᚪᚷᚷᛁᚾᛋ·ᛟᚠ·ᚻᚪᛒᛒᛁᛏᛟᚾ·ᚳᛟᛗᛈᛁᛚᛖᛞ·ᚠᚱᛟᛗ·ᚻᛁᛋ
ᛗᛖᛗᛟᛁᚱᛋ·ᛒᛦ·ᛡ·ᚱ·ᚱ·ᛏᛟᛚᚴᛁᛖᚾ·ᚪᚾᛞ·ᛈᚢᛒᛚᛁᛋᚻᛖᛞ·ᛒᛦ
ᚷᛖᛟᚱᚷᛖ·ᚪᛚᛚᛖᚾ·ᚪᚾᛞ·ᚢᚾᚹᛁᚾ·ᛚᛏᛞ·

The Hobbit, or, There and Back Again. Being the record of a year's journey made by Bilbo Baggins of Hobbiton. Compiled from his memoirs by J.R.R. Tolkien; and published by George Allen and Unwin Ltd.

CAPA EM PORTUGUÊS:

ᚩ·ᚻᚪᛒᛒᛁᛏ·ᛟᚢ·ᛚᚪ·ᛖ·ᛞᛖ·ᚢᛟᛚᛏᚪ·ᛟᚢᛏᚱᚪ·ᚢᛖᛉ

O Hobbit ou Lá e de Volta Outra Vez.

FRONTISPÍCIO EM PORTUGUÊS:

ᛋᛖᛖ·ᚪ·ᚱᛖᚷᛁᛋᛏᚱᛟ·ᛞᛖ·ᚢᛗ·ᚪᚾᛟ·ᛞᛖ·ᚢᛁᚪᚷᛖᛗ·ᚠᛖᛁᛏᚪ
ᛈᛟᚱ·ᛒᛁᛚᛒᛟ·ᛒᛟᛚᛋᛖᛁᚱᛟ·ᛞᚪ·ᚢᛁᛚᚪ·ᛞᛟᛋ·ᚻᚪᛒᛒᛁᛏᛋ·
ᚳᛟᛗᛈᛁᛚᚪᛞᛟ·ᛞᛖ·ᛋᚢᚪᛋ·ᛗᛖᛗᛟᚱᛁᚪᛋ·ᛈᛟᚱ·ᛡ·ᚱ·ᚱ·ᛏᛟᛚᚴᛁᛖᚾ·
ᛖ·ᛈᚢᛒᛚᛁᚳᚪᛞᛟ·ᛈᛖᛚᚪ·ᚻᚪᚱᛈᛖᚱᚳᛟᛚᛚᛁᚾᛋ·ᛒᚱᚪᛋᛁᛚ·

Que é o registro de um ano de viagem feita por Bilbo Bolseiro da Vila dos Hobbits. Compilado de suas memórias por J.R.R. Tolkien; e publicado pela HarperCollins Brasil.

TÍTULO EM INGLÊS:

ᚦᛖ·ᚾᚨᛒᛒᛁᛏ·ᚠᚱ·ᚦᛗᚱᛗ·ᚨᛏᛞ·ᛒᚨᚲᚴ·ᚨᚷᚨᛁᛏ

The Hobbit or There and Back Again

TÍTULO EM PORTUGUÊS:

ᚠ·ᚾᚨᛒᛒᛁᛏ·ᚠᛟ·ᛚᚨ·ᛖ·ᛞᛖ·ᛟᛖᛚ·ᛏᚨ·ᚠᛟᛏᚱᚨ·ᛟᛗᛋ

O Hobbit ou Lá e de Volta Outra Vez

MAPA DE THRÓR (INGLÊS) LADO ESQUERDO:

ᚠᛁᚢᛖ·
ᚠᛟᛏ·ᚾᛁᚷᚻ·
ᚦᛖ·ᛞᛟᛟᚱ·ᚨᛏ
ᛞ·ᚦᚱᛟ·ᛗᚨᚣ·
ᛖᚨᛚᚴ·ᚨᛒᚱᛖ
ᚨᛋᛏ፥
·ᚦ·ᚦ·

*Five
feet high
the door **an**
d three may
walk **abre**
ast.
. Th. Th.*[1]

---

[1] Para facilitar a compreensão do leitor interessado em estudar runas, respeitamos a quebra de linhas conforme o original, mesmo comprometendo a separação silábica da gramática normativa. [N. E.]

— NOTA SOBRE AS INSCRIÇÕES EM RUNAS E SUAS VERSÕES —

MAPA DE THRÓR (PORTUGUÊS) LADO ESQUERDO:

*Cinco
pés de a
ltura tem
a porta e
três pod
em passar l
ado a lad
o. . Th. Th.*[2]

MAPA DE THRÓR (INGLÊS) CANTO INFERIOR:

---

[2]Para facilitar a compreensão do leitor interessado em estudar runas, assim como nas runas em inglês, também respeitamos a quebra de linhas em português, mesmo comprometendo a separação silábica da gramática normativa. [N. E.]

*Stand by the grey **st**
one when the thrush **kn**
ocks and the setting **s**
un with the last light
of Durin's Day will **sh**
ine upon the key-hole.
. Th.*[3]

MAPA DE THRÓR (PORTUGUÊS) CANTO INFERIOR:

ᚠᛁᚻᛖ·ᚫᚠ·ᛚᚫᛞᚩ·ᛞᚫ·ᚳᛖᛞᚱᚫ·
ᛋᛁᚾᛉᛖᚾᛏᚫ·ᚻᚢᚫᚾᛞᚩ·ᚩ·ᛏᚠᚱ
ᛞᚩ·ᛒᚫᛏᛖᚱ:ᛖ·ᚩ·ᛋᚹᛚ·ᛈᚩᛖ
ᚾᛏᛖ:ᚳᚩᛗ·ᚫ·ᚢᛚᛏᛁᛗᚫ·ᛚᚢᛉ·ᛞ
ᚩ·ᛞᛁᚫ·ᛞᛖ·ᛞᚢᚱᛁᚾ·ᛒᚱᛁᛚᚻᚫᚱ
ᚫ·ᛋᚩᛒᚱᛖ·ᚫ·ᚠᛖᚳᚻᚫᛞᚢᚱᚫ:
·ᚦ·

*Fique ao lado da pedra
cinzenta quando o **tor**
do bater, e o sol **poe**
nte, com a última luz **d**
o Dia de Durin, **brilhar**
á sobre a fechadura.
. Th.*[4]

---

[3]Para facilitar a compreensão do leitor interessado em estudar runas, respeitamos a quebra de linhas conforme o original, mesmo comprometendo a separação silábica da gramática normativa. [N. E.]

[4] Para facilitar a compreensão do leitor interessado em estudar runas, assim como nas runas em inglês, também respeitamos a quebra de linhas em português, mesmo comprometendo a separação silábica da gramática normativa. [N. E.]

Nota sobre as Ilustrações da Capa

J.R.R. Tolkien: *Dust jacket da primeira edição de* O Hobbit

Idealizada e ilustrada por Tolkien, essa arte foi impressa em verde, preto e azul sobre branco na primeira edição publicada pela editora George Allen & Unwin, em 1937, na Inglaterra. Originalmente, o autor queria que o sol na capa e o dragão na quarta capa viessem impressos em tinta vermelha mas, uma vez que isso elevaria muito o custo, o vermelho não foi utilizado na impressão.

A arte é imponente e traz uma simetria quase perfeita entre capa e quarta capa, devido aos formatos e direcionamentos das montanhas, árvores e caminhos, que guiam o olhar para a Montanha Solitária, no centro da lombada.

J.R.R. Tolkien: *The Hill: Hobbiton-across-the-Water*

Esta cena foi desenhada muitas vezes por Tolkien até que ele chegasse ao resultado final. Ela apareceu originalmente apenas em uma versão ilustrada, com contornos à tinta em preto, no frontispício da edição de *O Hobbit* de 1937. Depois disso, foi substituída pela versão colorida presente na quarta capa e no miolo deste livro.

Cheia de detalhes e mostrando um panorama acolhedor, essa imagem possui uma curiosidade muito interessante: o moinho visto próximo à margem inferior da pintura foi inspirado no moinho de Sarehole, que ficava muito próximo à casa onde Tolkien viveu parte de sua infância com sua mãe e seu irmão Hilary.

Se você está interessado em hobbits, vai descobrir muito mais sobre eles em *O Senhor dos Anéis*:

A SOCIEDADE DO ANEL
AS DUAS TORRES
O RETORNO DO REI

Este livro foi impresso em 2025, pela Ipsis,
para a HarperCollins Brasil. A fonte usada
no miolo é Garamond corpo 11.
O papel do miolo é pólen bold 70 g/m².

↑ A Leste está
de Ferro, onde

A Montanha
Solitária

Aqui outrora Thr
Rei sob a M

← muito
ao Norte
estão
as Montanhas
Cinzentas & o Urzal
Seco, donde vieram

as Grandes Serpes.

Mapa de Thror

↓ A Oeste está